LE CHEVALIER NOIR

LE CHEVALIER NOIR

CHRISTOPHER PIKE

Traduit de l'anglais par
Renée Thivierge

Éditeur : François Doucet
Traduction : Renée Thivierge
Révision linguistique : Féminin pluriel
Correction d'épreuves : Nancy Coulombe
Conception de la couverture : Matthieu Fortin
Illustrations de la couverture : © Thinkstock
Mise en pages : Catherine Bélisle

ISBN livre : 978-2-89767-360-4
ISBN PDF : 978-2-89767-361-1
ISBN ePub : 978-2-89767-362-8
Première impression : 2016
Dépôt légal : 2016
Bibliothèque et Archives nationales du Québec
Bibliothèque nationale du Canada

Éditions AdA Inc.
1385, boul. Lionel-Boulet
Varennes (Québec) J3X 1P7, CANADA
Téléphone : 450 929-0296
Télécopieur : 450 929-0220
www.ada-inc.com
info@ada-inc.com

Diffusion
Canada : Éditions AdA Inc.
France : D.G. Diffusion
Z.I. des Bogues
31750 Escalquens — France
Téléphone : 05.61.00.09.99
Suisse : Transat — 23.42.77.40
Belgique : D.G. Diffusion — 05.61.00.09.99

Imprimé au Canada

Participation de la SODEC.
Nous reconnaissons l'aide financière du gouvernement du Canada par l'entremise du Fonds du livre du Canada (FLC) pour nos activités d'édition.
Gouvernement du Québec — Programme de crédit d'impôt pour l'édition de livres — Gestion SODEC.

Catalogage avant publication de Bibliothèque et Archives nationales du Québec et Bibliothèque et Archives Canada

Pike, Christopher, 1955-
[Black Knight. Français]
Le chevalier noir
(Le monde des sorcières ; tome 2)
Traduction de : Black Knight.
Pour les jeunes de 13 ans et plus.
ISBN 978-2-89767-360-4
I. Thivierge, Renée, 1942- . II. Titre. III. Titre : Black Knight. Français.
PZ23.P555Ch 2016 j813'.54 C2016-940979-1

À Abir, je t'aime encore plus

PROLOGUE

Chaque nuit, depuis neuf nuits de suite, je rêve d'un gars que je n'ai jamais rencontré. Il fait toujours le même boulot. Il planifie et exécute le même crime ingénieux. Il se volatilise toujours à la fin de la nuit.

Pire, ce n'est pas quelqu'un que j'observe de loin. Le rêve se trouve à des années-lumière au-delà de la lucidité. S'il n'était pas aussi fascinant, je dirais qu'il s'agit d'un cauchemar. Car dans mes rêves, je *suis* ce gars — Marc Simona, 19 ans, préposé au stationnement d'un célèbre théâtre hollywoodien. Je vois à travers ses yeux, je lis dans ses pensées. Effectivement, je sais tout ce qu'il y a à savoir sur lui.

Sauf pourquoi il me hante.

Je m'appelle Jessica Ralle et je suis une sorcière. J'ai déjà tout expliqué. Comment j'étais allée à Las Vegas le week-end après avoir reçu mon diplôme d'études secondaires. Que j'avais été initiée au jeu ancien de la reine rouge. Que je suis morte et que je suis revenue à la vie dans le royaume mystérieux connu sous le nom de monde des sorciers.

La dernière fois, j'ai raconté mon histoire comme si elle avait eu lieu dans le passé, car c'était le cas. Mais cette fois, je dirai les choses comme elles se passent maintenant. J'ai mes raisons, et lorsque j'aurai terminé ce récit, elles seront évidentes.

J'étais une sorcière depuis à peine un mois quand j'ai commencé à rêver de Marc. Au début, je n'en ai parlé à personne. Je veux dire, je ne pouvais pas dire à mon petit ami, James Kelter, que mon inconscient était obnubilé par un autre gars. Et puisque je ne pouvais même plus voir Jimmy dans le monde réel — mais seulement quand lui et moi étions éveillés ensemble dans le monde des sorciers — il était déjà assez jaloux de ce que je faisais dans l'autre moitié de ma vie. Ce n'était pas qu'il n'avait pas confiance en moi. C'était juste qu'il était... eh bien, il était humain. Diable, si la situation avait été inversée, je n'aurais pas été trop heureuse.

Par ailleurs, j'hésitais à me confier à ma meilleure amie, Alex Simms. Bien qu'Alex avait le potentiel génétique pour devenir une sorcière ou être « connectée », comme on le disait dans le monde des sorciers, il lui fallait tout de même passer par le rite initiatique de la mort et se faire réanimer — un processus qui déclenchait habituellement une prise de conscience de l'autre monde chez ceux qui disposaient de la bonne composition génétique. Alex disait qu'elle n'avait pas peur, mais nous savions toutes les deux que c'était faux. Je ne lui en voulais pas. Je ne me serais pas portée volontaire pour mourir. Qui le ferait ? J'étais devenue une sorcière seulement parce qu'on m'y avait contrainte.

Pourtant, j'espérais encore qu'un jour Alex se joigne à moi et se transforme en sorcière, et c'est pourquoi je refusais de lui parler de Marc. Je ne voulais pas lui donner une autre raison d'avoir peur.

Mais pourquoi est-ce que j'hésitais à parler des rêves à mon père, je l'ignorais. Peut-être était-ce qu'il était de retour dans ma vie depuis à peine un mois quand j'ai commencé à faire ces rêves. Ou bien était-ce parce qu'il ne m'avait jamais dit avoir vécu d'expérience semblable ? Pour autant que je sache, voir à travers les yeux d'une autre personne pendant que vous dormiez n'était pas un pouvoir de sorcière « standard ». Quoi qu'il en soit, mon père m'intimidait toujours et je ne le voyais pas souvent. De plus, je ne suis pas le genre de personne qui parle de choses personnelles au téléphone. Je suis paranoïaque sur ce point. J'ai toujours l'impression que quelqu'un est en train d'écouter.

Je suis donc seule avec mes rêves, seule avec Marc tous les soirs quand je ferme les yeux et que je m'endors. Comme je l'ai dit, je sentais que j'étais à l'intérieur de lui, que j'étais effectivement lui. C'était bizarre ; c'était troublant, et pourtant, il y avait aussi quelque chose de séduisant dans cette sensation. Marc. J'étais assez certaine qu'il n'était pas un sorcier, mais c'était un personnage fascinant…

CHAPITRE 1

Soirée de première au Grauman's Chinese Theatre. Déroulez le tapis rouge et préparez-vous à accueillir les hordes de belles personnes dans leurs berlines Mercedes S-Class, leurs cabriolets Jaguar, Beamers et Bentley, et une foule d'autres voitures qui valent plus que la majorité des maisons américaines.

Parce qu'il était préposé au stationnement du Grauman's — portant maintenant légalement le nom TLC Chinese Theater ; un nom que personne à Hollywood ne connaissait — la plupart des gens de son âge auraient supposé que Marc Simona aimait monter dans ces voitures. La vérité était toute autre. Il se contentait de les garer après les avoir fait rouler sur à peine 200 mètres. Il n'avait jamais fait l'expérience de leur conduite sur la grand-route, et d'ailleurs, même si on lui avait donné la chance de conduire une voiture sport le long de la côte de la Californie, il n'aurait pas été intéressé. La seule chose qui comptait pour lui, c'était le volume du coffre de ces véhicules.

Ce qui était important, c'était l'espace.

Cela, et le genre de bijoux que portaient les propriétaires de ces véhicules lors des événements tapis rouge — surtout les dames. Parce que Marc ne garait pas les voitures pour les pourboires. Son travail de voiturier n'était qu'un rôle qu'il jouait pour savoir dans quel coffre grimper à la fin de la soirée.

La plupart des gens auraient traité Marc de voleur.

Il se plaisait à se considérer comme un professionnel.

De toute façon, il ratissait d'énormes sommes d'argent.

Lors de son dernier voyage à New York dans le fameux Diamond District — il avait traversé le pays seul en voiture en trois jours — il avait recélé une paire de boucles d'oreilles de saphir rehaussées de diamants, et en avait obtenu 20 000 dollars en espèces. Les pierres d'un bleu tapageur représentaient chacune cinq carats, et la femme aux oreilles esseulées à laquelle il les avait piquées avait également porté un bracelet en or serti de rubis qu'il avait vendu 10 000 dollars.

Il était toujours étonné de voir que la majorité des célébrités n'avaient aucun goût. Il était en quelque sorte un expert sur le sujet. Il avait constaté, de ses propres yeux, à quel point il était difficile, voire impossible, pour une certaine catégorie de femmes riches ou célèbres de résister à la tentation de se couvrir de la plus grande partie de leur boîte à bijoux lorsqu'elles assistaient à un événement tapis rouge.

Pour Marc, ce groupe était facile à repérer : des vedettes féminines qui avaient dépassé la quarantaine de quelques années de trop, et dont le téléphone avait cessé de sonner ; ou bien une potiche qui avait rendu visite une fois de trop à son chirurgien plasticien pour une succion du gras qu'il aurait été préférable de faire fondre avec une diète ou de l'exercice. Pour Marc, ce groupe correspondait à une boutique de prêteurs sur gages ambulante.

— Égratigne-la et tu es mort, dit sèchement un producteur en remettant les clés d'un coupé sport Mercedes noir à Marc, tandis qu'un autre préposé au stationnement aidait la femme de l'homme à sortir par la porte du passager.

Marc reconnut le type — Barry Hazen, producteur délégué du long métrage de ce soir. En principe, il aurait dû être l'homme de l'heure. Pourtant, Marc savait — comme toute personne qui a vaguement quelque chose à voir avec le milieu — que Hazen n'avait aucunement travaillé sur ce film. Le gars était plein aux as. Lui et ses partenaires étaient propriétaires d'une entreprise de production de taille moyenne. Son seul rôle consistait à signer des chèques. Il ne prenait jamais de décision concernant la création. Tout de même, grâce à son argent, il était en mesure de signer des films qu'il ne comprenait probablement même pas.

Marc s'en fichait bien. Parce que même si M. Hazen avait 60 ans et des cheveux blancs comme neige et un smoking Armani, Mme Hazen était une rousse de 30 ans qui portait un collier de diamants avec une pierre centrale de la taille d'une balle de golf. La pierre était si volumineuse qu'elle avait dû commencer à se former à l'époque des dinosaures. Marc ne pouvait que rêver à la somme qu'il en obtiendrait en la mettant en gage.

Marc sourit en prenant les clés de l'homme.

— Soyez sans crainte, M. Hazen. Je connais un endroit secret où je peux ranger ce bijou ; où Dieu lui-même serait incapable d'y toucher.

M. Hazen hocha la tête pour montrer son approbation.

— Nous partirons tard. Restez jusqu'à ce que je parte pour aller me la chercher et vous ne le regretterez pas.

— Certainement, répondit Marc.

Afin de pouvoir s'en prendre au couple de son choix, il restait toujours tard pour la fête qui suivait la projection d'un film. Les gens rentraient chez eux si fatigués et si ivres qu'ils se jetaient au lit dès leur arrivée à la maison. Mais peu importe le couple sur lequel son choix s'arrêterait. Pour le moment, les Hazen semblaient être une bonne cible, mais Marc savait qu'il y aurait plusieurs autres candidats avant que la nuit se termine. De plus, il devrait pointer son départ avant qu'ils reviennent pour prendre leur voiture.

Pourquoi ? La réponse était simple. Il devait avoir terminé son travail pour pouvoir se dissimuler dans le coffre et rouler avec le couple jusqu'à leur maison.

Marc sauta dans la voiture et se dirigea directement vers Hollywood Boulevard, sans se soucier de vérifier l'arrière, faisant le tour du pâté de maisons à toute allure. Grauman's avait été construit il y a plusieurs décennies, à l'époque des films en noir et blanc, et son parc de stationnement pouvait accueillir seulement une fraction du trafic de voituriers. Aujourd'hui, le centre commercial voisin constituait le meilleur endroit pour ranger une Mercedes. Il y avait là une structure de stationnement à dix niveaux, et par expérience, Marc savait que le bas se vide de bonne heure. C'est l'endroit parfait ; ça lui donnait plus que suffisamment d'intimité pour poursuivre son travail lucratif.

Il dissimula la voiture sport des Hazen dans un endroit qu'il réservait à ses candidats les plus prometteurs. En plus d'être physiquement isolée, la place était hors de portée de toute caméra de sécurité et était dotée d'une resserre de concierge rarement utilisée où il pouvait stocker les outils nécessaires à son métier et travailler sans se faire interrompre.

Marc se dirigea rapidement dans cette resserre et verrouilla la porte derrière lui. D'une boîte cachée dans un coin sous un évier sale, il sortit un boîtier plat en acier, de cinq centimètres carrés, chargé de mastic. Séparant la clé de la Mercedes du reste des clés des Hazen, il la déposa à l'intérieur du boîtier et appuya sur la partie supérieure.

La prise d'empreinte de clé était facile — mais pour le reste de l'opération, il fallait être patient et habile. Il ouvrit le boîtier et en retira la clé, puis il tendit le bras vers un tube de matière visqueuse brune et huileuse qu'on pourrait décrire comme de la « colle-plâtre ». Il serra le tube pour en déverser le contenu dans l'empreinte.

Marc ne connaissait pas la composition chimique exacte de la substance, et il ne s'en souciait pas. Tout ce qui importait, c'était qu'elle sèche rapidement et solidement, et cela se produisait lorsqu'on la chauffait. C'était son seul inconvénient et la principale raison pour laquelle il n'était pas aussi facile que le croyaient la plupart des gens de reproduire des clés. Pour accélérer le processus, il allumait une chaufferette à piles à l'intérieur de la resserre de concierge. Il gardait aussi des boîtiers supplémentaires sous la main. Certaines nuits, il utilisait une dizaine de ces boîtiers pour préparer autant de clés de rechange.

Pourtant, s'il avait de la chance, il finirait par n'employer qu'une seule clé et ne se faufilerait que dans une seule maison. Pour que son plan soit efficace, il fallait réunir plusieurs facteurs. Jusqu'à présent, après un an à garer des voitures de célébrités et à travailler lors d'une vingtaine d'événements tapis rouge, il n'avait réussi à se glisser que dans sept maisons. Et sur ces sept, il n'avait frappé de l'or qu'à quatre occasions.

Bien sûr, l'or était attaché à des bijoux… il ne pouvait pas vraiment se plaindre.

Marc termina l'application du plâtre, referma le boîtier en acier et tint le couvercle serré pendant une minute sans bouger d'un centimètre. Puis, après l'avoir ouvert et en laissant le boîtier et la clé à sécher sur l'appareil de chauffage, il nettoya la clé originale de M. Hazen avec une serviette en papier imbibée d'alcool et d'eau de Javel. Chaque fois qu'il réussissait à voler quelque chose de beau et de coûteux, il savait qu'il n'y avait pas de moyen plus facile pour la police de remonter jusqu'à lui que s'il laissait même le moindre résidu de mastic sur la clé de voiture originale.

Étant donné que Hazen était son premier candidat de la soirée, Marc avait un peu perdu la main et il lui fallut plus de temps que d'habitude avant de quitter la resserre de concierge — six bonnes minutes. Le processus aurait dû lui prendre la moitié de ce temps.

« Merde », songea-t-il.

Son patron, Steve Green — ancien marin d'Australie à la voix rude et chef du stationnement de voituriers — allait se demander ce qui lui prenait autant de temps.

Pourtant, quand Marc finit par quitter la resserre, il le fit sans la fausse clé dans sa main. D'après son expérience, il savait qu'il était préférable de la laisser sécher sur le radiateur pendant au moins 20 minutes. Plus l'objet était chauffé, plus il durcissait.

Quand Marc revint au théâtre, son patron lui demanda effectivement où diable il était allé.

— Je me suis fait prendre derrière des voitures de police pendant que je tournais autour du pâté de maisons, mentit Marc.

— Est-ce qu'ils t'ont arrêté ?

— Presque. J'étais en excès de vitesse.

Green sourit pour lui témoigner son approbation. Il était réputé pour prendre les Jaguars et les Porsches et aller faire un tour pendant le temps mort au milieu de la représentation.

Marc sourit en même temps que son patron, mais il se hérissa à l'intérieur. Ce n'était pas une bonne chose que Green ait remarqué le retard. Raison suffisante pour biffer les Hazen de sa liste de candidats.

— Où as-tu garé la trique des Hazen? demanda Green.

Chez les voituriers, on croyait généralement que la plupart des voitures de célébrités étaient des symboles phalliques.

Marc remit les clés à son patron.

— Juste à côté, niveau G, coin sud, espace 19, loin de tout le monde. Vous savez comment est ce trou du cul à propos de sa bagnole.

Green hocha la tête en même temps qu'il suspendait les clés sur le crochet approprié.

— On ne peut pas être trop prudent avec le type qui paie pour la fête. Il peut tous nous faire congédier.

Marc se détendit lorsqu'il remarqua que son patron avait rapidement laissé tomber la question. Mais c'était un avertissement. Il devrait accélérer son rythme de duplication. En même temps, il lui faudrait être plus sélectif dans le choix de ses candidats.

Pourtant, il savait qu'il ne pouvait pas contrôler tous les aspects du cambriolage. Une grande partie du succès d'un voleur, c'était la chance. Par exemple, l'heure de départ d'un couple, et leur état d'ivresse — il ne pouvait prévoir ces choses. Voilà pourquoi il devait fabriquer autant de clés supplémentaires. Il devait augmenter ses chances.

L'heure de la première approchait et la circulation s'intensifiait. Marc se retrouva à faire l'aller-retour à partir du stand de voituriers avec peu de chance de rattraper son souffle. Mais il réussit à identifier les trois autres cibles.

Arrivèrent d'abord M. et Mme Kollet, rattachés au studio de distribution du film. Ils resteraient certainement tard pour la fête qui aurait lieu après la représentation. Mme Kollet portait un bracelet de diamants qui éblouit littéralement les yeux de Marc. Comme bonus supplémentaire, le couple trébucha en sortant de leur voiture et il n'eut besoin que d'une bouffée de l'intérieur du véhicule pour savoir qu'ils étaient déjà ivres — toujours un atout.

La deuxième était Cynthia Parker, une des scénaristes les plus brillantes de la ville. Même si elle portait une robe rouge relativement modeste, il y avait autour de son cou un collier de perles qui paraissaient provenir d'une cour européenne. Les perles individuelles n'étaient pas tellement grosses, mais elles avaient une couleur blanc-argenté qui leur donnait ce que la muse en Mme Parker aurait pu appeler un « éclat angélique ». Marc prit soin de garer sa voiture à côté de celle des Hazen et de fabriquer une copie de sa clé.

Enfin, ce fut la vedette du film, Silvia Summer, et son petit ami, vedette de football, Ray Cota des 49ers de San Francisco. Ils arrivèrent en retard dans une Jaguar blanche et reçurent les plus forts applaudissements de la part des admirateurs réunis. Mme Summer était jeune, mais riche et brillante — parmi les trois premières sur la liste des plus grandes célébrités dans sa tranche d'âge — de 18 à 25 ans. Elle avait tenu le rôle principal dans deux films à succès ; celui-ci serait probablement son troisième.

Mademoiselle Summer portait une émeraude en forme de cœur qui pendait d'un collier en or. Marc avait vu beaucoup d'émeraudes dans sa carrière et il savait que la pierre était évaluée par le nombre d'inclusions — des défauts naturels qui sous une minutieuse inspection se présentent comme des taches sombres. Pourtant, parce qu'il lui avait ouvert la porte et parce que ses seins auraient accroché les yeux de tout Américain mâle à sang chaud, il eut par inadvertance une meilleure vue que prévu sur l'émeraude, et il aurait pu jurer qu'elle approchait la perfection.

— Soyez la bienvenue, dit Marc avec un sourire sincère, alors qu'il refermait la porte derrière elle. C'est un honneur. J'ai vu tous vos films. J'ai entendu dire que vous étiez fantastique dans celui-ci.

Contrairement à la plupart des vedettes ayant atteint ce niveau de réputation, elle prit le temps de le regarder dans les yeux et de lui répondre. Elle se pencha même si près que lui seul put l'entendre.

— Je parais bonne, parce que tous les autres sont pourris, lui confia-t-elle.

Marc dut rire.

— Ça aussi, je l'ai entendu.

Elle fit une pause et le regarda. Elle était blonde et belle, bien sûr, mais aussi vive d'esprit. Il pouvait percevoir son intelligence à la façon dont elle l'examinait, et il se demanda s'il serait sage de la choisir comme candidate. Voler un collier à une vedette de cinéma était une chose, ne pas se faire prendre en était une autre. Il avait peut-être commis une erreur en lui parlant. Le regard de la femme continua de s'attarder sur lui.

— Vous ne semblez pas être le genre de gars qui gare des voitures, dit-elle.

Marc haussa les épaules.

— Ça paie les factures.

Encore une fois, elle s'approcha.

— Pour le moment. Mais il y a quelque chose dans vos yeux. Croyez-moi, un jour vous serez quelqu'un.

Ce fut un moment, un moment spécial, mais de courte durée. Au même instant, son petit ami contourna la Jaguar et lança ses clés haut dans les airs vers Marc — qui les attrapa sans sourciller — et il conduisit mademoiselle Summer sur le tapis rouge et vers l'entrée du théâtre.

Marc avait eu de la chance de se retrouver avec les clés. Ordinairement, le conducteur les remettait à celui qui lui ouvrait la porte. Marc était loin d'être un type superstitieux. Même quand il n'avait que quatre ans, et qu'il passait d'orphelinat en orphelinat, il avait compris que le père Noël était une invention qui servait à vendre plus de jouets. Il faisait confiance à son instinct et il ne croyait pas que c'était une coïncidence qu'il se soit retrouvé avec les clés de la voiture de mademoiselle Summer. Il pensait que quelqu'un essayait de lui dire quelque chose.

La Jaguar s'avéra être la dernière voiture qu'il gara avant le début du film. Marc la plaça près de la Mercedes des Hazen, sur le niveau inférieur du parc de stationnement du centre commercial. Il prit son temps pour faire une impression de sa clé, et encore plus de temps pour nettoyer l'originale.

Il avait choisi seulement quatre cibles, ce qui était inhabituel pour lui — la dernière fois, il en avait dix à ce stade. Pourtant, les quatre étaient excellentes : elles avaient des bijoux ; leur lien au film assurait qu'elles resteraient tard ; il avait pu faire une impression de chacune des clés ; et chaque voiture était dotée d'un coffre spacieux.

Maintenant, il n'était plus question que de choix du moment.

Les règles interdisaient à l'équipe de voituriers de voir le film, mais Green était un patron décontracté et il laissa Marc et l'un de ses copains, Teddy Fox, se glisser dans le théâtre 15 minutes après le début de la représentation. Tous les sièges étaient pris et ils durent se tenir à l'arrière, mais Marc s'en fichait. Il trouva un mur de marbre sur lequel s'appuyer et il posa l'arrière de sa tête sur la pierre froide. C'était un soulagement de se reposer pendant quelques minutes, et le film n'était pas mal du tout.

C'était une comédie romantique structurée autour d'une énigme policière. Un couple n'était qu'à une heure de leur mariage lorsque leurs alliances avaient disparu. Au départ, l'histoire était axée sur la recherche de l'habile voleur, mais ce furent les doutes enfouis à propos du mariage chez la mariée et le marié, et soulevés par le crime, qui occasionnèrent la majeure partie des rires. Silvia Summer avait été trop dure à propos du film. La foule passa la plus grande partie de la projection à rire aux éclats. D'habitude, Marc était exigeant lorsqu'il était question de films, mais même lui ne put résister à glousser à quelques reprises. Il aimait particulièrement l'actrice principale. Mademoiselle Summer était encore plus magnifique sur le grand écran.

Il ne cessait de penser qu'il aimerait la revoir, socialement. Une pensée stupide, bien sûr ; elle avait un petit ami et il n'était personne. Mais le commentaire qu'elle avait exprimé en sortant de la voiture ne l'avait pas quitté.

Qu'avait-elle vu en lui ? Ce ne pouvait pas être son visage, bien que plein de filles croyaient qu'il valait un second regard. On aurait dit que pendant un instant, ils s'étaient connectés d'une mystérieuse manière. En fait, elle lui plaisait beaucoup et il trouvait ironique que ce sentiment rendît son désir pour son collier encore plus intense, alors que ça aurait dû être l'inverse.

Il ne s'attarda pas trop longtemps sur le paradoxe. Il savait comment fonctionnait son cerveau. Il y avait deux trains qui se déplaçaient dans les deux hémisphères de son cerveau et qui malheureusement se trouvaient sur la même voie ferrée et se dirigeaient à toute vitesse l'un vers l'autre ; ce qui était une autre façon de dire qu'il était certain d'être foutu.

Mais ça allait, il l'acceptait, il devait l'accepter ; personne ne lui avait donné le choix. Il avait quelques notions de psychologie. Il n'avait pas reçu beaucoup d'éducation de base, mais il lisait beaucoup. Le fait qu'il avait grandi sans un seul parent, biologique ou adoptif, et qu'il avait vécu seul depuis l'âge de 15 ans — souvent dans les rues —, c'était un miracle qu'il ne soit pas déjà mort ou en prison.

Bien sûr, la soirée était encore jeune.

Marc se frotta les mains par anticipation tout en regardant le film. Il était en sueur, mais c'était une sueur douce. Il volait de l'argent, c'était évident, mais la raison profonde c'était l'action, le rush que lui procurait cet acte. Toute la planification, tous les cerceaux à travers lesquels il devait sauter, le risque constant, les innombrables décisions instantanées à prendre — tout cela regroupé lui administrait un taux élevé d'adrénaline qu'il lui était impossible de trouver ailleurs. Il pensait souvent qu'au bout du compte, il volerait même sans gain.

Le film prit fin et la foule lui réserva une ovation debout ; en partie parce que c'était un très bon film, mais surtout parce que le public savait que les créateurs de l'œuvre cinématographique se trouvaient dans le théâtre, et qu'ils espéraient que les gens se lèvent et applaudissent. Le réalisateur et le producteur livrèrent de brefs discours de remerciement, puis ce fut le moment de la fête.

Seulement la moitié du public avait des laissez-passer pour la fête, mais comme le théâtre était très grand, ce nombre était tout de même près de 500 personnes, Marc savait pertinemment que la totalité de ses candidats assisterait à la fête. L'événement avait lieu dans un élégant hôtel en face du théâtre, à mi-chemin du pâté de maisons. Il n'était pas rare d'entendre un certain nombre de célébrités grogner en effectuant la courte randonnée, bien que personne n'avait à se soucier du trafic ou des feux de circulation — les flics bloquaient toujours Hollywood Boulevard immédiatement après la projection du film.

Marc aurait aimé marcher avec la foule vers la fête et étudier ses candidats de plus près, mais il devait se remettre au travail. En moyenne, on lui laissait des pourboires de dix dollars par voiture — somme à ne pas dédaigner quand il pouvait s'occuper de 10 à 15 voitures à l'heure.

Après 90 minutes, le nombre de clients à la recherche de leurs véhicules chutait, et Green renvoyait généralement les deux tiers des voituriers à la maison. Mais parce que Marc travaillait à cet endroit depuis un an et que Green l'aimait bien, il était toujours autorisé à rester tard.

C'était à ce moment que Marc devait faire avancer son plan à l'étape suivante. Il n'y avait aucun moyen de prendre une décision finale sur la personne avec qui il allait rentrer à la maison sans se glisser dans la fête et jeter un dernier coup d'œil à ses candidats. Premièrement, il devait être certain qu'ils participaient encore aux festivités. Il y avait toujours la possibilité qu'un candidat ait quitté la fête pendant que Marc était allé chercher une voiture.

Le film s'était terminé à 22 h. Le réalisateur et le producteur avaient parlé jusqu'à 22 h 15 et les festivités avaient commencé à 22 h 30. Par expérience, Marc savait qu'il pouvait se glisser dans la fête — sans laissez-passer — à partir de minuit. À mesure que la nuit avançait, la sécurité se relâchait de beaucoup, et d'ailleurs son uniforme de voiturier lui donnait un air respectable. Après avoir dit à Green qu'il allait aux toilettes, Marc s'était rendu à toute allure dans l'hôtel et était monté vers la fête qui était répartie sur trois zones : un charmant salon ; une imposante salle de conférence ; et une section plein air exotique qui encerclait une délicieuse piscine.

La soirée était chaude — la plupart des gens étaient regroupés près de la piscine qui brillait d'une teinte aigue-marine envoûtante tout en réfléchissant des rangées de torches enflammées. Il y avait des bars ouverts à l'intérieur et à l'extérieur et il était rare de trouver quelqu'un qui ne buvait pas.

Marc repéra trois de ses candidats, dispersés autour de la piscine. La seule personne qu'il ne put trouver fut Cynthia Parker, la scénariste. Elle était probablement partie à son insu après le film. Diable, elle avait écrit le truc — elle devait s'être levée et être sortie au milieu. Marc savait que la plupart des scénaristes avaient du mal à voir leur travail sur grand écran. En général, ils se concentraient beaucoup trop sur la façon dont le réalisateur avait gâché leur matériel.

Donc, il restait seulement les Hazen, les Kollet, et Silvia Summer et son petit ami, Ray Cota, le joueur de football. Marc se promena près de chaque couple, les examina avec soin, tout en voyant à ne pas se faire remarquer.

Les Hazen étaient ivres tous les deux, sans aucun doute, et Marc aurait songé à les choisir, mais ils étaient tellement ivres qu'il craignait que son patron, Green, ne s'aperçoive de leur état et ne leur permette pas de conduire jusqu'à la maison. En effet, il pouvait mettre les Hazen dans un taxi — qu'ils soient d'accord ou pas — et les envoyer chez eux. Marc avait déjà vu Green agir ainsi par le passé.

M. Kollet titubait lui aussi, mais étonnamment, sa femme qui sentait l'alcool au début de la soirée, ne paraissait pas ivre. Marc vit qu'elle tenait un verre de ce qui ressemblait à un cola, ce qui lui fit se demander s'il avait mal interprété son comportement dès le début. Il était possible que le souffle de son mari ait été si fort qu'il ait pollué l'atmosphère autour d'elle. Quoi qu'il en soit, elle ne paraissait pas ivre du tout, ce qui signifiait que son bracelet de diamants était probablement hors de portée.

Silvia Summer et son petit ami faisaient un mélange intéressant. Ray Cota avait un verre à la main et riait très fort à chaque blague, mais il semblait du genre à bien supporter l'alcool. Green ne serait pas inquiet si Ray conduisait jusque chez lui.

Mais Silvia Summer était un casse-tête. Marc l'examina pendant 12 longues minutes, et la vit avaler deux grandes coupes de margarita. Pourtant, elle ne riait pas ni ne socialisait avec son petit ami. En effet, elle se tenait à quelques mètres de distance, toute seule, le regard perdu dans le lointain. Quelque chose l'avait bouleversée, songea Marc. Un peu plus tôt, elle avait semblé bien se porter. Il put difficilement le croire, quand juste au moment où il quittait la zone de la piscine, elle se dirigeait rapidement vers le bar et commandait un troisième verre.

C'était beaucoup de boissons alcoolisées à avaler en une si courte période. Elle était plutôt petite — son taux d'alcoolémie devait être très élevé. D'un point de vue stratégique, c'était parfait. L'essentiel de son plan dépendait du fait que la femme qu'il choisissait rentre chez elle trop fatiguée et trop intoxiquée pour ranger ses bijoux dans un endroit sécuritaire — comme un coffre-fort personnel doté d'une technologie de pointe.

Au cours des quatre braquages réussis précédents, les femmes avaient toujours déposé leurs bijoux sur une commode ou sur le comptoir de la salle de bain pour ensuite tomber dans un coma à côté de leur mari ou de leur petit ami. Ce soir, toute la soirée, il priait pour qu'un scénario identique se répète.

Pourtant, Marc était dérangé de voir que Silvia était bouleversée et il ignorait pourquoi. Ils n'avaient échangé que quelques mots. Certes, elle l'avait traité avec respect, mais beaucoup de jolies femmes lui avaient fait des clins d'œil et lui avaient souri. Être émue la rendrait négligente. Il aurait dû voir son humeur sombre comme un atout. Pourtant, alors qu'il quittait la fête, il se tracassait à l'idée qu'il avait dû se passer quelque chose qui l'avait troublée.

Peut-être avait-elle détesté le film.

Ça ne faisait qu'empirer les choses qu'il ait *presque* déjà pris sa décision sur la victime à qui il s'en prendrait. Ça devrait être Silvia Summer. Elle et son petit ami receveur de passes répondaient à la plupart des critères sur sa liste personnelle. De plus, son émeraude était aussi le bijou le plus coûteux qu'il avait vu de toute la soirée.

Il allait sûrement le lui voler. Elle se réveillerait le matin, et la pierre aurait disparu. Ce serait dommage. Bien sûr, il était plus que probable qu'elle ait emprunté le collier. Peu de vedettes de son âge possédaient des émeraudes géantes dans leur collection privée. Son styliste l'avait sans doute ramassée dans une boutique de Beverley Hills en après-midi avec l'entente qu'on la rendrait dans les 24 heures. Une procédure habituelle dans ce milieu.

Mais Silvia serait tout de même responsable du collier. Faire un rapport de police n'éliminerait pas la responsabilité. D'accord, elle avait sans doute une assurance, mais il lui créerait quand même beaucoup de soucis. Il était aussi possible que le collier lui appartienne. De ce qu'il en savait, le bijou avait peut-être une valeur sentimentale.

Quelques détails supplémentaires le faisaient hésiter à s'en prendre à l'émeraude de Silvia. La finesse de la pierre, sa singularité, la renommée de la dernière célébrité qui la portait — tous ces éléments la rendraient difficile à recéler. Même s'il allait jusqu'à New York, il aurait probablement du mal à trouver un acheteur. Il était certain que la pierre en forme de cœur devrait être réduite en pièces. Il était d'ailleurs possible qu'il soit obligé de la briser en une demi-douzaine de plus petites pierres. Il n'était pas expert dans le domaine, mais il n'était pas maladroit non plus. Certes, il serait plus sûr de la tailler.

Pourtant, c'était une pierre magnifique.

Il serait dommage de l'endommager.

— Ta gueule, veux-tu, dit Marc à son esprit, alors qu'il se dirigeait vers la station de voituriers qui s'était temporairement déplacée de l'autre côté de la rue, à l'entrée de l'hôtel, pour s'occuper des derniers clients de la soirée.

Il connaissait tous les inconvénients relatifs au vol de l'émeraude, et en fin de compte, ce n'étaient que des conneries. Silvia était une candidate presque parfaite et elle portait une pierre qui s'approchait de la perfection.

L'essentiel, c'était la valeur de l'émeraude. Au détail, elle devait coûter au moins cinq millions, peut-être même dix. Ce qui signifiait qu'il pourrait en obtenir au moins un million, possiblement deux dans le Diamond District, plus que tous ses braquages précédents combinés. Pas question de tourner le dos à une telle somme d'argent.

C'était décidé.

Il devait entrer dans le coffre de la voiture de Silvia et bientôt.

— Je suis crevé. Ça irait si je partais ? demanda Marc à Green alors qu'il s'avançait vers le comptoir qu'ils avaient installé dans le hall de l'hôtel.

Plus tôt, tous les invités avaient été avisés de reprendre leur voiture à cet endroit à la fin de la soirée.

Marc ajouta un bâillement en faisant sa requête et son patron lui fit un signe de tête.

— J'ai encore Ted, Jerry et Sandy qui font l'aller-retour, dit Green. Ça devrait être suffisant. J'espère, poursuivit-il.

— Vous savez, si vous êtes inquiet, je peux rester.

Green jeta un coup d'œil sur les crochets où étaient accrochées les clés.

— La fête avait-elle l'air d'achever ?

Marc hésita.

— Pourquoi me posez-vous la question?

— Sandy a dit qu'elle vient de te voir là-haut.

En apparence, Marc garda son sang-froid, mais il grimaça intérieurement. S'il réussissait à voler l'émeraude, tout comportement inhabituel de sa part risquait de donner l'alerte plus tard. Green était un type sympa, mais ce n'était pas un idiot. Si les flics venaient plus tard et commençaient à poser des questions, il se souviendrait sans doute de ce moment précis.

Marc parla d'un ton décontracté.

— Je suis juste allé jeter un coup d'œil au buffet. Eh bien, ajouta-t-il avec un soupçon de culpabilité dans la voix, en fait, j'ai peut-être goûté aux crevettes.

Le visage de Green s'éclaira.

— C'était bon?

Marc sourit.

— Fantastique. Et ils ont un énorme assortiment de sushis. Si vous y allez rapidement, vous pourriez vous faire des provisions avant qu'ils les mettent de côté.

Green hocha la tête.

— Il faut que je reste ici.

C'était maintenant une occasion parfaite pour réfuter tout soupçon. D'accord, ça pourrait lui coûter la chance de se procurer l'émeraude, mais de cette façon, son patron comprendrait qu'il ne s'était éclipsé à l'étage que pour la nourriture.

— Des foutaises. Je peux gérer les traînards pendant quelques minutes.

— Tu es certain? Tu as dit que tu étais crevé.

— Hé. J'ai 19 ans. Je ne vais jamais au lit avant quatre heures du matin. Allez-y tout de suite, vite, et préparez-vous un sac qui vous durera toute la semaine. Il n'y a plus qu'un traiteur et elle ne fera pas attention à ce que vous prenez. Vous savez qu'ils jettent tout simplement ce qui reste, ajouta Marc avec désinvolture. Oh, j'ai aussi vu du crabe d'Alaska.

— Tu te fous de ma gueule ? demanda son patron, une lueur dans les yeux.

Un mois plus tôt, Marc avait vu Green manger du crabe et il savait que c'était son mets préféré. Il savait aussi qu'il en restait beaucoup.

Marc renifla.

— Arrêtez de jacasser et allez-y. J'ai mon diplôme d'études secondaires. Je peux distribuer quelques clés pendant quelques minutes.

La triste vérité, c'était qu'il n'avait pas terminé ses études secondaires.

— Merci, dit Green en se tournant vers l'ascenseur.

Marc n'eut pas été surpris de voir son patron revenir avec plusieurs sacs de gâteries. Green avait une femme enceinte à la maison et il se plaignait qu'elle avait toujours faim pour des aliments exotiques.

Finalement, les Hazen vinrent chercher leur voiture pendant l'absence de Green, et Marc dut dire avec tact au gros bonnet qu'il était trop ivre pour conduire. M. Hazen commença immédiatement à l'injurier, mais tout aussi rapidement, Mme Hazen bondit entre les deux et dit à son mari de se la fermer.

— Larry, tu fais tes excuses à ce gentil jeune homme, dit-elle. Il fait simplement son travail, et il vient peut-être même de nous sauver la vie. Tu sais que nous ne sommes pas en état de conduire.

M. Hazen se calma assez vite, mais il ne prit pas la peine de présenter d'excuses. Il se laissa tomber sur une chaise à proximité et rota bruyamment.

— Merde. Que quelqu'un nous appelle un taxi!

Marc fit signe à un taxi qui attendait à l'extérieur et ouvrit la porte pour Mme Hazen, qui lui glissa 100 dollars avant de grimper à l'intérieur. Marc hocha la tête comme si c'était trop, mais la femme insista.

— C'est pour avoir été obligé d'écouter mon mari. Quand il boit, il agit comme une vieille chèvre, mais je l'aime quand même.

— Rentrez à la maison en toute sécurité, Mme Hazen, dit Marc. Je vais laisser une note pour que votre voiture vous soit envoyée dès le matin.

— Je vous remercie, mon cher, dit-elle.

Green fut parti plus longtemps que Marc s'y attendait — au moins 20 minutes. Pendant ce temps, les Kollet s'étaient présentés pour prendre leur voiture. Maintenant, la décision ne dépendait pas de lui. Soit qu'il choisisse Silvia ou qu'il attende la prochaine fois. Pourtant, il savait qu'il ne trouverait probablement jamais de nouveau une aussi grosse pierre. C'est ce qui lui permit de demeurer concentré. S'il pouvait voler et receler l'émeraude, il pourrait quitter sa vie de voleur et passer à quelque chose d'important.

Peu importe ce que c'était…

En réalité, il serait forcé d'abandonner. Pour ainsi dire, il jouait déjà à la roulette russe avec la police de Los Angeles. Un jour, l'enquête sur la série de bijoux disparus mènerait au service de voituriers du théâtre, et jusqu'à lui. Pas question qu'il traîne dans les alentours en attendant de se faire prendre. Le travail de ce soir devait être son dernier.

Marc enregistra son départ, puis il traversa la rue vers le stationnement étagé du centre commercial et se dirigea tout droit vers la resserre de concierge. La chaufferette à piles avait chauffé l'espace confiné à plus d'une centaine de degrés. Normalement, il aurait dissimulé l'appareil dans un coin de la resserre, mais comme c'était sans doute — il l'espérait — la dernière fois qu'il s'en servait, il décida de s'en débarrasser, en même temps que les boîtiers supplémentaires, quelque part en dehors du centre commercial.

La décision comportait ses propres risques. Il était plus de 2 h du matin, et Silvia et son petit ami ne manqueraient pas de venir bientôt prendre leur voiture. S'il quittait le centre commercial pour se débarrasser de son équipement, il était possible que l'un des autres préposés vienne chercher la Jaguar pendant son absence.

Mais il décida que le geste en valait le risque. Il ne pouvait pas abandonner les outils de son métier et risquer qu'ils soient découverts par un détective. Il ramassa ses boîtiers d'acier, utilisés ou non, la chaufferette, et deux tubes de rechange du mélange de plâtre magique, puis il fourra le tout dans un sac de toile et se dirigea vers la porte.

En une minute, il se retrouva sur Hollywood Boulevard. Il avait déjà examiné la zone environnante. Les petits détails étaient importants. Il connaissait une pizzéria familiale à trois pâtés de maisons au nord du centre commercial. Il y avait là une large benne que l'on déchargeait chaque dimanche matin, c'est-à-dire demain, avant 10 h. Il avait considéré qu'une distance minimale de trois pâtés de maisons était nécessaire pour disposer de son équipement en toute sécurité. Même s'il réussissait à voler l'émeraude, et que de brillants flics remontaient rapidement la trace du vol jusqu'au théâtre, ils n'auraient pas le temps de chercher des indices sur plusieurs pâtés de maisons avant qu'il se soit débarrassé de son trésor.

La distance entre les trois pâtés de maisons était quand même longue, et il dut s'obliger de ne pas courir. Les gens qui couraient, en particulier la nuit, et surtout en tenant un sac, avaient l'air coupables. Tout le long du chemin, et à partir de la pizzéria, il ne cessait de penser que Silvia était déjà venue chercher sa voiture et qu'elle était partie.

Mais à son retour au centre commercial, la Jag était toujours là.

Il l'inspecta avant d'essayer sa clé nouvellement confectionnée. Le coffre était de petite taille — il y avait jeté un coup d'œil plus tôt, mais il avait omis de bien l'examiner — et il n'y avait rien de pire que de se retrouver piégé dans un coffre. Ça ne lui était arrivé qu'une seule fois, mais c'était une fois de trop.

Il s'agissait d'une vieille Mercedes des années 60, construite comme un tank. Le coffre n'était pas équipé d'un levier de sécurité pour les enfants — le genre qui était aujourd'hui standard sur la plupart des coffres d'automobiles, de même que sur les réfrigérateurs. Pire encore, la serrure sur le coffre de la voiture ne s'était pas soumise à ses astuces habituelles, et il n'avait même pas réussi à pousser sur la banquette arrière pour ramper à l'intérieur de la voiture. En fin de compte, il avait passé toute une nuit à transpirer dans le garage d'une maison qu'en fait, il n'avait jamais pu voir, et il avait eu tellement envie d'uriner qu'il avait fini par pisser sur le pneu de secours.

Il n'avait réussi à s'échapper que l'après-midi suivant, lorsque le propriétaire était allé faire laver la voiture. Heureusement, la plupart des gars du lave-auto étaient des immigrés clandestins, et ils n'avaient pas posé de question au personnage mystérieux qui avait soudainement sauté hors du coffre, vêtu d'une chemise blanche, d'un pantalon noir, et d'une cravate noire — sa tenue de base comme préposé du service voiturier — et qui avait couru comme un diable dans une ruelle à proximité.

Depuis cet incident, il n'était jamais monté dans un coffre sans transporter une mini pince-monseigneur.

Marc avait remarqué que la Jag de Silvia était équipée d'un système d'alarme de haute technologie, mais il n'était pas trop inquiet. Le meilleur des systèmes d'alarme identifiait difficilement une fausse clé. Mais par mesure de sécurité, il était toujours préférable d'ouvrir le coffre de l'intérieur de la voiture, à partir du siège du conducteur, après avoir glissé la clé dans le contact en la tournant à mi-chemin.

C'était le propriétaire à la retraite d'un concessionnaire automobile qui lui avait enseigné ce petit truc. Ce simple geste *sécurisait* la puce informatique des systèmes d'alarme les plus sophistiqués.

Pour la première fois, Marc sortit le boîtier qui contenait la copie de la clé de la Jaguar. Il y avait quelques bords rugueux, mais il put les limer avec une petite trousse d'outils qu'il portait toujours lors de tous ses braquages. La clé *semblait* parfaite, mais il la souleva quand même à la lumière et il lui fit un dernier examen ; encore une fois reconnaissant que sa section du stationnement étagé ne soit pas couverte par des caméras de sécurité.

Puis, il fit glisser la clé dans la serrure et la tourna.

Presto ! La porte s'ouvrit sans accroc.

D'un mouvement rapide, Marc grimpa dans la voiture, tout en laissant la porte ouverte, et glissa la clé dans le contact, la tournant jusqu'à un millimètre du point de démarrage. En même temps, il se mit à chercher une touche d'ouverture automatique du coffre arrière. Il en découvrit une au bas de la porte du conducteur, à côté d'une touche d'ouverture du réservoir d'essence. Il appuya et le coffre s'ouvrit. Il coupa l'allumage, retira la clé et sortit en verrouillant la porte derrière lui.

Il était temps d'entrer dans le coffre. Pour une raison ou pour une autre, cette partie était plus difficile pour lui que de se faufiler dans la chambre d'un couple endormi. Il avait lu quelque part que tout le monde souffrait d'un certain degré de claustrophobie — ce n'était qu'une question de savoir à quel point. Il ignorait où il se situait sur l'échelle, mais il doutait de pouvoir devenir astronaute.

Le coffre de la Jaguar était propre et vide, mais compact. C'était normal, il s'agissait d'une voiture sport. Bon Dieu, il n'y avait même pas de banquette arrière. Il était déjà au courant ; néanmoins, ça l'ennuyait. Ou peut-être qu'« intimidait » serait un mot plus juste.

Marc enleva son gilet de préposé. Il sortit une paire de gants chirurgicaux et un bonnet de chirurgien et il les enfila. Il avait vu trop de rediffusions de *CSI*, *NCIS*, *CSI : Miami* — et *CSI : Lunar*, se dit-il en ricanant — pour risquer de laisser des empreintes digitales ou des cheveux dans le coffre. Il frotta aussi de la vaseline sur ses sourcils. Valait mieux être paranoïaque quand on savait qu'une foutue molécule de son anatomie pourrait le faire aboutir en taule pendant une décennie.

Marc grimpa enfin dans le coffre et le ferma.

Il faisait sombre à l'intérieur et c'était étouffant. Le seul moyen de tenir à cet endroit tout en permettant à son sang de circuler dans ses membres, c'était de se rouler en position fœtale. Il gigota un peu, le dos vers l'avant de la voiture et le visage vers l'arrière. Il y avait peu de place pour bouger ses bras et ça l'inquiétait. Plus tard, quand il serait temps de quitter le coffre, il lui faudrait avoir les mains libres au cas où la manette d'ouverture ne fonctionnait pas. Bien sûr, il n'y avait aucune raison de penser que ça ne fonctionnerait pas, mais allez dire ça à Murphy et à la loi qui porte son nom. Marc se demandait parfois qui avait été le vrai Murphy. Le gars devait avoir vécu une vie misérable.

Marc se trouvait dans le coffre depuis dix minutes quand Sandy vint chercher la voiture. Bon Dieu, pensa-t-il, je l'ai échappé belle. Il savait que c'était Sandy parce qu'elle chantait toujours en travaillant. Sandy avait quelques années de plus que lui — elle avait récemment fêté son 21e anniversaire en se saoulant avec les gars du travail. Marc avait beaucoup de respect pour elle. Elle se précipitait pour garer et ramasser les voitures, et elle était toujours polie avec les clients. Elle ne se vantait jamais lorsqu'elle recevait un bon pourboire. Mais ce qu'il aimait le plus d'elle, c'était que les vedettes ne l'impressionnaient pas. Pour Sandy, ce n'étaient que des gens ordinaires.

Marc était attiré par elle et il savait qu'elle l'aimait bien, mais à cause de ses activités secondaires, il ne lui avait jamais demandé de sortir avec lui. La possibilité était faible, mais si jamais il se faisait attraper pendant qu'ils sortaient ensemble, les flics pourraient supposer qu'elle travaillait avec lui, ou qu'à tout le moins elle était au courant des vols. Il n'était pas question qu'il la mette dans une telle position. C'était une fille qui avait de la classe. Elle allait à l'université le jour, avec une charge complète de cours, et elle deviendrait dentiste ou médecin — ou quelque chose de semblable.

Mais Sandy conduisait comme une cinglée. C'était la première fois qu'il se trouvait dans le coffre d'une voiture pendant qu'elle était derrière le volant, et pour présenter les choses légèrement, c'était une expérience nouvelle. Marc jura que s'il n'avait pas été aussi à l'étroit, il se serait brisé les os. Elle avait quelque chose contre le frein — elle ne l'utilisait jamais, même pas dans les tournants serrés. Il entendit littéralement craquer des os de son dos et de son cou lorsqu'elle engagea brusquement la voiture sur Hollywood Boulevard.

Ils arrivèrent à l'hôtel en un temps record.

Ray Cota bavarda avec Sandy, alors qu'elle lui remettait la Jag. Sandy souhaita même bonne chance à Ray pour sa prochaine saison dans la NFL. Mais Marc n'entendit pas un mot prononcé par Silvia Summer. Il était évident que ça n'allait pas très bien entre eux. Ils filèrent sur la route pendant cinq minutes avant que Ray finisse par lui adresser la parole.

— Vas-tu finir par me parler ce soir ? demanda-t-il.

Marc l'espérait certainement. Il était tout à fait possible que la voiture appartienne à Ray, et s'il ne passait pas la nuit avec Silvia, Marc pourrait finir par devoir s'échapper d'un garage pour entrer dans une maison où il n'y avait rien à voler, sinon quelques trophées sportifs.

— De quoi veux-tu parler ? grommela Silvia.

— Elle ne m'a pas donné son numéro parce que je le lui ai demandé, dit Ray. Nous avons juste échangé quelques mots.

— Des conneries.

— Allons. Il est tard, nous sommes tous les deux fatigués. Il ne s'est rien passé.

— Tu appelles ça « rien » de soutirer le nouveau numéro de téléphone de ton ex.

— Karmen n'a jamais été ma petite amie. Je te l'ai dit.

— Tu m'as aussi dit que tu l'avais déjà baisée. Oh, non, attends. Je me souviens maintenant. Tu as eu des relations sexuelles avec elle de temps en temps pendant six mois — en même temps qu'elle sortait avec ton meilleur ami.

Silvia fit une pause. Elle parlait d'une voix pâteuse. Il ne faisait aucun doute qu'elle était ivre.

— Peut-être que je devrais donner un coup de fil à Matt.

— Matt est à New York. Tout ça est arrivé à New York. Ça n'a rien à voir avec ce qui se passe entre nous en ce moment.

Silvia se mit à rire d'un ton sarcastique.

— Bon Dieu, tu es un de ces gars qui pense que les valeurs morales sont inversement proportionnelles à la distance entre toi et ton véritable amour.

— Hein ?

Le ton de Silvia se durcit soudain.

— Karmen est ici maintenant ! Elle est ici à Los Angeles ! Et je vais aux toilettes cinq minutes et tu te ramasses dans un coin à lui caresser les seins.

— C'est un mensonge ! Je ne l'ai pas touchée !

— Tu avais ton bras autour de sa taille !

Ray prit un moment pour répondre.

— Elle était ivre comme toi maintenant. J'ai tendu mon bras pour la retenir. Elle aurait pu tomber dans la piscine.

— Ha ! Tu l'as stabilisée, mon cul ! Ta main a glissé et tu as cherché son cul la seconde même où tu l'as remise sur ses pieds.

Ray avait probablement aussi trop bu. Il prenait du temps pour répondre, ce qui ne lui faisait pas gagner de points.

— Tu as dit que je lui touchais les seins. Que c'était ça qui t'avait dérangée. Maintenant, tu dis que c'est son cul. Accorde tes violons, tu veux ?

— Y'a quelqu'un qui a fait craquer ta tête ou ton casque pendant l'entraînement ou quoi ? Ce n'est pas important où tu l'as touchée ! Ce qui est important, c'est que tu l'as fait.

— C'est elle qui est venue me voir, je te le jure. Je ne voulais même pas lui parler.

Silvia se mit à ricaner.

— Je te crois ! Pourquoi parler quand tu peux tout simplement baiser ? Je veux dire, de toute façon, de quoi parleriez-vous ? Tu gagnes ta vie en fonçant sur des gens avec ce qui te reste de crâne. Je ne peux pas me souvenir de la dernière fois que nous avons parlé sérieusement à propos de quoi que ce soit. Je ne suis pas certaine à cent pour cent, mais je commence à penser que c'est parce que tu es trop crétin pour avoir une conversation.

Le ton de Ray s'assombrit.

— Tu me traites de stupide ? Je t'ai dit de ne pas me traiter de stupide.

— Je t'ai traité de crétin, stupide, mais permets-moi de m'excuser. Tu n'es pas un crétin. D'habitude, le QI des crétins varie entre 50 et 70. Toi, tu dois avoir au moins dix de moins.

Silvia fit une pause.

— Je t'appelle « imbécile ».

Marc sentit que la voiture déviait soudainement et il entendit la voix de Ray se faire plus menaçante. Pourtant, il trouva difficile de s'empêcher de sourire. Même en état d'ivresse, Silvia était plutôt vive d'esprit.

— Tu veux que je te ramène chez toi ou pas ? demanda-t-il doucement.

— Je ne sais pas. Ce n'est pas comme si j'ai beaucoup de choix.

Ray ralentit soudainement.

— Je peux te déposer ici, si tu veux. Juste là, à côté de ce sans-abri.

— Oublies-tu que c'est ma voiture ? Pourquoi est-ce que ce ne serait pas moi qui te laisse ici ?

— Parce que tu es défoncée. Tu ne pourrais pas rentrer chez toi avec tout l'alcool que tu as dans le sang, même si tu étais en train de saigner à mort.

Silvia demeura un moment silencieuse, puis elle commença à rire.

— Ray, si j'étais en train de saigner à mort, j'irais à l'hôpital, je ne m'en irais pas chez moi. Tu comprends ?

— Ouais, je comprends. J'ai compris dès le moment où nous sommes arrivés au théâtre. De la façon que tu as flirté avec ce gars qui a pris nos clés. Au fait, qu'est-ce que tu lui as dit? Pourquoi est-ce que son visage s'est éclairé quand tu as chuchoté dans son oreille?

— Je lui ai dit à quel point il était mignon et que j'espérais que nous pourrions faire l'amour plus tard parce que mon copain était un bon à rien, un fils de pute infidèle, et que j'aurais probablement besoin de compagnie après le film.

— Et tu m'accuses de flirter avec une autre fille. Vache!

Silvia rit un moment, puis elle se tut.

— Contente-toi de conduire, dit-elle d'une voix douce, d'accord? Je ne veux plus te parler ce soir.

Ray sembla comprendre le message et il se tut. Mais ensuite, il alluma la radio à une station de rap, et un dédale de haut-parleurs coûteux commença à faire vibrer le cerveau de Marc. Le pire, c'étaient les basses du haut-parleur de 25 centimètres — qui résonnaient comme le tonnerre. Tout ce que Marc pouvait faire, c'était de tenir ses mains sur ses oreilles et de prier pour que la maison de Silvia soit proche.

En réalité, il avait une idée de l'endroit où vivait Silvia Summer. C'était soit dans Pacific Palisades ou Malibu; l'un ou l'autre. Il se faisait un devoir de parcourir rapidement l'Internet pour savoir si une cible potentielle vivait dans une maison ou dans un appartement en hauteur. Sortir d'un coffre dans un stationnement d'appartements ne lui donnait aucun avantage. Sa chance, c'était que la plupart des gens qui pouvaient se permettre des bijoux coûteux pouvaient aussi se payer leur propre maison. Ce n'était presque jamais une pierre d'achoppement majeure. D'après sa recherche, il savait que Silvia était propriétaire d'une maison.

La musique dura encore une dizaine de minutes avant que Silvia l'éteigne. Ray se plaignit, mais elle avait dû le faire taire d'un regard, car il ne remit pas la musique. Ils roulèrent le reste du chemin en silence. La crainte de Marc que Ray ne passe pas la nuit augmentait.

Tout de même, il était toujours possible que Ray soit venu la chercher chez elle dans sa propre voiture et qu'il la laisse seule pour la nuit. Ce serait idéal. Il serait plus facile de se faufiler dans la maison si Silvia était seule.

Ray roula pour un total de 33 minutes avant de s'engager dans une allée et de pousser un bouton qui ouvrait une porte de garage. Il fit entrer la Jag lentement à l'intérieur et Marc entendit la porte se fermer derrière eux. C'est seulement à ce moment que Ray parla à Silvia.

— Est-ce que je reste ou je m'en vais ? demanda-t-il.

Silvia ouvrit sa porte.

— Je ne veux pas de toi ici.

Ray ouvrit aussi sa porte.

— Sil, il faut qu'on parle. Je suis... Je suis désolé.

Elle claqua sa porte.

— J'ai pas envie de discuter.

Ray était désespéré.

— Est-ce qu'on peut parler dans la matinée ? Il faut qu'on se parle.

Silvia sembla réfléchir.

— Tu peux dormir en bas et c'est tout. Viens dans ma chambre, et j'appelle le 911, et je te fais arrêter. C'est clair ?

— C'est assez dur.

— Non. Traiter de vache la femme que tu aimes est assez dur.

Ils quittèrent le garage et entrèrent dans la maison. Après, Marc ne les entendit plus. Il savait qu'il avait atteint le moment crucial. Avant toute chose, il lui fallait être patient. Il devait leur donner le temps de s'endormir. Non seulement d'être inconscients, mais de sombrer au plus profond du sommeil paradoxal — alors qu'une bombe pourrait éclater dans la chambre sans qu'ils puissent l'entendre. La chose la plus intelligente à faire, c'était de rester dans le coffre et d'attendre au moins une heure — deux serait encore mieux.

Mais Marc savait qu'il ne pouvait pas attendre, du moins pas avec le coffre fermé. Quand il y avait grimpé, il avait senti à quel point c'était étouffant, mais il avait maintenant l'impression qu'il ne restait plus une molécule d'oxygène dans l'espace restreint. Il avait du mal à reprendre son souffle. Il essayait de se convaincre que tout ça était dans sa tête, que le coffre n'était pas scellé sous vide, mais c'était inutile. Tant qu'ils avaient été sur la route, il avait senti une légère brise fraîche qui entrait à partir d'un petit trou quelque part. Mais maintenant, on aurait dit qu'il était enfermé dans un tombeau.

Il n'entrerait pas dans la maison, se jura-t-il. Il ne sortirait même pas du coffre. Mais il fallait qu'il ouvre le capot. Il avait besoin d'air frais.

Marc appuya sur la manette d'ouverture d'urgence, et le coffre s'ouvrit. La première chose qu'il fit fut de briser une règle essentielle.

Il se hissa à l'extérieur du coffre, se leva et s'étira. C'était stupide et il le savait. Silvia et Ray n'étaient à l'intérieur que depuis quelques minutes, et un pourcentage élevé de gens était distrait et laissait soit leur téléphone cellulaire, leur portefeuille, ou leur sac à main dans la voiture après leur arrivée à la maison. Ils revenaient ensuite en courant dans le garage pour récupérer le tout.

Il savait qu'il aurait dû attendre au moins 20 minutes avant de sortir du coffre. S'il avait la moitié d'un cerveau, il retournerait à l'intérieur. Pourtant, à l'idée de le faire son cœur battit la chamade. Sa claustrophobie empirait — un autre signe qu'il était temps de changer de boulot. Il se jura alors que s'il réussissait à prendre l'émeraude, ce serait la fin. Il travaillerait au théâtre environ un autre mois pour dissiper les soupçons, puis il partirait.

Il aimait les bateaux, il aimait la pêche. Il avait toujours rêvé de déménager sur une petite île près de Fidji et d'acheter son propre bateau pour démarrer un service de pêche. S'il pouvait obtenir un million pour l'émeraude, il serait en mesure de réaliser ce rêve. Capitaine de son propre bateau — il se paierait des tas de gonzesses rien que pour ça.

Peut-être même Silvia Summer.

Il détestait encore l'idée qu'elle soit sa cible.

Pourtant, il détestait encore plus Ray Cota. Silvia avait raison, le cerveau de l'athlète n'était que de la bouillie. Marc était convaincu que rien de ce que Ray pourrait lui dire dans la matinée n'empêcherait l'actrice de le larguer.

— Ouais, elle va le laisser tomber pour toi, certainement, murmura-t-il.

La vérité, c'était que tout serait pardonné dans la matinée. Il était même possible que Silvia ne se souvienne pas de la querelle. Elle était tellement ivre.

Les minutes s'écoulèrent et personne ne s'approcha du garage. Il gardait ses gants et son bonnet de chirurgien. Ce serait une aussi grosse erreur de laisser des cheveux ou des empreintes dans le garage que dans la voiture. Il continua à dresser l'oreille, mais aucun son ne lui parvint de l'intérieur.

Il se mit à marcher pour passer le temps. Il aimait se prendre pour un pro, mais il lui faudrait encore maîtriser l'habileté de demeurer assis pendant de longues périodes. Il était heureux que ce soit son dernier travail. Ce serait un soulagement. S'il finissait avec une bonne rentrée d'argent, et pas de détectives qui lui couraient après pour lui poser des questions, il aurait peut-être même le courage de demander à Sandy de sortir avec lui. Il se rendait compte qu'il ne s'était pas tenu à l'écart seulement pour assurer sa sécurité. Elle était intelligente, elle essayait de faire quelque chose de bien avec sa vie, elle venait d'une bonne famille.

La vérité, c'était qu'elle l'intimidait. Que pouvait-il dire si jamais elle lui posait des questions sur sa famille à lui ? Qu'il n'en avait pas ? Une fille intelligente comme Sandy saurait qu'un gars qui avait grandi sans parents devait être abîmé. Et Marc ne se faisait pas d'illusions sur ce sujet — il n'était pas normal. Quel gars de son âge se tiendrait dans un garage sombre en attendant qu'une vedette de cinéma — à peine plus âgée que lui — s'endorme pour qu'il puisse se glisser dans sa chambre et lui voler son collier ?

Si Sandy pouvait le voir maintenant, elle partirait en courant.

Marc réussit à patienter pendant une heure. Mais il ne pouvait attendre plus longtemps, puisque le soleil se lèverait bientôt. Il avait déjà vérifié la porte et il savait que Silvia ne l'avait pas verrouillée derrière elle. Ils ne le faisaient jamais — ils faisaient confiance à la porte de garage. De plus, même si la résidence était dotée d'un système d'alarme — disons un système activé par le mouvement — il ne serait pas allumé pendant que les gens sont dans la maison.

Avant d'entrer, il tira un masque de ski noir sur son bonnet de chirurgien. Un peu plus tôt, il l'avait passé au peigne fin. Pas de cheveux ni pellicules. S'il devait se faire repérer, le masque empêcherait son identification.

À exactement 5 h, Marc ouvrit la porte et pénétra dans la maison. Il tenait sa lampe de poche dans sa main droite, mais il ne l'alluma pas. Il se trouvait dans une salle de lavage compacte. Dans la cuisine, à proximité, une lumière brillait au-dessus du four. Cette seule ampoule lui donnerait suffisamment d'éclairage pour se déplacer au rez-de-chaussée.

Il n'entra pas dans la cuisine. Il entendit un homme ronfler sur sa droite, dans un petit couloir. Silvia avait dit à Ray de dormir en bas, ce qui voulait dire que Marc se trouvait dans une maison de deux étages.

Ray ronflait bruyamment. Il n'avait pas fermé la porte de la chambre. Tout de même, c'était un atout majeur qu'il ne soit pas dans le lit avec Silvia. Il serait plus facile de faire face à une actrice hurlante de 45 kilos qu'à un receveur de la NFL qui en faisait 90. Pourtant, Marc espérait ne pas être obligé d'en arriver là.

Marc contourna la cuisine en passant près de la porte de chambre de Ray et découvrit l'escalier. Il avait espéré que les marches seraient recouvertes de moquette, mais elles étaient en cèdre massif. Le bois rouge paraissait frais et il sentait bon, mais il craquerait s'il ne faisait pas attention.

Il monta l'escalier en spirale en utilisant la rampe de soutien, et en essayant d'atténuer l'impact de son poids. Il était satisfait de ses progrès jusqu'à ce qu'il arrive à deux marches du sommet. Ce fut alors qu'il posa le pied sur une marche qui grinça si fort qu'il crut que son cœur allait éclater. Le bruit sembla résonner à travers la maison.

En réalité, ce n'était probablement qu'un écho dans sa tête. La porte de la chambre de Silvia était aussi ouverte, à trois mètres à sa gauche. Il entendit sa respiration calme et en écoutant, il constata que le bruit de craquement de la marche ne l'avait pas affectée.

Un autre signe positif. Elle était profondément endormie.

Le plancher de l'étage était recouvert de moquette, Dieu merci. Marc put quitter l'escalier et jeter un coup d'œil dans la chambre de Silvia sans faire de bruit. Elle avait un grand lit, à quelques mètres vers la droite, et elle dormait sur le côté droit — loin de la salle de bain et de la commode à tiroirs.

Il vit tout cela sans allumer sa lampe de poche, mais c'était un collage d'ombres et de silhouettes. Il fut soulagé de voir que le tapis continuait dans la chambre, mais sans autre source de lumière, il ne pouvait distinguer aucun détail. Plus précisément, il était incapable de voir où se trouvait le collier.

Sa lampe de poche lui avait coûté une somme rondelette. Elle était étroite et revêtue de caoutchouc ; ainsi, il pouvait la tenir confortablement dans sa bouche s'il avait besoin de ses mains libres. Mais surtout, elle offrait un choix de deux filtres qu'il pouvait interchanger sur la lentille : bleu ou rouge. Le filtre bleu coupait la luminosité par un facteur de dix. Le rouge la réduisait de 40.

Dans le passé, il s'était toujours servi du filtre bleu. Il lui permettait de voir beaucoup mieux. Mais quelque chose l'inquiétait au sujet de Silvia. Elle semblait être profondément endormie. Elle en montrait tous les signes : respiration lente, absence de mouvement. Pourtant, il *sentait* quelque chose qui émanait d'elle, quelque chose qu'il était incapable d'exprimer.

Il laissa sa lampe de poche éteinte.

Il demeura là sans bouger pendant un long moment. Probablement 5 minutes — peut-être 15. Il eut l'impression d'une éternité et encore une fois, Silvia n'avait pas bougé ni modifié sa respiration ; elle ne lui donnait aucune autre raison de rester cloué sur place. Pourtant, il y avait quelque chose chez elle qui semblait… hors de l'ordinaire.

Il fit enfin un pas dans la pièce ; puis un autre. Il fit une pause entre chacun. Malgré sa claustrophobie, il était habile à respirer doucement. Il respirait par la bouche, pas par le nez. Les cavités nasales étaient étroites et les siennes étaient bloquées depuis qu'il s'était retrouvé coincé dans ce fichu coffre.

Il s'avança vers la salle de bain et il vit et sentit qu'il avait atteint la fin du tapis. D'après la texture qu'il percevait à travers les semelles de ses chaussures, il eut l'impression de marcher sur du carrelage en pierre. Il voulait entrer complètement dans la salle de bain avant d'allumer sa lampe. Il avait déjà glissé le filtre rouge en place et il avait depuis longtemps réglé le commutateur pour qu'il puisse le presser sans faire de bruit.

Malheureusement, entrer dans la salle de bain équivalait à pénétrer dans un espace vide sans fin. Il ne disposait d'aucune lumière pour se guider. Pour autant qu'il le sache, il pourrait tout aussi bien marcher sur un canard de caoutchouc, un de ceux qui font coin-coin.

Il n'avait pas le choix. Il dirigea sa lampe vers le bas, il attrapa la lentille entre ses mains, et il l'alluma. La lueur rouge scintilla comme si l'endroit était hanté par un esprit. À sa droite, une serviette lui sauta aux yeux; elle était suspendue à un crochet doré. Rien d'autre, c'était tout ce qu'il voyait. Il gardait toujours sa main sur la lentille. Il demeura sans bouger pendant une minute. Il estimait qu'il fallait attendre, qu'il devait donner à Silvia une chance de se trahir.

Elle continuait à respirer doucement, comme une enfant.

Il enleva lentement sa main de la lentille et il eut le souffle coupé.

Posé sur le comptoir de la salle de bain, il y avait le collier d'émeraudes.

Juste à côté, une paire de boucles d'oreilles émeraude.

Marc ne pouvait croire à sa chance. Les gemmes n'étaient qu'à environ un mètre de lui. Il n'avait qu'à avancer d'un pas et il les aurait. Il tiendrait son avenir entre ses mains. Il pourrait glisser une boucle d'oreille dans chacune de ses poches, ramasser le collier, fermer la lumière et sortir par la porte de la salle de bain, puis par la porte avant et commencer une toute nouvelle vie. Tout était là devant lui, et rien n'était là pour l'arrêter.

Derrière lui, Marc entendit Silvia remuer.

Elle se tourna, le visage dans sa direction.

Le cœur de Marc hurla dans sa poitrine, mais il eut assez de présence d'esprit pour fermer sa lampe de poche. Il eut du mal à respirer silencieusement. Il ne s'inquiétait pas de marcher sur quoi que ce soit. Il y avait quelques secondes, même dans son moment d'exaltation, il avait fait l'inventaire du plancher qui était libre de tout obstacle.

Non, sa crainte concernait Silvia elle-même. Pourquoi avait-elle choisi ce moment précis pour bouger ? Avait-elle entendu quelque chose ? Ou l'avait-elle surveillé tout ce temps, assumant que c'était Ray qui venait se glisser dans son lit ?

Marc trouvait difficile de croire que le moment qu'elle avait choisi pour se déplacer était une simple coïncidence.

Peut-être était-elle en train de se jouer de lui.

Ou plutôt de Ray.

Il glissa la lampe de poche dans sa poche arrière, il s'avança et déposa chacune des boucles d'oreilles dans deux poches différentes, une à droite et une à gauche. Il voulait les séparer de peur qu'elles claquent l'une sur l'autre. D'accord, si elles entraient en collision, le bruit serait faible, mais n'importe quel son dans une pièce silencieuse était bruyant. Il ramassa le collier avec ses deux mains. La droite saisit la pierre, la gauche la chaîne d'or. Il se retourna et se dirigea vers la porte de la salle de bain et jeta un coup d'œil à l'extérieur.

La silhouette de Silvia semblait le regarder droit dans les yeux. Sa couette reposait à mi-hauteur de son bras, couvrant à peine ses seins dissimulés. La quantité de lumière était si faible qu'il aurait pu tout aussi bien être dans l'espace extra-atmosphérique. Pourtant, il savait qu'elle était nue. On aurait dit qu'il pouvait respirer sa peau nue, et quel merveilleux parfum avait cette peau. À cet instant, pendant un moment, il oublia le joyau dans sa main.

Puis, il se secoua. Qu'était-il en train de faire ? Il était totalement exposé ! Il lui fallait sortir de la chambre ! Il devait sortir de la maison ! Silvia n'était pas réelle. Sandy n'était pas réelle. Non plus que les 19 premières années de sa vie. Le joyau vert dans ses mains était tout ce qui comptait, l'argent qu'il pourrait rapporter, la liberté. Ce soir, il pourrait naître de nouveau.

Marc se retourna et se dirigea vers la porte de la chambre. Il était sur le point d'entrer dans le couloir quand Silvia parla d'un ton las derrière lui.

— Tu viens me présenter des excuses ? marmonna-t-elle.

Même quand elle était à moitié endormie, il y avait un ton de sarcasme dans sa voix.

Marc pensa frénétiquement. Elle devait l'avoir vu, et sinon, elle savait qu'il était là ; ou plutôt elle savait que Ray était là. S'il partait tout simplement, ça pourrait l'agacer. Elle pourrait lui courir après. Mais comment pourrait-il imiter la voix de Ray ? Sa voix à lui était complètement différente.

Mais il avait déjà lu sur le sujet, et il savait qu'il était difficile pour les gens d'identifier quelqu'un qui chuchotait, même si cette personne était près d'eux. D'autant plus qu'étant donné son état d'épuisement et d'ébriété, il serait particulièrement difficile pour Silvia de le différencier de Ray. Il décida de prendre le risque.

— Fatigué... on parlera ce matin, chuchota-t-il, avant de sortir rapidement par la porte.

À chacun de ses pas vers l'escalier, il écouta frénétiquement. Pourtant, avant même qu'il ait mis le pied sur la première marche, il entendit qu'elle recommençait à respirer comme une enfant. Elle s'était rendormie.

En bas, debout dans la cuisine à côté d'un support de clés, il eut une idée folle. Elle lui était venue par la force des choses. Avant de grimper dans la Jag de Silvia, il n'avait pas suffisamment réfléchi aux détails de son évasion.

Maintenant, il prenait conscience de sa situation.

Dans la matinée — dès que Silvia et Ray se réveilleraient — ils sauraient que quelqu'un avait volé le collier et ils appelleraient la police. Ça n'était pas un problème, on devait s'y attendre. D'ici là, il serait dans son studio, probablement endormi dans son lit.

Mais il lui faudrait du temps pour rentrer chez lui. Du faible bruit de vagues qu'il pouvait entendre — pour la première fois — par les fenêtres fermées de la cuisine, il devait s'être rendu jusqu'à Malibu, près de la plage. Il était certain qu'il ne pouvait appeler un taxi pour se faire ramener chez lui. Une fois que le vol serait signalé, n'importe quel détective intelligent vérifierait toutes les compagnies de taxi qui desservaient la riche et célèbre Malibu pour leur demander s'ils avaient ramassé un gars après 4 h du matin. C'était évident.

Lors de ses quatre vols précédents, il lui avait été facile de s'évader. Il avait tout simplement marché pendant quelques kilomètres hors de la zone où habitait sa victime avant de prendre un bus en fin de soirée. C'était la première fois qu'il se faisait piéger dans Malibu. La ville était très isolée, coincée dans une longue bande de terre entre les collines et la mer. Si l'on considérait le temps pendant lequel Ray avait roulé avant d'atteindre la maison de Silvia, il devait maintenant être bien loin au nord sur la côte. Ce qui signifiait que le seul moyen de sortir de la zone, c'était de prendre la Pacific Coast Highway en direction sud.

Mais ça l'énervait de marcher sur une route principale. Les flics se méfiaient des types qui marchaient seuls dans le noir, peu importe si le soleil se levait bientôt. Certes, il pourrait ranger le collier dans un arbre ou un buisson avant de quitter la zone. Si les policiers l'arrêtaient et le fouillaient, ils ne trouveraient rien.

Pourtant, ça ne les empêcherait pas de se souvenir de lui. Et s'ils l'emmenaient pour un interrogatoire, ils apprendraient vite où il travaille et feraient le lien avec le collier manquant de Silvia.

Donc, marcher pour sortir de Malibu n'était pas un bon choix.

Merde! Pourquoi n'y avait-il pas pensé avant?

Il y avait une autre solution. Il pourrait cacher les bijoux à proximité, puis rester hors de vue jusqu'autour de 10 h dans la matinée avant de rentrer à la maison. En plein jour, il paraîtrait beaucoup moins suspect.

Plus tard dans l'après-midi, au volant de sa propre voiture, il pourrait revenir dans la zone et ramasser le collier.

L'idée avait des éléments positifs, mais elle comportait aussi des points négatifs. Il n'était pas vêtu pour la plage, et pour ce qu'il en savait, il se trouvait dans une zone de plage privée. Aussi, dès le signal du vol, les flics seraient partout dans cette partie de Malibu, à la recherche de personnes suspectes.

Non, ce qui importait, c'était de sortir de Malibu.

Maintenant. Il fut ramené à son idée folle.

Et s'il sautait dans la Jaguar, à cette minute même, et qu'il la conduisait tout simplement pour ficher le camp d'ici? Ça semblait dingue, mais l'idée était très attrayante.

Ray ronflait comme une locomotive, mais sa chambre n'était pas loin du garage, contrairement à celle de Silvia. Mais si Marc fermait doucement la porte de la chambre de Ray? Dans leur état d'ébriété, entendraient-ils la porte du garage s'ouvrir et se refermer? En fait, à leur arrivée, Marc avait été impressionné de voir à quel point la porte de garage était silencieuse lorsqu'elle s'ouvrait et se fermait. La maison était relativement récente — elle était dotée du meilleur équipement.

En outre, il était épuisé. Il ne pouvait imaginer passer les six prochaines heures à regarder constamment par-dessus son épaule, en avançant lentement jusque chez lui. S'il prenait immédiatement la Jag, il serait dans son appartement en 40 minutes, endormi dans son lit en moins d'une heure. Et il ne serait pas obligé d'abandonner le collier quelque part.

Même si Silvia ou Ray entendaient la porte de garage s'ouvrir et qu'ils se rendaient compte de la disparition de la voiture et du collier, le temps qu'ils appellent le 911, plus le délai de réaction des flics, Marc savait qu'il serait au moins à Santa Monica — et que ce serait un excellent endroit pour larguer la voiture avant de trouver un moyen sécuritaire de rentrer chez lui.

C'était décidé. Il partait avec la Jag.

Laissant le collier sur le comptoir de la cuisine, Marc se glissa jusqu'à la chambre de Ray et ferma doucement la porte. Ray continua à ronfler comme un porc. De retour à la cuisine, Marc fourra le collier dans sa poche et retira les trois jeux de clés suspendus au support avant de se diriger vers la même porte qu'il avait utilisée pour entrer dans la maison.

Assis dans la voiture dans le garage fermé, Marc décida de garder son bonnet chirurgical et ses gants, mais d'enlever son masque. Il faisait encore très sombre à l'extérieur, mais toute personne qui roulait tout près et regardait dans sa fenêtre pourrait remarquer le masque. Par contre, le truc médical pourrait le faire passer pour un jeune médecin qui rentrait chez lui après une longue nuit.

Marc poussa le bouton fixé au pare-soleil et la porte de garage s'ouvrit en douceur. Il recula et poussa de nouveau sur le bouton dès qu'il atteignit le bout de l'allée. Le garage se ferma et la fenêtre de la chambre de Silvia demeura sombre. Il fit une pause pendant une minute, un peu plus loin dans l'allée, pour vérifier si rien n'avait changé, et c'était le cas. Aucune lumière ne s'alluma.

Il était libre. Ils étaient encore endormis tous les deux.

La maison où habitait Silvia était située à un demi-terrain de football de l'océan. Sa route menait directement à la Pacific Coast Highway, et bientôt Marc filait vers le sud avec un sourire idiot sur son visage. Il n'avait jamais connu une telle joie. Il n'avait pas de mots pour exprimer comment il se sentait. Il pria seulement pour que cette sensation dure.

Le fait qu'aucune lumière supplémentaire ne s'était allumée dans la maison de Silvia lui donna la confiance nécessaire pour se rendre jusqu'à West Hollywood avec la Jaguar. Mais il fit un changement majeur à son plan dingue lorsqu'il s'approcha de son appartement. Avant de se débarrasser de la voiture, il décida de se rendre à l'endroit où il dissimulait son trésor. Il était maintenant impatient de sortir le collier de ses poches.

Sa cachette se trouvait à seulement un kilomètre de l'endroit où il habitait, dans une ruelle, derrière une rangée de bâtiments qui auraient dû être condamnés depuis 20 ans. Là, derrière une benne à ordures puantes maintenant inutilisée, il y avait un mur de briques rouges avec trois briques branlantes. À l'intérieur du mur, il y avait un espace étroit entouré de plaques de plâtre sur trois côtés et d'un panneau de bois bon marché de l'autre.

Toujours prudent, il se gara à un pâté de maisons de la cachette, se dirigea vers elle d'un air décontracté, cacha le collier et les boucles d'oreilles dans un sac à ordures neuf, rangea le tout dans le mur, et fut de retour dans la Jag en cinq minutes.

Il devait maintenant se débarrasser de la voiture. Pas de problème ; il laissa la voiture sport verrouillée sur une rue résidentielle à six kilomètres de l'endroit où Silvia avait visionné son film.

Il n'était maintenant qu'à trois kilomètres de chez lui. C'était un soulagement de pouvoir enfin enlever ses gants et son bonnet. Mais en dépit de son enthousiasme, la fatigue le frappa de nouveau, et il avait l'impression que les trois kilomètres étaient une longue distance à pied. Il fut tenté de grimper à bord d'un bus.

Mais même si ses jambes étaient douloureuses, marcher jusqu'à la maison en passant par les rues secondaires était la meilleure chose à faire. Maintenant, il y avait une lueur à l'est et le soleil allait se lever ; il était de retour à Hollywood et personne n'y regarderait de plus près.

Le soleil se leva avant qu'il ait atteint son appartement. Il se trouvait à seulement un demi-kilomètre de chez lui, mais il avait besoin de pisser et il ne pouvait attendre. Il se faufila dans une autre ruelle décrépite, à deux pâtés de maisons de son objectif, il se soulagea rapidement contre un mur crasseux, et il releva sa fermeture à glissière.

Il se retourna pour quitter la ruelle lorsqu'il se rendit soudainement compte qu'il se dirigeait en direction du soleil alors que celui-ci aurait dû être dans son dos. Il se tourna de nouveau et aperçut un second soleil. Pendant un instant, il se sentit tout à fait désorienté. Il se retourna vers le disque brûlant qu'il avait vu la première fois et il fut contraint de cligner des yeux.

Dans le bref laps de temps où il lui avait tourné le dos, l'astre s'était rapproché, et ce n'était certainement pas le soleil du matin chaleureux et apaisant qu'il avait connu toute sa vie. Il n'était même pas jaune. Il avait plutôt un centre blanc brillant et il était entouré d'un halo violet flamboyant. Les deux lumières étaient soudainement si lumineuses qu'il fut momentanément aveuglé et qu'il leva instinctivement le bras pour se protéger les yeux.

Une vague de chaleur intense l'envahit.

Un poing massif sembla le claquer de la tête aux pieds par-derrière, le poussant vers les lumières. Il sentit ses pieds décoller du sol et il supposa qu'il était sur le point de tomber par en avant. Mais pour une raison ou pour une autre, il ne toucha jamais le sol.

Ce fut la dernière chose dont il se souvint.

CHAPITRE 2

Je les vois, tous les deux. L'homme le plus puissant du monde et la femme la plus dangereuse. Je connais leur nom, leur visage. Je connais leur histoire. L'un d'eux que j'adorais, l'autre que je craignais — il y a à peine un mois, juste avant de les voir mourir. Pourtant, ils sont assis à une table en plein air dans l'aire de restauration du Century City Mall, à manger des bols de crème glacée.

Kendor et Syn.

Ils avaient déjà été le plus vieux couple sur terre, peut-être le plus heureux — leur amour, né à l'âge de fer, plus résistant que cette période, était certainement assez fort pour être à l'épreuve du défi des siècles.

Pourtant, lentement, au fil des ans, la douleur avait rongé Syn. La mort d'un fils au combat ; puis, 600 ans plus tard, la perte d'une fille par la peste. Elle a perdu ses petits-enfants du même coup, un garçon et une fille. Enfin, la disparition du dernier enfant de Syn — un jeune homme idéaliste qui avait fui l'Angleterre pour aller vers le Nouveau Monde dans le but d'échapper à l'horreur que devenait sa mère.

Je soupçonne que de les voir dans ce décor banal me semble encore plus bizarre. Je veux dire, ils sont simplement assis là, en train de manger de la crème glacée, dans une aire de restauration.

Je suis venue seule au centre commercial animé, et je viens juste de sortir de Bloomingdale's, où j'ai acheté un tailleur-pantalon gris dans la section Anne Klein. Le costume est plié dans une boîte rouge qui est attachée avec un ruban blanc ; et quand je le porterai pour la réunion de ce soir et qu'il me fera paraître plus âgée et plus élégante que mes 18 ans, il aura rempli son rôle.

L'ensemble est beaucoup plus cher que ce que j'avais l'habitude de dépenser en une année pour des vêtements. La réunion à laquelle on me demande d'assister ce soir est importante. Il y aura le Conseil, les Tars, les sorciers et sorcières plus âgés qui aident à guider le monde dans l'ombre, le monde réel et le monde des sorciers. C'est mon propre père qui m'a « ordonné » d'assister à la réunion, et Cleo en personne, la chef du Conseil, a téléphoné et a sollicité ma présence.

Je suis nerveuse à l'idée de m'y rendre. Voilà un mois depuis que je me suis retrouvée devant le groupe d'anciens sorciers, et il me reste peu de temps avant le départ de mon avion pour San Francisco, où le rassemblement doit avoir lieu.

Pourtant, ici, tout à coup, de nulle part, je vois ces deux titans que j'ai vu mourir dans le monde des sorciers — un point important. S'ils avaient péri dans le monde réel, comme mon petit ami, Jimmy — ils pourraient encore exister dans l'autre monde. Mais la mort dans le monde des sorciers lui-même est la mort finale, du moins, c'est ce qu'on m'a dit, une mort d'où l'on ne revient pas.

Pourtant, je suis maintenant dans le monde des sorciers.

Ça n'a aucun sens qu'ils soient encore vivants.

Leur vue me paralyse. Je crains qu'ils ne me voient. Je ne peux littéralement pas bouger. Tout de même, lorsqu'ils jettent un coup d'œil dans ma direction — diable, je pourrais jurer qu'ils me regardent droit dans les yeux — je ne vois aucun signe de reconnaissance. Je pourrais être juste une autre fille riche et gâtée avec une nouvelle tenue dissimulée sous mon bras. Ils continuent tout simplement de manger leur crème glacée. On dirait qu'ils n'ont jamais rien goûté d'aussi délicieux.

« Peut-être ne m'ont-ils pas vue », pensé-je.

Mes jambes tremblent, je dois m'asseoir. Je choisis une table dans la partie extérieure de l'aire de restauration, d'où je peux les surveiller, assise derrière un poteau en bois recouvert d'épaisses vignes vertes. Je les vois, mais je ne crois pas qu'ils me voient.

Bien sûr, à la façon dont ils agissent, ils ne semblent pas se préoccuper le moindrement de mon existence. Je me demande distraitement quelle sorte de crème glacée ils mangent. Kendor continue de creuser dans son grand bol de plastique rose. On dirait qu'il s'affaire sur une sorte de plat au chocolat. Syn mange quelque chose de plus léger parsemé de fraises et de kiwis ; et les deux sont si totalement absorbés par leur dessert, qu'ils ne prennent pas la peine d'échanger un mot.

Bizarre. Toute la scène est tout simplement bizarre.

Un vieil homme les aborde tout d'un coup. Ses vêtements sont assez ordinaires. Il porte une paire de pantalons noirs et une chemise ample blanche. Mais ses sandales foncées sont insolites.

Pas de boucles, pas de sangles, rien de métallique ; on dirait que quelqu'un les a sculptées dans du bois.

L'homme est grand ; il a du volume sans être gros. Le mot « costaud » lui convient. Ses cheveux sont longs et en broussailles, plus blancs que gris. Malgré son âge et sa peau rude, il y a du ressort dans sa démarche, dans sa façon de se déplacer. Il est rasé de près, mais une partie de moi soupçonne que c'est un changement récent. Il a l'air de quelqu'un qui a l'habitude d'avoir une longue barbe et une moustache. S'il n'était pas rasé de près, il pourrait passer pour un magicien. Ses yeux sont une rareté ; d'un bleu céruléen avec un soupçon de vert. Les yeux de ma fille sont d'une couleur semblable.

Comme s'ils étaient de vieux amis, le vieil homme s'assoit à la table avec Syn et Kendor. Ils saluent son arrivée d'un hochement de tête et pour une fois ils se détournent de leur crème glacée. L'homme pointe en direction des salles de cinéma et vers les mannequins dans une vitrine de magasin. Il parle en même temps qu'il dirige leur attention et c'est étrange, car on dirait qu'il est en train de leur expliquer ce qu'ils voient. C'est alors que je prends conscience que c'est sans doute exactement ce qu'il fait. Syn et Kendor semblent hébétés, on dirait des somnambules.

— Est-ce que le bâtard les a drogués ? dis-je à voix haute, alors que je devrais plutôt me demander comment le type les a ramenés à la vie.

Ils se tiennent debout tous les trois, et le vieil homme les guide vers les escaliers mécaniques à proximité. Ils descendent dans le stationnement étagé du centre commercial, et disparaissent de ma vue.

Rapidement, j'attrape la boîte qui contient mon nouvel ensemble, je bondis sur mes pieds et je les suis. Je ne crois pas beaucoup aux coïncidences — je ne peux que supposer que le vieil homme a choisi de faire parader Syn et Kendor devant moi.

Mais si tel est le cas, il ne se donne pas la peine de m'attendre pour descendre dans le garage souterrain. J'aperçois à peine l'homme qui aide Syn et Kendor à monter sur la banquette arrière d'un VUS bleu — il ouvre et ferme la porte pour eux — alors que je dois retourner sur mes pas et courir pour chercher ma propre voiture. On dirait qu'il leur sert de chauffeur, en même temps qu'il joue au chat et à la souris avec moi.

J'ai la chance de les rattraper au guichet de la sortie — le VUS est juste devant moi. L'homme tend son billet au préposé, et le type lui demande de l'argent pour le stationnement, ce qui signifie qu'ils sont restés au centre commercial pendant un certain temps. Les 90 premières minutes sont gratuites. Lorsque mon tour arrive, le préposé me fait rapidement signe de passer, avec à peine un moment d'arrêt.

Je suis leur VUS sur Wilshire Boulevard et je m'inquiète lorsqu'ils arrivent à Santa Monica. C'est là où je vis avec Jimmy — même si je suis dans le monde des sorciers en ce moment, je ne suis toujours pas à l'aise de l'appeler James — Lara, et ma mère. Pendant plusieurs minutes frénétiques, je suis certaine qu'ils se dirigent vers ma maison, mais ils dépassent ma rue jusqu'à ce qu'ils atteignent la Pacific Coast Highway, où ils se dirigent vers le nord.

Un sentiment de déjà-vu m'envahit.

Voilà la même direction qu'a prise Marc Simona la nuit dernière, pendant qu'il se dissimulait dans le coffre de la voiture de cette vedette de cinéma. Ce qui me fait me demander si le rêve a quelque chose à voir avec la réalité, dans le monde réel ou dans le monde des sorciers.

Pourtant, le vieil homme n'emmène pas Syn et Kendor aussi loin au nord que la distance parcourue par Marc dans mes rêves. Lorsqu'ils atteignent Sunset Boulevard, il tourne à droite et se dirige vers les Pacific Palisades. Il tourne à gauche sur une grande artère qui serpente à travers une superbe communauté de maisons neuves et coûteuses. Il se gare devant une adorable maison située sur un terrain de coin au sommet d'une falaise — qui offre une vue stupéfiante de tous côtés sur la côte. À tout le moins, le vieil homme doit être riche, je pense. La porte de garage s'ouvre, et Syn et Kendor disparaissent alors que la porte se referme derrière eux.

Je me gare de l'autre côté de la rue, à un demi-pâté de maisons, et j'éteins mon moteur. J'ai mon cellulaire — maintenant que je suis maman, je l'ai toujours avec moi — et je sais que je devrais appeler mon père. Je lui ai déjà promis que j'irais directement du centre commercial à l'aéroport pour prendre mon vol pour San Francisco afin d'arriver à temps pour la réunion du Conseil. Mon père n'aime pas que je ne sois pas toujours ponctuelle. Maintenant, à tout le moins, il semble que je vais certainement être en retard, si je finis même par me rendre.

Mais ce qui se passe est extraordinaire ; je sens que je dois y jeter un coup d'œil. À part Cleo, Kendor était la personne la plus importante du Conseil, et ses membres voudraient certainement savoir qu'il est vivant.

Maintenant que mon père est un membre à part entière du Conseil, il a fermé son cabinet de chirurgie à Malibu et a déménagé à San Francisco. Du moins, c'est ce qu'il dit. Je suis toujours contrariée de voir qu'il a déménagé de Los Angeles juste au moment où j'y suis retournée après une absence de dix ans. Même s'il jure que c'est faux, l'impression qu'il continue de nous éviter, ma mère et moi, ne me quitte pas.

Le Conseil sera tout aussi intéressé d'entendre que Syn est toujours vivante, étant donné qu'elle l'a pratiquement acculé au mur il y a quatre semaines. Comme chef des Lapras, un groupe de sorciers qui travaillent activement contre le Conseil, Syn était considérée comme leur ennemie jurée.

— Je devrais les avertir. Je devrais les avertir maintenant, dis-je à voix haute, me rendant compte que je copie l'habitude de Marc de se parler à lui-même, bien que je ne partage pas son excuse d'avoir grandi sans personne autour de moi.

Je me demande ce que ça devait être pour lui, et si c'est l'une des raisons qui expliquent pourquoi il est si téméraire et audacieux.

Bien sûr, le type est un voleur et je ne devrais pas l'admirer. Mais en vérité, après m'être retrouvée dans son esprit, je l'admire. Pourtant, mon admiration atteint vite ses limites. Qui sait, peut-être n'existe-t-il même pas.

Malgré ma liste de raisons impérieuses à l'effet contraire, je n'appelle pas mon père. Encore une fois, j'ignore pourquoi, mais je me dis que je peux tout expliquer plus tard ce soir, en personne. À peu près toutes les heures, des vols partent de LAX pour San Francisco. Ce n'est pas comme si je vais devoir rester à Los Angeles toute la nuit si je manque mon avion.

Quinze minutes passent et je décide de filer. Je n'ai tout simplement pas le courage de marcher jusqu'à la porte et de frapper. En outre, ce serait probablement un geste insensé. Le Conseil doit entendre ce que j'ai vu, et pour autant que je sache, le vieil homme pourrait me prendre en otage. Et d'ailleurs, Syn pourrait me tuer. Elle a essayé de le faire la dernière fois où nous étions ensemble.

Je démarre ma voiture — c'est une Honda Accord flambant neuve avec un siège de bébé à l'arrière — et je commence à m'éloigner de la bordure du trottoir quand j'aperçois le vieil homme qui s'avance vers moi. J'étais prête à déguerpir, mais il lève la main et je reste clouée sur place. Pourtant, je garde le moteur en marche avec mon pied à proximité de l'accélérateur. Je suis effrayée, très effrayée. J'ai l'impression que les battements affolés de mon cœur pourraient faire craquer mon sternum.

Il frappe à ma fenêtre et j'appuie sur le bouton pour abaisser la vitre. De près, ses yeux sont encore plus frappants, même si je constate qu'ils ne sont pas identiques à ceux de ma fille. Les yeux de Lara sont d'un aigue-marine chaud et solide ; le bleu foncé qui entoure les pupilles de l'homme est strié de pointes vertes dentelées. Les couleurs sont irrégulières et ses yeux dégagent une sensation de froideur.

Son visage est plus ridé que je ne le croyais ; mais ce sont de fines rides et la plus grande partie de sa peau est tendue, bien que rude. Il est très bronzé ; il a vu de nombreux levers de soleil lumineux ; voilà qui pourrait être la sous-estimation de l'année...

Je ne doute pas que je suis en train de regarder un sorcier, mais surtout, un être très ancien. Autour de lui, l'air semble vibrer et rayonner d'un immense pouvoir. C'est une autre Cleo ou une autre Syn ; il se pourrait qu'il soit plus fort que les deux réunies.

Pourtant, lorsqu'il parle, sa voix est remarquablement douce.

— Bonjour, Jessica. Sais-tu qui je suis ?

Jusqu'à ce qu'il pose la question, je n'en étais pas certaine.

— L'Alchimiste.

— Kendor vous a parlé de moi.

Je hochai la tête.

— Il m'en a assez dit.

— Vous avez peur. Vous n'avez pas de raison d'avoir peur. Je suis ici pour vous aider.

— Je trouve ça difficile à croire.

— Ce que vous croyez n'a pas d'importance. L'important, c'est ce qui va se passer. Et vous n'y êtes pas préparée.

— Par « vous », voulez-vous dire moi ou le Conseil ?

— C'est à vous que je parle.

— Je suppose que je devrais être flattée. Pourquoi m'avez-vous envoyé cette note il y a un mois ? ajouté-je, voyant qu'il ne répondait pas.

— Je voulais me présenter.

— Pourquoi ?

— Parce que vous n'êtes pas prête.

— Qu'est-ce que Syn et Kendor font avec vous ?

Une fois de plus, il ne répond pas tout de suite, et il se contente de me fixer de ses yeux glacials. Je continue de parler pour cacher ma peur.

— Elle l'a tué. Nous l'avons tuée. C'était ici, dans le monde des sorciers ; ils devraient être morts.

— Je sais.

— Comment les avez-vous ramenés à la vie ?

— Je ne l'ai pas fait.

— Ne me faites pas rire.

— Leurs corps sont là où vous les avez enterrés dans le sable du désert, en dehors de Las Vegas. Vous pouvez les déterrer si vous le voulez.

— Alors vous faites quoi ? Vous vous tenez avec un couple de clones ?

— Vous n'êtes pas préparée, Jessica.

— Bon sang ! Arrêtez de me dire ça et racontez-moi ce qu'ils font ici !

— Ils sont ici pour vous préparer.

Il fait signe vers la maison.

— Voulez-vous entrer?

— Non. Je ne peux pas. J'ai un rendez-vous.

Il m'examine.

— Est-ce important?

— Oui.

Je mets la voiture en marche.

— Je dois y aller.

Il hoche la tête.

— Revenez, quand vous aurez plus de temps.

Sans lui dire au revoir, je m'éloigne aussi vite que je le peux en enfonçant la pédale de l'accélérateur. Évidemment, ce qu'il avait dit n'avait aucun sens, mais je n'ai pas oublié les histoires d'horreur que Kendor m'a racontées sur l'homme. Surtout à l'époque où ils étaient ensemble pendant la campagne la plus cruciale de César — le siège d'Alésia. Que l'Alchimiste leur avait d'abord transmis le secret de la poudre à canon, ce qui avait transformé le cours de la bataille, pour ensuite exiger la tête de 100 000 prisonniers en paiement.

Bien sûr, tout cela s'était passé il y a 2 000 ans, mais la froideur que je sentais rayonner dans ses yeux me dit que son caractère ne s'était pas amélioré au cours des siècles suivants.

— Il n'est pas humain, répété-je à voix basse tout en me dirigeant vers l'aéroport.

Mais j'essaie peut-être seulement de me convaincre que je ne me suis pas dégonflée quand j'ai refusé son invitation pour entrer chez lui.

Il aurait été merveilleux de revoir Kendor.

Je rate mon vol, pas surprenant, et je dois attendre 90 minutes pour en attraper un autre. Je n'ai pas d'autre choix — il faut que j'appelle mon père. Mais quand je lui explique à quel point je serai en retard, il réagit mal.

— La réunion sera terminée quand tu arriveras ici, dit-il.

— Je sais. Je n'ai pas pu faire autrement.

— On t'a dit à quel point c'était important. Cleo t'attend.

— Je serai là, et je suis certaine que toi et Cleo allez m'attendre si c'est aussi important.

Mon père prit un bon moment pour me répondre.

— Change de ton. Être la mère de Lara ne te donne aucun statut particulier. Pas quand il est question du Conseil.

Je ne cherchai pas à cacher l'ennui dans ma voix.

— Quand est-ce que j'ai réclamé quoi que ce soit du Conseil ?

— Jessica... commença-t-il.

— Ou à toi ? dis-je, avant de raccrocher.

Au même moment, je me sens idiote de réagir de manière excessive. Pourtant, je reste en colère. En appelant mon père, j'avais espéré qu'il me demande d'abord si j'allais bien, et comment allait Lara. Mais tout ce qui semble lui importer, ce sont les Tars et leur conflit avec les Lapras. Bien sûr, je sais que son travail est capital. Je veux tout simplement que sa famille le soit aussi — au moins une partie du temps.

Le vol à destination de San Francisco ne dure qu'une heure, et à mon arrivée, je me dirige vers le comptoir de Hertz pour prendre une voiture et me rendre à l'adresse secrète qu'on m'a donnée. Je découvre que Hatsu est en train de m'y attendre.

Hatsu est un Chinois court et trapu avec de sérieuses cicatrices au visage. Si on le voyait dans une ruelle la nuit, on le prendrait probablement pour un tueur en série, même s'il est en fait la personne la plus gentille du Conseil.

Lorsqu'il me voit, son visage explose en un sourire éclatant et il me soulève du sol et me plante des baisers sur les deux joues — tout cela avant que je puisse lui dire bonjour.

— Hatsu ! m'écrié-je. Vous n'auriez pas dû venir.

— Je le voulais.

Il me remet à terre, mais il garde ses mains sur mes épaules.

— Regardez-vous — vous êtes tellement belle. James est un gars chanceux. J'espère qu'il le sait.

— Ha ! Faites-moi confiance. Je m'arrange pour qu'il le sache.

— Comment va le bébé ? Elle vous tient éveillés toute la nuit ?

Je fais une grimace.

— Vous voyez les poches sous mes yeux ? Je l'aime à mourir, mais c'est du boulot. Mais peut-être que c'est moi, peut-être que je suis toujours une adolescente gâtée. Je ne suis pas habituée à dormir par courtes périodes. Ça devient épuisant.

— Ne soyez pas si dure avec vous-même. C'est une transition importante pour toute jeune femme. Et rappelez-vous, la plupart des mamans ont eu neuf mois pour se préparer. Vous n'avez eu qu'une seule nuit.

Ce que disait Hatsu était vrai et faux en même temps. Jessica, la personne que je suis maintenant, ou devrais-je dire le *corps* que je suis maintenant, est en réalité mon homologue du monde des sorciers. C'est *son* corps qui a accouché de Lara. Mais *moi*, la personne à laquelle je pense quand je pense à moi — celle qui habite maintenant la version du monde des sorciers du corps de Jessica — se souvient à peine d'avoir donné naissance à une fille.

C'est une situation complexe, et pourtant, ironiquement, c'est aussi très simple. Comme je suis passée par le rite de ma mort initiatique dans le monde réel, mes souvenirs de la Jessie du monde réel m'ont accompagnée quand je me suis réveillée dans le monde des sorciers. Mon père m'a tout expliqué la nuit où j'ai découvert que j'étais une sorcière.

Mais il m'avait aussi dit qu'avec le temps, dans quelques mois, je retrouverais lentement les souvenirs temporairement perdus de Jessica, mon homologue du monde des sorciers. Pourtant, pour une raison étrange, les souvenirs de ma jumelle mettent du temps à réapparaître. De temps en temps, pendant que je vis mon habituel « un jour sur deux dans le monde des sorciers », je capte une lueur de mon autre vie. Mais dès qu'elle surgit dans ma tête, je la perds.

J'ai parlé du problème à mon père, et il avait quelques idées intéressantes.

— *Tout au fond de toi, tu ne veux probablement pas vraiment te souvenir d'une autre version de toi-même. En d'autres termes, tu ne veux pas vraiment être à la fois Jessie et Jessica ensemble dans le même corps. Tu veux seulement être toi, la Jessie du monde réel, même lorsque tu te retrouves dans le corps de Jessica dans le monde des sorciers.*

J'ai demandé à mon père si ce déni total était normal, et il m'a assuré que oui. Pourtant, je me pose des questions : suis-je un cas rare, ou simplement folle ? Par exemple, Jimmy n'a aucun mal à se rappeler sa vie en tant que James. Chaque jour, de nouveaux trucs lui reviennent, des grandes parties de son autre vie. Entre autres, il se souvient de tout ce qui est arrivé la nuit de la naissance de Lara.

Ce qui me fait me demander si c'est ce qui explique pourquoi il est meilleur père que je suis mère.

Hatsu remarque mon hésitation et j'essaie de surcompenser en parlant rapidement.

— Je ne devrais pas me plaindre. Jimmy est super quand il est question de se lever la nuit et de changer sa couche et de la promener jusqu'à ce qu'elle se rendorme. Et ma mère est toujours autour. Et Whip — ce gamin est incroyable. Il est le seul qui réussit à empêcher Lara de pleurer, peu importe le moment de la journée. Nous ne savons pas comment il y arrive. Il ne fait que la bercer et murmurer dans son oreille, et elle s'apaise immédiatement. Il l'appelle sa petite sœur et il le pense vraiment. C'est tellement mignon.

Hatsu hoche la tête, heureux d'entendre ce que je dis. Pourtant, je vois qu'il sait que je me cache derrière une façade. Il est peut-être une âme aimante et facile à vivre, mais peu de choses lui échappent.

— Et certains jours, vous souhaiteriez ne jamais vous être rendue à Las Vegas ce week-end, dit-il, résumant en une seule phrase mon point de vue le plus commun.

Je ne pus m'empêcher de rire aux éclats.

— N'est-ce pas la vérité ! dis-je.

Avant que nous quittions l'aéroport, Hatsu me laisse enfiler ma nouvelle tenue dans les toilettes. Dans la voiture, en chemin vers la résidence où se réunit le Conseil, je lui fais un compte rendu détaillé de ce qui s'est passé au centre commercial Century City, et à l'extérieur de la maison à Pacific Palisades. Il écoute en silence, mais je sens qu'il est de plus en plus étonné. Quand je termine, il me tapote la jambe.

— Vous avez été courageuse de les suivre jusque chez eux.

— Est-ce que j'ai été lâche de ne pas entrer ?

Il fronça les sourcils.

— D'après ce que j'ai entendu dire de l'Alchimiste par Cleo et Kendor, je pense que vous avez fait ce que vous aviez de mieux à faire.

— Je ne savais pas que Cleo l'avait déjà rencontré.

Hatsu agita la main.

— Il y a longtemps, lors de la première ou de la deuxième dynastie égyptienne. Je ne connais pas tous les détails, mais seulement qu'il a essayé de la tuer et qu'elle a fait de même avec lui.

— Charmant. Je suis tellement heureuse qu'il m'ait invitée à revenir dans sa maison.

— N'y allez pas seule.

— Hatsu, ce que j'ai vu, Syn et Kendor, ce n'est pas possible, n'est-ce pas ? Quiconque est mort dans le monde des sorciers n'est jamais revenu à la vie dans aucun des mondes, n'est-ce pas ?

— Non. Mais ce que vous avez dit à propos de leur état hébété pourrait être important. Le Kendor que je connais ne se baladerait jamais comme un chiot obéissant. D'une certaine manière, l'Alchimiste doit avoir cloné leur corps.

— Comment pourrait-il avoir accès à une technologie aussi sophistiquée ? Je veux dire, les scientifiques ont cloné des moutons et des chèvres, mais jamais des êtres humains.

Hatsu réfléchit.

— Cleo le saurait peut-être. Elle nous a parlé d'une époque d'avant les civilisations égyptiennes et sumériennes, d'avant même sa naissance, quand il y avait deux races soi-disant avancées sur la terre.

— Elle a simplement entendu parler de ces civilisations, ne les a-t-elle jamais vues ?

— C'est ce que j'ai compris, répond Hatsu.

Nous arrivons à la maison avec deux heures de retard, et la réunion du Conseil est déjà terminée. Sauf Cleo et mon père — et Hatsu, bien sûr — les autres sont partis. Mon père me serre dans ses bras, mais je peux dire qu'il est en colère. Hatsu vient à ma défense en disant que je suis en retard pour une raison exceptionnelle.

— Écoutez ce que votre fille a à dire, ordonne Hatsu à mon père, lui rappelant peut-être qu'il vient tout juste d'être nommé au Conseil, et qu'il est son plus jeune membre.

Hatsu est âgé de plus de 3 000 ans, comparativement à 500 modestes années pour mon père.

Une fois de plus, je répète tout ce que j'ai vu, reprenant cette fois-ci chaque mot qu'avait prononcé l'Alchimiste. J'ai toujours eu une bonne mémoire — je donne un compte rendu précis. Mon père m'interrompt avec quelques questions, mais Cleo écoute en silence.

Quand je termine, tous les yeux se fixent sur Cleo. Physiquement, elle a changé depuis notre temps ensemble à Las Vegas. Ses cheveux roux sont plus courts qu'avant, une coupe garçon avec une jolie mise en plis. Femme naturellement petite, elle semble avoir perdu un peu de poids depuis les quatre dernières semaines, ce qui rend ses jeunes joues légèrement enfoncées.

En même temps, ses yeux sombres sont aussi puissants que jamais. Quand elle me regarde, je sens le magnétisme familier déferler sur mon front. Elle me surprend en me souriant et en hochant la tête pour me montrer son approbation.

— L'Alchimiste vous a testée en vous laissant le suivre, dit-elle. Maintenant, au moins, nous savons où il habite et nous avons une idée de ses intentions.

— Nous en avons une idée ? demande Hatsu sans ambages.

— Notre réunion, ce soir, portait sur les Lapras et sur qui allait les diriger maintenant que Syn a été tuée, répond Cloé. Il semble qu'il existe déjà dans l'Ordre une lutte de pouvoir pour la première place. Plusieurs des anciens Lapras sont morts. La querelle a même débordé dans le DC. Deux sénateurs des États-Unis et un juge de la Cour suprême sont morts.

— Je pensais qu'ils étaient morts de causes naturelles, dis-je.

Les gens auxquels Cleo fait référence ont péri dans le monde des sorciers, ce qui signifie qu'ils vont bientôt mourir dans le monde réel, puisque les mondes se reflètent si étroitement.

— Pour éviter la panique du public, c'est ce qu'on a laissé croire, répond Cleo. Les Lapras ont des gens à la tête de tous les grands gouvernements. Effectivement, l'un des sénateurs américains morts était un sorcier membre des Lapras.

— Parfait pour moi, je marmonne. Laissons les bâtards s'entretuer.

— C'est dangereux, avertit mon père. La mort de Syn a laissé un vide immense et il doit être comblé. Jusque-là, des milliers de Lapras n'ont plus à répondre à aucune autorité. Ça peut sembler être un développement positif, mais qu'arrivera-t-il s'ils se séparent en trois ou quatre factions impitoyables ? Si cela se produit, ils vont se battre jusqu'à ce que le public du monde réel et du monde des sorciers soit au courant de leur existence, et de la nôtre.

— Alors, on peut s'attendre à une véritable panique, ajoute Cleo. Et il y a plus de Lapras que de Tars — ils sont dix fois plus nombreux que nous. Si l'humanité apprend non seulement que des sorciers marchent dans les rues, mais que la majorité d'entre eux sont maléfiques, alors l'ensemble de la planète pourrait être plongé dans le chaos.

Cleo fait une pause lorsqu'elle voit l'expression sur mon visage.

— On dirait que vous n'êtes pas d'accord.

Je fronce les sourcils.

— Je suis confuse. Je comprends le danger de la lutte de pouvoir interne des Lapras et le fait que notre existence risque d'être exposée. En même temps, ça me semble une excellente occasion de les détruire une fois pour toutes. Ils ont perdu Syn, une sorcière qui les unissait. Maintenant, enfin, ils sont vulnérables. Ne devrions-nous pas saisir cette occasion pour les poursuivre ?

— Nous le devons et nous le ferons, dit doucement Cleo. Mais il nous faudra être très prudents.

Je hoche la tête.

— Continuez.

— Les Lapras ont une tradition ancienne. C'est barbare, même enfantin, mais c'est une tradition qui régit de nombreuses sociétés depuis que l'homme est descendu des arbres. Pour résumer — celui qui tue le roi est au premier rang pour devenir le nouveau roi.

Cleo fait une pause.

— Puisque vous êtes responsable de la mort de Syn, vous êtes cette personne.

— C'est Whip qui l'a tuée, pas moi, lancé-je malicieusement.

— Vous êtes responsable de sa mort, dit Cleo.

Je ris nerveusement.

— Vous plaisantez à propos de cette histoire de roi ou de reine, non ?

— Absolument pas. C'est la raison pour laquelle nous t'avons appelée ici, dit mon père.

Je sens tellement d'énergie nerveuse que je dois me lever.

— Qu'est-ce que vous racontez ? Les Lapras ne m'accepteraient jamais comme chef. Je suis une Tars... Je suis une bonne sorcière, pas une mauvaise sorcière. Ces légions de Lapras dont vous parlez doivent être à recherche d'une sorcière super-maléfique ou d'une salope qui émergera et prendra le contrôle. Je vois difficilement comment je corresponds à l'emploi.

Mon père sourit.

— Qui sait ? Une fois qu'ils verront à quel point tu peux être têtue, ils pourraient mourir d'envie de faire de toi leur nouvelle reine.

— Très drôle, dis-je d'un ton brusque. Et ce que j'ai vu aujourd'hui ? Nous ne savons même pas si Syn et Kendor sont vraiment morts. Hatsu et moi supposons que les deux que j'ai aperçus pourraient être des sortes de clones. Ils ne semblaient pas pouvoir se déplacer sans l'aide de l'Alchimiste. Mais ce n'est que de la spéculation. Pour ce qu'on en sait, ils pourraient être encore vivants.

— Ils sont morts, dit Cleo. Ils sont morts dans le monde des sorciers et c'est dans le monde des sorciers que nous avons enterré leurs corps. Je le sais parce que j'ai fait exhumer leurs restes la semaine dernière.

Je m'arrêtai, abasourdie.

— Pourquoi avez-vous fait ça ? Je les ai vus seulement cet après-midi.

— Je suis au courant de leur présence depuis dix jours, dit Cleo.

— Comment ?

Cleo me regarde.

— J'ai pris au sérieux la note que vous avez reçue après votre voyage à Las Vegas. L'Alchimiste vous a envoyé cette note et il n'est pas connu pour faire des blagues. Je vous ai fait suivre au cas où il vous suivrait.

Je me sens ennuyée.

— Sans ma permission ?

— Pour ta protection, répond mon père pour Cleo.

Je me souviens de cette note, mot pour mot. Il était écrit :

Chère Jessie,
J'espère que vous allez bien.
Vous avez donné un magnifique spectacle dans le désert.
Un jour, bientôt, nous devrons nous rencontrer.
Bien à vous, l'Alchimiste
P.S. Syn vous envoie ses salutations.

Je me sens tout à coup dépassée et je dois me rasseoir.

— Aidez-moi, quelqu'un ! Je suis perdue. Il est certain que Syn et Kendor sont morts, mais ils se promènent depuis plus d'une semaine après être morts. Comment ça fonctionne au juste ?

— Je peux sans doute vous aider à éclaircir ce mystère, dit Cleo. Mais d'abord, permettez-moi de vous poser quelques questions. Je sais que vous et Kendor avez parlé seuls et longuement. Est-ce qu'il a déjà mentionné les fois où il a rencontré l'Alchimiste ?

— Kendor m'a parlé de deux rencontres. La première a eu lieu la nuit où il est devenu un sorcier. Ça s'est passé il y a des milliers d'années en Angleterre. Il était en train de pêcher sur un lac gelé au milieu de l'hiver dans le but de nourrir sa famille, et la glace a cédé sous son poids. Il a failli se noyer, mais l'Alchimiste l'a sorti de l'eau. En fait, Kendor croit qu'il s'était vraiment noyé et que l'Alchimiste l'avait tiré de là seulement après qu'il eut été mort pendant quelques minutes. C'est là que Kendor a pris conscience qu'il était un sorcier.

— Et l'autre fois ? demande Cleo.

— C'était en l'an 52 av. J.-C., lors du siège d'Alésia — quand il se battait contre les tribus gauloises aux côtés de Jules César et de l'armée romaine. Les Romains étaient largement surpassés en nombre et allaient être envahis lorsque l'Alchimiste s'est soudainement pointé avec le secret de la poudre à canon. Il a enseigné à Kendor comment fabriquer des tonnes de cette substance.

Je fais une pause.

— Mais quand la bataille a été gagnée, il a demandé la tête de 100 000 captifs. César a dit à l'Alchimiste d'aller au diable, et Kendor a essayé de tuer le salaud.

— Kendor a juré l'avoir tué, dit Cleo.

— Il m'a juré la même chose.

Mais j'entendais le scepticisme dans sa voix.

Je hoche la tête.

— Après cet après-midi, je ne pense pas qu'on puisse douter que ce gars s'en soit tiré.

Cleo se penche plus près de moi.

— Kendor a-t-il mentionné un autre moment où il a vu l'Alchimiste ?

J'hésite.

— Il n'était certain que de deux fois. Mais quand nous avons parlé dans les égouts sous Las Vegas, il a dit quelque chose de bizarre. Quand il était avec Syn, les deux avaient commencé à rêver de l'Alchimiste en même temps. Les rêves étaient intenses, comme si l'homme se trouvait dans la pièce. Kendor a parlé de lumières vives, d'objets dans le ciel, et de bruits forts. Tout ce qu'il apercevait était nouveau pour lui — il ne reconnaissait rien de ce qu'il voyait.

— Continuez, dit Cleo.

— Il a dit que le plus étrange, c'était que chaque fois que lui et Syn faisaient ces rêves, ils semblaient perdre du temps. Des jours, des semaines — il n'était pas certain.

Je m'arrête.

— Attendez une seconde. Je viens juste de me souvenir qu'il m'a dit vous en avoir parlé.

Cleo hoche la tête.

— Oui, il m'en a déjà parlé. Ça fait longtemps.

— C'étaient des rêves importants ? demande Hatsu.

— Ils pourraient très bien être la réponse à cette énigme, dit Cleo. Nous connaissons dix gènes de sorcier. Chacun confère un pouvoir spécifique ; bien que les pouvoirs varient souvent dans leur façon de se manifester ou de se combiner avec les autres gènes de sorcier que possède une personne. Le plus rare de tous ces gènes est appelé le gène alpha-oméga.

— Je n'en ai jamais entendu parler. Qu'est-ce qu'il contrôle ? demandé-je.

— Le temps, dit Cleo.

— Le temps ? Comment quelqu'un peut-il contrôler le temps ?

Cleo réfléchit.

— On dit que lorsque le gène commence à se développer, le sorcier qui le possède peut accélérer et ralentir le temps. On dit que celui qui a entièrement maîtrisé le gène peut même faire en sorte que le temps avance et recule — à volonté.

Je halète.

— Vous parlez de voyager dans le temps !

— Essentiellement, convient Cleo !

Il me faut un moment pour bien comprendre ce qu'impliquent ses paroles.

— Attendez une seconde. Voulez-vous dire que la Syn et le Kendor que j'ai vus cet après-midi appartiennent au passé ?

Cleo hoche la tête.

— Pendant longtemps, j'ai soupçonné que l'Alchimiste avait ce pouvoir. Examinez attentivement la façon dont Kendor a décrit ses rêves. Il a dit qu'il avait vu des lumières vives et qu'il avait entendu des bruits. Il y a juste 250 ans, avant la révolution industrielle, le seul moyen d'éclairer une pièce la nuit, c'était d'allumer un feu ou une bougie. En outre, les premières années de l'humanité étaient particulièrement silencieuses. Imaginez une époque sans voitures, sans télévisions, sans chaînes stéréo. Tous ici, à part vous, Jessica, se souviennent d'un monde presque silencieux. Pour nous, c'était naturel. Maintenant, imaginez à quel point le monde d'aujourd'hui paraîtrait bruyant à une personne qui aurait soudainement été arrachée du Moyen-Âge. Elle sursauterait chaque fois que quelqu'un claquerait une porte ou appliquerait les freins de sa voiture brusquement ou ferait crisser ses roues.

— Et les objets que Kendor a aperçus dans le ciel ? demandé-je.

— C'était probablement des avions, dit Cleo.

Je lève une main.

— N'allez pas si vite, s'il vous plaît. Voulez-vous dire que chaque fois que Syn et Kendor rêvaient de l'Alchimiste et perdaient la trace de cette journée, ils étaient transportés à notre époque ?

— Transportés dans le temps, dit Cleo. Mais pas nécessairement à notre époque.

— C'est dément ! m'écrié-je.

Cleo hoche lentement la tête.

— Peut-être. Mais n'est-ce pas plus fou de dire que Syn et Kendor ne sont pas morts quand vous les avez vus mourir ?

Je hoche la tête.

— Je ne sais pas. Cette idée de voyage dans le temps est trop bizarre.

Cleo insiste.

— C'est vous qui avez souligné à quel point ils paraissaient hébétés. Réfléchissez. S'ils s'étaient retrouvés ici pour quelques jours, pouvez-vous imaginer à quel point tout leur semblerait nouveau — et, oui, effrayant ? Surtout dans un centre commercial animé ? Il est logique qu'ils se soient comportés comme des enfants.

Je me mets à protester, mais soudain je me rappelle quelque chose qui m'a frappée et qui m'a semblé étrange.

— La crème glacée ! m'exclamé-je. Ils creusaient dans le dessert comme si c'était la meilleure chose au monde. Comme s'ils n'avaient jamais rien goûté d'aussi merveilleux.

Cleo hoche la tête.

— Parce que la Syn et le Kendor que vous avez vus *n'avaient jamais* goûté à la crème glacée. Ils ne savaient même pas ce que c'était.

J'hésite.

— Ça reste insensé.

Mon père se met à parler.

— J'ai confirmé par des tests d'ADN que Syn et Kendor sont encore dans leurs tombes. Et je doute que quiconque ici croie que l'Alchimiste a le pouvoir de ramener les morts à la vie.

— Puis-je poser une question personnelle ? demandé-je à Cleo.

— Vous voulez savoir si je possède ce gène. Je ne le possède pas.

Cleo fait une pause.

— Mais vous l'avez, et Lara aussi.

— Comment le savez-vous ? demandé-je.

Cleo me dévisage. Elle n'a pas besoin de parler pour me dire qu'elle le sait tout simplement.

— Je suppose que c'est une capacité qui met du temps à émerger, taquiné-je.

Le jeu de mots est délibéré. Pourtant Cleo répond sérieusement.

— Quand j'étais jeune, je n'ai entendu que des rumeurs sur ce pouvoir, dit Cleo. Mon mentor me racontait qu'il faut peut-être des milliers d'années avant que cette capacité se matérialise.

— Dommage, dis-je. J'aurais aimé remonter dans le temps et accueillir Colomb en Amérique.

— Il a en fait atterri dans les Antilles, me corrige mon père.

— Je plaisantais, dis-je.

— Qui sait, remarque Cleo. Vous pourriez voir Colomb plus tôt que vous le pensez.

— Hein ?

Cleo m'ignore.

— L'Alchimiste a dit que vous n'étiez pas préparée. Il a répété deux fois cette remarque. Ensuite, lorsque vous avez posé des questions sur Syn et Kendor, il a dit qu'ils étaient là pour vous préparer.

— Je pense qu'il ne faisait que jouer avec moi, dis-je.

— L'homme est plus âgé que l'histoire. Il ne gaspille pas de paroles. Si j'étais vous, je prendrais ce qu'il a dit au sérieux.

Les paroles de Cleo demeurent suspendues dans l'air, et je ne suis pas certaine de leur signification. Ou peut-être que je ne veux pas admettre ce qu'elle essaie de me dire. Je réponds d'un ton calme, mais provocant.

— Je me fous de ce qu'il a dit. J'en ai assez des Lapras, et j'ai ma propre vie à vivre. Comme je vous l'ai dit, laissons les Lapras s'entretuer. Ce n'est pas mon problème.

— Ce ne sera peut-être pas à vous de décider, dit doucement Cleo.

Je renifle.

— C'est ce genre de phrase que vous avez essayé de me faire avaler à Las Vegas. Et nous avons tous vu comment ça s'est terminé.

— Oui, nous l'avons vu, répond Cleo. Vous avez retrouvé Lara vivante et vous avez échappé à la mort.

Je hoche la tête.

— Quoi que vous suggériez, je ne suis pas intéressée.

Cleo tend la main et me touche le bras.

— Vous êtes une jeune femme extraordinaire, Jessica. Votre courage à Las Vegas le mois dernier était remarquable. Vous êtes brave et intelligente, ce qui fait de vous une adversaire redoutable pour ceux qui cherchent à prendre le contrôle des Lapras. Mais vous manquez d'humilité et de sagesse et — vous ne savez pas quand vous arrêter et écouter.

Elle fait une pause.

— Si vous n'êtes pas prudente, ça pourrait causer votre mort et celle de votre fille.

Je sens un éclair de colère et de nouveau j'ai envie de la piquer. Mais je m'arrête et je m'efforce de me calmer. Parce que j'ai le gène de l'intuition, et que je peux entendre la vérité dans ses paroles.

— Parlez. Je vous écoute, dis-je doucement.

Cleo hoche la tête.

— Si ce que l'Alchimiste dit est vrai, ça signifie que Syn et Kendor sont là pour vous préparer, ce qui ne peut que vouloir dire qu'ils sont ici pour vous aider à combattre ceux qui souhaitent prendre la direction des Lapras.

— Mais je vous l'ai déjà expliqué — et je serais heureuse de le leur dire — , je ne veux pas prendre le contrôle des Lapras ! Et je ne peux pas croire que ce fait n'est pas important pour eux ! Bon Dieu ! Je suis sur le point de commencer l'université à UCLA, et regardez les cours dans lesquels je me suis inscrite. Chimie organique et inorganique. Biologie et microbiologie. Physique et calcul différentiel et intégral. Un horaire pré-médecine typique. Je veux être médecin comme mon père et sauver des vies, pas pratiquer comment mieux tuer les gens. Alors, quand il est question de me préparer à être la prochaine méchante sorcière de l'Ouest — merde, la prochaine fois que je le vois, je dirai à l'Alchimiste que quelqu'un d'autre peut s'occuper de ce boulot.

Le silence règne dans la pièce pendant un long moment. Hatsu baisse la tête tandis que Cleo regarde par la fenêtre vers la baie d'eau sombre et les lumières qui illuminent le magnifique pont du Golden Gate. Mon père se lève et s'avance derrière ma chaise, et il pose ses mains sur mes épaules. C'est un simple geste, mais juste de sentir son contact signifie beaucoup pour moi. Toutes les années où il n'était pas dans ma vie, son contact me manquait.

— Jessica, dit-il doucement. Je crains que ce que Cleo essaie de te dire, c'est que tu n'as probablement pas le choix.

Je sens ma gorge s'assécher.

— Pourquoi pas ? murmuré-je.

Cleo me serre le bras.

— Nous savons peu de choses sur l'Alchimiste, répond-elle — le lieu et le moment de sa naissance, ce que sont ses pouvoirs, s'il est de notre côté ou du côté des Lapras. À partir de ce que vous a dit Kendor, vous supposez qu'il est un monstre, et peut-être que c'est vrai, je ne sais pas. Pourtant, il a intentionnellement emmené Syn et Kendor au centre commercial aujourd'hui, ça c'est beaucoup plus clair, et il dit qu'ils sont là pour vous préparer. Nous devons supposer qu'ils sont ici pour vous préparer à une sorte d'épreuve. Et puisque l'homme peut voyager dans le temps, nous devons accepter qu'il sache déjà que cette épreuve aura lieu, que vous le vouliez ou non.

Mon père continue à me frotter les épaules. Cependant, j'ai l'impression qu'un poids lourd est descendu de très haut et s'est abattu sur moi. Il y a à peine un mois qu'à Las Vegas tout mon univers a été complètement bouleversé et que j'ai failli me faire tuer. J'avais espéré une période de paix pour élever ma fille ; pour aimer Jimmy ; pour étudier comme une fille normale. Maintenant, je suis ici, j'ai de la difficulté à respirer et à essayer de me défaire d'un sentiment de catastrophe imminente.

— Ce que vous venez de dire, c'est tout un programme, dis-je à Cleo.

— Je sais.

— Ce n'est pas juste, dis-je.

— Il est rare que la vie soit juste, répond Cleo avant d'ajouter : J'aurais dû vous prévenir plus tôt. Quand vous avez tué Syn, je savais que la majorité des Lapras vous verraient comme une candidate viable pour diriger leur organisation. C'est la voix du sang.

— Ils croient en la survie du plus fort, dit Hatsu.

— Une promotion au moyen d'un assassinat, murmuré-je, bien que techniquement, c'est Whip qui l'a tuée.

— C'est une race brutale, convient Cleo.

— Ça n'a quand même pas de sens, me plaignais-je. Pourquoi me nommer moi pour diriger une organisation violente qui vise la domination du monde — je viens tout juste de recevoir mon diplôme d'études secondaires et je me sens mal juste à devoir disséquer une grenouille dans un cours de biologie. Ils n'aimeraient pas mieux avoir quelqu'un avec plus de sang sur les mains ?

— J'ai déjà répondu à cette question. Pour les Lapras, ce qui importe le plus, c'est que vous ayez vaincu Syn. Ça leur prouve à quel point vous êtes puissante. Et en ce qui concerne votre jeunesse, ils pourraient la voir comme un avantage.

Cleo arrête soudainement.

— Ou *lui* le pourrait.

— L'Alchimiste ? demandé-je.

Cleo hoche la tête.

— Puisque vous n'avez que 18 ans, il peut vous voir comme une personne qu'il peut modeler à sa guise. Rappelez-vous qu'il était le mentor de Syn avant qu'elle prenne le contrôle des Lapras.

— J'ignorais que Kendor vous en avait parlé, dis-je.

— Je l'ai découvert par moi-même, dit Cleo.

Je soupire, ou je gémis — il est difficile de séparer les deux sons et les deux sentiments dans ma tête.

— Je suis encore confuse. D'une part, vous continuez à parler de ce que veulent les Lapras. D'autre part, vous agissez comme si l'Alchimiste avait le contrôle. Dites-moi clairement — qui prend les décisions ?

Cleo réfléchit.

— C'est vrai que récemment, l'Alchimiste n'a pas choisi le chef des Lapras. Mais dans un passé lointain, longtemps avant qu'aucun d'entre vous soit né, il y avait de bons et de mauvais sorciers, tout comme il y a de bons et de mauvais sorciers aujourd'hui. Et à cette époque, l'Alchimiste avait son mot à dire sur celui qui gouvernait les méchants sorciers.

— Et qui choisissait ceux qui gouvernaient les bons sorciers ? demande mon père, aussi curieux que nous.

Il s'agit évidemment de nouvelles informations pour tous, sauf pour Cleo. Elle hoche la tête.

— Il ne nous a jamais approchés, dit-elle.

— C'est bien ma chance. Il a décidé de reprendre ses activités politiques, murmuré-je.

Mon père semble soudainement inspiré.

— Est-il possible que Lara soit la raison qui explique que l'Alchimiste est intéressé à ce que Jessica prenne la tête des Lapras ? N'oublions pas à quel point Syn était obsédée par les dix gènes de sorcière de l'enfant. Est-ce que l'Alchimiste pourrait vouloir arriver à Lara par Jessica ? Nous savons que Syn a tenté une approche semblable.

— Ça semble logique, dit Hatsu.

— Oui, dit Cleo. Mais je ne pense pas qu'il soit intéressé à Lara. Pas à ce point.

— Comment pouvez-vous en être sûre ? demandé-je.

— Si l'Alchimiste voulait Lara, il l'aurait prise, répond Cleo. Ce n'est pas plus compliqué.

— Et vous n'auriez pas pu l'arrêter ? demandé-je, pas très heureuse que nous discutions même de cette possibilité.

Cleo ne me réconfortait pas du tout.

— J'en doute, dit-elle.

— Connaissez-vous l'épreuve que je devrai traverser *si* je décide de prendre le contrôle des Lapras ? demandé-je ; et je suis sûre que tout le monde dans la salle s'est aperçu que j'avais mis l'accent sur le mot « si ».

Cleo prend un long moment pour répondre à ma question.

— Nous devrons simplement attendre et voir, dit-elle.

Pour la première fois peut-être depuis que je l'ai rencontrée, je sens qu'elle me ment. Cette pensée me dérange profondément. De plus, il est difficile de soutenir son regard intense. Une fois de plus, je me lève et je fais les cent pas dans la salle de séjour. Cleo m'a servi un argument convaincant pour que je lui obéisse, mais je suis loin d'être satisfaite de ses explications et du contrôle qu'elle veut prendre sur ma vie.

— Y'a quelque chose qui n'a pas de sens pour moi, dis-je. Pourquoi l'Alchimiste ramènerait-il Syn et Kendor du passé pour m'aider à me préparer à me battre pour prendre le contrôle des Lapras ? Il devrait savoir que je n'écouterais jamais un mot de ce qu'a à dire cette chienne de sorcière.

— La Syn que vous connaissiez était une chienne, dit Cleo. La personne que Kendor a rencontrée et mariée était une femme charmante. Et une puissante sorcière.

— Mon Dieu, je n'y avais pas pensé, dis-je.

Il me faut un moment pour saisir les implications de la suggestion de Cleo ; et quand j'y arrive, je suis tellement ahurie que je crains même de les formuler à voix haute. Mais c'eût été inutile — je sais que Hatsu et mon père les saisissent en même temps que moi.

Mais Hatsu exprime ce que nous craignons tous.

— Si l'Alchimiste a réussi à transporter du passé une version antérieure de Syn, alors elle n'aura aucune idée du monstre qu'elle va devenir au cours de cette période, dit Hatsu.

— Une pensée vraiment dérangeante, dit tranquillement mon père.

Cleo soupire doucement.

— Qui sait? Ça pourrait être une bénédiction déguisée.

Notre réunion se termine sur cette note — presque. Cleo m'ordonne de retourner vers l'Alchimiste et d'accepter son aide, et j'accepte. Bon, plus ou moins; je hoche la tête sans la regarder dans les yeux.

Au lieu de Hatsu, c'est mon père qui me conduit à l'aéroport. Nous roulons pendant un certain temps sans parler — mon père n'est pas l'homme le plus bavard. La colère que je ressentais plus tôt envers lui s'est évaporée, et il est apaisant d'être en sa compagnie.

Je m'apprête à lui raconter le rêve que je fais tous les soirs sur Marc Simona. Quelque chose me retient, et je pense que ce doit être mon gène de l'intuition parce que je veux partager le casse-tête avec lui, mais j'ai l'impression que si je le fais, je le regretterai plus tard.

— As-tu retrouvé de nouveaux souvenirs de Jessica? demande mon père lorsque nous sommes près de l'aéroport.

— Quelques-uns. Je saisis des moments passés avec Russ. Je ne savais pas que nous étions si proches tous les deux.

— Vous étiez des amis. C'était un grand homme.

— Ouais.

La tristesse m'envahit rapidement.

— Et je devais être celle qui le tue.

— Tu sais que ce n'est pas comme ça que ça s'est passé. Il a sacrifié sa vie pour toi et Lara. D'autres souvenirs? ajoute mon père.

— Quelques-uns, rien d'important.

— Il n'y a pas d'urgence. J'ai mis beaucoup de temps à retrouver mes souvenirs du monde des sorciers. Ça doit être héréditaire.

Je souris.

— Tu dis ça pour que je me sente mieux.

— Comment va James?

— Bien. Mais à présent, les rôles sont renversés par rapport à l'époque où il ne pouvait entrer dans le monde des sorciers. Maintenant, il ne peut pas en sortir, et ça le rend fou de ne pas pouvoir voir son fils.

Mon père hésite.

— Tu ne lui as pas parlé de Huck?

Quelques minutes avant que je tue Kari — la mère de Huck et ex-petite amie de Jimmy — elle s'était vantée à moi qu'elle avait eu beaucoup d'amants et qu'il était possible que Jimmy ne soit même pas le père de Huck.

Au début, quand je suis revenue de Las Vegas avec Huck et Whip — dans le monde réel — j'étais certaine que Huck était le fils de Jimmy. J'avais utilisé mon gène naissant de l'intuition et j'avais senti que ça confirmait qu'il était son fils.

Mais ce que j'ignorais, c'est la complexité de ce pouvoir d'intuition. Je *voulais* que le bébé soit celui de Jimmy — surtout parce que je savais que ça briserait le cœur de Jimmy de découvrir qu'il n'était pas le père de Huck. Donc, mon implication émotionnelle rendait mon intuition complètement inutile.

Il ne faut que quelques semaines à un bébé pour se développer suffisamment pour prendre les traits de ses parents. Malheureusement, malgré mes désirs, je ne pouvais détecter un seul trait du visage de Jimmy sur celui de Huck. Alors la semaine dernière, j'ai fait un prélèvement à l'intérieur de la joue de l'enfant et j'ai rassemblé des cheveux qui appartenaient à Kari et à Jimmy, et j'ai envoyé le tout à mon père pour un test d'ADN.

Le test a vérifié mes pires craintes.

Kari était la mère de Huck, mais Jimmy n'était pas son père.

— Non, répondis-je à mon père. Ça le tuerait.

Mon père me répond avec une fermeté qu'il avait dû apprendre à l'école de médecine. Je me dis qu'il n'est pas étonnant que les gens se plaignent souvent que les médecins agissent comme s'ils étaient Dieu.

— Tu te trompes, dit-il. Jimmy a à peine vu le garçon. S'il connaît la vérité, il va se sentir libéré. Entre autres, il pourra mieux se concentrer sur Lara.

— À première vue, je serais d'accord. Huck appartient aux parents de Kari : ce sont eux qui devraient l'élever. Et ils l'élèveraient s'il y avait un indice qu'il était encore vivant. Mais tu dois comprendre Jimmy. Il a passé seulement trois ou quatre jours avec l'enfant, mais d'une certaine manière, il a développé un lien incroyable avec lui. Huck est littéralement devenu le centre de son univers. Et ensuite, quand Huck a été secouru — cette même nuit, Jimmy a été coupé de son fils en permanence — eh bien, dans sa tête, c'est devenu un geste héroïque. Il a l'impression qu'il a sacrifié sa vie, la vie qu'il connaissait, pour sauver la vie de son fils.

— Mais ce n'est pas son fils, dit mon père.

— Il ne le sait pas, et je jure que je ne sais pas si ce fait va le déranger. Il passe son temps à poser des questions sur Huck. Ce que nous faisons ensemble dans le monde réel. S'il a reçu ses vaccins. Si je l'emmène au parc chaque jour. Le temps qu'il dort chaque nuit. S'il a des coliques.

Je m'arrête et j'essuie mes yeux brûlants.

— C'est parce qu'il soupçonne que je n'aime pas le garçon. Et pour te dire la vérité, je ne pense pas que j'aimais Huck même avant de découvrir que Jimmy n'était pas son père.

— Une partie de toi connaissait la vérité.

— Peut-être. Ou peut-être que je ne pouvais pas regarder le petit garçon sans penser à Kari et comment elle m'avait volé Jimmy pour l'éloigner de moi.

— Jessica, tu dois m'écouter, comme ton père, et comme médecin. Plus tu laisses durer la situation, pire ça sera. Tu sais comment c'est difficile d'élever Lara et c'est ta fille. Il n'est pas possible que tu aies la force nécessaire pour t'occuper de Huck — surtout quand tu dois aussi prendre soin de Whip. Ce n'est pas correct et c'est un mensonge. C'est toi qui l'as dit, l'enfant appartient à ses grands-parents.

Je renifle.

— Et qu'est-ce que je leur dis quand je leur emmène Huck ? Oh, en passant, c'est le fils de Kari. Finalement, il n'était pas mort. J'ai juste pris soin de lui pendant le dernier mois parce que je voulais voir s'il commencerait à ressembler à mon petit ami.

Je fais une pause.

— Ils vont me faire mettre en prison.

— Tu n'as pas besoin d'être impliquée dans l'échange. Je connais des gens. Je peux m'arranger pour qu'on ait miraculeusement retrouvé l'enfant. La preuve d'ADN à elle seule prouvera qu'il est l'enfant de Kari.

Mon père cesse de parler.

— Qu'est-ce qu'il y a ?

Je hoche la tête.

— Jimmy me tuera.

— Il ne peut pas nier la vérité.

— Ne comprends-tu pas ? Il me tuera pour avoir commandé le test qui prouve que Huck n'est pas son fils.

— Ça n'a aucun sens, dit mon père.

— Y'a rien qui a du sens dans cette situation ! Mais je connais Jimmy. Il se sentira trahi. Il est même possible qu'il ne me croie pas. Qu'il pense que j'ai fabriqué la preuve.

— Je peux lui montrer la comparaison de l'ADN. Les faits ne mentent pas.

— Tout ce que tu peux lui montrer, c'est une analyse de l'ADN dans le monde réel — la lui montrer ici dans le monde des sorciers. Il lui est impossible de reproduire le test. Jimmy est coincé ici dans le monde des sorciers, pendant que Huck vit dans le monde réel. Jimmy ne peut pas prendre un échantillon lui-même. Il doit compter sur les autres.

— Comme toi ?

— Ouais, comme moi, dis-je d'une voix faible.

Mon père paraît vouloir parler, puis il se tait.

— Ça va donc si mal la confiance entre vous deux ? demande-t-il enfin.

Je laisse pendre ma tête fatiguée, souhaitant qu'elle tombe pour que je puisse l'envoyer à coup de pied par la porte de la voiture et me libérer de toutes ces complexités.

— Jimmy m'aime et je l'aime. Mais quand il est question de Huck — non, il ne me fait pas totalement confiance. Et maintenant, j'ai trouvé la raison parfaite pour qu'il ne me fasse plus jamais confiance, à propos de n'importe quoi.

— Tu es trop dramatique. La vérité est la vérité.

Je soupire.

— Quand tu t'appelles James Kelter, la loyauté est une vérité supérieure. Il ne faut pas oublier que c'est ce même gars qui a eu le courage de se planter une aiguille chargée d'une surdose de médicaments afin de mourir dans le monde réel pour nous protéger Lara et moi dans le monde des sorciers.

Mon père me tapote l'épaule.

— Je n'oublierai jamais ce que Jimmy a fait pour vous deux. Je lui en serai toujours reconnaissant. Je souhaite simplement le protéger contre une plus grande douleur dans six mois, ou six ans.

Je hoche la tête à contrecœur.

— Tu as raison. Il faut que je lui en parle. Mais je ne sais pas comment le faire.

— Le plus tôt sera le mieux, m'avertit mon père.

Lorsque j'arrive à la maison, il est 2 h du matin et je suis épuisée. Tout ce à quoi je peux penser, c'est de grimper dans le lit à côté de Jimmy et je prie pour que ma fille dorme jusqu'à l'aube. Mais quand je franchis la porte d'entrée, je trouve Jimmy qui arpente le salon, et qui berce Lara pour la faire dormir. Il sourit en me voyant et je lui donne un baiser sur les lèvres

— Tu as choisi le parfait moment pour arriver, dit-il. Elle s'est endormie il y a trois minutes.

— Elle est levée depuis combien de temps?

— Pas longtemps. Je l'ai changée et je l'ai nourrie. Elle s'est démenée un peu, mais je pense qu'elle avait simplement besoin de péter. Dès qu'elle l'a fait, elle s'est calmée immédiatement.

Nous nous asseyons sur le canapé et Jimmy me tend Lara. Je suis toujours surprise par la sensation que j'ai lorsque je la tiens. Je sais que chaque maman a l'impression que son enfant est spécial, mais la vérité, c'est que Lara est unique — une sur un milliard, voire une sur sept milliards. Comme conséquence du fait que les Tars nous ont soigneusement placés Jimmy et moi dans la même petite ville, elle a été conçue avec les dix gènes de sorcière; soi-disant la seule personne sur la planète qui posséderait tous ceux de la liste.

Ce que ça signifie pour moi comme mère, c'est que chaque fois que je la tiens, j'ai l'impression de tenir un petit ange — un *vrai* ange. La lumière et l'amour que dégage Lara sont difficiles à décrire. Au début, quand je la prends, ce qui me frappe, c'est une chaleur magique dans mes mains, qui me fait m'imaginer que je suis près d'un feu par une nuit glaciale. Je ne la soulève jamais sans sentir un soulagement instantané, un apaisement subtil, même si nous sommes au milieu de la nuit et que je suis épuisée. Lara dégage plus d'énergie que je peux lui donner, peu importe comment je la nourris, je la promène et je l'aime.

Je me sens si bien avec elle dans mes mains en ce moment, et c'est la même chose pour le bras de Jimmy quand il l'enroule autour de moi et que je me penche contre lui. Pendant quelques minutes bénies, tout est parfait. Nous sommes tous les trois ensemble dans notre bulle, et le monde extérieur, à notre porte — ou devrais-je dire « les mondes » — n'existe pas.

— Comment s'est passée ta rencontre avec le Conseil ? demande Jimmy.

Il est fatigué, mais il paraît bien ; il paraît toujours bien pour moi. Il porte des pantalons de survêtement noirs et un t-shirt rouge ; il s'habille toujours de façon décontractée, surtout la partie « Jimmy » de lui, qui a eu un puissant effet sur le côté James. Si je ne lui achetais pas de vêtements, je doute qu'il porte quoi que ce soit de nouveau. Il n'a pas la moindre envie d'impressionner les gens.

Depuis qu'il est passé dans le monde des sorciers, il a laissé pousser ses cheveux bruns qui sont devenus assez longs, une grande source de joie pour moi. J'adore jouer avec ses boucles la nuit dans le lit, et regarder fixement ses grands yeux bruns chaleureux quand nous parlons pendant les repas. Bien sûr, c'est moi qui alimente la plus grande partie de la conversation. Jimmy n'est pas quelqu'un qui radote.

En travaillant plus d'heures comme mécanicien qu'il ne le faisait à Apple Valley, il a développé sa masse musculaire, même si, ironiquement, il a probablement perdu un peu de poids. Pour être franche, il est bien taillé ; sans chemise, il est absolument séduisant. Mais je voudrais qu'il mange plus. Je crains parfois que son manque d'appétit ne soit dû à une inquiétude qu'il ne partage pas avec moi.

Je suis mal placée pour parler.

Je ne partage pas la plupart de mes peurs les plus profondes avec lui.

— C'était nul, pour répondre à sa question sur la réunion du Conseil.

Je sais ce qui va arriver — un autre exemple que je suis incapable de lui communiquer à quel point ma vie est devenue effrayante.

— Les Lapras sont sur le pied de guerre ? me demande-t-il, me prenant par surprise.

— Comment as-tu deviné ?

— Nous sommes dans le monde des sorciers. Les journaux sont encore plus sombres de ce côté du voile. Il y a des flambées de violence un peu partout : en Afrique, en Amérique du Sud, à Washington, DC. Je viens tout juste de lire un article qui parle de la « conspiration cachée » qui cause un grand tort à notre nation.

— Mais ici, ce n'est pas aussi mauvais qu'à Las Vegas. Il m'arrive d'oublier où je suis.

— Je te comprends, interrompt Jimmy. Parle-moi de la réunion.

— Ah, les conneries habituelles. Les Lapras sont mauvais et ils doivent être arrêtés.

— Est-ce que Cleo a parlé de la personne qui a été choisie pour remplacer Syn ?

Je me redresse rapidement.

— Comment sais-tu que nous en avons parlé ?

Jimmy hausse les épaules.

— J'imagine qu'il doit y avoir une sorte de lutte de pouvoir. Ça doit affecter les Tars. Je suppose que c'est la raison qui explique que Cleo a demandé que tu participes à la réunion.

— Tu as raison.

Jimmy m'examine. Même si nous avons le même âge, il est très perspicace, surtout quand il est question de moi. Ça pourrait être une vertu, ou une faiblesse, je l'ignore, mais je trouve qu'il est presque impossible de mentir à Jimmy.

— Alors, quel est le verdict ? demande Jimmy. Qu'est-ce qu'ils vont faire ? Ou devrais-je dire, qu'est-ce qu'ils veulent que tu fasses ?

— Rester vigilante et voir si quelqu'un d'inhabituel s'approche de moi.

Jimmy fronce les sourcils.

— Je ne suis pas sûr que j'aime entendre ça.

— Ça ne m'inquiète pas.

Je me lève avec Lara dans ma main droite et j'offre la gauche à Jimmy.

— Que penses-tu de nous mettre toutes les deux au lit ?

Jimmy se lève et m'embrasse profondément. Je tombe, je vole, je fonds — il embrasse sacrément bien. Ça n'a aucun sens, mais chaque fois que j'embrasse Jimmy, c'est aussi bon ou meilleur même que la première fois.

Quand il finit par reculer, j'ai l'impression de basculer dans notre chaleureux salon tout en dérivant dans l'espace. Je dois faire des efforts pour garder les yeux ouverts. Mais il fait bon de le voir me sourire.

— T'ai-je déjà dit que je t'aime ? demande-t-il.

— Jamais. La seule chose importante pour toi, c'est mon corps.

Il enroule son bras autour de moi et il nous conduit moi et Lara vers la chambre à coucher. Elle dort dans un berceau au pied de notre lit.

— Tu sais que c'est vrai, dit Jimmy. Un gars mourrait pour un corps comme le tien.

— Et tu l'as fait, dis-je, les mots s'échappant de ma bouche avant que je puisse les retenir.

Il s'arrête et pose un doigt sur mes lèvres.

— Aucun de nous ne mourra jamais, aussi longtemps que nous serons ensemble.

— On dirait que tu le penses vraiment.

— Je le sais, Jessie. Je le sais.

C'est le seul qui m'appelle Jessie dans le monde des sorciers.

— Je te crois, lui dis-je convaincue.

Ensemble, nous déposons Lara et nous allons au lit. Nous nous étendons nus dans les bras l'un de l'autre — trop fatigués pour faire l'amour, trop épuisés même pour s'embrasser. Pourtant, la bulle magique mystérieuse demeure, et le fragment qui incarne celle que je perçois comme étant moi est de nouveau complète dans les bras du type qui a donné sa vie dans le monde réel pour sauver la mienne.

Mais le rêve avec Marc Simona commence presque immédiatement, et une fois encore, je suis emportée dans la saga de son escapade brillamment complexe. Seulement cette fois, lorsque j'atteins la fin de la nuit, et que je marche avec lui alors qu'il remonte sa braguette après avoir pissé dans une ruelle non loin de son appartement, le lien entre nous se renforce soudainement. Pendant neuf nuits de suite, j'avais senti que je me trouvais à l'intérieur de son corps et de son esprit. Maintenant, le sentiment d'identification se développe au centuple.

Je vois la lumière au bout de la ruelle et je tourbillonne pour regarder le soleil, perplexe de voir qu'il peut être à deux endroits en même temps. Mais quand je me retourne vers la lumière originale, je me rends compte, tout comme Marc, que ça n'a rien à voir avec le soleil. C'est une lumière née de l'obscurité. Je le sais parce qu'en même temps qu'elle saisit Marc, elle me prend aussi, et je me sens arrachée de mon lit, alors même qu'il est soulevé de la ruelle. C'est alors seulement que je perds tout contact avec Marc et que je vois la noirceur. Elle envahit mon esprit et mon corps et tout à coup, je suis perdue.

CHAPITRE 3

— Hé, tu m'entends ? Réveille-toi.

Une main douce me secoue.

— Lève-toi, jolie fille.

J'ouvre les yeux et je vois Marc Simona qui me regarde fixement. Je connais son visage, bien sûr, je l'ai vu tous les soirs dans le miroir de la resserre de concierge dans le stationnement du centre commercial où il cache ses outils.

Il est beau dans un genre mauvais garçon — ce qui veut dire qu'il pourrait se raser et prendre une douche. Ses cheveux sont brun clair, une masse ondulée qui échappe à tout contrôle, striée de poussière — qu'il a ramassée, j'en suis certaine, dans la ruelle où il a dissimulé les émeraudes de Silvia, derrière cette benne puante. Ses yeux sont bleu clair, sa bouche est large et expressive ; peut-être à cause de ses lèvres généreuses. Le gars est sexy, aucun doute là-dessus. Il est bizarre que je n'aie jamais remarqué ses muscles dans mes rêves. Je ne suis pas surprise qu'il ait grandi dans les rues — il a l'air d'être capable de s'occuper de lui-même.

— C'est toi, murmuré-je, la gorge sèche.

— Je suppose que oui, dit-il. Tu es réveillée ?

— Donne-moi une minute, marmonné-je.

J'essaie de me redresser sur ce qui me semble être un siège d'avion.

Puis, je cligne mes yeux croûteux, et je jette un coup d'œil autour de moi. Je me rends compte que je *suis* dans un avion.

Pourtant, après un examen plus attentif, je me pose des questions. Il n'y a pas de longues allées, pas de rangées de sièges. Les murs ne sont pas recourbés comme ils le sont normalement dans des cieux sans nuages. Ils ont des coins à angles vifs, sont d'un gris terne, et donnent l'impression que nous voyageons clandestinement dans une boîte métallique de grande taille. Pire encore, il y a seulement six fauteuils et nous sommes six.

De plus, je sens une légère vibration comme si nous traversions l'air ou que nous nous trouvions le long d'une voie ferrée extrêmement lisse. À ma gauche, je vois une porte qui mène à des toilettes compactes. À ma droite, un réfrigérateur argenté brillant. Mais il n'y a pas de fenêtres, et quelque chose me dit qu'on ne nous présentera pas au pilote.

Je me rappelle que la nuit dernière, quand je suis allée dormir, j'étais dans le monde des sorciers. Ce qui signifie que maintenant, je me retrouve dans le monde réel. Le monde que j'ai connu toute ma vie. Mais un monde sans Jimmy.

— As-tu soif? Besoin de quelque chose à boire ? demande Marc.

Je me rends compte que je suppose automatiquement qu'il *s'agit* de Marc alors que je n'ai jamais rencontré ce gars. Pourtant, ça doit être lui ; il ressemble exactement au type de mes rêves. Il parle même comme lui, un ton un peu arrogant, vraiment cool.

Mais il ne porte pas ses pantalons noirs, sa chemise blanche et ses Nike foncées comme dans mes rêves. Ses vêtements ressemblent à un uniforme. Sa chemise à manches longues est vert foncé, tout comme ses pantalons, et ses bottes de cuir à hauteur de cheville sont noires. Il porte un bracelet vert clair sur son poignet gauche.

Il me faut un moment pour me rendre compte que nous sommes tous habillés de la même façon. Ce qui signifie que quelqu'un m'a déshabillée pendant que j'étais inconsciente, et probablement les autres aussi. Mon bracelet me semble être fait de plastique ; l'ajustement est serré.

— De l'eau, s'il te plaît, dis-je.

— Tout de suite.

Marc ouvre le réfrigérateur, en sort une bouteille de plastique et dévisse le bouchon, ce qui crée un bruit de craquement. Il me la remet et me fait un signe de tête pour que je la prenne.

— J'y ai goûté. Ça va pas te tuer.

Je prends la bouteille d'un litre. Je cherche un signe d'identification — un nom de compagnie, un logo — mais il n'y en a pas. Pourtant l'eau a un goût frais et je bois la moitié de la bouteille. Ma soif intense me fait me demander depuis combien de temps je suis sans connaissance.

— Merci, dis-je, en gardant l'eau.

— De rien.

Marc s'assoit dans le seul siège inoccupé et jette un coup d'œil aux quatre autres comme s'il s'attendait à ce que l'un d'eux se mette à parler. Comme personne ne semble vouloir le faire, il s'appuie nonchalamment contre son fauteuil et étends ses jambes.

— Si je comprends bien, ajoute-t-il, ce n'est pas une sorte de réunion super-secrète des AA ?

— Depuis quand as-tu dit que tu étais réveillé ? demande d'un ton tranchant une femme à la peau foncée à sa gauche.

Ses cheveux noirs sont coupés court ; son coiffeur n'a pas dû passer plus de 60 secondes à la tâche. Ses sourcils sont épais, sombres, effrayants. Elle semble être originaire du Moyen-Orient, et il ne me faut pas beaucoup de temps pour replacer son accent. Elle vient d'Israël.

Marc est insensible à son ton agressif.

— Tu m'as déjà posé cette question, chérie.

— Réponds-y de nouveau pour nos nouveaux arrivants, ordonne-t-elle.

— Pas depuis très longtemps, dit-il.

La femme se lève et pose ses mains sur ses hanches. Sa présence a quelque chose d'imposant, mais cette fille est criarde. Elle n'aime pas beaucoup l'attitude décontractée de Marc.

— Qui êtes-vous ? exige-t-elle en s'adressant à la pièce. Comment vous appelez-vous ? D'où venez-vous ? Pourquoi êtes-vous ici ?

— Je m'appelle Brad Pitt et je fais des recherches pour un nouveau film que je suis en train de tourner, dit Marc d'un ton enjoué. Ça s'appelle *Six zozos dans une boîte.*

Il fait une pause.

— D'autres questions stupides ?

La femme s'avance, libérant ses mains, et se tient debout devant lui.

— Tu ferais mieux de ne pas prendre ce ton avec moi, jeune homme, prévient-elle.

— Tu n'aimes pas Brad Pitt ? demande-t-il innocemment.

Elle se penche et pose un long doigt près de l'œil droit de Marc, comme si elle pouvait l'enfoncer si on la provoquait.

— Réponds à mes questions, murmure-t-elle.

— Assois-toi et je vais y penser, dit Marc.

La femme est clairement instable ; je crains qu'elle ne blesse Marc. Je sens que je dois intervenir, et parler rapidement.

— Hé, je vais répondre à tes questions du mieux que je peux. Si tu te calmes et si tu écoutes.

La femme me jette un regard méchant.

— Ne te mêle pas de ça.

Je durcis le ton.

— Ne me dis pas quoi faire. Ne dis à personne ici quoi faire. Ce n'est pas un interrogatoire. J'ai offert de te dire ce que je sais. Maintenant, assois-toi et comporte-toi comme un être humain.

— Je sais que ça doit te déranger qu'elle n'ait pas dit s'il te plaît, mais je ferais ce qu'elle demande, ajoute Marc.

La femme recule et me dévisage avec prudence.

— Continue, ordonne-t-elle.

— Assois-toi, insisté-je.

La femme jette un coup d'œil aux trois autres : un mec ringard avec des cheveux blonds blanchis par le soleil et des lunettes épaisses ; un grand homme de race noire qui semble avoir été arraché de la jungle africaine ; et une jeune asiatique courte avec une cicatrice sur la joue gauche. Si la femme israélienne cherche à obtenir du soutien, elle perd son temps. Aucun des autres n'est impressionné par son comportement véhément. Elle se rassoit et me dévisage.

— Parle, dit-elle.

— Je m'appelle Jessica Ralle, bien que la plupart des gens m'appellent Jessie. J'ai 18 ans et j'habite à Los Angeles. Je viens de terminer mes études secondaires et j'ai l'intention d'aller à l'UCLA à partir de septembre.

Je fais une pause.

— Qui êtes-vous?

— Je m'appelle Chad Barker et je suis étudiant en physique au MIT — commence le mec ringard aux lunettes.

— Attendez! interrompt la femme. Tu ne nous as pas dit comment il se fait que tu sois ici, Jessica Ralle.

Je hausse les épaules.

— Probablement parce que je ne le sais pas. Maintenant, laisse Chad terminer sa présentation, d'accord?

La femme me foudroie du regard, mais je l'ignore et je me retourne vers Chad.

— Es-tu un de ces gars super-intelligents qui va nous donner l'impression qu'on est tous des idiots? demandé-je.

Chad rougit.

— Eh bien, j'ai seulement 18 ans, mais je viens de terminer mon baccalauréat et je suis sur le point de commencer un programme spécial de doctorat sur la théorie des cordes. Je dis qu'il est spécial parce que je suis autorisé à sauter la maîtrise.

Je lui fais un sourire encourageant. Je vois qu'il a peur et qu'il est presque aussi effrayé que la femme israélienne. Voilà une dure à cuire qui ne peut pas accepter de ne pas être maître de la situation.

— J'avais raison, dis-je à Chad, tu es un génie naturel. Je suppose que tu vis à Cambridge, dans le Massachusetts?

— La plus grande partie de l'année, oui. Mais je suis originaire de Sarasota, en Floride, où je passe l'été. En fait, j'étais en train de dormir tard dans la maison de mes parents quand je... eh bien, je me suis retrouvé ici.

— La dernière chose dont je me souviens, c'est que je dormais dans mon lit, dis-je. Mais j'étais inconsciente, ou je rêvais. Je ne sais pas quelle heure il était.

Je me tourne vers la jeune fille asiatique.

— Comment t'appelles-tu ?

Elle hésite.

— Chong, Li. Li Chong.

— D'où viens-tu, Li ? demandé-je.

— De Séoul.

— Qu'est-ce que tu faisais avant de te réveiller ici ? demande Chad.

Li hoche la tête.

— Je tapais sur un ordinateur au travail. J'étais restée tard — il devait être environ neuf heures. Soudain, j'ai vu cette lumière brillante et... je ne sais pas ce qui s'est passé ensuite.

— Moi aussi, j'ai vu une lumière brillante, dit rapidement Chad.

— Moi aussi, dis-je. Autre chose ?

Marc et le Noir hochent la tête. La femme israélienne hésite avant de faire de même.

— Bon. Nous avançons, ajouté-je. Nous avons un modèle.

— Nous avons de la merde, réplique d'un ton sec l'Israélienne. Comment est-ce que je peux savoir que vous n'êtes pas tous en train de mentir ?

— Jésus-Christ, marmonne Marc en levant les yeux au ciel.

La femme bondit de nouveau et pointe vers Marc.

— Ce gars était réveillé avant nous. Quand j'ai ouvert les yeux, je l'ai vu qui marchait à quatre pattes et nous examinait tour à tour. J'ai fermé les yeux et j'ai fait semblant que j'étais encore endormie. Il a fouillé toute la place.

— J'aurais fait la même chose, dis-je.

— Moi aussi, ajoute Chad.

La femme se met en colère.

— Ne prenez pas pour lui simplement parce qu'il est beau. Pourquoi était-il réveillé avant nous ?

— Il fallait que quelqu'un se réveille en premier, dit Chad. Et sache que je ne pense pas qu'il soit si beau que ça.

La femme bout.

— Il refuse de nous dire ce qu'il faisait ! Il ne veut même pas nous dire son nom, putain !

— Comment t'appelles-tu ? demandé-je.

Marc rit ; il est évident qu'il se réjouit du spectacle.

— Si tu me l'avais demandé poliment, comme Jessie ici, je t'aurais dit comment j'aime mon café le matin et quelle est ma position sexuelle préférée. Mais tu as commencé en agissant comme une chienne. À moins que tu ne joues la comédie ? Quel que soit ton nom…

La femme prend une grande inspiration. Il est possible qu'elle ait des doutes, je ne suis pas certaine. Elle scrute nos visages et fronce les sourcils, se sentant nettement coincée. Elle laisse échapper sa prochaine remarque.

— Je m'appelle Shira Attali. Je suis née à Tel-Aviv il y a 19 ans. Je suis actuellement en poste le long de la Cisjordanie. Si vous avez une idée où ça se situe.

— J'ai entendu parler de l'endroit, dit Marc. N'est-ce pas le territoire enclavé comprenant l'est, le nord et le sud d'Israël, juste à côté du Jourdain et de la mer Morte ?

Shira hoche la tête. Elle reste debout.

— Voilà d'où je viens. Et voilà où je montais la garde quand j'ai vu une lumière brillante, pour ensuite me réveiller ici.

— Quelle heure était-il ? demande Chad.

— Seize heures.

— Alors, tu fais partie de l'armée ? demandé-je à Shira.

— Oui, dit-elle.

— Dommage que tu n'aies pas apporté ton fusil, dit Marc.

— Pourquoi dis-tu ça ? demande Shira, et pour une fois il y a un minimum de respect dans sa voix.

Marc hausse les épaules.

— Nous six, nous nous sommes fait kidnapper. Les gens qui enlèvent d'autres gens sont généralement de mauvaises personnes. Un fusil aurait été pratique, d'après moi. Au fait, ajoute-t-il, mon nom est Marc Simona et je suis de Los Angeles, comme Jessie. J'étais endormi dans mon lit quand j'ai vu une lumière brillante et que je me suis fait enlever, et je me suis réveillé ici. Voilà toute mon histoire.

— Que fais-tu pour gagner ta vie ?

Je lui pose la question sachant parfaitement qu'il ment.

— Je suis préposé au service voiturier du Grauman's Chinese Theater.

Je capte son regard.

— Tu dois faire de très bons pourboires. Surtout les soirs tapis rouge.

Il prend mon observation sans broncher.

— C'est un gagne-pain.

— Tu dis que tu t'es fait enlever, intervient Chad. As-tu senti que quelqu'un t'attrapait ? T'attrapait physiquement ?

Marc hésite.

— Oui.

— Peux-tu deviner quelle heure il était ? demande Chad.

— Près de l'aube.

— Tu peux le dire même si tu dormais ? demandé-je.

Dans mon rêve, il savait que c'était l'aube, car il était éveillé et le soleil venait de se lever.

— Je me suis éveillé juste au moment où ça s'est passé, dit Marc. On aurait dit qu'une énorme main m'avait attrapé par-derrière. C'est tout ce que je sais.

— T'avait attrapé par-derrière dans le lit ? m'entêté-je.

— Je viens de te le dire, voilà tout ce que je sais.

Le Noir parle enfin.

— Je m'appelle Ora Keiru. Je suis du Soudan. J'étais en train de traire une chèvre quand on m'a emmené ici. J'ai vu la lumière dont vous parlez tous.

Il y a une sorte de dignité dans sa façon de s'exprimer, et il est certainement un spectacle pour les yeux féminins affamés. Deux mètres de hauteur, puissamment bâti — ses longues jambes paraissent avoir été conçues pour chasser les animaux sauvages.

— Quelle heure était-il ? demande Chad.

Pour moi, il est évident qu'il essaie de développer un modèle du moment où nous avons été enlevés, et je crois que je le vois. Mais pour le moment, je me contente de rester silencieuse. Je suis curieuse de connaître Chad et je veux voir où il s'en va avec ses questions. J'ai débuté en plaisantant sur son QI élevé, mais maintenant, je commence à comprendre qu'il est probablement plus intelligent que nous tous.

— Fin d'après-midi, près du soir, répond Ora.

— Quel âge as-tu ? demandé-je.

Ora hésite.

— Je ne suis pas certain. Mes parents sont morts quand j'étais jeune et je n'ai jamais célébré un anniversaire. Je vis loin de la ville avec deux sœurs. Mon pays est pauvre, mais la terre est belle et les gens aussi. Je ne voudrais pas échanger mon chez-moi contre n'importe quel endroit.

— Comment s'appellent tes sœurs ? demandé-je.

— Klastu et Ariena.

Je ne peux m'empêcher de remarquer son ton affectueux ; ça me fait sourire.

— Je parie que tes sœurs sont plus jeunes que toi, dis-je.

— Elles ne sont plus des enfants, mais je suis l'aîné.

— Super, dit Marc, et il tape dans ses mains. Enfin, nous nous sommes tous présentés et nous nous sentons mieux les uns par rapport aux autres. Maintenant, essayons de voir comment diable nous sommes arrivés ici.

Il marque une pause.

— Des idées ? Quelqu'un veut spéculer ? Que dirais-tu, Chad ? On dirait que tu es le cerveau ici.

Chad sourit timidement.

— Je n'irais pas aussi loin. Mais tu as raison, nous devons comprendre pourquoi nous sommes ici et quel est cet endroit. Je suggère que nous commencions par ce que nous savons.

Il s'arrête et regarde notre cellule métallique.

— Nous nous trouvons dans un large véhicule de métal et il semble se déplacer. La question est la suivante : sommes-nous sur le sol ou dans les airs ?

— Si nous étions sur une voie ferrée, nous entendrions des bruits répétitifs et constants et nous sentirions de petites bosses sur la voie ferrée, explique Marc.

— Au Japon, les trains rapides sont censés être silencieux, dis-je. Ils fonctionnent avec de puissants aimants et avancent en flottant, en quelque sorte.

— Ils ne flottent pas, me corrige Chad. On se sert d'aimants pour réduire le frottement avec la voie ferrée et pour faire avancer le train plus doucement. Peu d'endroits dans le monde possèdent ces trains.

— Alors tu crois que nous sommes dans un avion ? demandé-je.

Chad réfléchit. Je vois les engrenages tourner à l'intérieur.

— Même sur le vol le plus doux dans le monde, on sent qu'on monte et descend légèrement quand on frappe les turbulences. Mais je suis réveillé depuis dix minutes et je n'ai pas une seule fois ressenti de baisse soudaine en élévation, pas même une toute petite.

— Est-ce que ça veut dire qu'il est hors de question que ce soit un avion à réaction ? demandé-je.

Et je suis soudainement frappée par le fait que, sauf pour Shira, nous nous comportons plutôt rationnellement — presque trop. Je me dis que mon calme intérieur vient du fait que Cleo m'avait prévenue de l'approche de truc bizarre.

Mais le raisonnement me semble faible.

Je me demande si nous n'avons pas été drogués.

Ce qui me fait aussi me demander pourquoi je ne me sens pas plus amère au sujet de mon enlèvement, *surtout* après ma conversation avec Cleo. Je ne me fais pas d'illusions — mon enlèvement est en quelque sorte lié à la nécessité des Lapras d'avoir un nouveau chef et au désir mystérieux de l'Alchimiste d'être impliqué dans cette sélection.

Pourtant, une partie de moi accepte que ce qui se passe maintenant ne soit pas très différent de ce qui m'est arrivée à Las Vegas. Le fait est que je suis née avec sept gènes de sorcières, et à cause de ce fait, je suis affligée d'un « destin » — un destin peut-être important — et je peux me plaindre tant que je le veux sans que rien y change. Quand je repense à tout ce que m'a dit Cleo la nuit dernière dans le monde des sorciers, je me rends compte que c'est ce qu'elle essayait de me dire.

Tu vas devoir t'y faire, ma fille.

D'une certaine manière, ça m'aide d'avoir Marc avec moi.

Le gars est beaucoup plus mignon en personne que dans mes rêves.

Pourtant, pourquoi dois-je être accompagnée de qui que ce soit ? Comme je me suis retrouvée dans la tête de Marc, je sais qu'il n'est pas un sorcier. Merde, je peux sentir en scrutant mon entourage que je suis la seule sorcière dans la pièce. Que je suis sur le point de me lancer dans certaines épreuves qui nécessitent mes pouvoirs de sorcière pour déterminer si je suis apte à diriger les Lapras, alors il n'y a aucune logique concernant les gens dont je suis entourée.

— Demandez-le-moi dans dix minutes, répond enfin Chad à ma question sur le fait que nous nous retrouvons dans un jet. Il est possible, ajoute-t-il, que nous soyons à l'arrière d'un gros camion.

— Il faudrait être sur une route sacrément lisse, dit Marc.

— Ça pourrait être une suspension de haute technologie, dit Chad. J'ai lu que ces systèmes sont actuellement à l'essai. Une fois qu'une personne est à bord de ce genre de véhicule, avec les yeux bandés, elle ne peut pas dire si elle bouge ou non.

— Vous supposez tous que nous avançons, explique Shira. Je ne suis pas aussi sûre. La vibration que nous sentons — ça pourrait être n'importe quoi.

Sa remarque semble pertinente, et toute la pièce se tait. Pourtant, je sais que c'est faux. Depuis que je me suis éveillée à mon statut de sorcière à Las Vegas il y a un mois, je suis devenue beaucoup plus consciente de l'endroit où je suis à tout moment. On dirait qu'un signal GPS a été activé dans mon cerveau. Je ne dis pas que je peux déterminer l'endroit où nous sommes, mais je sais — *avec certitude* — que nous nous déplaçons rapidement. D'ailleurs, je sais que nous sommes hauts dans le ciel, très haut.

— Nous sommes probablement dans un avion à réaction, dis-je. Et nous sommes sans doute tellement hauts qu'il n'y a presque pas d'air. Voilà pourquoi il n'y a pas de turbulences. Ceux qui ont volé à bord du Concorde disent qu'ils n'avaient même pas l'impression d'avancer. C'est parce qu'ils volaient au-dessus de 15 000 mètres.

— Le Concorde n'a pas volé depuis plusieurs années, dit Marc.

— C'est sans rapport, dit Chad à Marc, même s'il est évident que ma remarque l'avait impressionné. Je pense que Jessie a trouvé quelque chose. Dans l'armée, il y a des avions à réaction qui volent à des kilomètres plus haut que le Concorde. Si nous nous trouvons dans un de ces appareils, nous pouvons nous déplacer plus vite que la vitesse du son sans même le savoir.

Marc hoche la tête.

— Désolé, Chad, Jessie, je ne marche pas. Je n'ai jamais beaucoup cru aux conspirations du gouvernement.

— Alors il est peut-être temps que nous nous arrêtions et que nous parlions de qui nous a enlevés, dit Chad. Examinons les faits. Vous avez probablement remarqué que j'ai essayé de noter le moment où chacun de nous a été kidnappé. En tenant compte des différents fuseaux horaires, il semble que nous avons tous été ramassés à la même heure, même si nous étions dispersés dans le monde entier.

— Merde, marmonne Marc avec étonnement alors qu'il commence à comprendre ce qu'il y a de vrai dans les affirmations de Chad.

Shira pointe vers Marc et moi, mais elle parle à Chad.

— Ne trouves-tu pas étrange que ces deux-là soient de la même ville ? demande-t-elle.

— Pas vraiment, à moins qu'ils se connaissent, répond Chad. Vous ne vous connaissez pas, n'est-ce pas ? Jessie ? Marc ?

— Non, dit Marc.

Shira pointe vers moi. Alors pourquoi Jessie a-t-elle dit : « C'est toi », dès la seconde où elle s'est réveillée ? demande-t-elle. Quand Marc se tenait au-dessus d'elle ?

Je hausse les épaules.

— Est-ce que j'ai dit ça ? Je ne m'en souviens pas. J'étais encore dans les vapes. Je pensais que Marc était mon copain qui me réveillait.

— Tu étais réveillée, dit fermement Shira.

Chad lève la main.

— Pour l'instant, s'il vous plaît, il faut nous faire mutuellement confiance et supposer que tout le monde dit la vérité. De cette façon, ça ira beaucoup plus vite.

Shira me lance un regard meurtrier.

— Très bien. Continue.

— La raison qui fait que je veux envisager qu'un gouvernement est derrière notre enlèvement, poursuit-il, c'est à cause de l'originalité de la méthode par laquelle nous avons été rendus inconscients. Je veux dire, aucun de nous n'a été frappé sur le crâne ou en plein visage. Aucun de nous n'a eu de chiffon trempé dans l'éther pressé sur sa bouche. Non, nous avons tous vu une lumière brillante, et certains d'entre nous ont eu l'impression d'être saisis. Ça me semble vraiment une haute technologie.

— Sommes-nous en train de parler du gouvernement américain ? demande Marc.

Chad hoche la tête.

— Il fait partie des principaux candidats, mais ce n'est nécessairement pas ce gouvernement. Ça pourrait même être une société riche. Ce que je veux dire, c'est qu'il a fallu des outils spéciaux — c'est-à-dire énormément d'argent — pour tous nous ramasser en quelques minutes, nous assommer et nous planquer dans cette cellule.

Pour moi, on dirait que Chad décrit les Lapras, mais je garde l'idée pour moi. Même si aucun d'eux ne me semble être un sorcier, je me demande si l'un d'eux, ou plusieurs même, pourraient l'être sans le savoir. Leur ignorance pourrait camoufler leurs pouvoirs, même à mon gène intuitif.

Quoi qu'il en soit, si aucun d'entre eux n'a conscience de l'existence des sorciers, alors mon histoire à couper le souffle de ce qui m'est arrivé à Las Vegas n'aura fort probablement pas un gros succès. Pour sa part, Shira essaierait sans doute de me tuer à la première occasion.

Il y a beaucoup de colère dans cette femme — ou fille. Je me demande quelle en est la source. Je dois me rappeler qu'elle a seulement 19 ans. Elle ne se conduit pas comme une adolescente. Mais je suppose que ce comportement peut s'expliquer parce qu'elle fait partie de l'armée.

— Pourquoi quelqu'un se donnerait tout ce mal pour nous capturer ? dit Marc. Qu'est-ce qu'on a de si particulier ?

— Cette question est la clé, dit Chad d'un ton énergique. Examinons-la d'un peu plus près. Si nous arrivons à comprendre ce qui rend chacun de nous unique, alors nous saisirons le motif derrière notre enlèvement.

Marc hoche la tête.

— Je n'ai rien de spécial. Tout ce que je fais comme gagne-pain, c'est de garer des voitures.

— Est-ce tout ? demandé-je. Des passe-temps ?

— Non.

— Un deuxième emploi peut-être ? persisté-je.

— Non.

Je me souviens de ce que Silvia lui a dit la nuit de la première du film. Je sens une envie irrésistible de le pousser.

— Tu ne sembles pas être le genre de gars qui gare des voitures, dis-je, la citant mot à mot.

Marc croise mon regard sans broncher. Pourtant, je vois que j'ai marqué un point. En même temps, je me demande si je suis en train de jouer avec le feu. Marc a vraiment le sang-froid, je dois le lui accorder, surtout quand il répond.

— Tu n'es pas la première personne à me le dire, réplique-t-il.

— Est-ce que tu vis seul ? demande Chad.

— Oui, dit Marc.

— Je suppose que tu travailles la nuit ou le week-end. Que fais-tu le reste du temps ?

— Je drague de jolies filles.

— Tu ne peux pas penser à une seule chose que tu peux faire mieux que quelqu'un d'autre ? demande Chad.

Marc me sourit.

— Draguer de jolies filles.

— Très bien, dit Chad, et il se tourne vers Ora.

— Je peux dire en te regardant que tu as eu une vie difficile et que tu es probablement plus fort que nous tous réunis. Y a-t-il quelque chose d'unique chez toi ?

— Unique ? Je ne connais pas ce mot, dit Ora.

— Spécial, explique Chad.

Ora réfléchit.

— Je suis un Chita. C'est le nom de ma tribu. Beaucoup d'entre nous vivent dans ma région du Soudan. Mais tout près, il y a les Kirus — une autre tribu. Un de leurs villages borde mon village. Ce qui fait que c'est un endroit dangereux à habiter.

— Les Chitas et les Kirus ne s'entendent pas ? demande Chad.

— Ils sont toujours en guerre, ils passent leur temps à s'entre-tuer.

— Pourquoi ? demande Chad.

— Pour les terres. Pour les bovins, les chèvres et les femmes.

Chad réfléchit avant de poser sa prochaine question.

— Diriges-tu ton village quand vous vous battez contre les Kirus ? Es-tu un guerrier ?

Ora hoche la tête.

— J'ai tué beaucoup de Kirus depuis que j'étais un garçon.

— Avez-vous des armes ? demande Shira. Des AK-47 ?

Ora hoche la tête.

— J'ai vu ce fusil dont tu parles. Je m'en suis servi. Mais maintenant, des deux côtés, nous n'avons pas de munitions, alors nous nous battons avec les mains, ou avec des lances ou des couteaux.

La question de Shira est rusée. Par mes lectures, je sais que les AK-47 sont les armes les plus couramment introduites en contrebande en Afrique. La mitrailleuse est réputée pour sa fiabilité. Elle se coince rarement, même lorsqu'elle est trempée dans l'eau ou qu'elle est recouverte de boue. Ce serait l'arme parfaite à posséder dans une terre poussiéreuse comme celle du pays d'Ora.

Chad semble penser la même chose que moi. Il se tourne vers Shira.

— On dirait que tu connais tes armes, dit-il.

— Je te l'ai dit, je suis dans l'armée, répond Shira.

— N'est-il pas vrai que tout le monde, hommes et femmes, doit servir dans ton armée ? interroge Chad.

— Pendant deux ans. Ensuite, plus tard, nous pouvons être appelés à tout moment si notre patrie est menacée.

Chad parle avec prudence.

— Es-tu allée au combat ?

Shira hésite.

— Oui.

— Intéressant, dit Chad.

Une veine sur le front de Shira se gonfle au rythme du sang qui y est pompé. Il a touché une corde sensible.

— Pourquoi dis-tu ça ? demande-t-elle.

Chad lève une main rassurante.

— Je ne voulais pas t'offenser. Je trouve curieux que nous soyons ici un groupe de six adolescents et que deux d'entre nous soient allés au combat. Au moins deux.

Il se tourne vers Li.

— Parle-nous de toi.

— Je ne suis pas importante. Je travaille de longues heures dans une compagnie d'emballage. Le week-end, il m'arrive d'être bénévole dans un hôpital.

Chad paraît de plus en plus intéressé.

— Que fais-tu à l'hôpital ?

— J'aide à prendre soin des malades.

— Es-tu en formation pour devenir infirmière ? s'informe Chad.

Li hésite.

— Oui. Ou médecin, je ne suis pas certaine.

— Li, puis-je te poser une question personnelle ? dit Chad. Je remarque les cicatrices sur ton visage et celle sur ta main. Puis-je te demander où tu les as eues ?

Il est clair que Li ne veut pas répondre.

— Des hommes méchants m'ont battue, dit-elle tout bas en baissant la tête.

Chad s'apprête à parler, puis il s'arrête, et nous regarde Marc et moi. On dirait que nous partageons la même pensée. Li vit maintenant en Corée du Sud, mais *où* a-t-elle grandi ? Outre les cicatrices, elle est très courte, un signe qu'elle a dû souffrir de malnutrition à un âge précoce. La Corée du Nord, probablement l'endroit le moins tolérant sur terre, est bien connue pour affamer sa population. Et sa police arrête régulièrement des gens sans raison et les bat de manière insensée.

— Li, commence doucement Chad.

— Je vis à Séoul, interrompt Li, se répétant, et mettant fin aux questions de Chad — ou à ce qui pour elle pourrait paraître comme un interrogatoire.

Sensible à sa détresse, Chad retraite rapidement. Il se tourne vers moi.

— Qu'est-ce qui te rend spéciale, Jessie ? demande-t-il.

— Mes beaux yeux.

Chad sourit.

— Ça va de soi. Autre chose ?

Je hoche la tête.

— Honnêtement, je l'ignore. Je suis une adolescente moyenne, gâtée, paresseuse, mais impatiente de commencer l'université. Comme Li, je suis intéressée par la médecine. Je vais surtout suivre des cours prémédicaux. Mais j'ai une sorte d'intérêt pour l'ésotérisme.

Chad cligne des yeux.

— L'ésotérisme ?

Je glisse la remarque comme une manière de tâter le terrain, mais je ne reçois aucun *buzz* spécial du groupe.

— J'aime tout simplement lire sur des trucs bizarres, c'est tout. Les expériences de mort imminente. Les voyages hors corps. Les fantômes. Les vampires. La réincarnation.

— Te souviens-tu de tes vies passées ? taquine Chad.

— Peut-être. Oh, dans cette vie, j'ai un petit ami génial qui s'appelle Jimmy.

— Qui n'est pas là pour te protéger, dit Marc avec juste un peu trop d'enthousiasme.

Je souris doucement.

— Ne t'inquiète pas. J'ai l'habitude de bien me débrouiller.

— Raconte-nous-en plus, dit Chad, en me regardant de près, de trop près peut-être.

Je me souviens à quel point il est intelligent. Il pourrait deviner que je joue un rôle.

Je hausse les épaules.

— Il n'y a rien d'autre à dire.

— Tu vis avec tes parents ? demande Chad.

— Avec ma mère.

— Et Jimmy, marmonne Marc, faisant ses propres hypothèses. Tu as une maman cool.

— C'est vrai que ma mère est cool, mais j'habite dans une maison d'invités derrière la maison principale, dis-je, mentant.

C'est l'inverse qui est vrai. Jimmy, Lara, Whip et moi habitons dans la maison principale. Ma mère aime la maison d'invités — elle en aime l'intimité, dans le monde des sorciers et dans le monde réel.

— Où es-tu à Los Angeles ? demande Marc.

— À Santa Monica.

Marc hoche la tête.

— Je connais la région.

— J'en suis certaine.

Chad nous jette de nouveau un coup d'œil. Il est sacrément intelligent, il a perçu le lien entre nous, encore plus clairement que Marc. Pourtant, je peux dire que ma remarque a déconcerté Marc.

— Pourquoi ne nous parles-tu pas de toi ? dis-je à Chad.

Il est réticent à me laisser abandonner le sujet, mais il voit qu'il n'ira nulle part avec moi.

— Comme je l'ai dit, je suis diplômé en physique du MIT et je vais faire mes études supérieures à cet endroit. Mais j'ai aussi suivi beaucoup de cours en biologie, et pendant un moment j'ai pensé à essayer d'entrer dans un programme de doctorat tout nouveau que Harvard vient de créer sur la physiologie du cerveau. J'ai toujours été obsédé par le fonctionnement de l'esprit humain.

— Et pourquoi le tien fonctionne aussi bien ? lancé-je. Allez, dis-le. C'est quoi, ton QI ?

Chad rougit.

— Seuls les connards se vantent de leur QI.

— Cent cinquante ? dis-je. Cent soixante-cinq ?

Il sourit.

— Plus haut. Mais ce n'est pas important.

— Je ne suis pas d'accord, dis-je. Peut-être que c'est très important. C'est toi-même qui nous as fait remarquer qu'Ora et Shira sont tous les deux allés au combat. Li aussi, il est évident qu'elle a dû faire face à des personnages assez durs dans son temps. Ça signifie qu'au moins la moitié de notre groupe a connu des défis pour s'en sortir dans la vie. Ensuite, nous avons toi, Chad, avec ton QI exceptionnel qui est un cas sur un million. Tu dois admettre que ce ne peut pas être une coïncidence.

— De quel genre de coïncidence parlons-nous exactement ? demande Marc.

— Eh bien, nous parlons tous anglais, dis-je.

Marc agite la main dans un mouvement de rejet.

— Aujourd'hui, avec l'Internet, tout le monde parle anglais.

Je le regarde fixement.

— J'ai l'impression que nous sommes un groupe extrêmement habile. Et je ne veux pas simplement parler de combat.

— Tu veux parler de survie, dit Chad, intrigué.

— Exactement, répondé-je.

Marc hoche la tête.

— Je ne vois pas comment Jessie et moi correspondons au groupe.

— Bien sûr, tu le vois, taquiné-je. N'importe quel idiot peut voir comment tu réfléchis vite. Ne le nie pas, tu es un flirt né, entre autres choses. Pour couronner le tout, tu es courageux.

— Hein? dit Marc.

— N'est-ce pas toi qui viens d'offrir de me protéger?

Marc semble se réchauffer à mon idée, ou bien à mon flirt. Pourtant, il fronce les sourcils et je me rends compte qu'il demeure perplexe par mes connaissances à propos de sa vie secrète. Honnêtement, ça ne me dérange pas ; moi-même, je me sens confuse. Notre groupe constitue un mélange intéressant, mais qu'est-ce que tout ça a à voir avec ce que m'a dit Cleo hier soir?

La question fondamentale, c'est pourquoi ai-je été enlevée et associée à cinq adolescents qui ont fait leurs preuves, au lieu de cinq puissantes sorcières? Les autres sont certainement exceptionnels, mais si on les plaçait tous ensemble dans une arène, je pourrais tous les écraser en une minute. Ce n'est pas pour me vanter, ce n'est que la réalité.

Ce qui signifie que je passe à côté de quelque chose, quelque part.

— Veux-tu dire que nous avons été triés sur le volet par une branche secrète du gouvernement ou une société maléfique pour être formés comme espions? demande Marc.

— Jessie est simplement en train de nous souligner que notre groupe est spécial, dit Chad en venant à mon secours.

— Ce que nous allons faire lorsque nous atteindrons notre destination — comment on va nous utiliser — je suis certain qu'aucun d'entre nous n'en a la moindre idée.

Marc hoche la tête et s'appuie contre son siège.

— Si vous me le demandez, nous disons des conneries. Cette situation est tout simplement trop bizarre. Il y a de fortes chances que nous ayons été enlevés par un groupe d'extraterrestres. Et quand nous arriverons dans leur monde, ils vont sans doute nous enfermer dans une cage et nous forcer à nous battre à mort juste pour voir qui reste le dernier debout.

— Ce n'est pas drôle, dit Chad d'un ton sérieux.

Marc ferme les yeux.

— Je dis simplement que je ne pense pas que nous allons tous nous en sortir vivants.

CHAPITRE 4

Quand je me réveille le lendemain, je suis de retour dans le monde des sorciers, dans mon lit, avec Jimmy étendu à côté de moi, à Santa Monica. La dernière chose dont je me souviens du monde réel, c'est d'avoir été en train de fouiller la cellule où nous étions enfermés à la recherche d'une voie d'évacuation d'urgence possible. Mais il n'y avait pas d'issue.

Il n'y avait pas de nourriture non plus, seulement beaucoup d'eau embouteillée. Dans la salle de bain, il y avait une toilette en service, mais pas de douche ou de serviettes ou de couvertures. Nous avons continué à échanger des idées sur ce qui nous arrivait, mais finalement nous tournions en rond. J'ai fini par suivre l'exemple de Marc et je me suis appuyée sur mon siège et je me suis assoupie. Du moins, je crois que je me suis endormie. Pour autant que je sache, nos ravisseurs ont envoyé du gaz dans notre cabine métallique.

Dans la matinée, Jimmy prend soin de Lara, et me laisse dormir, puis il se rend à son emploi à temps partiel comme mécanicien dans une station d'essence à Venice — la ville voisine. Habituellement, il lui arrive d'emmener Whip — qui est amoureux des voitures et aide vraiment Jimmy à réparer tout ce qui est brisé, mais Whip est en vacances avec Alexis à Disney World, en Floride. En l'occurrence, Whip se trouve au même endroit avec Alex dans le monde réel.

Chaque fois que Whip s'éloigne, je crains que quelqu'un repère sa queue, mais Alexis est assez habile quand il est question de l'habiller. Il faut dire qu'en vérité, tout comme Jimmy est meilleur père que je suis mère, Whip a probablement plus de plaisir à se tenir avec Alexis qu'avec moi. Je me dis que ça ne me dérange pas, mais le fait que cette pensée serve à me réassurer disqualifie ma justification.

Quoi qu'il en soit, je suis toujours heureuse lorsque Whip a du plaisir. Le gamin n'a pas vraiment eu une vie facile, pas avec Syn comme mère.

Ma mère vient chercher Lara à midi, et j'emploie mon temps libre pour conduire jusqu'à Pacific Palisades. Je me gare encore une fois sur la route près de la maison de luxe où l'Alchimiste a emmené Syn et Kendor — ou leurs incarnations antérieures. Je reste assise à fixer la maison pendant une heure, me rappelant les ordres de Cleo d'établir un contact. J'espère que l'Alchimiste prendra l'initiative de sortir pour m'inviter à entrer, et je prie pour que le type demeure à l'écart et me laisse tranquille.

En fin de compte, je ne frappe pas à la porte, et je sais que c'est parce que j'ai peur. Mais la réalité de la situation influence ma décision. Il se passe certainement quelque chose de remarquable dans le monde réel, et je suis convaincue que j'aurai bientôt besoin d'aide. Mais j'imagine que jusqu'à ce que notre « groupe de six » arrive à destination, je ne peux connaître le genre d'aide à demander. Je décide alors que c'est une bonne raison d'attendre, et je m'éloigne en voiture.

Je ne rentre pas à la maison. Au lieu de cela, je décide de passer par le Grauman's Chinese Theatre pour voir ce que je peux découvrir sur Marc Simona. Je suis presque certaine que mes rêves à son sujet tiennent de la réalité, et pourtant, je ne suis pas certaine si les événements se sont produits dans le monde des sorciers, le monde réel ou les deux. Il y a de fortes chances que la dernière option soit la bonne. Les événements du monde des sorciers reflètent généralement ce qui se passe dans le monde réel, mais — et c'est un énorme *mais* — le reflet n'est pas toujours parfait.

Par exemple, Marc aurait travaillé comme voiturier le soir de la première du film et se serait dissimulé dans le coffre de la voiture de Silvia, mais il aurait pu voler un bracelet avec des rubis plutôt qu'un collier avec une émeraude. Et le petit ami de Silvia aurait pu être un arrière de la NBA plutôt qu'un porteur de ballon de la NFL. Depuis ma transformation en sorcière, il y a un mois à Las Vegas, j'avais observé maintes et maintes fois des différences aléatoires de ce genre.

Cependant, — et c'est un énorme *cependant* — à l'occasion, les variations entre les deux mondes sont frappantes. Je ne tombe pas sur elles trop souvent, mais elles se produisent assez fréquemment pour que je me tienne sur mes gardes.

Dans le monde des sorciers, nos voisins d'à côté, à Jimmy et à moi, sont un adorable couple âgé du nom de Betty et James Gardner. Ils vont au lit tôt tous les soirs et on ne les entend presque jamais. Dans le monde réel, trois jeunes femmes louent la même maison, et organisaient de sacrées soirées chaque samedi soir, et les Gardner sont morts.

Après une recherche dans les rubriques nécrologiques de vieux exemplaires du journal *L.A. Times*, je sais qu'ils sont morts deux mois auparavant dans un accident de la circulation, ce qui signifie sans doute qu'ils vont bientôt mourir dans le monde des sorciers.

Sans doute, mais pas *certainement*.

Tout ce qui est définitif, c'est que si vous mourez dans le monde des sorciers, vous mourez toujours dans le monde réel, habituellement le même jour, certainement dans les deux ou trois jours suivants. Voilà pourquoi la vue de Syn et de Kendor m'avait tellement déstabilisée. J'avais été témoin de la version du monde des sorciers où Syn avait poignardé Kendor au cœur, et où j'avais vu Whip piquer Syn au cœur.

L'explication de Cleo concernant leur retour était bizarre, c'est le moins qu'on puisse dire, et pourtant, elle me semblait juste. Tous les petits indices que Kendor avait parsemés, et tous ceux que j'avais récoltés en observant le couple hébété — Cleo les avait connectés en un raisonnement clair et ordonné.

Tout de même, je me demande pourquoi elle avait fait cette remarque étrange que je verrais Christophe Colomb. J'avais simplement fait une blague, mais pour autant que je sache, Cleo ne plaisantait pas. Et si l'Alchimiste ne parlait pas pour rien, Cleo ne le faisait pas non plus. Elle avait essayé de me dire quelque chose, mais quoi ? D'après ce qu'elle avait dit, il était clair que mon gène de sorcière alpha-oméga prendrait des milliers d'années à apparaître. Il n'était pas question que le gène puisse me servir dans un proche avenir, certainement pas dans les prochains jours.

Lorsque j'arrive au théâtre, je me gare dans le stationnement arrière — qui au milieu de la journée est presque vide —, et je me hâte de me rendre à l'avant. Bientôt, je me retrouve sur Hollywood Boulevard. Je ne suis pas allée dans cette partie de la ville depuis des années, et pourtant, tout me semble familier, comme si mes souvenirs et ceux de Marc étaient quelque peu fusionnés. La station de voiturier est tout près, et je reconnais immédiatement son patron, Steve Green, l'Australien décontracté dont la femme est enceinte. Il ne semble pas occupé, et je m'avance vers lui avec mon sourire le plus éclatant.

— Salut, je suis Alexis Simms et je travaille pour le *Los Angeles Times*, dis-je, en me servant du nom de ma meilleure amie.

C'est une vieille habitude que j'ai prise, et qui m'est venue du fait qu'Alexis utilise presque toujours mon nom quand elle se retrouve dans une situation embarrassante.

— Mon journal pense à faire un article d'intérêt humain sur ce que c'est d'être voiturier pour les vedettes. Nous cherchons un candidat unique sur qui nous concentrer. Je me demandais si vous pourriez m'aider.

L'homme me fait un signe de tête amical tout en m'examinant.

— Vous avez l'air un peu jeune pour être journaliste, dit-il dans son fort accent.

— Vous voulez que je retourne à ma voiture pour vous montrer mes pièces d'identité ?

— Ce ne sera pas nécessaire. Je ne peux imaginer que beaucoup de personnes soient intéressées à notre genre de boulot. Nous garons les voitures pour les gens et plus tard dans la nuit nous allons chercher leurs voitures. C'est un travail banal.

— Banal ? Vous devez plaisanter. Voyons donc, en une nuit, vous rencontrez plus de vedettes qu'une personne moyenne pourrait espérer en rencontrer en dix vies. Je crois que ça devrait être passionnant, M…

— Green, Steve Green. Je dois admettre que quand j'ai commencé ici il y a 20 ans, les soirées tapis rouge m'excitaient vraiment. Mais maintenant, pour moi, toutes ces premières se ressemblent.

Il marque une pause et se met à rire.

— Je crains bien d'être un sujet assez nul pour votre article.

— Pourriez-vous recommander quelqu'un d'autre ? Un beau jeune homme peut-être. Vous connaissez le public — vous n'êtes personne à moins d'avoir un joli minois.

M. Green réfléchit.

— Il y a quelqu'un à qui vous pourriez vouloir parler. Son nom est Marc Simona. Il a 19 ans, c'est un travailleur acharné, et des tonnes de starlettes s'arrêtent pour flirter avec lui. En fait, l'autre soir, Silvia Summer — je suis sûr que vous avez entendu parler d'elle — a dit à Marc qu'il devrait être sur le grand écran. Elle l'a peut-être dit pour flatter son ego, mais je me tenais tout près et il semblait qu'elle le pensait vraiment.

— Intéressant, marmonné-je.

Dans mon rêve, Silvia avait parlé comme si Marc pourrait faire mieux que de garer des voitures, mais elle n'avait pas dit la phrase précise que citait M. Green. Il était possible que M. Green soit en train d'exagérer, ou bien il répétait la remarque de Silvia verbatim, comme il l'avait entendue, ici dans le monde des sorciers, alors que mon rêve sur Marc se serait passé dans le monde réel. En d'autres termes, dans le monde réel, Silvia aurait presque dit la même chose, mais pas tout à fait. Une fois de plus, les variations entre les deux dimensions me fascinaient autant qu'elles me dérangeaient.

Encore plus important, c'est le moment où M. Green dit que Marc a rencontré Silvia. Ça s'était produit la soirée d'avant, ce qui signifie que j'avais rêvé ce que Marc allait faire plus d'une semaine à l'avance.

C'est seulement alors que je me rends compte que pour la première fois en dix nuits, je n'ai pas rêvé de Marc la nuit précédente. Je suppose que ce serait maintenant inutile, vu que je suis physiquement avec lui.

Mais ce serait maintenant inutile pour qui ? Ou pour quoi ?

— On dirait un parfait sujet pour mon article, dis-je. Marc travaille-t-il ce soir ?

— Il sera là demain soir. Si vous me donnez votre carte, je peux lui dire de vous appeler.

— Ce n'est pas nécessaire, vous connaissez notre côté sournois, nous les journalistes. J'aimerais mieux l'attraper au travail pendant qu'il ne s'y attend pas. En fait, s'il vous plaît, faites-moi une faveur : ne lui dites pas que je vais passer. Je veux l'observer en action avant de me faufiler pour l'interroger.

M. Green est amusé.

— Je crains de ne pas pouvoir vous le promettre. Tous les voituriers vivent selon un code non écrit. Nous nous protégeons toujours les uns les autres. Mais je vais l'encourager à faire l'entrevue. C'est facile de parler à Marc, surtout si vous êtes une jolie fille.

— Je vous remercie pour votre temps, dis-je en reculant. Et bonne chance avec le bébé.

L'homme cligne les yeux de surprise, et je me rends compte rapidement de mon erreur.

— Comment savez-vous que ma femme va avoir un bébé ?

Je force un petit rire.

— Je vous l'ai dit, je travaille pour le *Times*. Nous avons une politique de ne jamais nous rendre à une entrevue sans nous préparer. Merci encore d'avoir été aussi utile.

Je pars à la hâte.

Ayant vécu et respiré tant de nuits d'affilée à l'intérieur de l'esprit et du corps de Marc Simona, je sais exactement où il habite — à seulement deux pâtés de maisons de la ruelle où il s'est arrêté pour pisser alors que le soleil se levait. L'endroit même où la lumière l'a arraché de la surface de la Terre. Je roule jusqu'à la ruelle dans l'espoir de trouver des indices sur la façon dont c'est arrivé. Mais en examinant la zone, j'arrive seulement à trouver l'endroit où Marc a pissé. Seulement deux pâtés de maisons avant d'arriver, et il n'avait pu se retenir. Un vrai gars, je pense.

Je n'avais pas commencé la journée en pensant que j'essaierais de rencontrer le double de Marc dans le monde des sorciers. D'une part, jusqu'à ce que je parle à M. Green, je n'étais pas à cent pour cent certaine de la version de Marc que j'avais pu observer dans mes rêves. Mais maintenant que je sais que c'était le Marc du monde réel, la tentation de parler à son homologue du monde des sorciers est puissante. Bien sûr, par l'intermédiaire de monsieur Green, j'avais déjà mis en place une rencontre possible pour le lendemain soir. Mais avec tout ce qui se passait, ça me semblait encore très loin.

Je me rends en voiture jusqu'au 14742, 22e Rue, près de La Brea, et je me gare à 50 mètres du pâté de maisons où se trouve son studio. Il vit dans l'unité 27, je vois sa porte d'entrée de l'endroit où je suis assise. Le bâtiment est assez délabré, et je sais que Marc l'a choisi parce qu'il n'était pas cher, et aussi parce qu'il était assez proche du théâtre pour pouvoir aller travailler à pied ou en faisant du jogging. Marc n'a jamais fait de sport de façon formelle, mais je sais qu'il est en excellente forme. Il est un peu effrayant de savoir tant de choses sur lui.

Pourtant, en même temps, je ne sais rien. Quel est notre lien ? Pourquoi ai-je rêvé de lui ? Pourquoi a-t-il été choisi pour se faire enlever en même temps que moi ? On dirait que quelqu'un nous déplace comme des pièces sur un échiquier. Cleo m'a dit à quel point l'Alchimiste était ancien, mais je me demande s'il peut vraiment être derrière tout ce qui se passe.

Je sors de ma voiture avant que ma détermination m'abandonne. Je me précipite vers la porte de Marc en prenant un escalier qui mène au deuxième étage. Le bois de la porte est ébréché et aurait besoin d'une couche de peinture fraîche. À gauche, il y a une fenêtre coulissante en verre, et à travers une ouverture entre les rideaux, je vois Marc qui regarde la télévision, étendu sur le canapé avec une canette de bière à la main.

Je suis surprise de voir qu'il regarde *Casablanca*. Le film est presque fini et Humphrey Bogart est en train de dire à l'amour de sa vie, l'incroyablement magnifique et extrêmement talentueuse Ingrid Bergman, de monter dans l'avion et de le quitter pour un autre homme. On dirait que Marc a vu le film des dizaines de fois. Il marmonne à voix haute les derniers mots de Rick à Ilsa. « Je ne songe qu'à ton bonheur. » Marc éclate de rire en regardant la scène, mais il essuie ses yeux avant de prendre une gorgée de sa bière.

Pleure-t-il ? Je pleure toujours quand je regarde cette scène. Il semble que nous avons plus d'une chose en commun. *Casablanca* est aussi mon film préféré.

Je ne peux pas frapper. Je ne sais pas quoi dire, comment expliquer que nous sommes coincés ensemble dans une cage de métal dans un monde alternatif. Même si nous n'avions pas été enlevés, il n'y a pas beaucoup de chance qu'il puisse croire que je suis une sorcière. Non, sauf si je le soulève d'une seule main jusqu'au plafond. Mais j'ai déjà fait la même chose avec Jimmy, et je déteste faire la démonstration de mes pouvoirs.

Pourtant, il est bon de le voir dans son environnement naturel. Je dois admettre qu'il est terriblement mignon. S'il n'y avait pas Jimmy… eh bien, il n'est pas question d'y penser.

Jimmy a laissé tomber sa vie normale pour me sauver, et nous avons un enfant et je l'aime et... c'est suffisant. Je ne veux pas d'un autre amant.

Je soupçonne qu'il y a de fortes chances que Marc soit en train de se réjouir à propos des émeraudes qu'il a volées la nuit précédente. Bien que je déteste me faire arnaquer, même quand il s'agit de quelque chose de peu d'importance, je dois admettre que sa façon de sauter dans la Jaguar de Silvia et d'utiliser la voiture de la jeune femme pour s'échapper était plutôt cool. Il lui a fallu beaucoup de courage.

Chad et les autres ne le savent peut-être pas, mais Marc pourrait être le véritable survivant du groupe. Je suis plus forte, mais Marc a de l'instinct. Il sait comment se sortir d'une situation difficile. Dans des circonstances normales, il serait un dangereux adversaire.

— Je te vois demain, dis-je doucement, pensant que ma phrase n'était pas tout à fait juste. Nous sommes dimanche dans le monde des sorciers, et quand je me réveillerai demain matin, ce sera dimanche dans le monde réel. Donc, dans un sens, je le verrai aujourd'hui.

En revenant à ma voiture, je me demande si nous serons toujours enfermés dans ce compartiment étrange.

CHAPITRE 5

Je me réveille avec le soleil dans les yeux. L'éblouissement est aveuglant — je dois lever la main et plisser les yeux à travers mes doigts pour voir d'où vient la lumière. Une section d'une paroi de notre cellule a été tirée de côté comme s'il s'agissait d'une porte coulissante. À travers la lumière jaune aveuglante, j'aperçois des hectares de verdure et j'entends le son d'un ruisseau qui coule.

— Qu'est-ce que c'est ? marmonné-je, en regardant mes partenaires.

Bien que j'eusse été la dernière à me réveiller la fois précédente, cette fois-ci je suis la première. À ma remarque, Marc remue sur son siège, mais il n'ouvre pas les yeux. Les autres sont inconscients. Chad, Shira et Li sont tous assis, le menton posé sur leur poitrine, tandis qu'Ora est appuyé contre son dossier avec son énorme tête suspendue au-dessus du haut de son siège, et il ronfle très fort. Le gars est si grand qu'il peut à peine tenir dans son fauteuil.

Je me lève, je m'étire et je sens une vague momentanée de vertiges. Comme il ne m'arrive jamais d'avoir des vertiges à mon réveil, et que le reste du groupe n'a pas encore ouvert les yeux, je soupçonne que quelqu'un a pompé un gaz inodore dans notre cellule avant notre atterrissage. Une chose est certaine, je n'ai aucun souvenir d'avoir touché le sol.

Je m'avance vers Marc et je le secoue doucement.

— Marc, réveille-toi, dis-je en murmurant.

Il ouvre les yeux et fronce les sourcils quand il voit que c'est moi.

— J'étais en train de rêver de toi, marmonne-t-il.

— De quoi rêvais-tu ?

— Ça ne te regarde pas.

Il remarque la section manquante du mur et le soleil brillant.

— Merde. Nous sommes-nous écrasés ?

— Je suis sûre que notre point d'atterrissage a été choisi très soigneusement. Lève-toi, je veux examiner les alentours. Et ne réveille pas les autres.

Marc se lève difficilement ; je dois l'aider à se stabiliser sur ses pieds.

— Pourquoi pas ?

— Parce que je ne leur fais pas confiance.

— Mais moi, tu me fais confiance ?

— Ne te fais pas d'illusions ! Viens, allons jeter un coup d'œil à l'extérieur.

L'extérieur est incontestablement une jungle. Le feuillage vert est extraordinairement dense ; il s'élève brusquement à près d'un kilomètre à notre droite et un kilomètre et demi à notre gauche. Ce qui signifie que nous nous trouvons quelque part au beau milieu d'une vallée. Le ruisseau que j'ai entendu de l'intérieur de la cellule est situé à notre gauche — il descend vers l'est, en direction du soleil levant — avec un courant suffisamment énergique pour qu'on lui donne le nom de rivière. Bien qu'il soit manifestement tôt dans la journée, l'air est chaud et humide.

— Putain, qu'est-ce que c'est ? halète Marc en même temps qu'il s'imprègne du paysage. Où sommes-nous ?

— Quelque part où nous ne sommes jamais allés auparavant. Ferme les yeux et écoute. Qu'est-ce que tu entends ?

Il se prête à mon jeu et ferme les yeux.

— Un courant d'eau. Qu'est-ce que je suis censé entendre ?

— Garde tes yeux fermés. Écoute. Qu'est-ce que tu entends d'autre ?

Il hausse les épaules.

— Rien. Maintenant, est-ce que je peux ouvrir les yeux ?

— Oui.

Je m'éloigne de lui et je scrute les collines et le ciel autour de moi. Bien que le soleil soit lumineux, nous le voyons à travers une brume — une fine brume qui monte sans doute du feuillage humide.

Marc s'approche de moi.

— Qu'est-ce qui ne va pas ?

— Nous entendons la rivière. Mais c'est tout ce que nous entendons. C'est une jungle. Ça devrait grouiller d'insectes et d'oiseaux. Mais il n'y a rien. S'il n'y avait pas le courant d'eau, cet endroit serait silencieux comme une tombe.

— C'est idiot. Il doit y avoir des insectes. Ça n'existe pas un endroit sur terre où il n'y a pas d'insectes. Peut-être que cette région vient d'être pulvérisée par un puissant insecticide.

— Et les oiseaux?

— On n'entend pas toujours les oiseaux, dit Marc.

— Vraiment? Tu es allé dans combien de jungles?

— Autant que toi. Aucune. Regarde, nous venons juste d'arriver. Ne commence pas à sauter aux conclusions.

— Je suis perplexe, c'est tout.

Je pointe en direction de la rivière vers une pierre de la taille d'un homme au bord de l'eau.

— Ce rocher. Tu le vois? Quelque chose y est accroché.

Marc se méfie.

— Ça ne ressemble pas à quelque chose qui a poussé ici.

Je lui touche le bras.

— Reste ici, je vais vérifier.

Marc repousse ma main.

— Comme si c'était toi le chef.

— Ce n'était pas ce que je voulais dire. J'essayais juste de t'expliquer...

Je ne termine pas pour des raisons évidentes. J'allais dire que c'était mieux que ce soit moi qui vérifie tout ce qui est bizarre parce que je suis une sorcière et que je suis plus capable de me protéger. Comme si ça l'aurait mis à l'aise.

Marc et moi nous marchons ensemble vers la rivière. Ce n'est qu'à une soixantaine de mètres, et nous devons nous frayer un chemin pour y arriver. Je n'ai jamais marché dans un endroit où il n'y avait même pas un semblant de sentier. Nous devons contourner plusieurs arbres, mais le pire, c'est l'herbe épaisse et les arbustes. Chaque centimètre carré de sol est recouvert de vie. Nous marchons un peu moins que la longueur d'un terrain de football et pourtant Marc transpire lorsque nous atteignons la pierre. Je crois que ça l'ennuie de voir que ma respiration est à peine altérée.

Fixée à la pierre grise se trouve une plaque de bois gravée de six lignes. L'écriture cursive est élaborée et raffinée, mais les mots sont anglais et faciles à lire.

Il me faut un moment pour me rendre compte que j'ai déjà vu cette sorte d'écriture — quand j'étais avec Kendor dans le désert, à l'extérieur de Las Vegas. Il m'avait emmenée près d'un délicieux bassin, dissimulé dans un affleurement rocheux, qui aurait appartenu, avait-il dit, à une tribu paléo-indienne. À une extrémité de l'étang, il y avait un mur de pierres couvert de pétroglyphes et jonché de mots écrits dans ce style, mais c'était dans une langue que Kendor avait dû traduire pour moi.

À l'époque, Kendor avait laissé entendre que l'Alchimiste avait été impliqué dans la création des pétroglyphes des Paléos, mais il n'avait pas précisé sa pensée. Pourtant, debout devant la plaque de bois avec Marc à mes côtés, je suis de plus en plus convaincue que l'Alchimiste doit être derrière notre enlèvement.

Le message sur la plaque se lit comme suit :

Pour protéger le juste et faire mourir le méchant
Six de six sont appelés au Champ
Pour vivre
Pour combattre
Pour mourir
Un seul survivra

— C'est quoi ce bordel ? dit Marc.

— Tu dois arrêter de dire ça. J'ai le sentiment que cet endroit va être rempli de surprises.

— Au diable ! Sais-tu ce que veut dire ce message ?

— Ouais. Nous avons été emmenés ici pour nous battre à mort.

— Quelle sorte de bordel !

— Je t'ai dit…

— Tais-toi, Jessie !

Marc recule, en hochant la tête.

— C'est trop. Qui aurait pu inventer un truc semblable ?

— Quelqu'un qui veut voir qui est le plus fort.

— Je ne sais pas de quoi tu parles. Es-tu en train de dire que ça a vraiment du sens pour toi ? Je veux dire — qu'est-ce qui se passe avec toi, Jessie ? — Tu n'as pas du tout l'air surprise.

— Je suis aussi surprise que toi.

— Des conneries ! Je n'ai peut-être pas le QI de Chad, mais je connais les gens. Et dès la seconde où tu t'es réveillée dans cette boîte de conserve, tu as à peine cligné des yeux. J'ai vécu des situations assez dangereuses dans ma vie et j'aime penser que j'ai des couilles. Mais là, à côté de toi, je suis l'équivalent d'une écolière pleurnicharde. Pendant que toi, tu…

Il ne termine pas sa phrase.

— Continue, dis-je pour l'encourager à poursuivre.

— Tu sais ce qui se passe ici. Ne le nie pas.

— Je ne le sais pas, honnêtement. Je ne sais pas où nous sommes ni qui nous a emmenés ici.

Il examine mon visage.

— Mais tu n'es pas surprise que nous soyons ici. Admets-le.

Je hoche la tête, mais je ne dis rien. Quand il est question de mes mensonges, il est presque aussi bon — ou mauvais ; selon le point de vue — que Jimmy pour percevoir quand je suis évasive. D'une certaine manière, Marc voit à travers moi. Il pose ses mains sur mes épaules pendant que je regarde le sol.

— Raconte-moi ce que tu sais, presse Marc.

Je lève la tête.

— Nous sommes dans un endroit appelé le Champ — nous sommes ici avec cinq autres groupes composés de six personnes. Nous six — Shira, Chad, Li, Ora, toi et moi — nous avons été sélectionnés pour travailler ensemble pour vaincre les autres groupes.

Marc retire ses mains.

— Pourquoi supposes-tu que nous sommes censés travailler ensemble ? Jusqu'ici, Shira agit comme si elle n'aimerait rien de plus que de me poignarder dans le dos.

Je montre le bracelet vert clair sur mon poignet. Il semble être en plastique, mais il ne l'est pas. Parce que je suis incapable de le briser et que j'ai la force de 20 hommes quand j'utilise les pouvoirs de mon gène de sorcière.

— Ce bracelet est vert clair et il est conçu pour nous identifier, dis-je. Je doute qu'il ait un autre but. Notre uniforme est vert, probablement pour la même raison, mais si c'est le cas, nous avons de la chance, parce qu'il se fond dans l'environnement.

— Veux-tu dire que nous sommes l'équipe verte et que les autres que nous rencontrerons porteront du rouge, du brun, du jaune, du bleu ou du violet ?

— Oui. Je veux dire, il est possible qu'ils aient aussi des uniformes verts, mais je suis certaine qu'ils auront des bracelets de différentes couleurs.

— Comment peux-tu en être aussi certaine ? demande Marc.

— Parce que c'est logique, dit Chad qui nous fait sursauter tous les deux.

Les gens ne sont normalement pas en mesure de m'espionner, ce qui me fait me demander de nouveau si Chad et ses copains ne pourraient pas être des sorciers latents qui ne sont tout simplement pas au courant de leurs pouvoirs.

— Tu es là depuis combien de temps? demande Marc.

— Assez longtemps pour avoir suivi votre raisonnement, dit Chad.

Il s'approche de la plaque et enlève brièvement ses lunettes pour les nettoyer sur l'ourlet de sa chemise verte.

J'ai déjà décidé que les manches longues devraient partir — c'est tout simplement trop chaud et trop humide. Je lorgne la rivière, et j'aimerais pouvoir me dévêtir et me baigner.

Mais si j'allais nager, ce serait rapide. Mon antenne est déjà en état d'alerte. Nous nous trouvons dans un environnement inconnu entouré d'ennemis. La plaque l'a clairement précisé. Ce n'est pas par hasard qu'elle a été placée à l'endroit vers lequel nous étions le plus susceptible de nous diriger avant d'aller à n'importe quel autre endroit — au bord de la rivière. La personne — ou les personnes — qui a organisé ce concours voulait nous faire connaître les règles du jeu dès le début.

Chad examine la plaque pendant une minute entière avant de parler.

— Celui qui a gravé ça avait une main sûre, finit-il par dire.

— Qui se préoccupe de ses mains? enclenche Marc. C'est le message qui m'inquiète.

Chad essuie la sueur sur son front et offre un faible sourire à Marc.

— Si ça peut te consoler, je suis aussi démonté que toi.

Je gémis.

— Allez-vous cesser d'agir comme si je n'avais pas peur? Je suis censée commencer l'université dans quelques mois. Au lieu de ça, je suis coincée ici dans une jungle sauvage comme un personnage idiot de *Battle Royale*.

— Est-ce un livre? demande Chad.

— Ouais, répond Marc. Je l'ai lu, je l'ai aimé. C'est un de ces romans inspirés des gladiateurs où tout le monde tue tout le monde.

— Content de voir que tu l'as aimé, dit Chad avant de retourner à la plaque. Cette dernière ligne, « Un seul survivra » — on peut la comprendre de deux façons. Ça peut vouloir dire qu'un seul d'entre nous survivra, ou ça peut signifier — espérons-le — qu'un des six groupes de six survivra.

— Voulant dire tout un groupe, dis-je.

— Exactement, dit Chad.

— Je ne compterais pas là-dessus, marmonne Marc.

Je lui assène un coup de poing sur le bras.

— Hé, c'est quoi cette attitude de tristesse et de malheur? Tu étais le roi de la fête en route jusqu'ici.

— C'était avant que je sache que j'avais été choisi pour amuser un groupe de riches connards, dit Marc.

— Est-ce notre dernière théorie sur celui qui nous a emmenés ici? demande Chad.

Marc hausse les épaules.

— À moins que Jessie ait une meilleure idée, ce qui ne me surprendrait pas. Mais examinez la première ligne ici : « Pour protéger le juste et faire mourir le méchant. » Une ligne comme ça peut n'avoir été écrite que par deux genres de personnes : un fanatique religieux ou un sadique. Personnellement, je pense que c'est une sorte de rituel sadique élaboré et conçu pour amuser un petit groupe d'esprits malades.

— C'est une idée intéressante, dit Chad. Mais si nous sommes ici pour servir de divertissement, les arbres doivent être chargés de caméras vidéo et de microphones omnidirectionnels, pour suivre chacun de nos gestes.

— Qui a dit qu'il n'y en a pas? dit Marc.

Je scrute les arbres.

— Je ne vois pas de caméras.

— Donne-leur le temps, dit Marc.

Chad élève la voix.

— Hé ! Et si nous étions sur Internet sans le savoir ? Pensez-y. Une lutte à mort pourrait facilement attirer une centaine de millions de visites sur YouTube.

— Le monde entier nous regarderait, convient Marc. Merde, moi aussi je regarderais si je n'étais pas ici.

— Pour ma part, j'arrêterais de regarder si le héros ne pouvait s'empêcher de jurer tous les deux mots, dis-je.

— Depuis quand es-tu devenue aussi prude ? demande Marc.

— Je ne suis pas prude, dis-je.

— Depuis quand c'est lui le héros ? demande Chad, insulté.

Je ne peux m'empêcher de rire.

— Nous sommes bien partis. Si nous sommes observés, personne ne va miser sur nous comme gagnants. Nous n'avons qu'à nous allonger ici et nous rendre.

Personne ne répond pendant un moment, mais je remarque que les gars se sont lentement tournés vers la plaque. Mon commentaire était censé être une blague pour détendre l'atmosphère, mais elle semble avoir eu l'effet inverse. Sans doute parce que Marc a raison — je suis la seule qui a une idée de ce qui se passe vraiment.

Marc et Chad sont deux braves jeunes hommes. Mais voilà le problème — ce sont des hommes, ils sont *humains*. Insérés dans une crise où ils ne peuvent faire appel à des pouvoirs génétiquement améliorés pour se protéger. J'ai peur aussi, mais je sais ce que je suis capable de faire. Il pourrait y avoir d'autres sorciers dans le Champ — il y en a probablement — mais je sais que je ne serai pas vaincue facilement.

— J'espère que nous pouvons gagner, dit doucement Chad.

Je lui tape le dos.

— Sérieusement, avec ton immense cerveau et l'esprit diabolique de Marc, nous avons une bonne longueur d'avance. Allons réveiller les autres. Il faut que nous explorions cette région. S'il y a une trentaine de personnes aux alentours qui complotent pour nous tuer, nous serons des cibles parfaites en restant ici. Remplissons nos bouteilles d'eau dans la rivière et dirigeons-nous vers les hauteurs.

— Et les armes? dit Marc. On ne devrait pas se fabriquer un genre d'armes?

— Avec quoi? dit Chad. Jessie a raison. Nous devons voir ce que le terrain a à offrir comme fournitures et positions défensives. Je suis pour l'escalade de cette vallée.

Chad retourne vers notre cellule grise, qui se trouve coincée entre une demi-douzaine d'arbres à un angle maladroit. Elle ressemble à un conteneur de marchandises qui a négligemment été jeté du ciel. Pour une raison quelconque, l'idée me dérange. Pour ce que j'en sais, nous avons peut-être volé ici aux côtés de cinq autres contenants en métal, dans le même avion.

Je m'apprête à suivre Chad, mais Marc m'attrape par le bras. Il me force à rester sur place et me parle doucement à l'oreille.

— Je ne suis pas dupe, Jessie. Il y a quelque chose que tu ne nous dis pas.

Je me retourne et je regarde dans ses yeux bleus, à quelques centimètres.

— Même chose pour toi.

— Comment allons-nous nous protéger les uns les autres si nous ne nous faisons pas confiance? demande-t-il.

— La confiance prend du temps. Toi, plus que tout autre, tu devrais le savoir.

Il lève un sourcil.

— Pourquoi plus que tout autre ?

— Parce qu'alors que j'ai mes secrets, tu as les tiens.

Marc serre mon bras plus fort et accentue son ton.

— Je l'ai dit il y a quelques minutes, mais jusqu'à présent j'ignorais que c'était vrai. J'ai peur, Chad a peur, mais pas toi. Pas comme le devrait une fille de 18 ans, toute fraîche sortie de l'école secondaire.

Avec ma main libre, je tends le bras et j'ébouriffe ses cheveux bruns déjà rebelles.

— Je suis contente que tu penses que je suis toute fraîche, dis-je, avant de me libérer sans effort de sa poigne et de m'éloigner de lui.

Au moment où nous atteignons notre cellule ouverte, les autres commencent à bouger. Shira bondit rapidement quand Marc la secoue doucement pour l'éveiller, et elle lui demande immédiatement qui l'a endormie au gaz. Je prends conscience que j'aurais dû la réveiller moi-même. Mais Marc sourit devant sa fureur ; et je jure qu'il est déterminé à la pousser à bout.

— Ce sont ces sacrés nazis, répond Marc, une blague que lui seul trouve drôle.

Shira le fusille du regard et le pousse de côté, et cette fois, je ne la blâme pas. Après tout, ce n'est probablement pas pour rien que sa famille a fini par se retrouver en Israël.

Ora boit quatre des bouteilles d'eau qui nous restent — nous en avions 24 au total pour le petit-déjeuner. Li passe plus de dix minutes dans la salle de bain. En fin de compte, Chad doit frapper à la porte pour la faire sortir. Li boit aussi beaucoup d'eau ; pour une si petite chose, sa soif est énorme.

Nous montrons la plaque aux autres. Nous devons les emmener à la rivière pour la voir — la chose est pratiquement gravée dans la pierre. Aucun d'entre eux n'est trop heureux de lire ce qui y est écrit. Encore une fois, je suis contente que personne ne devienne hystérique. Je soupçonne que l'ensemble du groupe s'est déjà préparé au pire.

Pourtant, quand j'y songe, je comprends pourquoi aucun des autres n'est choqué. Shira sert dans l'armée dans l'une des régions les plus violentes au monde. Ora vit également aux confins de la civilisation et de l'âge de pierre, et est habitué à se battre pour demeurer en vie. Et Li — nous ne savons pas grand-chose à son sujet — sauf qu'il ne fait pas de doute que son passé a dû être brutal.

— On dirait que je ne suis pas la seule à agir de façon suspecte.

Je ne peux m'empêcher de murmurer dans l'oreille de Marc après que les autres ont lu la plaque et ont absorbé lentement l'énormité de notre situation.

Bien sûr, Marc est prompt à souligner que Shira, Ora et Li viennent de milieux très différents des nôtres.

— Ils sont habitués à la violence, me siffle-t-il.

— Je n'ai pas exactement grandi dans Candy Land.

— Raconte ?

Je le repousse.

— Vas-tu te taire !

Même si Shira ne réagit pas de façon excessive, elle insiste pour donner des ordres sur ce que nous devrons faire ensuite. On dirait qu'elle suppose que c'est elle qui commande. Étant donné qu'elle veut grimper jusqu'au sommet de la colline la plus proche, personne n'entreprend de s'opposer. Mais je vois bien que nous aurons des ennuis avec elle dans un avenir proche.

Nous remplissons nos bouteilles d'eau dans la rivière, et chacun de nous en transporte quatre dans des sacs à dos vert foncé que nos bienfaiteurs ont gentiment prévus ; et nous commençons notre randonnée. Sauf pour les bouteilles et les sacs à dos, il n'y a absolument rien d'autre qui puisse être utile à récupérer de la cellule. Pourtant, alors que je marche, je m'émerveille de constater que mes toutes nouvelles bottes noires me vont bien. On aurait dit que quelqu'un les a moulées sur mes pieds.

Je suis heureuse que nous soyons en route. Depuis que nous avons trouvé la plaque, je suis impatiente de bouger. Heureuse aussi de constater que Shira et Ora semblent partager mon anxiété. Je me dis qu'à l'instant même, quelqu'un pourrait nous guetter.

J'arrache immédiatement les manches de mon chemisier — Marc et Ora font de même — et je range le matériel supplémentaire dans mon sac à dos.

— Qui sait, nous en aurons peut-être besoin comme bandages, dit Marc, alors que nous progressons péniblement vers le haut de la colline la plus proche.

Bien entendu, Shira est devant et ouvre la voie. Ora est à ses côtés. Chad et Li marchent au milieu, et d'après ce que j'entends, Chad réussit à la faire parler un peu. Marc et moi fermons la marche.

— Les autres ne montrent peut-être pas leur peur, mais ils sont effrayés, l'avertis-je. Tu devrais faire attention avec ta langue bien pendue.

— À une condition.

Je gémis.

— Comment est-ce que je savais que tu allais me dire ça ?

— Pourquoi as-tu dit : « C'est toi » quand je t'ai réveillée ?

— Tu es aussi mal intentionné que Shira.

— C'est une question légitime.

J'hésite.

— J'ai rêvé à toi avant qu'on nous emmène ici.

— Sans blague. Vraiment ?

— Si je mens, je vais en enfer.

— Et tu dis que j'ai une langue bien pendue.

— Désolée.

Il fait une pause.

— Il y avait quoi dans le rêve ?

— Je t'ai vu au travail, quand tu garais des voitures. Ensuite, je t'ai vu te cacher dans le coffre d'une voiture.

Marc s'arrête à mi-enjambée et je dois me demander pourquoi je prends la peine de le narguer. Mais ma langue bien pendue n'est peut-être pas si téméraire après tout. À un moment donné, je devrai probablement dire aux autres que je suis une sorcière. J'espère juste que j'aurai alors mérité leur confiance. Ce n'est peut-être pas une si mauvaise stratégie de préparer Marc en lui donnant quelques indices.

— Qu'est-ce que je faisais dans le coffre ? demande Marc.

Je souris.

— C'est bien ce qu'une fille peut se demander

L'épaisseur du feuillage est stupéfiante, et au moment où nous atteignons le sommet de la colline, le groupe respire difficilement et nos uniformes verts sont trempés de sueur, à l'exception de celui d'Ora. Il a évidemment l'habitude de l'exercice intense et des températures chaudes. Pendant que nous marchons, je remarque qu'il ramasse de longues mèches de roseaux desséchés et des bâtons ; quelques-uns qui pourraient être utiles pour des houlettes. Je peux dire à quel point il est alerte ; il passe son temps à scruter toutes les directions, et je suis heureuse qu'il soit à l'avant.

Bien entendu, je ne suis pas aussi essoufflée que les autres, mais je ne suis pas à l'abri de la chaleur. Juste un petit rappel que le changement en sorcière ne m'a pas transformée en superhéroïne.

Au sommet, nous trouvons une autre colline — plus haute — qui nous attend, et si le terrain ne s'était pas soudainement dégagé, nous serions probablement tombés à genoux pour demander grâce. Fort heureusement, le pire de la jungle semble confiné à la vallée. Les arbres et les arbustes sont tout d'un coup plus épars, et il y a effectivement des zones où nous marchons à travers des champs aux herbes hautes.

Près du haut du deuxième sommet, des rochers plats s'ajoutent à l'environnement. En avançant dans un parcours sinueux sur la pierre, nous échappons aux branches qui nous grattent la peau de même qu'au pire des vignes et des arbustes.

La pierre est d'un noir profond, de toute évidence d'origine volcanique. Elle est gravée de lignes et de rainures qui me rappellent des courants et des vagues, ce qui me permet d'imaginer facilement une rivière en fusion qui a figé sur place il y a longtemps.

Au sommet, nous nous régalons d'une vue stupéfiante.

Nous sommes sur une île. À notre gauche, à huit kilomètres à l'est, il y a l'océan et devant, une vaste étendue de terrain vallonné qui mène à l'eau. À certains endroits, les arbres sont très denses. À d'autres, c'est couvert d'herbe ou d'autre pierre noire.

Une rivière tumultueuse coule vers le centre de l'étendue, un plan d'eau beaucoup plus large et beaucoup plus violent que celui que nous venons de quitter. De notre point d'observation, je compte cinq ruisseaux différents qui alimentent le plan d'eau ; et je me demande si nous pourrons le traverser si nous y sommes obligés.

Le littoral est enchanteur : une plage de sable blanc, des vagues qui s'y brisent, des pierres imposantes qui ressemblent à d'anciens rochers désagrégés par le passage du temps ou par la négligence. Les remous sont puissants, les vagues ont facilement de trois à cinq mètres de haut, et elles envoient des jets massifs de mousse en frappant un éboulis de pierres.

Pourtant, malgré toute sa beauté, ce n'est pas la côte qui retient notre attention. Loin à droite et devant nous se dresse une montagne sombre couronnée d'un nuage de fumée noire traversé de stries rouges enflammées. Il faut du temps pour saisir notre réalité. On nous a laissés sur une île avec un volcan hautement actif pour combattre un ennemi inconnu.

— C'est étrange, dit Chad.

— Quoi ? demande Shira.

Chad hoche la tête. Son visage montre déjà des signes de coup de soleil.

— Cette île — je ne la reconnais pas. Je veux dire, il y a des dizaines de volcans actifs dans le monde, mais je n'en ai jamais encore vu un comme celui-là.

Il fait un geste vers le terrain plus bas.

— Je n'ai jamais vu de photos d'un tel endroit, ce qui est bizarre. Je ne suis pas un expert en géographie, mais je devrais au moins pouvoir dire dans quelle partie du monde nous sommes, mais... je ne le peux pas.

— Ça ressemble de plus en plus à *Lost*, dit Marc. Est-ce que quelqu'un d'entre vous a regardé cette émission ? C'était génial. Ça parlait d'un tas de gens échoués sur une île impossible.

— Je ne connais pas cette émission, dit Ora d'un ton sérieux. Mais je n'ai pas de télévision.

Marc lui tape le dos.

— En ce moment, mon pote, je t'envie. Parce que tu n'as aucune idée à quel point ça peut mal tourner.

— Tais-toi ! lance brutalement Shira. Il ne s'agit pas de télévision. Nous sommes ici — cette île est réelle. Nous devons trouver un moyen de nous défendre.

— Bonne chance ! dit Marc.

— Chad, dis-je, comme tu l'as expliqué, il y a des dizaines d'îles volcaniques réparties dans le monde, et nous n'avons vu qu'une partie de cet endroit. Nous avons à peine commencé à explorer. Je suis sûre que nous finirons par découvrir où nous sommes.

Chad hoche la tête.

— Je suppose. J'ai juste été pris au dépourvu, en voyant ce cône de débris, c'est tout. On dirait qu'il est sur le point d'exploser.

— Je ne veux pas rester plus longtemps ici. Nous sommes trop exposés. On peut nous voir à des kilomètres d'ici, poursuit Shira.

Elle hoche la tête face à l'étendue devant nous.

— Nous devons descendre.

— Nous ne savons pas qui est là-bas, dit Marc. Ce serait plus sûr de revenir sur nos pas.

— Non, Shira a raison, on ne peut pas reculer, dit Ora. Il faut que nous trouvions une autre source d'eau et un endroit solide que nous pouvons défendre.

Il pointe à notre droite, le long de l'extrémité de la falaise où nous sommes.

— Je vois des ombres sur le côté de cette corniche. Ça pourrait être des grottes.

— Une grotte peut devenir un endroit parfait pour se faire piéger, prévient Shira, même si elle parle à Ora avec respect, comme un guerrier à un autre.

Ora hoche la tête gravement.

— Tout dépend de la grotte. Nous déciderons après avoir vu ce qu'il y a là-bas.

Nous ne nous dirigeons pas directement dans la direction qu'a pointée Ora. Shira insiste pour que nous descendions plus bas, pour que nous soyons moins visibles, avant de tourner vers l'est, à notre droite. Étant donné que je ne peux contester les choix que font Shira et Ora, je me tais. Pour l'essentiel, Marc fait de même jusqu'à ce qu'Ora s'arrête et ramasse un long morceau lisse et brillant de pierre volcanique et demande à Marc s'il peut le déposer dans son sac.

— Quel est le problème avec ton sac ? demande Marc.

— Il est plein, dit Ora.

Il a ramassé des pierres depuis que nous avons atteint le sommet.

— Très bien, mais n'exagère pas, dit Marc en acceptant la pierre. Ces bébés sont lourds.

— Pourquoi appelles-tu bébés ces pierres sombres ? demande Ora.

— Une figure de style, mon ami, répond Marc.

Une heure plus tard, à notre grand soulagement, nous croisons le lieu de naissance d'un ruisseau qui bouillonne littéralement hors du côté d'un mur de pierres en pente. Je ne suis pas tout à fait surprise de le trouver. Comme Ora, j'avais cartographié mentalement les lignes d'eau qui alimentent la rivière centrale bien en dessous, et je savais qu'il devait y avoir une source à proximité. Mais je suis aussi heureuse que les autres d'être en mesure de remplir mes bouteilles d'eau. La chaleur et l'humidité nous forcent à boire presque constamment.

Je suis assise à côté de Li alors que nous prenons une courte pause, tandis qu'Ora a continué en disant qu'il voulait prospecter une zone qui a capté son intérêt. Marc et Chad enlèvent leur chemise, leurs bottes et leurs chaussettes, et s'étendent dans le courant d'eau qui est délicieusement frais. Même Shira enlève ses bottes et fait tremper ses pieds.

Mais je reste avec Li parce que je suis inquiète. Elle a traîné toute la journée et semble maintenant sur le point de s'effondrer.

— Comment te sens-tu ? demandé-je.

Elle hoche la tête en même temps qu'elle sirote sa bouteille.

— Bien.

— Tu n'es pas bien. Tu es crevée. Nous sommes tous fatigués, mais toi, tu avais l'air fatiguée avant que nous quittions cette cage. Raconte-moi, quel est le problème ? Je n'en parlerai pas aux autres si tu ne veux pas.

Li hésite.

— Je suis diabétique.

Voilà ce que je craignais ; d'autant plus que toute la journée, nous n'avons pas vu d'arbres fruitiers. Pas même de bananiers, qui poussent généralement pratiquement un peu partout.

— Type un ou type deux ? demandé-je.

— Type deux. La plupart du temps, j'arrive à le contrôler avec une diète si je mange un peu toutes les heures. Mais je prends des médicaments.

— De l'insuline ?

Au moins, elle n'est pas du type un, je pense.

— Non. Je prends d'autres médicaments, mais je n'ai pas besoin d'injection.

— Je ne pense pas que tu te sois réveillée avec tes pilules dans tes poches ?

Li hoche la tête.

— Je n'ai pas eu cette chance. Sans médicaments, j'ai des vertiges.

— Peux-tu gérer ta condition en état d'urgence ? Si tu as assez à manger ?

Li hoche la tête.

— Je me débrouille. Mais j'ai besoin de protéines, pas de fruits. Et je dois me reposer souvent.

Je lui serre la main.

— Est-ce que ça va si j'explique ton état aux autres ? Ils pourraient se demander pourquoi tu continues à traîner.

Li observe Marc qui éclabousse Shira quand elle lui tourne le dos. Pendant un instant, Shira sourit, avant de pivoter et de lui crier une obscénité étrangère. Marc l'éclabousse de nouveau dans le visage.

— Je vais essayer de tenir le coup, dit Li.

— Très bien. Je suis certaine que nous allons bientôt trouver quelque chose à manger.

Je le lui dis pour lui donner de l'espoir, mais aussi parce que ça n'a aucun sens que ceux qui ont organisé le « Champ » ne nous aient pas donné assez de nourriture pour rester vivants assez longtemps pour nous battre.

Ora réapparaît 30 minutes plus tard avec des nouvelles. Il a trouvé une série de grottes. Mieux encore, il dit que l'une d'elles a une ouverture étroite et qu'elle est bien dissimulée derrière une rangée d'arbres. Shira semble sceptique, mais son intérêt s'éveille quand Ora la rassure en lui disant qu'il y a une sortie arrière.

— La grotte s'enfonce profondément dans ce côté de la colline, explique Ora. Et l'ouverture à l'arrière mène de l'autre côté de la colline.

— Tu as découvert tout ça en une demi-heure ? demande Marc.

Ora hoche la tête.

— Je suis rapide quand je suis seul.

La randonnée vers la grotte ne prend que quelques minutes, et encore une fois, quand il pointe l'ouverture, je suis impressionnée par les yeux d'aigle d'Ora. L'entrée n'est pas seulement camouflée — elle est pratiquement invisible. Les arbres sont utiles, mais c'est l'entrée basse qui rend la grotte presque impossible à repérer. Nous devons nous mettre sur nos mains et nos genoux pour ramper à l'intérieur. Si j'avais cherché seule, je l'aurais manquée.

La découverte d'Ora est un bon rappel pour moi. Je suis peut-être la seule sorcière du groupe, mais chacun de nous a quelque chose à offrir. Je suis heureuse que nous ayons établi une base d'opérations à distance de marche d'eau douce. J'espère qu'un *abri commun* renforcera les liens de groupe.

Pourtant, nous avons un problème. Comme le rebord supérieur de l'entrée en pierre se prolonge presque jusqu'au sol, l'intérieur est très sombre. Nous avons de la chance que l'étroite grotte s'ouvre sur une caverne de taille décente ; mais au-delà de dix pas de l'ouverture, nous commençons à nous cogner la tête contre les murs.

— Il nous faudrait des lampes de poche, se plaint Marc.

— Des torches, réplique Ora.

— Tu as ramassé des bâtons et des pierres volcaniques, lui dis-je. Peux-tu nous fabriquer une torche ?

Ora hésite.

— Il nous faut un autre ingrédient. Mais je pense que je sais où en trouver.

Il se tourne vers l'entrée.

— Je reviens bientôt.

Je m'apprête à le suivre.

— Je ne veux pas que tu te promènes seul. Je vais avec toi.

— Je peux aller plus vite quand je suis seul, répète-t-il.

— Crois-moi, je ne te ralentirai pas.

Aucun autre ne s'offre à nous accompagner, sans doute parce qu'ils sont crevés. Alors qu'Ora et moi nous éloignons de la grotte, cap à l'ouest vers le volcan lointain, je lui demande ce qu'il cherche.

— Du goudron, dit-il.

— En as-tu vu ? demandé-je.

Il s'arrête et déplace son paquet de longs bâtons et de roseaux secs enroulés sur un bras et il pointe avec l'autre bras vers une zone à proximité de la base de la colline.

— Tu ne vois pas ? demande-t-il.

Comme sorcière, tous mes sens sont naturellement magnifiés. Pourtant, je ne suis pas certaine de ce que je cherche. Un détail, pourtant, la zone est envahie par les arbres, et il y a un brouillard bizarre...

— Est-ce de la fumée ? Quelqu'un a allumé un feu de camp ?

Il accepte avec grâce mon ignorance de la nature, même si je capte un léger sourire.

— Ce que tu vois, c'est de la vapeur, pas de la fumée. Dans la lumière du jour, l'œil peut s'y tromper.

— Ce que nous voyons provient d'une source d'eau chaude ?

— Oui. C'est probablement causé par la lave qui coule sous la terre et qui se mêle avec l'eau. Mais la lave remonte parfois jusqu'à la surface.

— Comment as-tu pu la repérer ?

Il touche son nez.

— Je l'ai sentie.

La randonnée à la source d'eau chaude prend du temps. C'est à une distance de deux kilomètres et il nous arrive souvent de nous retrouver devant un brusque abaissement du terrain, ce qui nous oblige à nous faufiler pour trouver un autre chemin pour descendre. Si j'étais seule, je sauterais — je peux facilement sauter d'un bâtiment de cinq étages — mais je ne veux pas surprendre Ora.

Pourtant, ce gars a quelque chose de presque mystique. De toutes les personnes du groupe, je soupçonne qu'il serait le premier à comprendre ce que je suis. Maintenant que nous avons passé plus de temps ensemble, je suis presque certaine qu'il est un sorcier latent qui n'a besoin que de se faire éveiller. Malheureusement, comme il faudrait un rite de mort initiatique pour produire le changement, je ne suis pas impatiente de tester ma théorie.

Le plus grand obstacle pour « connecter » un sorcier potentiel à son code génétique unique, c'est de ne pas savoir si la personne en question possède le gène de guérison. Le pouvoir de guérir est d'abord et avant tout un pouvoir pour se guérir soi-même. Ceux qui le possèdent survivent habituellement au rite d'initiation. Ceux qui ne le possèdent pas connaissent généralement la mort. Voilà pourquoi Jimmy — dans le monde réel, à Las Vegas — est mort lorsqu'il a risqué le tout pour le tout afin de nous venir en aide dans le monde des sorciers.

Si seulement il ne s'était pas injecté une surdose d'opiacés sans que je le sache ! Je suis loin d'être maître en guérison, mais si j'avais été avec lui, il y aurait eu de grandes chances que je puisse le garder en vie. Bien sûr, en premier lieu, je ne lui aurais jamais laissé courir le risque, et c'est pourquoi il ne m'a pas parlé de ce qu'il faisait. Après coup, il était trop tard.

La culpabilité que je ressens devant son sacrifice ne me quitte jamais. Jamais.

Ora déborde d'une force anormale, et il n'y a aucun doute à mon esprit qu'en plus d'être un sorcier latent, il possède le gène essentiel de la vitesse et de la force. Son endurance est phénoménale. Je comprends pourquoi il voulait y aller seul. Nous ne marchons pas vers le ruisseau, nous joggons ; et pourtant. je m'aperçois qu'il est surpris de voir comment il m'est facile de le suivre.

— Tu me rappelles Ariena, dit-il.

— Ta sœur — c'est gentil à toi. Quel âge a Ariena ?

— Quinze ans. Mais elle est forte, très forte. Elle marche dix kilomètres chaque jour jusqu'au puits, et elle revient avec une grande cruche d'eau sur son épaule.

Cela signifie que sa sœur parcourt plus de 20 kilomètres par jour dans la chaleur, tandis que je râle à devoir me lever et nourrir Lara pendant la nuit. Peu importe à quel point j'aime penser que je suis résistante, ce moment passé avec Ora me donne une leçon d'humilité.

L'odeur d'œufs pourris nous frappe à près d'un kilomètre des sources chaudes et augmente à un point presque écrasant alors que nous progressons péniblement à travers la vapeur vers sa source. De mes cours de chimie au secondaire, je sais que l'odeur est le résultat du soufre qui se mélange avec l'hydrogène dans l'eau. Non pas que ça me préoccupe — ça pue et mes yeux sont irrités. Mais Ora me souligne rapidement que ces sources chaudes sont bonnes pour la santé.

— Dans mon pays, ces sources sont très prisées. Les gens font de nombreux kilomètres pour en trouver une. Il y a un ruisseau près de mon village. Quand on prend un bain dans cette eau, toutes les cicatrices de morsures d'araignée et de serpents fondent comme par magie. L'eau rend également fertile une femme stérile et viril un vieillard.

Je lui jette un coup d'œil.

— Je suis certaine que tout ce que tu dis est absolument vrai. Tant que tu comprends que j'ai déjà pris un bain à la source, et que je ne suis pas sur le point d'en prendre un autre.

Ora éclate d'un rire jovial.

— Tu es une fille spéciale, Jessie. Un jour, tu feras une merveilleuse épouse pour un homme chanceux.

— Je ne sais pas comment te dire ça, Ora, mais dans mon pays, toutes les filles aspirent à plus qu'à rendre un homme heureux.

Je me pince le nez pendant la dernière partie de notre randonnée, mais je le relâche soudainement et je baisse ma main. Je renifle l'air puant.

— Hé, je pense que je sens l'odeur du goudron.

Ora est heureux.

— Bon, il faut le trouver. Fais attention où tu poses les pieds. Il y a peut-être des flaques d'eau bouillante qui se cachent entre ces arbres.

— Connais-tu le nom de ces arbres ? demandé-je, alors que nous nous glissons à travers la jungle remplie de vapeur. Je suis surprise de voir qu'ils parviennent à survivre dans cette vapeur chaude et puante.

Ora fronce les sourcils.

— Je suis aussi surpris. Je n'ai jamais vu des arbres pareils.

— Je suis vraiment certaine qu'ils ne poussent pas dans mon quartier, dis-je en examinant les arbres de plus près.

Leurs troncs sont épais ; on dirait que l'écorce brun foncé pourrait être utilisée comme armure. Les feuilles aussi sont inhabituelles : rouges au lieu de vert, et en forme de vignes en spirales.

Une minute plus tard, nous découvrons une réserve de goudron. Malheureusement, il n'est pas amassé dans une fosse où il aurait été facile de se le procurer. Il est disséminé en bordure d'une mare de vapeur. Ça ne semble pas déranger Ora. Il s'accroupit et commence rapidement à envelopper les roseaux secs autour de l'extrémité de l'un de ses bâtons et il les attache très serré. Je m'agenouille à côté de lui.

— Laisse-moi t'aider, dis-je, et j'essaie de ne pas tousser, sans vraiment y parvenir.

— Non, le gaz te dérange plus que moi. Tu devrais attendre à l'écart des flaques bouillonnantes.

— Je ne veux pas te laisser.

— Tout ira bien. Ce ne sera pas long. Une fois que j'aurai enveloppé tous les roseaux autour des bâtons, je pourrai les tremper dans le goudron. Tu vas voir, ça brûlera pendant des heures.

— Je te crois. Mais souviens-toi de la plaque. Peut-être qu'on n'a encore vu personne, mais cette île est censée fourmiller d'autres individus auxquels on a probablement présenté une plaque semblable. Si j'étais eux, je supposerais que le seul moyen de sortir de l'île, c'est de tuer tous les autres.

Ora cesse de travailler et me regarde à travers la vapeur étouffante. Il a le blanc des yeux rouge à cause du gaz irritant, mais dans les profondeurs de son regard, il y a une véritable inquiétude. Il a à peine parlé de la plaque.

— Tu crois? demande-t-il.

— Je crains que oui.

— Tu penses que nous sommes ici pour protéger le juste et pour détruire le méchant?

— Je ne suis pas certaine de ce que cette ligne signifie, bien que je ne serais pas surprise si nous tombions sur des individus assez méchants. Mais je suis convaincue que c'est une sorte d'épreuve.

Comme Marc ce matin, Ora sent que quelque chose ne va pas.

— Tu n'es pas comme nous, tu ne remets pas en question les instructions. Tu sembles les accepter.

Ora s'arrête.

— Dis-moi, est-ce que quelqu'un t'a prévenue que ça allait nous arriver?

Je trouve qu'il est difficile de mentir à ces yeux confiants.

En plus, ce serait logique de me confier à lui.

Ça me permettra de jauger la réaction des autres.

Peut-être. Espérons. Pourtant, Ora est unique…

— On ne m'a pas prévenue que nous serions réunis pour former un groupe. Mais oui, je me suis fait dire par une femme très sage que je devrais bientôt faire face à une sorte d'épreuve. Très probablement une épreuve de vie et de mort.

Il se remet à la tâche d'envelopper les roseaux au sommet des bâtons. Pourtant, il n'en a pas encore fini avec moi.

— Qui est cette femme sage ? Pourquoi a-t-elle choisi de te dire ce secret ?

J'hésite.

— Ora, ce que je suis sur le point de te raconter te paraîtra dingue. Tu auras du mal à le croire. En fait, tu ne le croiras pas si je ne te le prouve pas.

Je fais une pause.

— Laisse tomber ce que tu fais et lève-toi.

Contrairement au garçon américain moyen, il obéit instantanément. Je fais un pas directement vers lui.

— Essaie de me renverser, dis-je.

— Je pourrais te blesser.

— Crois-moi, tu ne peux pas me faire mal. Vas-y.

Il avance et me pousse doucement sur la poitrine. Je lui prends immédiatement les poignets, et il tente de se libérer ; et bon Dieu qu'il écarquille les yeux, en état de choc, quand il se rend compte qu'il en est incapable. Il lutte plus fort, en utilisant toute sa force, jusqu'à ce que je le lance nonchalamment sur son derrière. Il me regarde, émerveillé.

— *Qui* es-tu ?

Je me mets à genoux à côté de lui.

— C'est une longue histoire, et je te la raconterai bientôt, quand nous serons seuls et loin de ces mares puantes. Mais pour dire les choses crûment, je suis une sorcière. J'ai des pouvoirs spéciaux. Je suis née avec ces pouvoirs, mais j'ai découvert seulement ce que j'étais il y a un mois à peine. Je suis plus forte qu'une douzaine d'hommes réunis. Je peux me déplacer plus vite que ton œil peut suivre, et je peux modifier mon apparence selon mon désir.

Je m'arrête, et je pense au temps qu'il m'a fallu pour convaincre Jimmy.

— Tu me crois ?

— Oui, répond-il sans hésiter.

— Je suis contente. Pour l'instant, c'est important que tu gardes ce secret. Les autres ne sont pas comme toi, ils ne comprendront pas. Ils peuvent même penser que j'ai été placée ici pour les tuer. Mais je te promets, Ora, mon seul but en ce moment, c'est de tous vous protéger contre le mal

— Je te fais confiance. Je promets de garder ton secret.

— Je suis curieuse. Pourquoi me fais-tu confiance ?

Il continue à me regarder.

— Je peux sentir ton cœur, Jessie. Tu es gentille et bonne. Je l'ai su dès la première fois où tu as parlé.

— Tu peux détecter si les gens sont bons ou mauvais ?

— Oui.

Je me lève.

— Voilà un don incroyable. Je veux descendre vers la rivière principale, voir ce qui se passe. Mais je devrais encore être capable de te surveiller. Même si je suis à quelques kilomètres de là, je verrai si quelqu'un d'autre essaie de se faufiler jusqu'à cet endroit.

— Un autre sorcier ?

— C'est possible. Je soupçonne qu'il y en a dans les autres groupes. Mais si quelqu'un en dehors de notre bande vient après toi, je les entraînerai dans une autre direction.

Je lui tends la main.

— Là, laisse-moi t'aider à te lever.

Sans effort, je le soulève du sol.

— Tu vas à la rivière pour chercher du poisson, dit-il.

— Ouais. Il faut que nous mangions quelque chose, et je n'ai pas vu beaucoup d'arbres fruitiers en chemin.

— Il faut que Li mange bientôt, dit-il.

— Est-ce qu'elle t'a parlé ?

— Elle n'a pas eu à me le dire, je sais qu'elle est malade.

Il marque une pause.

— Peux-tu me dire quel est le problème ?

J'hésite.

— Elle m'a demandé de garder son secret, mais je sens que je peux te faire confiance là-dessus. Elle souffre de diabète. Normalement, elle prend des médicaments tous les jours. Son état n'est pas grave, pas encore, mais ça peut devenir sérieux si elle n'augmente pas le taux de sucre dans son sang. Ce qu'il lui faut, ce sont des protéines, et le poisson serait parfait.

— As-tu besoin de moi pour t'enseigner à les attraper ? Ou peux-tu utiliser tes... pouvoirs ?

Je souris devant son ton révérencieux pour prononcer le mot.

— Je devrais être capable d'attraper ceux qui nagent tout près, et j'ai mon sac à dos pour les stocker. En plus, il semble que tu pourrais nous faire un feu pour les cuisiner, alors en principe on devrait bien se débrouiller.

— Nous devons être prudents quand nous allumons un feu, prévient Ora. La nuit, on peut le voir de loin.

— Et pendant la journée ? Est-ce que la fumée t'inquiète ?

— Les torches que je fabrique ne devraient pas dégager beaucoup de fumée. Mais si nous construisons un feu dans la grotte pour cuisiner, on pourrait avoir du mal à respirer.

Il marque une pause.

— Nous devrons peut-être manger le poisson cru.

J'ai une idée.

— On s'inquiétera de ça quand je serai de retour. Pour autant que je sache, la rivière est aussi vide que les arbres.

Je me tourne vers la rivière.

— Travaille aussi vite que tu le peux.

Une fois libérée de la vapeur nauséabonde, j'examine le paysage, à la recherche de tout signe de mouvement. La bande de terre à partir de la base du volcan vers la mer est d'au moins dix kilomètres, peut-être plus, et pour ce que j'en sais, l'île a un diamètre de plus de deux fois cette distance.

De l'autre côté de la rivière, il y a une zone de forêt dense, et derrière elle se dresse une falaise rocheuse que j'aurais moi-même de la difficulté à escalader. Il est possible que les cinq autres groupes se cachent dans les arbres, ou dans des grottes enfouies dans la falaise.

Mais seulement si l'île est de taille réduite. Voilà ce qui me frustre le plus. Je n'ai aucune notion de ce à quoi ressemble cet endroit — sa forme, ses proportions. Une carte aurait été tout aussi précieuse que l'un des fusils de l'armée de Shira.

Comme Chad, j'aurais aimé avoir étudié plus de géologie et de géographie pendant mes longues heures à la bibliothèque. Pourtant, logiquement, le volcan qui domine ma vue a vraisemblablement traversé au fil du temps des phases actives et calmes, et on lui doit sans doute la création de l'île. Compte tenu de ce fait, il est probable qu'il se trouve — à peu près — au centre de l'île, et si tel est le cas, nos groupes respectifs se sont fait attribuer un immense champ pour se battre.

Je conclus qu'il n'y a pas d'autre moyen ; bientôt, je devrai escalader le volcan pour voir l'ensemble de l'île. Ensuite, je serai en mesure de concevoir ma propre carte. Mais c'est une tâche que je vais devoir remettre à plus tard. Même avec ma force et ma vitesse améliorées par les pouvoirs de sorcière, je ne suis pas impatiente de monter au sommet de ce cône de cendres.

Le terrain entre l'endroit où je me tiens et la rivière centrale est un champ à découvert. Si je passe en vitesse supérieure, je peux couvrir le kilomètre et demi en moins d'une minute. Malheureusement, s'il arrivait que des sorciers m'observent, je leur montrerais un de mes plus importants pouvoirs. La connaissance est le pouvoir, et je déteste révéler des secrets.

Pourtant, je crains de laisser Ora seul trop longtemps. D'ailleurs, je m'inquiète pour les quatre que j'ai laissés à la grotte. Ils ont lu la plaque ; ils sont définitivement effrayés. Mais saisissent-ils vraiment l'ampleur de la menace ? J'en doute. Comment le pourraient-ils quand ils ne sont même pas au courant de l'existence des sorciers…

Que faire ? Voler comme une sorcière sur un balai et révéler aux autres sorciers qui je suis ? Ou parcourir la distance qui me sépare de la rivière comme toute fille normale de 18 ans ?

Je reste là, indécise, et le temps qui passe me dévore.

Mais c'est justement à cause de cette pression des secondes qui s'écoulent que je prends ma décision. À un moment donné, sans le comprendre consciemment, j'ai commencé à me sentir très protectrice de mon propre groupe. J'ai dû m'en rendre compte lorsque j'ai parlé à Ora il y a quelques minutes. De toute façon, je comprends soudainement que je dois revenir aux autres le plus rapidement possible.

Je décolle comme une chauve-souris infernale.

J'atteins la rivière en moins d'une minute, à bout de souffle.

Une agréable surprise m'attend. L'eau est remplie de poissons.

Tout ce que je sais sur les poissons repose sur ce que j'ai vu étalé sur la glace dans les épiceries locales que j'ai fréquentées au cours des années. Je sais à quoi ressemblent le saumon, le thon, l'espadon et le flétan, mais c'est à peu près tout. D'une certaine manière, ces poissons sont différents, mais ils paraissent suffisamment proches de mes préférés que je n'hésite pas à sauter au bord de la rivière et à commencer à attraper tout ce qui nage tout près.

Les pauvres poissons. C'est la première fois qu'ils rencontrent une sorcière affamée. Je suis bien pire qu'un grizzly. Comptant toujours sur mon gène de la vitesse, je remplis mon sac en moins de deux. Effectivement, les poissons sont encore bien vivants et agités tandis que je cours de nouveau vers Ora. Je me sens un peu coupable. J'aurais dû leur claquer la tête sur une pierre avant de les fourrer dans mon sac. La prochaine fois.

À mon retour, Ora est toujours au travail, mais je suis surprise de voir le nombre de torches qu'il a assemblées. Une demi-douzaine de bâtons surmontés de roseaux trempés de goudron sont plantés au sol. Comme il insiste pour en fabriquer un peu plus, je prends l'une de ses torches, un paquet de ses petits bâtons, et deux morceaux pointus de pierre volcanique.

— Que fais-tu ? demande-t-il.

— Je vais cuire le poisson ici, répondé-je.

Ora est rapide ; il comprend en un instant. La vapeur me servant d'abri, je peux cuire tous les poissons que je veux sans attirer l'attention. Je quitte de nouveau Ora afin de trouver un endroit assez éloigné des mares puantes pour que je ne perde pas connaissance, mais assez proche du nuage de vapeur pour que celui-ci dissimule la fumée de mon feu de camp.

Plus tôt, Ora m'avait expliqué qu'il avait ramassé les pierres volcaniques les plus minces pour en fabriquer des couteaux. Mais elles peuvent servir à autre chose. Lorsque je les frappe ensemble au-dessus des roseaux trempés de goudron, elles enflamment facilement ma torche, que j'utilise ensuite pour allumer ma pile de bois assemblée à la hâte. Mais je ne me sers pas de la torche pour cuire le poisson, car je crains que ses vapeurs noires ne contaminent la viande.

Ora a déjà aiguisé l'une des pierres étroites et je peux enlever les écailles, couper les têtes, ouvrir les côtés et arracher les arêtes sans trop de problèmes. J'aurais tout de même aimé avoir une casserole, mais la pointe d'un bâton particulièrement dur semble être tout sauf ignifuge, et je l'emploie pour griller une demi-douzaine de poissons à la fois. Après tout, je suis en train de cuisiner pour six personnes.

Ah, l'odeur du poisson grillé me rend folle ! Je peux à peine attendre pour attaquer. Effectivement, connasse impolie que je suis, je n'attends même pas qu'Ora se joigne à moi. J'engloutis deux fois plus de poisson que je n'en ai mangé de toute ma vie. Le goût est un croisement entre l'espadon et le thon, et c'est absolument délicieux.

Ora apparaît bientôt et insiste pour que nous retournions à la grotte. Il mange en marchant, et je suis heureuse d'avoir cuisiné deux poissons supplémentaires à la dernière minute, puisqu'il en mange trois. J'ai enveloppé l'autre poisson dans les manches déchirées de mon chemisier, ce qui était le mieux que je pouvais trouver, et je l'ai rangé dans mon sac à dos.

Sur le chemin de retour, je sers à Ora une version condensée de ce qui m'est arrivé à Las Vegas. Il écoute, comme envoûté — et il oublie souvent de mâcher sa nourriture. Contrairement à Jimmy quand il a été mis au courant de l'histoire de mon lien avec le monde des sorciers, Ora ne m'interrompt pas une seule fois, et quand j'ai terminé, il ne me pose pas de questions. Je reste là à attendre une réaction.

— Eh bien, qu'en penses-tu ? demandé-je enfin.

Il se tourne vers moi et me regarde avec ses grands yeux bruns.

— Tu as été bénie, dit-il.

— Ah, ne me sers pas de ce fanatisme religieux, dis-je pour le taquiner, le piquant à l'estomac. Je ne peux le supporter. Je suis juste une adolescente normale avec sept gènes anormaux.

Mais il me saisit la main.

— Je ne suis pas un fanatique. Je dis la vérité. Tu as été bénie.

Je hoche la tête.

— Par Dieu ! Ora, je ne pense pas…

— Je sais ce que je sais. Tu es spéciale. Le Champ est maintenant plus logique à mes yeux, ajoute-t-il.

— Bien, je suis heureuse. Voilà ce qui compte, que tu comprennes ce qui se passe ici.

Il secoue la tête tristement.

— Tu sais que ce n'est pas tellement bon. Les autres, ceux d'entre nous qui ne sont pas des sorciers, vont se faire massacrer.

Le bien-fondé de sa remarque est si évident que je me demande pourquoi je refuse de l'accepter dans ma tête. Je veux protester, lui dire que je le protégerai quoi qu'il arrive. Mais à qui est-ce que je raconte des blagues ? Je ne peux pas défendre cinq personnes jour et nuit, sept jours sur sept contre cinq groupes hostiles. La seule façon qui permettrait aux membres de mon équipe de survivre, ce serait de les faire tous passer à travers l'expérience de la mort et de voir qui survit.

Comme si n'importe lequel d'entre eux était assez fou pour me laisser tenter une telle expérience…

Je respecte trop Ora pour lui donner de faux espoirs. Je ne sais pas comment répondre à sa remarque. Je me contente de détourner le regard.

À une centaine de mètres de la grotte, un éclair de mouvement attire mon attention. Il provient des arbres de l'autre côté de la rivière centrale. Ora le voit aussi ; il pose ses paumes autour de ses yeux pour réduire l'éblouissement du soleil. Sa vue est exceptionnelle. Pour moi, c'est un autre signe qu'il est un sorcier.

— Qu'est-ce que tu vois ? demandé-je, ayant fort besoin d'un second avis.

— Quelqu'un de court avec des cheveux blancs.

— Qui diable pourrait-il être ?

Son visage s'assombrit.

— Je ne suis pas sûr que c'est un humain.

— Bien sûr que c'est un humain. Les sorciers sont des êtres humains. Nous avons juste quelques gènes spéciaux supplémentaires, c'est tout. C'est probablement un albinos.

Ora continue de regarder les arbres au loin.

— Peu importe qui c'est, il se déplace rapidement.

— Quelle est la couleur de son uniforme ? J'ai vu du gris.

Ora hoche la tête, mais c'est tout.

Le reste du chemin vers la grotte, nous marchons en silence.

À mon grand soulagement — je n'avais même pas pris conscience à quel point je m'inquiétais à leur sujet — les membres du groupe sont en sécurité et ils s'exclament lorsque je dévoile le poisson cuit. Tous, sauf Li, qui somnole, assise dans un coin. Je la réveille pendant qu'Ora allume une de ses torches.

— Comment te sens-tu ? demandé-je, inquiète.

Elle s'efforce de garder les yeux ouverts.

— Faible, marmonne-t-elle.

— Ton taux de sucre est bas. Il faut que tu manges. Je t'ai apporté du poisson grillé — la nourriture parfaite. Mange, allez, force-toi à avaler, s'il le faut.

Li est trop faible pour lever les mains, et je finis par arracher de petits morceaux de poisson et je la nourris comme une enfant. Ses forces reviennent rapidement, et dix minutes après sa première bouchée, elle est assise avec les yeux clairs et elle tient le poisson dans ses mains. Je vais lui chercher une bouteille d'eau, et elle baisse la tête en signe de gratitude.

Elle soupire.

— Je ne suis pas restée aussi longtemps sans nourriture depuis bien longtemps.

— À quand remonte la dernière fois ?

Je lui pose la question de façon à ce qu'elle soit la seule à m'entendre.

Les autres sont concentrés sur leur poisson et nous ignorent. Je ne peux pas dire que je les blâme. Aucun d'entre eux n'a mangé depuis deux jours.

— En prison, dans le Nord, dit Li.

Sa lèvre inférieure se met à trembler au souvenir.

Il ne fait aucun doute qu'elle a mis une majuscule à « Nord » en parlant.

— Tu t'es échappée de la Corée du Nord pour la Corée du Sud ? demandé-je.

Elle hésite, puis hoche la tête.

— Il y a deux ans.

— Étais-tu en prison au moment de ta fuite ?

— Oui. Nous…

Elle hésite.

— Ce n'est pas facile d'en parler.

— J'en suis certaine.

Mais je sens que je dois lui poser des questions, j'ai besoin de comprendre pourquoi elle a été placée dans mon groupe. Je lui parle avec douceur.

— Qui est *nous* ? Tes parents ?

— Mes parents ont été tués quand j'avais 12 ans. Il y avait juste moi et ma sœur jumelle, Lula.

— Est-ce que Lula vit avec toi à Séoul ?

— Elle… Lula, elle est morte quand nous étions en prison. En Corée du Nord, ils n'ont pas besoin de raison pour nous arrêter. Lula est morte pendant qu'elle se faisait torturer.

Li s'arrête.

— J'étais dans la même pièce.

— Oh mon Dieu. Je suis tellement désolée.

Elle essuie une larme.

— Nous étions proches. Nous faisions tout ensemble. Ça a été difficile sans elle.

— Comment as-tu pu t'échapper de la prison ?

— Nous étions un groupe à nous échapper. Un gardien nous a aidés, il est venu avec nous. Nous nous sommes dirigés vers la frontière chinoise. Nous savions que c'était dangereux, mais c'était le seul moyen. Parfois, les Chinois vous renvoient et on vous torture et on vous tire dessus. Et il arrive que les Chinois vous tuent à la frontière. Ils disent toujours que c'est un accident, mais nous ne sommes pas dupes.

— Et parfois, ils vous aident à vous échapper jusqu'à la Corée du Sud ?

Li hésite.

— Ils ont aidé quelques-uns d'entre nous. Mais la plus grande partie de notre groupe n'a pas survécu.

— Qu'est-il arrivé au garde qui vous a aidés à vous échapper ?

Li hoche la tête.

J'ai d'autres questions, mais vu son état de faiblesse, je ne veux pas la pousser trop loin. De la même manière que je sens qu'Ora est unique, je sais qu'il y a quelque chose d'inhabituel au sujet de Li. Elle est malade, elle ne peut guère se débrouiller toute seule, mais je sens une force cachée en elle. Une fois de plus, je suis forcée de songer à quel point ma vie a été facile.

Jusqu'à ce que je sois présentée au monde des sorciers.

Le groupe se rassemble autour d'Ora et de sa torche enflammée. Elle dégage peu de fumée et la lumière orange est en quelque sorte apaisante dans la caverne sombre. Pourtant, notre situation est loin d'être rassurante. Le groupe nous pose des questions, à Ora et à moi, au sujet de ce que nous avons vu pendant notre randonnée, et nous leur disons la vérité, même si je dissimule la partie où il est question d'aller et revenir à la rivière en parcourant quelques kilomètres en moins d'une minute.

Nous leur parlons de la silhouette que nous avons aperçue, l'albinos qui courait à travers les arbres. Ora m'avait dit à l'avance qu'il fallait les mettre au courant. Leurs vies sont aussi en jeu que la nôtre, avait-il insisté. Je sens qu'Ora voudrait que je m'ouvre et que je dise que je suis une sorcière, mais je sais aussi qu'il ne brisera pas sa promesse de garder mon secret.

Shira commence à faire les cent pas à la mention de l'albinos.

— Êtes-vous certains qu'il était seul ?

— Oui, dis-je d'un ton ferme.

— Je ne suis pas certain, ajoute Ora. Il aurait pu y en avoir deux.

— Assurément, vous pouvez faire la différence entre une ou deux personnes, lance brutalement Shira.

— Il se déplaçait rapidement, et nous avions le soleil dans les yeux, dit Ora.

— Il est peu probable qu'il y ait plus d'un albinos sur l'île, dit Chad.

— Il est peu probable qu'il y en ait même eu un, dit Marc. Vous avez dit que le gars était court. Comment ?

— Un mètre vingt-cinq, répond Ora.

— Oh Seigneur, dit Marc. Ça ne peut pas être un être humain. Vous savez quoi ? Ça ressemble tout à fait au dernier film *Predator.* Celui où un tas de combattants de différents pays ont été transportés sur une autre planète et sont utilisés comme gibier sauvage.

— Pour l'amour du ciel, nous ne sommes pas sur une autre planète ! m'exclamé-je.

— Comment peux-tu en être sûre ? exige Marc.

Je lui parle brusquement.

— Parce que le soleil dans le ciel est le même soleil qui a toujours été dans le ciel. Parce que les plantes sont identiques aux plantes que nous avons toujours vues. Compris ? Nous sommes sur la planète Terre…

Marc m'interrompt.

— C'est toi qui as fait remarquer qu'il n'y a pas de signe d'insectes ou d'oiseaux sur cette île. Explique-toi, Madame Logique.

Pour une raison ou pour une autre, tous nos yeux se tournent automatiquement vers Chad. Il se tient à regarder vers la lumière qui passe à travers le mince rebord sous la pierre de l'entrée, avant de se retourner vers nous.

— Le soleil descend derrière le volcan, dit-il. Il fera nuit dans une heure, ce qui veut dire que nous nous trouvons toujours sur une planète avec un cycle de rotation de 24 heures.

— Je te remercie, Chad, marmonné-je.

Il lève la main.

— Mais je suis d'accord avec Marc sur un point. Il y a des mystères ici que je ne peux pas expliquer. Où sont les oiseaux et les insectes? Où sont les arbres fruitiers? La rivière est remplie de poissons, et j'en suis heureux, mais quel type de poisson vient-on de manger? Et qui exactement est celui qui court de l'autre côté de la rivière?

— C'est probablement un membre de l'un des cinq autres groupes qui ont été placés ici pour nous tuer, dit Shira. C'est la seule explication. Et c'est la seule chose qui compte. Oui, je sais ce que vous tous vous pensez de moi. Que je suis une Israélienne à la gâchette facile qui essaie d'exporter une guerre qui appartient à son propre pays. Je le vois bien de la façon dont vous me regardez. Mais il y a une raison à la présence de cette plaque — c'est pour nous avertir. Je suis certaine que les autres se sont fait présenter des plaques identiques et qu'ils sont dès maintenant en train de dresser des plans pour nous détruire. Voilà pourquoi nous devons nous préparer. Nous devons fabriquer des armes pour nous défendre et envoyer des éclaireurs pour voir ce que l'ennemi est en train de faire. C'est le seul moyen.

— Je suis d'accord, dit Ora.

Marc est agacé.

— Vous n'avez pas entendu Chad? Le soleil va se coucher. Qu'est-ce que vous voulez qu'on fasse — sortir et trébucher dans le noir jusqu'à ce que quelqu'un nous plante une flèche dans la poitrine?

— C'est peut-être pendant l'obscurité qu'il serait plus sûr de sortir, dit Shira.

— Si les nuages s'évaporent, sans doute que ce ne sera pas aussi sombre, prévient Chad. Nous avons été enlevés à peine quatre jours avant la pleine lune. Si la nuit est claire et sans lumière artificielle, la lune peut être assez lumineuse.

— Tant mieux, dit Ora.

Marc se lève.

— Attendez une seconde. Disons que nous décidons d'aller explorer l'autre côté de la rivière. Disons que nous envoyons deux d'entre nous. Comment vont-ils se protéger s'ils tombent sur un groupe hostile ? L'autre groupe pourrait tuer nos membres ou les kidnapper. Ils pourraient même torturer les deux prisonniers pour les forcer à révéler où nous sommes cachés ici dans cette grotte.

Shira ricane.

— Tu voudrais plutôt te recroqueviller ici comme un enfant effrayé ?

Marc hausse les épaules.

— Probablement, oui.

Shira crache sur le sol.

— Lâche !

Marc reste froid. Il parle au reste d'entre nous.

— Pensez-y. Pourquoi ne pas se cacher ici pendant quelques jours et laisser les autres groupes se battre entre eux ? C'est possible que les autres s'éliminent les uns les autres, ou au moins qu'ils se battent jusqu'à ce qu'il n'y ait plus qu'un seul groupe. Ensuite, nous pourrons sortir de notre repaire et zigouiller les bâtards. La meilleure attaque, c'est une solide défense.

— Tu as inversé les mots de la citation, marmonné-je.

— Tais-toi, Ralle, lance-t-il.

— Ce qu'a dit Marc est valable, affirme Chad. Mais il y a un problème.

— Lequel ? demande Marc.

— Si Ora et Jessie ont vu l'albinos, quelles sont les chances que lui les ait vus ? L'albinos courait à travers les arbres ombragés. Ora et Jessie étaient debout au sommet de notre côté de la vallée.

Pire, ils se trouvaient à peine à une centaine de mètres de notre cachette.

— Merde, Jessie, grogne Marc. Tu aurais dû grimper jusqu'au sommet de la colline et rentrer par l'autre côté.

— J'étais pressée et je ne voulais pas que votre nourriture refroidisse, dis-je, essayant de détourner l'attention de ma bourde.

Marc a raison. Malheureusement, je n'ai pas fait attention. Ora et moi avons tous les deux été négligents.

— Attendre que l'ennemi nous attaque n'est pas un moyen de gagner une bataille, explique Shira avec conviction. Quelqu'un va venir, si ce n'est pas aujourd'hui, ce sera demain. Ils vont fouiller chaque grotte le long de cette falaise jusqu'à ce qu'ils nous en extirpent. Alors, nous serons coincés. Et n'imaginez pas que notre sortie de secours nous sauvera. Si j'étais eux, la première chose que je ferais, ce serait de vérifier s'il y a plus d'un moyen d'entrer et de sortir de cette grotte.

Elle s'arrête.

— Nous restons ici et nous mourrons. C'est aussi simple que ça. Et je n'ai pas l'intention de mourir.

Les paroles de Shira ont un effet puissant parce qu'elle est soldate. Elle pense comme un soldat, et elle agit comme tel. Je soupçonne que c'est pour cette raison qu'elle a été choisie pour faire partie de notre groupe. Une garce avec du feu — nous avons besoin de quelqu'un comme elle. Marc semble aussi ému par son discours.

— Nous revenons encore à la question des armes, marmonne-t-il.

— On peut aiguiser plusieurs pierres que j'ai ramassées, dit Ora, et en faire des couteaux en les polissant contre une dalle de pierre. C'est la même chose avec les bâtons que j'ai ramassés — ils peuvent être affûtés comme des lances. Mais il faudra du travail.

— Un travail acharné et du temps, prévient Chad. Si nous prévoyons d'envoyer un groupe d'éclaireurs ce soir, nous ferions mieux de commencer tout de suite.

Shira sourit et sort une pierre noire dangereusement pointue de sa poche arrière.

— J'ai commencé à la seconde où Jessie et Ora sont partis pour attraper du poisson.

— Attendez, se plaint Marc. Qui est assez courageux ou assez stupide pour se porter volontaire pour cette prétendue expédition de reconnaissance ?

— J'y vais, dit Shira.

— Je l'accompagne, dit Ora en même temps que ses yeux me cherchent.

Il sait qu'ils auront besoin de ma protection.

— Comptez sur moi, dis-je.

— Bien, convient Shira, en me tapant le dos. Trois iront, trois resteront. Une utilisation judicieuse de nos ressources. Personne ne sera laissé seul.

Marc et Chad jettent un coup d'œil à Li, puis ils se regardent. Je n'ai pas besoin de télépathie pour savoir ce qu'ils pensent. Ils s'inquiètent que Li ne puisse rien faire pour les protéger, et que les deux guerriers du groupe — Ora et Shira — partent ensemble. Bien sûr, ils se sentiraient encore plus mal s'ils savaient ce qu'ils perdent avec mon absence.

— Sommes-nous certains que nous devrions nous séparer ? demande Marc, lançant l'idée.

Chad dit ce que personne ne veut dire, en choisissant soigneusement ses mots.

— Je peux rester avec Li et surveiller l'endroit.

Marc ne parle pas, mais il me regarde. Ses soupçons n'ont pas diminué — au contraire, ils ont augmenté. Pourtant, je saisis qu'il ne veut pas que je parte avec Ora et Shira. Il y a de la peur dans ses yeux, mais ce n'est pas pour lui. Je dois être fatiguée ; je mets une minute à comprendre.

Il est inquiet pour moi.

Nous partons quatre heures après le coucher du soleil. Il nous a fallu tout ce temps pour fabriquer un ensemble rudimentaire de lances et de couteaux. Même avec Ora qui nous exhorte à mettre plus de force pour casser les des pierres et aiguiser des bâtons, les armes demeurent grossières. Mon couteau et celui d'Ora sont les deux seuls suffisamment affilés pour trancher un morceau de fruit.

Ou le ventre d'un ennemi.

Naturellement, il serait préférable d'employer nos lances ; il est plus facile d'aiguiser du bois que de la pierre. Pourtant, plusieurs des bâtons d'Ora sont légèrement courbés et je m'inquiète de leur capacité à voler droit lorsqu'ils seront lancés. Les autres espèrent peut-être s'accrocher à leurs lances, mais je prévois de les lancer avec autant de force que possible. Voilà pourquoi j'en apporte une demi-douzaine.

Ce seront mes flèches ; mon bras sera l'arc.

Marc fait la vie dure à Ora parce qu'il ne nous a pas enseigné comment construire des arcs et des flèches, même après qu'Ora eut expliqué, à plusieurs reprises, à quel point il est difficile de trouver les matériaux pour les fabriquer. La corde doit être à la fois solide et souple, et l'arc doit être fait de bois qui peut être plié sans briser. À la fin, Ora dit à Marc que nous aurons de la chance si nous vivons assez longtemps pour fabriquer des arcs et des flèches, ce qui fait taire Marc.

Mais Marc n'est pas un lâche. Quand il est temps de partir, il insiste pour nous accompagner. Il plaisante en disant que pour rien au monde, il ne voudrait se faire prendre seul avec les deux surdoués du groupe, mais il est clair qu'il vient pour prendre soin de moi. Je ne m'oppose pas — ça me donne la chance de couvrir ses arrières.

Comme l'a promis Chad, nous sommes à deux jours de la pleine lune et la lueur de la lune baigne la vaste étendue sous notre grotte ; la rivière est particulièrement brillante sous la lumière blanche. Il fait assez clair pour entreprendre la randonnée sans allumer nos torches.

Manifestement, la rivière est notre principal obstacle, et Ora suggère que nous nous dirigions à trois kilomètres à l'ouest, vers le volcan, ce qui nous mènera au-dessus de trois ruisseaux distincts qui alimentent la rivière.

— Les derniers ruisseaux fortifient la rivière, explique Ora, pendant que nous descendons de notre corniche. Plus nous avançons en amont, plus il nous sera facile de patauger jusqu'à l'autre côté.

— Trois kilomètres la nuit, c'est un long détour, dit Marc.

— Ce serait vrai si nous savions où nous allons, explique Shira judicieusement.

— Je suppose que nous sommes à la recherche des pygmées albinos, dit Marc.

— Nous cherchons n'importe qui qui veut nous tuer, dit Shira.

Son attitude agace Marc.

— Donc, nous tirons d'abord et nous posons des questions plus tard ? Nous ne voulons pas parler ? demande-t-il.

— Ne fais pas l'idiot, dit Shira.

— Nous devons supposer que tous ceux que nous rencontrons sur cette île veulent notre mort, dit Ora à Marc. Ils peuvent faire semblant d'être de notre côté et tendre une main amicale. Mais selon ce qui est écrit sur la plaque, un seul survivra.

— Je suis heureux que nous écoutions quelques lignes idiotes écrites sur un morceau de bois par un parfait inconnu, dit Marc. Vous traitez cette plaque comme si c'était votre bible. Vous ne trouvez pas ça bizarre ?

La question de Marc est, bien sûr, la plus importante de toutes. J'étais surprise que le groupe n'ait pas discuté plus à fond de ce qui est écrit sur la plaque. Moi-même, j'ai une excuse. Je sais que les Lapras sont au cœur d'une lutte de pouvoir et que la plaque a été gravée de la main de l'Alchimiste. À l'exception d'Ora, les autres ne savent rien.

Pourtant, je comprends pourquoi les membres de mon groupe ont largement accepté qu'ils doivent se battre pour survivre. La complexité de notre enlèvement, le mystère du Champ, même le libellé envoûtant de la plaque les ont convaincus qu'ils avaient affaire à un pouvoir plus grand qu'eux-mêmes.

Pourtant, Ora me surprend en proposant une théorie qui est beaucoup plus simple, et peut-être plus exacte.

— Ce n'est pas important si nous croyons ou non l'énoncé de la plaque. Tout ce qui compte, c'est ce que croient les autres groupes. Avant la fin de cette nuit, nous le saurons. C'est inutile d'en parler.

Ora nous conduit au pied de notre côté de la vallée et nous avançons en longueur, en essayant de profiter de l'ombre de la falaise. Essentiellement, nous montons vers le volcan qui hante notre nuit. Même avec la lune brillante, la lueur rouge du magma incandescent scintille à travers la fumée dense qui longe le cône de scories, créant l'illusion d'une couronne de rubis diabolique.

Un diable qui veille sur le Champ et attend.

Ce n'est que lorsque nous ne sommes plus qu'à trois kilomètres du volcan qu'Ora nous fait tourner vers la rivière. Ici, l'étendue a diminué et il ne nous faut pas beaucoup de temps avant que nous nous tenions sur le bord de l'eau turbulente.

Marc regarde la rivière avec inquiétude.

— À quelle profondeur crois-tu que ça descend ? me demande-t-il.

— Je ne suis pas certaine. Mais c'est plus froid qu'on pourrait s'y attendre, répondé-je, me souvenant de mon après-midi de pêche.

— Si ça nous monte au-dessus de la taille, nous aurons du mal à rester sur nos pieds, prévient Ora.

— Tu parles de ta taille ou de la nôtre ? demande Marc.

Ora est le premier à plonger, mais nous ne le laissons pas aller loin avant de le suivre. Des cailloux lisses jonchent le lit de la rivière, et je dois faire de grands efforts pour ne pas glisser. Puisque nous tenons nos lances et nos torches éteintes au-dessus de nos têtes, nos mains et nos bras ne sont pas libres. Les couteaux de pierre et les bouteilles d'eau dans nos sacs ajoutent à notre poids. Malgré ma force améliorée par mon gène de sorcière, je trouve la traversée difficile et je m'inquiète des autres. Surtout quand l'eau atteint notre taille.

— Il faut revenir en arrière ! crie Marc alors que nous approchons le centre de la rivière.

— Chut ! Nous ne pouvons pas retourner ! dit brusquement Shira.

— Ce n'est pas plus profond ! crie Ora au-dessus du bruit de la rivière.

— Comment le sais-tu ? demande Marc.

— Je le sais.

Il a raison, le pire est passé ; soudain, l'eau commence à descendre sous nos tailles. Mais le liquide froid a laissé sa marque, et je frissonne de la perte de chaleur corporelle. Pourtant, la nuit est chaude et une fois que nous atteignons l'autre côté, je récupère rapidement. Pendant plusieurs minutes, nous nous blottissons près de la rive, et nous reprenons notre souffle, incertains de la direction à prendre.

— Nous devons marcher sous le couvert des arbres, ne pas nous exposer, dit Shira.

Ora hoche la tête.

— Ici, nous sommes exposés. Mais si quelqu'un nous attend dans les arbres, ils nous auront déjà vus. C'est préférable de marcher près de la rivière. S'ils essaient de nous attaquer, ils devront traverser en plein champ et nous les verrons venir.

— Ora a raison, dit Marc. Nous ne pouvons pas partir en randonnée à travers cette jungle sans allumer nos torches. Mais une fois qu'elles seront allumées, une chauve-souris aveugle arriverait à nous repérer.

Ora veut mon avis.

— Jessie ?

— Il n'y a pas d'option parfaite, mais je me sens dénudée ici avec cette lune brillante. Faisons un compromis. On marche à la lisière des arbres et on tourne en descendant vers l'océan.

— Tu veux marcher jusqu'à la plage ce soir ? demande Shira.

Je hoche la tête.

— Improvisons.

Quiconque se trouve dans les arbres pourrait nous laisser passer, je crois. Ou bien, ils peuvent essayer de nous tuer à la première occasion. La triste vérité, c'est que je ne peux imaginer que l'un des cinq autres groupes soit désireux de parler. De toute évidence, Shira et Ora m'ont communiqué leur cynisme.

Ou bien, Cleo l'a fait avant même que je sois emmenée ici.

La limite des arbres est à plus d'un kilomètre de la rivière. Lorsque nous l'atteignons, nous trouvons une jungle épaisse, mais pas aussi impénétrable que la vallée où nous avons atterri. Il y a des bandes de prairies à découvert et les arbres semblent moins tropicaux. Je finis par en détecter quelques-uns que je suis en mesure d'identifier : fougères, chênes, érables. Je trouve étrange que la vie végétale change si radicalement d'un côté de la rivière à l'autre.

Nous descendons la vallée en pente pendant près de trois kilomètres et nous sommes presque à l'opposé de notre base principale — qui se trouve bien en hauteur de l'autre côté de la rivière — quand j'aperçois deux éclairs blancs dans la profondeur de la forêt. Ils viennent de derrière, mais en un clin d'œil, ils se retrouvent devant nous — se déplaçant plus rapidement que tout sorcier que j'ai vu, et sans faire de bruit.

Puis, ils disparaissent pour réapparaître comme deux taches blanches bondissantes encore plus profondément dans la jungle. Si je comprends bien, nous voyons la tête de deux albinos. Leur peau blanche semble réagir à la lumière de la lune, créant une aura mystérieuse.

Marc est abasourdi.

— Comment peuvent-ils se déplacer si vite ? On dirait des fantômes.

— Ce ne sont pas des fantômes, dit Ora d'un ton solennel, me regardant.

Marc remarque qu'il continue à me regarder.

— Alors, qu'est-ce que c'est ? demande Marc.

— Taisez-vous ! prévient Shira. Ils nous traquent.

— Alors, traquons-les, dit Ora, me regardant de nouveau, cherchant mon approbation.

Je hoche la tête.

— Allons-y.

Ora allume sa torche et nous le suivons alors qu'il plonge dans les arbres. Les fantômes se déplacent une fois de plus à notre gauche, vers notre trajectoire originale, vers la mer. Soudain, il y en a trois au lieu de deux, des orbes blancs sautillants. Ils gardent leur distance, sans toutefois disparaître complètement.

Pourtant, ils continuent de nous faire courir sans nous donner la chance de reprendre notre souffle. Après 15 minutes à les chasser, Marc signale qu'il doit arrêter et se reposer. Shira aussi est essoufflée ; elle s'affaisse contre un arbre. Et la torche qui brûle montre la sueur qui brille sur le visage viril d'Ora.

— Nous devrions arrêter, dit Ora.

— C'est toi qui voulais que nous courions après eux, dit Marc en haletant.

— Ils jouent avec nous, dit Ora. Ce sont eux qui nous mènent.

Shira est tendue.

— Dans un piège ?

Ora hoche la tête et encore une fois me regarde.

— Que devrions-nous faire ?

Je pointe en direction de ce qui est maintenant devenu *quatre* têtes que l'on peut entrevoir à travers les arbres.

— Il est clair qu'elles attendent qu'on les suive. On dirait qu'elles nous narguent. Ce pourrait être un piège, mais nous avons fait tout ce chemin pour apprendre quelque chose, et jusqu'ici…

Je laisse ma voix s'estomper. Je comprends que le moment est venu. Je ne peux pas continuer à cacher mon secret, pas en même temps que je protège les autres. Je dis les mots que je sais que je ne pourrai jamais reprendre.

— Laissez-moi continuer seule, dis-je.

Ora hésite.

— C'est peut-être le mieux à faire.

— Quoi ? crie Marc. Tu es folle ? Nous ne savons strictement rien sur eux. De ce que nous en savons, ce sont des vampires suceurs de sang. S'ils posent leurs mains sur toi, ils pourraient te déchirer en lambeaux.

Je pose une main sur l'épaule de Marc et j'essaie de parler d'un ton calme.

— Crois-moi, il vaut mieux que j'y aille seule. Tout ira bien.

Marc lâche ses lances, m'attrape rudement le bras et m'attire vers lui.

— Non, pas question ! Tu deviens folle, Jessie.

— Pour une fois, je suis d'accord avec Marc, explique Shira.

Je laisse Marc s'accrocher à moi, mais je leur parle à tous les deux.

— Je n'ai pas été honnête avec vous. J'en sais plus sur ce Champ que je ne l'ai dit. Je sais pourquoi nous sommes ici et je pense savoir qui a tout organisé. Mais en ce moment, ce serait trop long d'expliquer tout ce que je voudrais. Pour l'instant, je veux juste que vous acceptiez que je sois capable de m'occuper de moi quand il est question de ces créatures. Je suis plus rapide qu'une personne normale, plus forte. Ora peut se porter garant du fait que je dis la vérité.

Ora hoche la tête.

— J'ai vu ce que Jessie peut faire. Nous devrions la laisser aller devant.

Marc ne peut détacher ses yeux ou sa main de moi. On dirait qu'il me voit pour la première fois et qu'il me reconnaît d'un lointain passé — ou les deux en même temps.

— Tu m'as vraiment vu dans le coffre de la voiture de Silvia, dit-il en haletant. Comment ?

— Je suis une sorcière, dis-je.

— Hein?

Je me penche et je l'embrasse sur la joue en enlevant soigneusement ses doigts de mon bras.

— Je te dirai tout avant la fin de la nuit. Je le promets.

Voilà. C'est tout ce que je lui dis. Sans un autre mot, Ora me tend sa torche et je pars aux trousses des quatre fantômes. Mon départ est brusque, incroyablement rapide, suffisamment pour bouleverser Marc et Shira. J'entends leurs halètements effarouchés s'estomper derrière moi.

La forêt — ça ressemble maintenant plus à une forêt qu'à une jungle — s'épaissit soudain et le clair de lune est largement camouflé par les branches et les feuilles. J'ai besoin de la torche pour ne pas foncer sur les arbres. Il est difficile de la tenir en même temps que la lance, tout en courant pour rattraper les maudits fantômes.

Mon souffle est brûlant, ma poitrine se soulève laborieusement. L'herbe haute est le pire obstacle. Mes bottes trempées semblent se coincer dans des sables mouvants, et j'imagine que je suis en train de courir dans le mauvais sens sur un escalier mécanique. Mon endurance est exceptionnelle — mon gène de sorcière de vitesse et de force y contribue. Mais je suis encore humaine, fondamentalement, je ne suis pas une machine. Et je soupçonne que les fantômes essaient de m'avoir à l'usure.

Est-il possible qu'ils ne soient pas de notre monde?

Bien sûr, ils peuvent me voir venir. Ma torche ne pourrait être un phare plus impudent. Ses flammes fouettent autour des branches et de mes cheveux au vent alors que je m'efforce d'augmenter mon rythme. Mais les fantômes me surveillent — courant juste assez rapidement pour garder leur distance. De plus en plus, je crois qu'on m'entraîne dans un piège.

Il m'est livré sous une forme inattendue. Dans une vision horrible.

Un moment, je cours à travers une vague de marée verte et l'instant suivant, j'émerge dans un pré. L'herbe est curieusement basse, l'espace est étrangement circulaire ; on dirait que toute la zone a été préparée. Diable, c'était certainement préparé. À la lumière de ma torche qui crépite, je vois du rouge, du rouge partout, un tapis imbibé de sang et de peau charcutée.

Le pré est jonché de corps.

Cinq corps. Des bras, des jambes, et des têtes tranchées.

— Oh mon Dieu ! murmuré-je, et c'est une prière.

Pour ceux qui sont éparpillés à mes pieds, pour leurs souffrances, et pour moi-même, pour que je ne les rejoigne pas de si tôt.

Trois des morts portent des uniformes marron, avec des bracelets bruns à leurs poignets, du moins sur les deux gars dont les mains et les bras sont encore attachés. Leur partenaire était une fille, avec de courts cheveux roux, des taches de rousseur, et de mignonnes fossettes. Sa tête solitaire repose près de mon pied. Aucun n'est plus âgé que moi.

Un autre corps appartenait à une jeune fille qui porte un uniforme rouge terne avec un bracelet rouge vif. Elle a été découpée grossièrement au-delà de la mort. Son assassin était clairement un sadique.

Ou bien, il tenait mordicus à projeter un message.

Le cinquième corps est le moins endommagé — une fille blonde, pas plus de 16 ans, vêtue de bleu foncé. Elle ne porte qu'une blessure à la poitrine, et on dirait presque qu'elle dort. Mais la mort est la mort.

Le bracelet de la fille rousse est tombé de son bras tranché et je le ramasse pour l'examiner, en particulier l'intérieur, ce que j'ai été incapable de faire avec mon propre bracelet, car il est trop serré. Sur la partie qui aurait pressé contre ses veines à l'intérieur de son poignet, il y a une forme oblongue étroite où est insérée une pierre noire lisse.

Je dois supposer que le même matériau se trouve à l'intérieur de mon bracelet. Le bracelet est plus lourd qu'il ne le semble, et plus solide. Je dépose ma torche et les lances, et je me sers de mes deux mains pour essayer le plus fort que je peux de briser le bracelet. Mais il reste intact.

De quoi sont faits ces bracelets?

Je pense toujours que nous sommes obligés de les porter comme une forme d'identité. Mais je soupçonne que la pierre sombre, posée si près des veines et du sang qui coule dans et hors de nos mains, a un autre but. La pierre, quand je la touche avec mes doigts, me donne une étrange impression. Elle me fait frissonner, malgré le fait qu'il ne fasse pas froid.

— Jessica Ralle, dit une voix enrouée.

Il est juste là, sans avertissement, debout au centre de la prairie, vêtu d'un pantalon bleu foncé, sa poitrine nue, comme ses pieds, un long bâton sanglant qui ressemble à une machette dans sa main droite. Il tient nonchalamment son arme à son côté, et des gouttes rouges dégouttent de l'extrémité pointue.

Je n'ai pas besoin de gènes spéciaux pour savoir qu'il a assassiné plusieurs de ceux qui gisent morts à nos pieds, et le fait qu'il connaît mon nom signifie qu'il doit être un sorcier. Tout de même, mon intuition me prévient de son immense force physique et de sa vitesse extraordinaire. Je sens sa puissance avec un sens invisible — elle se déverse de lui comme un rayonnement inapparent.

Pourtant, quelque chose dans son expression me confond. Ce n'est pas un psychopathe ordinaire. Il ne sourit pas et ne se réjouit pas. Peut-être est-ce à cause de ses yeux bleus — les centres paraissent figés, fixés sur un objectif que lui seul peut comprendre.

C'est un bel être imposant, aussi grand et musclé qu'Ora, mais sa peau est bronzée. Il a de longs cheveux blonds, bouclés, qui atteignent ses épaules. D'après son accent, et par la façon dont il a prononcé mon nom, je peux dire qu'il est né dans un pays scandinave. Il semble plus âgé que moi — 20, peut-être 21 ans.

Il paraît lire dans mes pensées. Il hoche la tête.

— Je m'appelle Nordra, dit-il.

Je ramasse mes lances et j'enfonce la pointe de ma torche, le côté qui ne brûle pas, dans le sol et je la laisse là. La lune verse sa lumière sur la prairie striée de rouge ; je vois plus que je le voudrais ou aurais besoin de voir sans aide.

J'entends du mouvement derrière moi ; deux gars s'approchent et dans les arbres, derrière Nordra, j'aperçois la silhouette de deux filles. Tous habillés en bleu foncé, tous armés de machettes ; de toute évidence, les membres de la même équipe. Ils ne s'approchent qu'à une certaine distance et se tiennent en dehors de la prairie sanglante.

— Comment connais-tu mon nom ? demandé-je.

— Qui n'a pas entendu parler de la sorcière qui a tué Syn ? demande Nordra.

Il s'avance d'un pas de plus, son pied nu marche sur une main mutilée.

— Je dois admettre que je suis surpris. Je ne veux pas t'offenser, mais j'ai entendu tellement d'histoires. Je m'attendais à autre chose.

Les deux gars derrière moi continuent de se déplacer ; il est évident qu'ils sont en train de se positionner. Je sais qu'ils ont des machettes, mais que transportent-ils d'autre ? Il serait politiquement correct de les laisser faire le premier pas, mais le sang qui dégouline de la machette de Nordra hurle à quel point ce serait une stratégie idiote. La vérité, c'est que pour combattre ce monstre, il me faut ma propre machette.

Je pivote, je prends une lance du paquet dans ma main gauche pour la faire passer à ma main droite libre ; je vise et je l'envoie vers celui qui est le plus près de moi. Je ne vise pas le cœur, mais plus bas, 15 centimètres sous le sternum, et j'applique une tonne de vélocité sur mon bâton.

La lance le perce comme un couteau chauffé qui traverse une miche de pain chaud et elle le plaque contre un arbre. Avant que son copain ait le temps de réagir, je frappe encore une fois, et j'atteins le second gars au même endroit, la pointe de la lance s'enfonce de nouveau dans un tronc d'arbre derrière lui.

Toute mon offensive dure au plus trois secondes, et je me retrouve avec deux papillons mâles épinglés et hurlant d'agonie juste en bordure de la prairie.

J'ignore s'il faut grincer des dents ou célébrer.

Je ne fais ni l'un ni l'autre. Je n'ai pas le temps d'être humaine.

Mes victimes laissent tomber leurs machettes, et je me hâte de ramasser celle qui se trouve la plus proche de moi. Je me retourne vers Nordra, et je m'attends à le voir bondir vers moi. À mon grand étonnement, il n'a pas bougé d'un centimètre, et son expression ne s'est pas modifiée. Mais ses deux renforts féminins ont reculé.

La première partie de mon plan a fonctionné. Je dispose d'une machette, et c'est une bonne sensation dans ma main. Ça me rappelle le bâton que m'a donné Syn quand je me suis battue contre Russ. Le bois est lourd et assez dur pour être pétrifié.

Tout aussi important — deux des équipiers de Nordra sont en train de mourir et leurs cris foutent la trouille au reste de son équipe. Si Nordra lui-même ne paraissait pas si sacrément impénétrable, je me sentirais beaucoup mieux.

— Mais tu livreras peut-être la marchandise, ajoute-t-il, évidemment impressionné par mon travail rapide.

— Ces personnes que tu as tuées, ce ne sont pas des sorciers, dis-je, essayant d'en faire un exposé de faits, quand en réalité, je suis à la recherche de faits.

— Tu devrais savoir qu'il n'y en a qu'un par groupe.

Je me déplace à sa droite, les cris de mes victimes commencent à diminuer alors qu'elles s'étouffent dans leur propre sang. Les sons pitoyables continuent à opérer leur magie nauséeuse sur les renforts de Nordra. Ses filles retraitent de plus en plus profondément entre les arbres.

— Alors, pourquoi se préoccuper des humains? dis-je, me penchant nonchalamment pour détacher mes bottes.

Lentement, pendant que je tourne en cercle, je les retire et m'en débarrasse en même temps que mes chaussettes. Quand on marche pendant des kilomètres dans les bois, ce n'est pas la meilleure chose d'être pieds nus, mais dans un combat corps à corps dans une prairie, la traction supplémentaire offerte par la sensation de chaque brin d'herbe peut faire la différence entre la vie et la mort.

— Pourquoi as-tu tué les deux derrière toi? demande-t-il.

— Ils se préparaient à m'attaquer par-derrière.

Nordra fait un geste vers les corps.

— Ceux-là se trouvaient dans mon chemin.

— Et je ne le suis pas? demandé-je.

Il parle sérieusement et pour toute personne qui l'entendrait, il semble sincère.

— Toi et moi, nous pouvons travailler ensemble. Nous débarrasser des poids morts qui nous ont été assignés, et ensuite nous en prendre aux autres. De cette façon, ce serait plus rapide.

Par « autres », il parle des autres sorciers. Les poids morts sont ceux qui ne sont pas connectés, des individus comme Marc et Ora. Normalement, je penserais que le peu d'égard de Nordra pour la vie humaine est tragique, mais de l'endroit où je me trouve, à seulement quelques mètres de lui, sa remarque me semble parfaitement naturelle. Il est un ancien guerrier viking, qui vit pour tuer, rien d'autre.

— Tu dois savoir qu'un seul peut survivre, dis-je, un test pour voir s'il a lu la même plaque.

Nordra hoche la tête.

— À la fin, il ne restera que nous deux. Alors, et seulement alors, nous nous battrons.

— Pourquoi devrais-je te faire confiance et laisser les choses aller jusque-là ?

Il fait signe par-dessus son épaule.

— Comme signe de bonne foi, je vais tuer ce qui reste de mon groupe. Tu feras la même chose.

Il marque une pause.

— Je sais que tu en as emmené trois.

— Ton offre est alléchante. Ça simplifierait les choses. Mais pourquoi as-tu besoin de moi ? De toute évidence, tu es très fort.

Pour une fois, il semble troublé.

— Les autres sorciers sur cette île — leurs pouvoirs sont étranges et imprévisibles.

— Comment ?

Il hoche la tête.

— Joins-toi à moi et je te dirai ce que j'ai vu. Sinon, nous nous battons. Nous nous battons maintenant.

— Comme je t'ai dit, ça m'intéresse. Mais je ne te connais pas.

Il s'impatiente.

— Tu as sûrement entendu parler de Nordra. Je n'ai qu'une seule parole. Demande à n'importe quel sorcier, Tar ou Lapra.

— Lequel es-tu ? Tar ou Lapra ?

— Je suis ma propre personne. Mais assez parlé. Décide-toi.

— Donne-moi une minute pour réfléchir.

Pour la première fois, il paraît inquiet.

— On n'a pas le temps. Viper chasse à proximité. J'ai vu ce qu'elle peut faire et j'ai repéré sa piste. On devra être deux pour l'arrêter.

Il marque une pause.

— Tu as certainement entendu parler d'elle ?

— Je connais Viper. Et je vais t'aider à te battre contre elle. Mais laisse les autres membres de mon groupe en dehors de ça.

— Non ! dit sauvagement Nordra. Les êtres humains ne peuvent pas nous aider. Débarrasse-toi des tiens et tu auras ma confiance. Voilà ma dernière offre.

— Très bien, répondis-je.

Je glisse l'extrémité de ma machette dans le sol et je transfère une lance dans ma main droite.

— Ma réponse est non.

Nordra hoche la tête.

— Qu'il en soit ainsi.

Il attaque et vient droit sur moi avec sa machette soulevée. J'ai à peine le temps de sortir ma lance. Il est à dix pas de moi. Je vise le centre de sa poitrine nue et je fais voler mon arme avec six fois la vitesse de la balle la plus rapide de la ligue majeure de baseball. En d'autres mots, presque aussi vite qu'un éclair.

Il repousse la lance comme s'il s'agissait d'une mouche.

Je tends la main pour prendre ma machette ; il sait que je vais l'atteindre. Mais c'est une feinte. Il arrive trop vite. J'aurais le temps d'attraper l'arme, mais pas de la soulever pour bloquer son coup initial. Au lieu de la prendre, je me lève sur la pointe des pieds et je pivote comme un cyclone sur le gros orteil de mon pied gauche, et j'attaque soudainement d'un coup violent de mon pied droit. C'est un mouvement que m'a montré Herme, le fils de Syn et de Kendor, et il peut être dévastateur si l'on ne s'y attend pas.

Nordra ne s'y attendait pas.

Mon talon atteint son sternum et le fracasse.

Il recule en titubant, le souffle coupé, avec sûrement des fragments d'os éperonnés dans sa cavité thoracique. Je suis étonnée de voir qu'il est toujours debout. Le coup aurait dû le tuer. Herme m'avait assurée qu'il tuerait n'importe qui si on le faisait correctement.

Et pourtant, en l'espace de quelques secondes, Nordra se transforme ; le Viking pâle et mourant devient un dieu nordique bronzé. Il prend une profonde inspiration frémissante, et j'entends son sternum craquer — son sternum guéri. Je prends finalement conscience de ce à quoi je fais face. Un sorcier qui non seulement possède le gène de guérison, mais qui peut aussi guérir presque instantanément.

Je laisse tomber mes lances et je saisis la machette. La seule raison pour laquelle j'ai pu planter mon pied sur sa poitrine, c'est que je l'ai berné. Déjà, je constate qu'il est non seulement plus fort que moi, mais il est aussi plus rapide. Aucune importance que ce soit un tueur expérimenté et que ça ne fasse qu'un mois que j'ai terminé mes études secondaires. Certes, Herme m'avait instruite sur la façon de me défendre, et Kendor — malgré son déni du contraire — l'avait enseigné à Herme, mais je suis toujours novice quand il est question de me battre contre d'autres sorciers.

Nordra le sait. Il sourit pendant qu'il me regarde recommencer à tourner en rond.

— Tu aurais dû frapper immédiatement après ton coup de pied. C'était ta chance. Tu n'en auras pas une autre.

— Syn avait la même impression, le nargué-je.

— Quand tu l'as affrontée, Kendor était avec toi.

— C'est vrai. Mais Kendor était mort quand je l'ai tuée.

Nordra hoche la tête comme s'il allait continuer à parler, mais il bondit vers moi, s'élevant à deux mètres du sol. Je l'esquive, et je fais quelque chose de ridicule, quelque chose d'inattendu. Je cours en passant sous lui, et je lui tranche le genou gauche. Ma machette prend contact, mais ce n'est pas une véritable épée. Elle n'est pas assez aiguisée. Je lui fais très mal, mais je ne lui coupe pas la jambe.

Pourtant, je me souviens de son propre conseil. Il guérit trop vite. Je ne peux pas m'interrompre une seule seconde entre les coups. Nous sommes dos à dos quand je pivote sur moi-même et que j'essaie de lui arracher la tête. Mais il esquive le coup, et mon élan m'envoie tourbillonner de manière incontrôlée.

Je suis trop près de lui, je connais le danger. Pourtant, je n'ai pas le temps de retrouver mon équilibre. Je capte une image floue de lui en train de soulever sa machette. Il est évidemment un maître de la décapitation et il va m'arracher la tête. Je ne peux pas prendre ma machette à temps pour bloquer le coup. Je ne peux l'esquiver. Je ne peux *rien* faire !

À part sauter. Même hors de contrôle, j'arrive encore à plier les genoux et fléchir suffisamment les muscles de mes jambes pour sauter dans les airs. Une fraction de seconde de plus, et j'aurais été tranchée en deux. Je sens la brise de sa machette passer au bout de mes pieds alors que je me lève.

Le bond fonctionne, il prolonge ma vie de deux secondes supplémentaires. De trois mètres au-dessus du sol, je baisse les yeux à la recherche d'un miracle, pour constater que Nordra est directement en dessous de moi.

Pourtant, il a commis une seconde erreur. Dans son désir de séparer ma tête de mon torse, il y est allé trop durement, appliquant chaque fibre de son être dans son coup. En conséquence, il pivote à son tour de façon incontrôlable à cause de l'élan excessif du coup manqué.

Le fait que je viens de lui faire une entaille au genou gauche est aussi utile. Sa capacité de guérison n'est pas vraiment instantanée — elle est tout simplement terriblement rapide. Sa blessure au genou est toujours un problème, il est encore en train de guérir. Je le sais parce qu'il titube en tournant.

C'est l'un des rares instants où sa taille et sa force sont un inconvénient. Je ne fais que la moitié de sa taille. Il est peut-être rapide, mais il n'est pas agile. En fin de compte, il est incapable de reproduire la hauteur de mon saut dans les airs.

Je ne lui frappe pas la tête. C'est le mouvement évident, et même au milieu de son tourbillonnement incontrôlé, il est encore assez intelligent pour soulever sa machette et bloquer un tel coup. Au lieu de cela, en descendant, je pose le bout de ma machette sur le haut de son crâne massif. Je ne cherche pas à faire couler le sang — j'essaie d'aligner ma chute.

Je me laisse tomber directement sur ses épaules, et mes jambes s'agrippent à son cou. J'ignore qui est le plus surpris — lui ou moi — de voir que mon geste fou a fonctionné. Je suis certaine que c'est la première fois qu'il doit « jouer au cheval » avec un adversaire.

Je saisis sa tête. Je la tiens dans mes mains, je suis prête à lui casser le cou. Il est totalement vulnérable, et je n'aurais aucune raison d'hésiter. C'est un meurtrier. Les derniers morceaux de ses victimes jonchent la prairie de tous côtés, et je suis certaine qu'il ne s'agit que d'une fraction de tous ceux qu'il a tués dans sa vie. Il mérite de mourir.

Tout de même, j'hésite. Envoyer des lances à ses sbires sournois, les épingler à des arbres, même les laisser mourir d'une mort lente et douloureuse, ça ne me dérangeait pas autant que de tenir la tête de Nordra — sa vie — entre mes mains. C'est absolument illogique.

Pourtant, malheureusement, c'est logique. Les soldats disent souvent que pendant une bataille, ils peuvent tirer sur l'ennemi pour le tuer à distance. Mais arriver jusqu'à eux pour les poignarder avec une baïonnette, ou pire, un couteau ; entendre et sentir la lame entrer dans le corps d'une autre personne, ça risque de bouleverser n'importe quel Marine expérimenté.

Pourtant, je n'ai pas le luxe d'être bouleversée.

La logique intercède.

Si je ne le tue pas, il va me tuer.

Glissant ma paume droite sous son menton, j'attrape une poignée de cheveux à la base de son crâne et je fais sauvagement tourner sa tête plus loin qu'elle n'a le droit d'aller. J'entends une fissure de l'os et je suis seulement à une milliseconde de faire craquer toutes les vertèbres de son cou…

Lorsque sa machette bascule et frappe mon poignet gauche.

L'extrémité pointue heurte mon bracelet vert. Si elle avait frappé ailleurs, elle m'aurait arraché la main. Pourtant, le coup est douloureux et j'entends un fort craquement. La douleur explose dans mon bras. J'imagine que c'est mon os qui casse et je crains d'avoir attendu trop longtemps. Avec sa main libre, Nordra lève le bras et me saisit par mon chemisier et me lance au-dessus de sa tête comme si j'étais aussi légère qu'un oreiller.

Je sais ce qui m'attend quand je frapperai le sol.

La mort. Dès que j'atterrirai, il me décapitera.

Pourtant, il se produit quelque chose de miraculeux. Il me faut une éternité pour heurter le sol. Eh bien, peut-être pas une éternité, mais un long moment. Je me demande si c'est parce que je suis sur le point de mourir. Comme si mon cerveau est incapable de faire face à la triste réalité et connaît une surcharge et un court-circuit, et fait durer et durer la dernière seconde de mon existence.

Si je suis objective, je dirais que le temps se déplace soudainement au quart de sa vitesse. Je mets quatre secondes avant de frapper le sol, et pendant ces secondes, Nordra bouge à peine. Je ne sais pas pourquoi, mais je suis abasourdie. Lorsque je heurte le sol, j'entends la pierre à l'intérieur de mon bracelet qui fait un déclic, et je prends conscience que Nordra a dû la briser avec sa machette.

Mais j'y prête peu d'attention, car lorsque j'atterris, le temps revient à la normale. Pour moi, pas pour Nordra. Il agit toujours comme une silhouette qui a été filmée et qu'on fait rejouer au ralenti. Il me voit, c'est évident. Ses yeux se gonflent de rage et les veines de son cou éclatent. Je sais que j'ai brisé une de ses vertèbres cervicales, mais j'ignore laquelle. Assurément, je n'ai pas atteint l'articulation supérieure, ce qui l'aurait tué ou paralysé. Le salaud continue à se déplacer, et il se prépare encore à me trancher la tête.

Mais j'ai le temps de m'enfuir, quatre fois plus de temps que je n'en aurais eu autrement. N'étant pas du genre à regarder la bride d'un cheval donné — ou à m'interroger sur tous les trucs bizarres qui ne cessent d'arriver dans ma vie — je bondis et je cours vers le bord du pré, je saisis mes lances, mes bottes et mes chaussettes, et j'entre en courant dans les arbres. Je garde la machette. Quoi qu'il puisse arriver à Nordra, ou à moi, je me dis que je le reverrai bientôt.

Vingt minutes plus tard, je trouve Marc et Ora de la pire façon possible — en suivant les cris de Shira. Ce qui est arrivé au temps dans le pré a aussi eu un effet ici dans la forêt. Il est évident que je ne suis pas la seule à être tombée sur un sorcier.

Shira est étendue sur le sol en se tordant, tandis que Marc essaie désespérément de lui enlever son chemisier en flammes en les étouffant avec sa propre chemise. Seulement le feu ne s'éteint pas, et Marc se brûle les mains.

Pendant ce temps, Ora est épinglé à un arbre par une lance qui a profondément percé son épaule gauche. Ça me rend malade de voir mon propre sale truc utilisé contre mes propres coéquipiers. Ora ne saigne pas abondamment, mais de toute évidence il souffre, bien qu'il le cache bien. Pourtant, il est évident que son incapacité à aider Shira lui cause plus de douleur que sa propre blessure.

— Écarte-toi ! dis-je brusquement à Marc que je pousse hors du chemin, et je tends le bras pour prendre les bouteilles d'eau dans mon sac.

La raison pour laquelle la chemise de Shira ne cesse de brûler, c'est qu'elle a été pulvérisée avec de la lave en fusion. Je ne crois pas que Marc le sache.

— Sors ton eau ! commandé-je à Marc, alors que je verse ma propre réserve sur les flammes.

Au moment où le liquide atteint la lave, un jet de vapeur nous frappe au visage et les cris de Shira résonnent à travers la forêt. Mais je continue de verser, vidant une dizaine de bouteilles d'un litre avant que les flammes s'éteignent enfin et que la lave perde son horrible lueur rouge.

Pourtant, une masse de chair sanglante a pris sa place. La moitié gauche de la poitrine de Shira et une grande partie de son côté gauche, jusqu'à la taille, sont gravement brûlées. Je veux essayer de la guérir — je possède le gène de la guérison. Malheureusement, je n'ai employé le pouvoir que parcimonieusement pour guérir les coliques de Lara et une mauvaise grippe dont a souffert Jimmy. Je doute de pouvoir rassembler suffisamment d'énergie pour guérir Shira.

C'est la lave qui m'intimide le plus. En larges plaques, elle fusionne littéralement à la peau brûlée et je peux à peine distinguer la peau noire de la pierre noire.

Les cris de Shira commencent à se calmer. C'est une bénédiction mitigée. Je souhaite qu'elle s'évanouisse et échappe à son agonie, mais je crains qu'elle n'entre en état de choc. Marc partage mon inquiétude.

— Nous ne pouvons pas la laisser perdre connaissance, prévient-il. Il faut la garder éveillée.

— Qui voudrait vivre ça? marmonné-je.

La ruée d'adrénaline que j'avais ressentie après avoir échappé à Nordra est remplacée par un sentiment de désespoir.

C'était enfantin, mais je m'étais effectivement sentie excitée de courir pour revenir vers mes partenaires; gonflée à bloc et prête à partager ce que j'avais appris et à aider à planifier comment nous frapperions à notre tour. Il est évident que l'ivresse d'avoir évité la mort m'était montée à la tête. Maintenant, je souhaitais n'avoir jamais laissé mes amis seuls.

Je ne sais même pas ce qui leur est arrivé, qui les a attaqués, et si la personne se trouve toujours aux alentours. Et je suis surprise de découvrir que je ne suis pas pressée de le savoir. J'essaie de me dire que ça ne changera pas grand-chose. Mais la vérité est beaucoup plus inquiétante.

Je suis un chef pitoyable.

J'ai dû fermer les yeux sans m'en rendre compte. Marc me secoue, et je les rouvre.

— Fais quelque chose! crie-t-il.

— Que veux-tu que je fasse?

— Cet après-midi, tu as dit à Ora que tu pouvais guérir. Guéris-la !

Je regarde derrière vers l'endroit où Ora est épinglé. Mais Ora… Il faut le libérer. Je commence à me lever.

— Il faut que nous enlevions la lance.

Marc m'attrape et m'attire de nouveau vers le sol.

— Ôte cette lance, et il saignera comme un cochon qu'on égorge. Nous devons être préparés quand nous l'enlèverons. Mais maintenant, tu dois sauver Shira.

— Shira, murmuré-je.

Je me rends compte alors que je ne serai jamais médecin. Je peux à peine supporter de regarder ses blessures. La lave a brûlé jusqu'à sa cage thoracique. Je vois des os carbonisés piquer à travers sa peau noire et croûteuse. Des bouts de veines qui ont été cautérisées par la chaleur. Des veines ouvertes qui saignent à flots ; le sang collant qui ruisselle sur son ventre brûlé et qui trempe le haut de son pantalon. Une vague de nausées me balaie et je crains de devoir vomir.

— Je ne peux pas, gémis-je.

Marc prend mes mains dans les siennes.

— Regarde-moi, Jessie.

Je fais comme il le dit, et tout à coup je me rends compte combien je suis reconnaissante qu'il ne soit pas blessé. C'est quelque chose, je me dis. Pourtant, la pensée me remplit aussi de honte.

— Je ne peux pas, je répète.

Marc me serre les mains.

— Je sais ce qui me rend fou depuis que je t'ai rencontrée. Tu possèdes la magie. Même avant que tu nous dises que tu étais une sorcière, je savais que tu étais spéciale, peut-être encore plus spéciale que tu ne le crois. Tu peux la guérir, Jessie, je sais que tu le peux. C'est la même chose pour Ora. Après que cette chienne nous a attaqués, et que Shira hurlait et que je paniquais et qu'Ora était collé à l'arbre, Ora a déclaré que tout irait bien. Il a dit « Jessie reviendra. Jessie nous sauvera. »

Marc s'arrête.

— Tu peux le faire.

— Est-ce que c'était Viper ? demandé-je, comme si le nom avait du sens pour moi et il en a d'une façon très primaire.

C'était comme si j'avais rêvé à elle en même temps qu'à Marc ; seulement, dans le cas de Viper, c'étaient des cauchemars que je bloquais et que j'oubliais. Jusqu'à maintenant.

— C'est comme ça qu'elle s'est nommée, dit Marc. Elle aurait pu tous nous tuer, mais elle ne l'a pas fait. Elle a dit qu'elle voulait attendre que tu arrives ici, et qu'alors, tu pourrais nous regarder mourir.

— C'est le mal, dit Ora d'un ton solennel. Mais tu es une bonne personne, une personne formidable. Ce que raconte Marc est vrai, je te fais confiance, nous te faisons tous confiance. Aide Shira. Si tu ne peux pas la sauver, au moins arrête sa douleur. Ne t'inquiète pas pour moi. Je peux attendre.

— Je ferai ce que je peux, dis-je.

Ensuite, je me tourne vers Shira, et je pose instinctivement une main sur son front et l'autre au centre de sa poitrine.

Je ferme les yeux et j'ai l'impression que la lune se gonfle soudainement, et qu'elle devient plus large et plus brillante, et je prends conscience que je vois tout cela à l'intérieur — une sorte de lumière mystérieuse. Ce n'est ni chaud ni froid, mais ça se déplace et c'est vivant, et je sens la vie en son sein. Au milieu de mon désespoir, mon intuition est enfin en mesure de parler clairement. La lumière est venue à nous, parce que j'ai laissé tomber mon attitude agressive, parce que je suis devenue plus humble, et surtout parce que tout ce dont je me soucie, c'est d'aider Shira.

Sous mes mains, je sens son corps qui se détend et je sais que la douleur s'estompe. J'ouvre les yeux au même instant où elle ouvre les siens. Elle lève les yeux vers moi, son visage est calme, elle sourit. Elle a un beau sourire.

— Merci, murmure-t-elle.

Je me penche et je lui parle à l'oreille.

— Dans un autre monde, je te trouverai. J'appellerai et je me présenterai. Au début, tu ne me connaîtras pas, mais moi, je te connaîtrai, et peut-être aurons-nous la chance d'être amies.

Ses yeux se ferment.

— N'oublie pas d'appeler, Jessie.

Je l'embrasse sur la joue et je sens mes larmes retenues qui brûlent mes yeux.

— Je te promets, Shira, dis-je.

Elle meurt. Elle meurt au monde réel.

CHAPITRE 6

Quand je me réveille, il est midi dans le monde des sorciers, et la maison est vide. Ça va, je suis revenue chez moi, le cauchemar est terminé. Il m'est difficile de croire à quel point je me sens soulagée ! J'ai presque envie de courir autour de la maison et de crier à quel point il est extraordinaire d'être vivante !

Dommage que demain, je serai de retour dans le Champ.

Il y a une note de Jimmy. Il a emmené Lara et ma mère à l'observatoire de Griffith Park.

Je me sers de la salle de bain, je prends une douche, et je ne m'embête pas avec le maquillage. J'ignore pourquoi, mais dans le monde des sorciers, beaucoup moins de personnes se maquillent que dans le monde réel. Pour le petit déjeuner, je mange des œufs brouillés, du bacon et des toasts et je remercie le Bon Dieu que ce ne soit pas du poisson. Je bois trois tasses de café fort avec beaucoup de sucre, mais seulement une goutte de lait. Enfin, avec des aliments chauds dans mon ventre et la caféine qui me fortifie le sang, je me sens prête à attaquer la journée.

Il est inhabituel que Jimmy parte sans me dire au revoir. Je devais être profondément endormie. Je ne reste jamais au lit jusqu'à midi. Il faut dire que dans le monde réel, dans le Champ, je ne me suis pas allongée avant l'aube. C'est à peine si j'ai pu me rendre à la caverne pour faire ce que j'aime appeler le « transfert d'âme ». C'est pendant les deux minutes et demie où le soleil se lève que l'esprit d'une sorcière se déplace d'une dimension à l'autre. Si vous n'êtes pas au lit, endormi, durant ce court laps de temps, vous vous évanouissez à l'endroit où vous vous trouvez.

Après avoir terminé mon petit déjeuner, je téléphone à Cleo. J'avais son numéro privé depuis Las Vegas, mais c'est la première fois que je l'appelle. Je suis assise sur le canapé du salon avec un bloc-notes et un stylo tout près au cas où je devrais prendre des notes. Je me rappelle que la femme ne parle pas pour ne rien dire.

Mon cœur bat alors que je compose le numéro. Cleo répond après une sonnerie et va droit au but.

— Jessica. J'attendais que vous me contactiez. J'ai entendu dire que vous étiez au Champ.

— Comment l'avez-vous découvert ?

— Vos concurrents ont appelé leurs contacts pour poser des questions à votre sujet. Plus précisément, ils veulent savoir combien de gènes vous avez et quels sont les pouvoirs que vous avez développés.

— Nordra et Viper ?

— Oui.

— Quelqu'un d'autre ?

— S'il y a quelqu'un d'autre, ils sont discrets.

Cleo fait une pause.

— Comment ça va ?

— J'ai perdu un membre de mon équipe. Shira Attali de Tel Aviv.

— Dommage. Vous, est-ce que ça va ?

— Physiquement, je vais bien, mais je l'ai échappé belle à quelques reprises. Nordra et Viper ne sont pas des personnes sympathiques.

— Racontez-moi, dit Cleo.

Je relate tout ce qui est arrivé depuis que je me suis réveillée dans la cellule de transport avec mon groupe. Comme d'habitude, Cleo écoute sans m'interrompre. J'essaie de donner autant de détails que possible, mais vers la fin, je sens que j'ai parlé trop longtemps et je termine rapidement avec ma bataille contre Nordra, et la mort de Shira.

— Pourquoi n'avez-vous pas appelé, hier, lorsque vous vous êtes fait enlever ? dit Cleo quand j'ai fini de parler.

— Je n'avais pas l'impression d'en savoir assez pour faire un rapport, dis-je.

— Nordra et Viper ont contacté tout de suite leurs gens. Ils étaient mieux préparés que vous.

Cleo fait une pause.

— Pourtant, jusqu'ici, vous avez fait du bon travail.

— Tout ce que j'ai fait, c'est de rester vivante.

— Voilà le point important de l'exercice.

— Il me semble que c'est le seul point. Que pouvez-vous me dire sur Nordra et Viper ? demandé-je quand je vois que Cleo ne répond pas.

— Ils ont au moins six gènes de sorcier chacun. Il est essentiel d'avoir au moins ce nombre pour être conduit au Champ.

Quant à leurs points forts, vous avez déjà rencontré Nordra. Vous savez qu'il est vite et fort et qu'il guérit rapidement. Pour le tuer, il faut frapper un seul coup fatal.

— Avez-vous numérisé son ADN ? demandé-je.

Mon propre ADN a été numérisé, mais le Conseil ne m'a jamais formellement dit quels étaient mes gènes de sorcière, même si je suis consciente de cinq d'entre eux.

J'ai celui de la guérison — ce qui comprend la guérison des autres ou la mienne ; l'intuition, qui se manifeste par la perspicacité, l'intelligence, ou la sagesse ; la vitesse/force ; la dissimulation — qui signifie que je peux prendre l'apparence d'autres personnes ; et le gène du temps — dont je n'ai entendu parler par Cleo que l'autre soir.

Les deux autres sont un mystère pour moi, et ma méconnaissance de ces pouvoirs me frustre au plus haut point, surtout à un moment comme celui-ci où j'ai besoin de tous les moyens possibles.

Malheureusement, le Conseil des Tars retient habituellement les détails de la constitution génétique d'un sorcier parce qu'ils ont une règle stricte selon laquelle un sorcier doit développer naturellement ses capacités au fil du temps. Ils estiment que si une personne est consciente de l'existence d'un pouvoir latent, il y a de bonnes chances qu'elle se concentre prématurément sur son développement. En d'autres termes, le Conseil a encore l'impression que de bons sorciers pourraient être séduits par un désir de plus de pouvoir.

Pourtant, à Las Vegas, mon père m'a donné beaucoup de conseils à propos de mes capacités, et Cleo m'a parlé de mon pouvoir de modifier le temps quand je l'ai rencontrée à San Francisco. Compte tenu du fait que je me bats pour ma vie dans le champ, j'espère que Cleo abandonnera complètement le protocole et me dira tout ce qu'elle sait, incluant tout renseignement secret qu'elle pourrait posséder sur Nordra et Viper.

— Le Conseil n'a pas eu la chance de numériser l'ADN de Nordra. Mais nous savons déjà que son ouïe et sa vision sont renforcées au-delà de celles de la plupart des autres sorciers. Il a aussi le gène de l'intuition, et dans son cas, ça se manifeste comme de l'intelligence. Il est venu tout droit vers vous quand vous avez combattu, mais attention à ses astuces. Il peut être malin.

— Pourquoi est-ce que sa capacité d'autoguérison est tellement phénoménale ?

— C'est courant dans sa famille. Il y a longtemps, je me suis battue avec une de ses ancêtres. En l'espace de quelques secondes, elle s'était remise d'une blessure des plus grave.

— Où l'avez-vous combattue ?

— Dans le Champ, dit Cleo après une hésitation.

— Donc, vous...

— Concentrez-vous sur la tâche à accomplir, interrompt Cleo.

Je sens un éclair de contrariété, ce qui m'arrive souvent lorsque je communique avec Cleo. J'adore la femme, et j'éprouve un immense respect pour elle, mais je déteste devoir lui rendre des comptes. Je n'ai jamais choisi d'être redevable au Conseil, mais mon père m'a dit qu'en tant que bonne sorcière — une qui ne fait pas partie des Lapras — je suis automatiquement Tar, et je dois obéir au Conseil. Et puisque Cleo dirige le Conseil, elle est techniquement ma patronne.

— Qu'en est-il de Viper ? demandé-je. Comme je l'ai dit, je ne l'ai pas rencontrée personnellement, mais Marc et Ora — deux membres de mon groupe — m'ont raconté que sa bande avait frappé avec des lances, tandis que Viper avait pulvérisé Shira avec de la lave en fusion sans avertissement. Marc dit qu'elle a simplement agité la main, et la lave a volé dans les airs.

Cleo parle sérieusement.

— Viper est une psychopathe. Elle aime infliger de la douleur et elle a les outils pour y arriver. Il est impossible d'exagérer l'intensité de sa cruauté. Nous croyons que c'est parce qu'elle a été connectée à l'âge de six ans. Aucun autre sorcier dans notre histoire n'a été éveillé aussi jeune. Elle a grandi complètement libre dans les rues de Tokyo, et elle est étroitement liée aux Yakuza, la mafia japonaise. Elle est forte et vite et elle guérit rapidement. Sa télékinésie est extrêmement puissante. Elle a pu s'en servir de nombreuses façons pour brûler Shira.

— Elle devait avoir un conteneur de lave à proximité, dis-je.

— Peut-être. Mais il y a beaucoup de lave sur cette île. Évitez de la confronter à proximité d'une source d'eau chaude. En plus, nous avons entendu de nombreux rapports du Japon concernant son gène de dissimulation.

— Celui-là, je l'ai.

— Vous pouvez modifier votre apparence et vous êtes sur la bonne voie pour vous servir de ce gène. Mais la capacité de Viper est très développée. Elle peut se rendre invisible.

— Merde ! haleté-je.

— C'est un problème. Mais gardez à l'esprit qu'elle est jeune — tous les concurrents du Champ sont jeunes, de 15 à 21 ans. Viper n'a que 16 ans, et on n'a jamais entendu parler de quelqu'un qui puisse se rendre invisible à son âge. Je suis certaine qu'il lui faut toute sa force pour disparaître, et je doute qu'elle puisse tenir le coup très longtemps. En plus, même quand elle est invisible, vous devriez pouvoir apercevoir sa silhouette au clair de lune ; et, à la lumière du soleil, vous devriez voir une légère ombre sur le sol. Pour cette raison, il est préférable de l'attraper en plein air sous la lune ou le soleil. Sinon, le seul moyen, c'est de l'entendre arriver.

— Et si elle est armée d'un couteau ou d'une machette ? Seront-ils aussi invisibles ?

— S'ils touchent sa peau, oui, dit Cleo.

— On dirait un cauchemar. Mais Nordra doit aussi être psychopathe. La plupart de ses victimes avaient été démembrées.

— Ce n'est pas son style, dit Cleo d'un ton ferme. C'est probablement Viper qui a fait ça aux victimes de Nordra après qu'il les a tuées, pour faire savoir à tous les autres sorciers dans le Champ qu'elle s'en prendrait à eux.

— Pour nous faire peur ? demandé-je.

— Oui, si vous voulez.

— Charmant, murmuré-je. Je vous ai parlé de ceux que nous appelons les « fantômes ». Quelle est leur histoire ?

— Les voir se battre dans le Champ est une surprise. Je n'ai pas vu de « fantômes » — le Conseil leur donne le même nom — depuis l'Égypte ancienne. Kendor m'a raconté que lui et Syn en avaient repéré quelques-uns à l'extérieur de Rome peu après la mort de César. Les fantômes n'ont été vus qu'en groupes, jamais seuls. Leurs pouvoirs télépathiques sont extrêmement développés, même lorsqu'ils sont jeunes. Les anciens Tars croyaient que d'une certaine manière, ils fonctionnaient ensemble comme un esprit de ruche.

— Vous voulez dire qu'ils ne se considèrent pas comme des individus ?

— Nous ne sommes pas certains. Ce que nous connaissons d'eux est sommaire. J'ai entendu des rumeurs qu'on les avait aperçus dans des endroits bizarres — dans les hauteurs des Andes et de l'Himalaya. Un compte-rendu affirmait qu'ils avaient été repérés dans l'Antarctique. Mais ces histoires datent du XVIIIe siècle.

— Mais qui sont-ils ? Que sont-ils ?

— Ce sont des êtres humains comme vous et moi, des sorciers. Mon mentor m'a raconté qu'ils étaient très respectés à l'époque de l'Atlantide, même s'ils étaient reclus. Ce que je comprends, c'est qu'ils ne socialisent jamais avec des gens ordinaires. Peut-être que leur apparence les force à s'isoler, ou peut-être que c'est parce qu'ils ne parlent pas.

— Sont-ils muets ?

— Leurs dons de télépathie sont apparemment si exceptionnels qu'ils n'ont pas besoin de parler. Je ne serais pas surprise si leurs cordes vocales s'étaient atrophiées parce qu'ils ne s'en servent pas.

— C'est certain qu'ils peuvent courir. J'ai eu l'impression qu'ils essayaient de me conduire à Nordra pour qu'il puisse me tuer.

— C'est probablement leur meilleure stratégie — espérer que vous vous éliminiez tous les uns les autres. Quoi que vous fassiez, ne les sous-estimez pas simplement parce qu'ils paraissent faibles physiquement. S'ils ont survécu pendant si longtemps en restant cachés, ça signifie qu'ils doivent être intelligents.

— Savez-vous quoi que ce soit sur les deux autres sorciers sur l'île ?

— Non. Essayez de découvrir leur nom et je vais trouver ce que je peux. Pour autant que nous sachions, ajoute Cleo, Nordra ou Viper peuvent déjà les avoir tués.

Un silence s'installe entre nous. Pour ma part, Cleo m'assomme avec une tonne d'informations, désagréables pour la plupart, et il me faut du temps pour absorber. Mais ce que pense Cleo, je n'en ai aucune idée.

— Il me faut mieux saisir ce qu'il en est du Champ, dis-je enfin. Je peux comprendre pourquoi un groupe de sorciers est planté sur une île isolée pour se battre pour conquérir la supériorité. Mais pourquoi nous a-t-on assigné les autres ?

— Le Champ existe pour tester vos qualités de chef de même que votre pouvoir. La majorité des personnes dans le monde ne sont pas des sorciers. Un vrai chef doit être en mesure de commander autant les sorciers que les humains.

— Attendez. Les Tars ne se servent certainement pas du Champ pour choisir qui sera le prochain ? Je veux dire, vous n'êtes pas devenue chef du Conseil en combattant dans le Champ ?

— Je suis chef du Conseil parce que les autres me traitent comme si j'étais le chef. Je n'ai pas de poste officiel.

— Mais dans le passé, est-ce que c'était toujours le cas ?

— Le Champ est ancien. C'est mon mentor qui m'en a parlé pour la première fois il y a plus de 10 000 ans. À l'époque, les Lapras n'existaient pas, ce qui ne veut pas dire qu'il n'y avait pas de méchants sorciers. Durant cette période, le Champ était utilisé pour trouver un chef mondial unique.

C'était la première fois que j'entendais Cleo admettre qu'elle était si âgée.

— Quelqu'un qui dirigerait à la fois les bons et les mauvais sorciers ?

— Quelqu'un qui dirigerait le monde entier, répond Cleo.

— Quand s'en est-on servi pour la dernière fois ?

— Il y a très longtemps, dit Cleo.

— Les concurrents étaient-ils toujours envoyés sur une île ?

— Ils étaient envoyés sur l'île où vous êtes maintenant, avec le même nombre de sorciers et de non-sorciers. Six groupes de six.

— Comment était-ce quand vous étiez une concurrente ?

Cleo hésite.

— Je ne peux pas répondre à cette question en ce moment.

— Pourquoi pas ? Vous avez déjà admis que vous étiez là.

Cleo essaie de dévier la question, mais ne réussit qu'à en soulever d'autres.

— Vous vous demandez si vos partenaires potentiels pourraient être des sorciers. C'est à vous de le découvrir.

— Allez, Cleo ! me plains-je, pour le peu que ça m'apporte.

— Non.

— Alors, dites-moi. Les règles du Champ nous ont été présentées sur une plaque. C'est écrit : « Pour protéger le juste et faire mourir le méchant. Six de six sont appelés au Champ. Pour vivre. Pour combattre. Pour mourir. Un seul survivra. »

Je fais une pause.

— Qu'est-ce que ça peut bien vouloir dire ?

— Comprenez, il y a longtemps, le choix d'un chef était considéré comme un événement capital. Celui qui était choisi *protégeait* la société contre les méchants. Et à cette époque, il y avait plus de sorciers qu'il y en a maintenant, et beaucoup étaient mauvais. Pour dire les choses franchement, la plaque dit bien ce qu'elle veut dire.

— Ça n'a aucun sens que quelqu'un de si jeune, peu importe le pouvoir, sorte victorieux du Champ et assume le leadership du monde entier.

— Survivre dans le Champ est la première étape pour le leadership. D'autres épreuves suivent, et au moment où elles sont achevées, la personne n'est plus si jeune.

— Je vois, dis-je, même si je n'étais pas certaine de comprendre. Qu'en est-il de la dernière ligne sur la plaque ? Si je gagne, si je tue tous les autres sorciers, d'autres membres de mon groupe survivront-ils ?

Cleo prend du temps pour répondre.

— J'avais votre âge quand j'ai posé la même question à mon mentor. Il m'a dit qu'il n'y avait aucune raison pour qu'un sorcier au cœur généreux porte atteinte aux personnes de son propre groupe. Pourtant, il m'a dit qu'il n'était jamais arrivé qu'une personne normale survive dans le Champ.

Je pense à Marc et j'ai la gorge serrée. J'ai la voix tendue.

— Il y a toujours une première fois, murmuré-je.

— Certes, Jessica. Je sais que vous allez faire tout ce qui est en votre pouvoir pour protéger les membres de votre groupe. C'est ce que vous êtes. Maintenant, il est essentiel que vous acceptiez l'offre de l'Alchimiste. Allez à la maison où il vous a entraînée. Il vous a dit que Syn et Kendor vous attendent pour vous préparer. Vous avez déjà perdu une journée dans le monde des sorciers en ne travaillant pas avec eux dimanche. N'en perdez pas une autre.

— Comment pouvez-vous être si certaine qu'ils peuvent m'aider ?

— Kendor vous a déjà dit que votre composition génétique est identique à celle de Syn. Et soyez certaine qu'il l'a entraînée pour qu'elle se serve de toutes ses capacités. Vous ne pourriez pas avoir de meilleurs professeurs que ces deux-là.

Elle fait une pause.

— Mais soyez prudente. Ne leur révélez jamais l'avenir de Syn. Nous ne savons aucunement l'année d'où l'Alchimiste les a arrachés, mais il est probable que c'est avant qu'elle ne se tourne vers l'obscurité.

— Kendor ne me connaît pas maintenant. Pourquoi devrait-il m'aider ?

— L'Alchimiste a dû lui expliquer pourquoi il est dans cette époque. Aussi, pour ce que ça vaut, Kendor ne vous a connue que pendant quelques jours à Las Vegas, mais dans ce court laps de temps, il vous a beaucoup aimée. Et je pense que vous l'aimiez beaucoup vous aussi.

— C'est le passé, protesté-je, essuyant une larme.

— L'amour ne se perd jamais, Jessica. Même le temps ne peut l'effacer. Allez à lui et vous verrez. Il vous accueillera et vous aidera.

Cleo fait une pause.

— Je suis sûre que ce sera la même chose pour Syn.

— Je ferai ce que vous dites.

Il n'est pas facile de frapper à la porte de la maison où m'a conduite l'Alchimiste dans Pacific Palisades. Je ne crains pas pour ma vie, je doute que le sorcier se soit donné tant de mal juste pour me tuer. Je suis plus inquiète de rencontrer Syn et Kendor. Je ne partage pas la confiance de Cleo qui croit qu'ils seront heureux de me voir.

Syn répond à la porte. J'avais oublié à quel point elle est belle. Sa peau est d'un brun clair, lisse et éclatante, et ses cheveux noirs sont coupés plus court que dans mes souvenirs ; ils touchent à peine les épaules de sa robe blanche estivale. Elle sourit quand elle me voit, et avec un simple coup d'œil dans ma direction, on dirait que ses yeux sombres m'ensorcellent.

— Vous devez être Jessica, dit-elle.

— Oui. Comment savez-vous mon nom ?

— William nous a dit de vous attendre, répond-elle, ouvrant la porte plus large. Entrez, s'il vous plaît.

La maison est magnifique, riche ; il est évident que l'architecte l'a conçue avec l'objectif principal de profiter de la vue sur l'océan. Syn me conduit dans un grand salon où les fenêtres atteignent le plafond du deuxième étage. Du cèdre poli encadre les rangées de verre. La plupart des gens qualifieraient le style de moderne. Le canapé et les fauteuils sont en cuir blanc, les plateaux des tables sont fabriqués de pierre épaisse. Pourtant, l'abondance de bois sur les murs et autour de l'escalier ajoute une sensation de confort.

Syn me fait signe de m'asseoir, alors que Kendor entre par l'arrière-cour. Quel que soit son âge, ses vêtements n'ont pas beaucoup changé. Il porte les mêmes pantalons et bottes de cuir noir, bien que sa chemise à manches courtes soit grise et semble avoir été achetée au centre commercial où je les ai repérés. Comme avant, ses cheveux blond foncé sont longs et non peignés, et s'il existe un homme plus séduisant sur la planète, je ne l'ai jamais rencontré. Comme pour Cleo, l'aura de Kendor émet un immense pouvoir, mais il m'aborde timidement, me salue et me baise la main. Il se présente et me souhaite la bienvenue dans leur maison.

Ensemble, nous nous asseyons au centre de la pièce, formant un triangle étrange. Je ne sais pas qui a l'air plus incertain — eux ou moi. Pourtant, je sens qu'ils sont heureux de me voir, mais je dois admettre que mes propres émotions sont plus complexes. Ma dernière vision de Kendor, c'est de le voir tomber au sol, le cœur transpercé, avec Syn debout au-dessus de lui, tenant un couteau ensanglanté.

Je regarde autour de moi.

— Sommes-nous seuls ? demandé-je.

— William est parti depuis deux jours, répond Syn. Il n'a pas dit quand il serait de retour.

— William ? répété-je, en me tournant vers Kendor. Est-ce un autre nom pour l'Alchimiste ?

Kendor hoche la tête.

— Je suis sûr que l'homme a de nombreux noms.

Je souris nerveusement.

— Eh bien, j'en ai seulement deux. Jessica Ralle. Vous pouvez m'appeler Jessie si vous le voulez.

— Et vous nous connaissez? dit prudemment Kendor, intrigué.

— Oui. Vous êtes Syn et Kendor.

Syn fronce les sourcils.

— Depuis combien de temps nous connaissez-vous?

— Qu'est-ce que William vous a dit? demandé-je. Je veux dire, je ne cherche pas à être évasive. Je me demande… Savez-vous où vous êtes? En quelle année nous sommes?

Kendor et Syn échangent un regard sombre.

— William nous a expliqué ces choses, répond Kendor. Nous provenons de ce que vous appelez le VIe siècle, et il nous a transportés en avant dans le temps, 1 500 ans plus tard, pour vous préparer pour le Champ.

Je fais un calcul mental rapide. Syn et Kendor se sont rencontrés et se sont épousés vers 47 av. J.-C. et ils ont eu un fils, Robere, en l'an 386. Malheureusement, lorsque les Huns ont attaqué Rome en 431, Robere a été épinglé à un arbre par un javelot et est mort. Le Kendor que je connais, celui que j'ai rencontré à Las Vegas le mois dernier, m'a dit que Syn avait été attristée pendant des siècles par la perte de son fils.

Pourtant, j'espère que Syn a guéri depuis le dernier siècle. Parce que c'est la perte répétée de ses enfants et de ses petits-enfants au cours des longues années qui ont conduit à son obsession naturelle avec le mal.

Le plaisir de la douleur, avait-elle l'habitude de dire.

— Vous connaissez le Champ? demandé-je.

— Je le connais, dit Kendor. Syn ne le connaît pas. Mais la plus grande partie de ce que je sais m'est venue de rumeurs et de légendes. Je ne m'y suis jamais battu.

— Pas comme Cleo ? dis-je, tâtant le terrain.

Kendor est impressionné.

— Vous êtes amie avec Cleo ? C'est bien. On ne nous en a pas parlé. Je suis surpris qu'elle ait parlé du temps qu'elle avait passé dans le Champ. Elle m'a longtemps dissimulé ce secret.

Son visage s'assombrit.

— Elle n'a jamais oublié ce qui s'y était passé.

— Pardonnez-moi, dit Syn. Ça peut sembler impoli, mais il faut que je vous pose la question. Depuis combien de temps nous connaissons-nous à cette époque ? Quelle est notre relation ?

De la façon dont elle pose ces questions, il est clair que l'Alchimiste ne leur a pas dit qu'ils sont morts à cette époque. Merde, pensé-je. Les deux doivent se demander pourquoi leurs incarnations d'aujourd'hui ne sont pas là pour me servir de tuteurs.

J'hésite.

— Pas longtemps. Mais nous sommes amis.

— De vrais amis ? demande Syn.

Je me demande ce qu'elle veut dire par « vrais ». Mais je suis surprise par la qualité de leur anglais. Sauf pour un léger accent, que je ne peux placer, la plupart des gens de la ville pourraient les comprendre.

Je me souviens que Kendor m'avait un jour expliqué qu'il pouvait apprendre facilement les langues, et que Syn avait une mémoire photographique. Pourtant, à l'exception de l'absence de contractions, leur phrasé est remarquablement moderne. Je me souviens qu'ils vivaient probablement en Sicile lorsque l'Alchimiste les a enlevés pour les emmener à notre époque.

En outre, ils ne sont pas hébétés comme lorsque je les ai vus au centre commercial. Je me demande s'il s'agit du même « voyage dans le temps » jusqu'à ce siècle. Ce que je veux dire, c'est que ce pourrait être la troisième ou la quatrième fois que l'Alchimiste les emmène au XXIe siècle, alors qu'il y a deux jours, il s'agissait peut-être de la première fois. C'est une idée bizarre, mais c'est le problème quand on essaie d'analyser l'état d'esprit d'un voyageur dans le temps. Je veux dire, comment puis-je analyser proprement les choses dans mon propre esprit quand je fais face à des gens qui ne vivent pas des vies linéaires ?

— J'aime à le croire, répondé-je prudemment.

— Quand nous avez-vous vus pour la dernière fois ? demande-t-elle.

— Il n'y a pas longtemps. Peut-être quatre semaines.

Syn fronce les sourcils.

— William a refusé d'expliquer pourquoi nos homologues de cette époque sont incapables de vous préparer pour le Champ. Je ne presse pas la question, mais je suppose que ça doit signifier que nous sommes déjà morts — à cette époque. Mais vous dites que nous ne le sommes pas. Peut-être que vous pouvez mieux expliquer pourquoi nous sommes ici ?

— Est-ce difficile pour vous d'être ici ? demandé-je, en voulant changer de sujet. Je suppose que ce doit être excitant de voyager dans le temps, mais aussi une source de confusion. La plus grande partie de ce que vous voyez doit vous sembler étrange.

— Étrange et merveilleux, dit Kendor. William nous a emmenés à un endroit où des avions à réaction décollent pour voler dans le ciel. Ils sont si gros, si lourds, et pourtant, ils semblent flotter dans les airs. Pour nous, c'est comme de la magie.

Je souris.

— Je vous ai vu manger de la crème glacée. Comment était-ce ?

Kendor sourit.

— Je pourrais en manger toute la journée, et rien d'autre.

— C'est formidable, répondé-je.

— Pourquoi évitez-vous ma question ? demande soudainement Syn.

Je réfléchis. Syn et Kendor sont tous les deux perspicaces. Il est risqué de leur mentir. Je décide que plus je leur dirai la vérité, mieux ce sera.

— Vous connaissez l'Alchimiste mieux que moi, dis-je. Je l'ai rencontré pour la première fois il y a deux jours. Je ne sais pas pourquoi il s'est donné tout ce mal pour vous emmener ici. Je me pose la même question. Ce n'est pas comme si j'étais quelqu'un d'important.

— Vous devez être importante pour vous battre dans le Champ, dit Syn.

Je hausse les épaules.

— Je possède beaucoup de pouvoirs, mais la plupart ne sont pas développés. Pour être franche, la raison pour laquelle je suis venue ici aujourd'hui, c'est que j'espérais que vous pourriez me montrer comment m'en servir. Dans l'autre monde, je suis déjà dans le Champ et je me bats pour ma vie.

Kendor m'examine.

— Vous me rappelez Syn. Quels sont vos dons ?

— Je suis censée en avoir sept, mais je ne peux en utiliser que quatre : l'intuition ; la vitesse et la force ; la guérison ; et je peux me rendre invisible.

Je m'arrête.

— Cleo a dit que j'ai la capacité de modifier le temps, mais elle m'a expliqué que je ne serai pas en mesure d'utiliser ce pouvoir avant longtemps. Donc, je suppose que ça ne peut pas m'aider en ce moment.

— Ça peut prendre un certain temps, convient doucement Syn.

Kendor se lève.

— Le jour avance. Voyons ce que vous pouvez faire. Et pendant que nous vous mettons à l'épreuve, dites-nous tout ce que vous savez sur vos adversaires. Puisque vous combattez déjà dans le Champ, je doute qu'on ait besoin de vous dire à quel point c'est dangereux. Pourtant, je sens que je dois vous le dire. Cleo elle-même a à peine réussi à demeurer en vie.

— Je comprends. Un seul peut survivre.

Il hoche la tête.

— Un seul.

Kendor me conduit dans la cour et je m'attends à ce que Syn nous suive, mais elle nous laisse seuls. Peut-être croit-elle que son mari est le maître guerrier, et que je n'ai pas besoin de son aide à elle. Peut-être qu'elle ne m'aime pas. Je ne sais pas. Il est certain qu'elle se méfie. Bien que Kendor semble avoir accepté le transport dans le temps, je vois que Syn n'aime pas que sa vie ait été interrompue par l'Alchimiste.

Nous avons beaucoup en commun.

Aucune de nous ne peut supporter d'être contrôlée.

Le plus curieux, c'est que pour avoir parlé à Kendor à Las Vegas, je sais que les deux n'auront que des souvenirs ténus d'avoir vécu à notre époque.

Kendor dispose d'un assortiment d'armes primitives : épées, lances, arcs et flèches, boucliers de fer qu'on tient à la main. Il teste comment je gère chacune de ces armes et il s'arrête soudainement lorsque je prends une épée et que je cherche à percevoir son centre de gravité avant de m'avancer en position de combat.

— Qui vous l'a appris ? demande-t-il.

Herme, le fils de Kendor, m'a récemment enseigné les bases du combat à l'épée et naturellement, c'est Kendor qui les lui avait montrées, malgré le fait que Kendor m'avait dit spécifiquement que son fils ne voulait rien avoir à faire avec les armes de combat. Quand Herme avait commencé à m'enseigner, je lui avais demandé pourquoi son père avait menti. Herme avait souri et hoché la tête.

« Mon père, avait-il dit, m'a formé tous les jours, sans exception, pendant dix ans, avant que je lui dise que je ne voulais plus continuer. Pourtant, pour mon père, une décennie d'étude intense n'équivalait à rien. »

Étant donné qu'Herme ne naîtrait pas de Syn et Kendor avant un autre millier d'années — à partir de leur époque — je ne suis pas certaine de savoir comment réagir.

Pourtant, Kendor est sage. Il pose tout à coup un doigt sur ses lèvres.

— Chut. Dites-moi ce que vous pouvez quand vous le pouvez, dit-il.

Je suis touchée.

— Nous venons de nous rencontrer. Pourquoi avez-vous confiance en moi ?

Kendor attire mon attention.

— Parce que vous êtes mon amie.

Nous commençons avec l'épée, et il me fait faire des exercices difficiles. Il me montre un mouvement une fois, deux fois, un maximum de trois fois, puis il s'attend à ce que je le connaisse bien. Il attaque avec sa propre épée, et si je ne me sers pas de ce qu'il m'a appris, il me coupe. Littéralement. Ça ne le dérange pas de me faire mal, et il ne faut pas beaucoup de temps avant que mon pantalon et mon chemisier soient tachés de sang.

Il me donne peu de temps pour récupérer et pour guérir, et parfois, pas de temps du tout. Il semble croire que la lutte contre la douleur est la meilleure façon d'apprendre. À un moment donné, épuisée, je supplie pour une pause et il répond en me poignardant dans la cuisse. Herme m'a donné des leçons pendant un mois, mais en deux heures Kendor m'en apprend plus que son fils ne l'a fait.

Kendor passe à la lance, sachant que c'est l'arme le plus utile parmi celles qui sont disponibles sur l'île. Au début, il me demande de la lancer sur différentes cibles. Puis, c'est moi qui deviens la cible — il me jette des lances, me forçant à les frapper pour les renvoyer au loin. Son lancer devient plus rapide, plus féroce. Il me vise au cœur, et si je devais manquer de bloquer le bâton, je mourrais. La douleur n'est pas le seul outil qu'il emploie pour m'enseigner. Il est clair qu'il a l'impression que la peur est plus efficace.

Pendant tout ce temps, il me demande ce que je sais à propos de Nordra, Viper, les fantômes. Il est curieux de savoir pourquoi le temps a semblé ralentir quand je me suis battue contre Nordra. Il suppose que c'est un signe que mon gène du temps devient actif, même s'il est d'accord pour dire que c'est très inhabituel.

Mais je ne pense pas que le changement dans le temps a quelque chose à voir avec mon gène. Je soupçonne que c'est lié au fait que Nordra a fissuré la pierre à l'intérieur de mon bracelet un instant avant que tout passe au ralenti. Il est impossible que ce soit une coïncidence.

Mais pourquoi une pierre devrait-elle modifier l'écoulement du temps ?

Kendor semble aussi particulièrement intéressé par la façon dont Viper a pu déplacer la lave avec son esprit.

— Vous pouvez employer ce même pouvoir, dit-il tout à coup.

— La télékinésie ? Je n'ai jamais montré aucun signe pour cette capacité. Pas du tout.

Lorsque je réponds à sa remarque, je vois une lueur dans ses yeux.

En un instant, je sais ce qu'il a en tête.

— Non ! lui crié-je. Ne faites pas ça. N'essayez pas de me lancer une de vos lances plus rapidement.

— Pourquoi pas ? demande-t-il avec désinvolture.

Je hoche la tête.

— Je sais ce que vous pensez. Que si je ne suis pas assez rapide pour bloquer physiquement une lance, alors ma télékinésie va magiquement s'activer, et je pourrai renvoyer les projectiles avec mon esprit. N'essayez pas, c'est trop risqué.

— Vous devez me faire confiance pour connaître vos limites.

— Je vous fais confiance. C'est juste que maintenant, je suis très fatiguée.

— Très bien, dit Kendor qui semble céder. Dites-moi ce que vous savez à propos de ce pouvoir que vous partagez avec Viper.

— Pas grand-chose. Par définition, la télékinésie, ça signifie de pouvoir déplacer quelque chose avec son esprit.

— La capacité est beaucoup plus importante. La télékinésie contrôle toutes les formes de mouvement. Si une personne déplace un objet ou son corps — c'est du pareil au même, c'est simplement une question de degré. Quand ce gène est parfaitement développé, il permet à n'importe quel sorcierqui le possède de se téléporter n'importe où sur la planète.

— Est-ce que Syn peut se téléporter ? demandé-je, sidérée.

— Demandez-le-lui.

— Je le ferai peut-être.

Je fais un geste vers son assortiment d'armes.

— En avons-nous terminé pour la journée ?

— Presque. Je veux vous montrer quelque chose de spécial. Un endroit que j'ai découvert à votre époque.

Il se tourne vers la maison.

— Nous devrons prendre ce véhicule que vous appelez une voiture.

Je lui cours après.

— Savez-vous où vous voulez aller?

— Le long de la côte.

Ensemble, nous conduisons vers le nord, à travers Malibu, et au-delà, vers une falaise qui l'attire pour une raison étrange. Le soleil couchant émet une lumière vive dans nos yeux alors que nous sortons de la voiture. La falaise ne m'effraie pas. Je suppose que le pire qui peut arriver serait qu'il me pousse en bas, et que je sois obligée d'atterrir sur le rivage rocheux sur mes deux pieds.

Pourtant, dès que nous nous approchons de la corniche, il m'attaque soudainement. Il m'assomme d'un coup à la tête et avant que j'aie le temps de récupérer, il sort une corde et il m'attache les chevilles et les poignets ensemble. Il lui faut quelques secondes pour les immobiliser, et ce n'est pas la fin de ses mauvais traitements. Il m'emmène par les cheveux et il me traîne au bord de la falaise. Un coup d'œil épuisé m'avertit que je suis en train d'envisager une descente de plus de 60 mètres sur des rochers déchiquetés et des vagues déferlantes. Où qu'il ait pu se procurer la corde, ce n'était pas chez Home Depot. Malgré mes efforts, je suis incapable de me libérer.

— Je ne peux pas vous enseigner comment survivre dans le Champ à moins que votre foi en moi soit complète, dit-il, me tenant tandis que je bascule au bord de la falaise.

— Kendor, s'il vous plaît! pleuré-je. Vous faites une erreur. Vous m'avez eue — je ne suis pas capable de me libérer. Je ne pourrai pas contrôler ma chute.

Je sens qu'il me pousse plus loin.

— Ne faites pas ça! Si je me frappe la tête, je mourrai! Kendor!

— Alors, vous mourrez, dit-il.

Et il me pousse au-delà du bord de la falaise.

Je tombe et le temps ne réussit pas à me sauver. Il refuse de ralentir, et je tombe rapidement ; l'extrémité déchiquetée d'un rocher m'attend pour m'ouvrir le crâne. Ma terreur est absolue, égale dans tous les sens au moment où j'étais étendue et impuissante sur cette table de la morgue à Las Vegas. C'était ma première nuit dans le monde des sorciers, pendant que Syn et son assistant se préparaient à me trancher dans le cadre d'une autopsie. Aujourd'hui, comme alors, je sais que je vais mourir.

Je *vais* mourir.

La lame noire de la pierre se précipite vers mon visage. Mon front la frappera en premier et il craquera, le cartilage de mon nez se brisera, et des morceaux d'os le long des crêtes de mes yeux éclateront et percuteront contre la matière grise de mon cerveau. Alors, je mourrai.

Je *suis* en train de mourir.

Le rocher est à quatre mètres de moi quand je sens un éclair d'électricité qui s'élance dans mon dos. On dirait que la foudre a frappé la base de ma colonne vertébrale et envoyé un courant capable de m'électrocuter. L'éclair est ultra rapide. Entre quatre et deux mètres au-dessus du rocher, la charge réussit à passer de mon coccyx à mon cerveau.

Je ne sais trop si l'éclair calcine ou ouvre chaque canal de mon système nerveux, je ne suis pas certaine. Tout ce que je sais, c'est que je *sais* soudainement — avec la sorte de foi absolue dont Kendor vient de parler — que je dois être capable de me retenir de tomber. Il n'est pas important qu'il faille des années pour activer le premier stade du gène de télékinésie d'une sorcière.

De toute évidence, Kendor connaît un raccourci.

La puissance qui a explosé dans ma colonne vertébrale éclate au sommet de ma tête et m'enrobe comme un cocon invisible, et je cesse de tomber. Je m'arrête à peine à 15 centimètres au-dessus du bord brutal du rocher. Je me tiens là, suspendue, trop abasourdie pour respirer, et je sens une vague se soulever et me submerger, rinçant une grande partie des taches de sang dont je suis couverte. Pourtant, la vague ne parvient pas à me déplacer, ni même à me faire trembler. J'ai le pouvoir, je suis en contrôle.

Dans une certaine mesure.

Je peux me servir de la même énergie pour me libérer des cordes, mais je n'ai pas suffisamment confiance en ma capacité pour essayer de léviter vers le sommet de la falaise. Après tout, il faut supposément des siècles pour apprendre à voler. Au lieu de cela, je grimpe comme une alpiniste normale et je trouve Kendor qui m'attend près de la voiture. Je le regarde et je hoche la tête.

— Espèce de salaud, dis-je.

Il rit.

— Je suppose que ce mot a un sens différent à votre époque, dit-il.

Je voudrais le tuer, mais à la place, je le serre dans mes bras.

— Ouais. Dans notre monde, ça veut dire « je vous aime ».

Quand je rentre à la maison, et que Jimmy voit l'état de mes vêtements, il veut savoir ce qui est arrivé. Je m'esquive, et je lui dis qu'il faut d'abord que je prenne une douche et que je me change. Ensuite, nous pourrons parler, je le promets. Mais quand je suis propre et que je porte des vêtements frais, je remarque l'heure. Marc sera au théâtre, en train de travailler, mais il partira probablement d'une seconde à l'autre. Étant donné que je vais jouer le rôle d'une journaliste, je me dis que je ferais mieux d'attraper Marc au travail, et non pas à son appartement.

Sortant à toute allure par la porte avant, je crie par-dessus mon épaule à Jimmy que je lui expliquerai tout aussitôt que je reviendrai. Je sais que je suis impolie, mais j'ai plein de choses en tête. Je me dis que je me ferai pardonner plus tard.

Je n'arrive pas trop tôt au Grauman's Chinese Theater. Je me gare dans le centre commercial adjacent, et je me précipite sur Hollywood Boulevard à temps pour voir Marc arriver dans une Lexus noire, et tendre les clés à un couple qui attend, et qui lui donne un généreux pourboire. Il les regarde partir en voiture et s'approche de son patron, M. Green. Il pointe sa montre. De toute évidence, il est en train de demander à son patron s'il peut pointer son départ. Je n'hésite pas ; je me hâte vers la station de voituriers, espérant que M. Green me présentera la version monde des sorciers de Marc Simona.

— M. Green, vous vous souvenez de moi, Alexis ? lancé-je en même temps que je lui sers mon sourire le plus engageant, que j'écarte mes cheveux bruns emmêlés et que j'essaie de paraître plus âgée que je le suis.

Malheureusement, quand je suis sortie de la douche à la maison, je ne savais pas que j'allais ressortir et j'ai enfilé une paire de jeans bleus mal fagotés et un pull-over que ma mère a tricoté pour moi à Noël dernier. Je ressemble bien plus à une étudiante de collège qui tire le diable par la queue qu'à une journaliste du *L.A. Times*.

M. Green est heureux de me voir.

— Bien sûr ! Marc, c'est la journaliste dont je t'ai parlé. Elle est en train d'écrire un article sur ce que c'est que de côtoyer de superbes personnes. Je voulais lui dire que la plupart d'entre elles ne sont pas si belles à l'intérieur, mais j'ai décidé qu'elle ferait mieux de te parler, puisque c'est avec toi que les actrices flirtent.

Marc ricane, mais je peux dire qu'il m'examine.

— Laissez tomber, patron. Vous avez peur de dire ce que vous pensez vraiment parce que vous savez que ça va vous coûter votre emploi ?

C'est un coup amical, et M. Green se met à rire.

— Hé. Toi tu n'as pas une femme et un enfant à charge.

Green fait une pause.

— Marc, voici Alexis. Alexis, Marc est le seul voiturier qui travaille ici et qui a même la moindre chance de paraître au grand écran.

— Vraiment ? dis-je. Donc, vous êtes acteur ?

Marc hoche la tête.

— Il essaie de vous embêter. Je ne pourrais pas jouer un rôle même si ma vie en dépendait. Et je n'ai rien à vous dire sur mon travail de voiturier des vedettes. Je gare leurs voitures, je vais chercher leurs voitures. Ceux qui sont gentils me donnent un pourboire, les abrutis ne le font pas. Voilà tout ce que je sais.

Il se détourne.

— Heureux de vous avoir rencontré, Alexis. Désolé, mais je ne peux pas vous aider davantage.

— J'ai entendu dire que Silvia Summer a demandé votre numéro, crié-je.

Marc s'arrête, se tourne, regarde M. Green.

— Vous lui avez dit ça ?

Son patron est l'image de l'innocence, et en réalité j'exagère.

— Je n'ai pas dit un mot, répond-il.

— Laissez-moi vous offrir un café, avancé-je rapidement. Je connais un endroit pas trop loin qui fait la meilleure tarte aux pommes du monde.

Marc m'examine de nouveau, hésitant.

— Où ?

— Venez avec moi et je vous montrerai.

— Je pourrais vous suivre dans ma propre voiture ? demande Marc.

— Ne marchez-vous pas pour venir au travail ? dis-je.

Marc fronce les sourcils.

— Pas aujourd'hui. Mais comment le savez-vous ?

— Elle savait que Dina est enceinte, interrompt M. Green.

Ce qui se passe entre les deux, c'est une conversation qui n'arriverait que dans le monde des sorciers. La plupart des gens de ce monde ne connaissent rien sur les sorciers. Mais ceux qui occupent des postes importants, et ceux qui sont à l'autre extrémité du spectre, les gens qui vivent presque dans les « rues » — savent que certaines personnes sont « connectées », et que ce sont des individus que l'on doit traiter avec prudence. Présentement, M. Green est en train de suggérer que ce serait une erreur de refuser parce que je pourrais en faire partie. Les deux continuent à me regarder les yeux, essayant de détecter un signe. Ces deux-là ont définitivement entendu parler des sorciers, même s'ils ne leur donnent pas ce nom, ou ils ne savent pas exactement ce que nous pouvons faire.

Marc hoche la tête.

— Très bien, un café. Mais vous payez.

Je souris.

— Ça me fera grand plaisir.

Je l'emmène au Jerry's Famous Deli, à West Hollywood, un de mes endroits préférés. Il est toujours ouvert dans le monde des sorciers — peu importe qu'il soit fermé dans le monde réel — et il sert les meilleurs sandwiches et les meilleurs desserts de tout Los Angeles. Syn et Kendor m'avaient invitée à rester pour le souper, mais comme j'étais déjà en retard, je suis partie de chez eux sans manger.

Maintenant, je me rends compte à quel point j'ai faim et je commande un sandwich à la dinde sur pain de seigle avec de la laitue, des tomates, du fromage, et une touche de mayonnaise. Le sandwich est livré avec une pile de dix centimètres de dinde et une demi-assiette de frites impressionnante. Je l'attaque comme un animal vorace, Marc m'examine de près ; il se méfie, mais il n'a pas peur.

— Vous n'êtes pas vraiment journaliste, n'est-ce pas, Alexis ? dit-il, peu de temps après l'arrivée de la nourriture.

Il a pris du café et du gâteau, mais seulement parce que je l'ai commandé.

— Non. Et appelle-moi Jessica, qui est mon vrai nom.

Je prends une autre bouchée de mon glorieux sandwich.

— Veux-tu me passer le vinaigre de Malte, s'il te plaît ? C'est quelque chose que j'ai pris de mon père quand j'étais une gamine. Il vient d'Angleterre, et tu sais comment ils aiment leur poisson-frites. Toujours avec du vinaigre de Malte, jamais de ketchup sur leurs frites.

— Que fait ton père ?

— Il est médecin, entre autres choses. Un célèbre chirurgien cardiaque.

— Peut-être que j'ai entendu parler de lui. Quel est son nom ?

— Oh, nous n'avons pas le même nom de famille.

— J'aurais cru que ce serait suffisant d'être un médecin célèbre, dit Marc, interrogateur, ne réagissant pas à ma dérobade.

Il a déjà entendu parler de la routine : *ne mettez pas les connectés en colère.*

— Pas pour mon père. Mais je ne veux pas parler de lui. Je veux parler de toi.

Marc hausse les épaules.

— Qu'y a-t-il à dire? Je t'ai dit qu'être un voiturier de vedettes n'a rien de spécial.

J'attire son regard.

— Et tu le sais maintenant, je n'ai rien à foutre de ce que tu fais dans la vie, bien que tes activités secondaires me passionnent. Combien crois-tu que tu vas obtenir pour cette pierre que tu as volée à Silvia Summer?

Mon but est de le secouer, de lui couper le souffle, pour que lorsque j'arrive à ce qui compte vraiment, il soit prêt à écouter. Ma question le surprend, mais il le cache bien.

— Je ne sais pas de quoi tu parles, dit-il.

— Ne t'inquiète pas, je ne suis pas un flic. Je suis juste curieuse, c'est tout.

Il a du cran dans les deux mondes. Il me regarde de haut.

— Qu'est-ce que tu veux? demande-t-il.

Je prends mon temps pour répondre.

— Sais-tu qui je suis?

— Non. Peut-être. Qui es-tu?

— J'évolue dans un certain milieu, un endroit dont tu as entendu parler. Ne fais pas semblant de ne pas comprendre. Contente-toi d'être franc avec moi et tu n'auras rien à craindre.

Je fais une pause.

— D'accord?

Il secoue la tête.

— Je n'ai pas volé la pierre de Silvia.

— Tu mens. Arrête. Sinon tu vas commencer à m'énerver.

Il se contrôle remarquablement bien.

Il sirote son café.

— Dis-moi ce que tu veux, dit-il.

Je m'adoucis.

— Ça peut te surprendre, mais je suis ici pour t'aider.

— Pourquoi ?

— Laisse-moi te poser quelques questions. À quand remonte la dernière fois où tu as été malade ?

— Hein ?

— La dernière fois où tu as eu un rhume ou la grippe ?

— Je ne m'en souviens plus.

— Es-tu déjà tombé malade ?

— Bien sûr. Mais ça fait longtemps.

— Longtemps, ça fait combien de temps ? Quand tu étais enfant et qu'on te faisait passer d'un orphelinat à l'autre ?

Je frappe vite et fort, mais il reste cool.

— Je n'ai pas attrapé de rhume ou la grippe depuis des années, dit-il sèchement.

— Quand tu te coupes, est-ce que tu guéris vite ?

— C'est quoi ces questions ?

— Réponds.

— Ouais. Je guéris rapidement.

— Tu es rapide, point, n'est-ce pas ? Tu es un voleur. Tu dois entrer et sortir d'une maison en un clin d'œil. T'es-tu déjà fait attraper ? As-tu déjà eu à te battre pour sortir d'une situation désagréable ?

— Tu dis des conneries.

— As-tu déjà perdu un combat dans ta vie ?

— Non !

Je souris et je prends une autre bouchée de mon sandwich. Je mâche lentement, je profite de la nourriture. Je lance négligemment ma prochaine question.

— Comment aimerais-tu être connecté ?

Il respire profondément.

— Je ne suis pas certain de ce que tu me demandes. Je sais à peine ce que ça veut dire. J'ai juste entendu des rumeurs et des trucs.

— Quelle est la chose la plus étrange que tu as entendue ?

Comme il ne répond pas, je le pousse.

— Allez, je t'ai dit que j'étais ici pour t'aider. Qu'est-ce que tu as entendu ?

Il regarde autour de lui, comme pour vérifier si j'avais emmené du renfort, puis il se penche vers l'avant.

— Est-ce que c'est vrai que les personnes comme toi peuvent faire des trucs surnaturels ?

— C'est vrai. Allez, de quoi d'autre as-tu entendu parler ?

Il hoche la tête et s'adosse.

— Non. C'est trop bizarre.

Je dépose mon sandwich et c'est à mon tour de me pencher en avant.

— Raconte-moi l'histoire la plus folle que tu as entendue, et je te promets que je te dirai si c'est vrai ou pas.

Il ramasse sa fourchette, la pique dans sa tarte aux pommes, change d'idée et dépose de nouveau sa fourchette. Il me regarde. Me regarde vraiment, profondément dans les yeux, et je sens finalement que je suis en train de voir le Marc que je connais dans le Champ. *Quelque chose* passe entre nous. Je ne sais pas quel nom lui donner. De la reconnaissance ?

— J'ai entendu dire que des gens comme toi peuvent voyager de ce monde à un autre monde. Un monde comme celui-ci, mais différent.

— Intéressant. C'est vrai, ça aussi, dis-je.

— Tu n'essaies pas de te moquer de moi ?

— Cet autre monde — il est aussi réel que celui-ci. Et presque tous ceux que tu vois ici y existent aussi. Quand tu vas là-bas, c'est comme si tu rencontrais la personne que tu vois dans le miroir chaque matin.

J'arrête.

— Voilà pourquoi nous parlons en ce moment. En raison de cet autre monde.

— Je ne te suis pas.

— Je te connais là-bas. Tu es un de mes amis. Voilà comment j'en sais tellement sur toi dans ce monde. Je sais comment tu t'es caché dans le coffre de la voiture de Silvia jusqu'à chez elle. Je sais que tu as volé sa voiture quand tu es parti de sa maison. Je sais des choses que seul un ami peut savoir.

Je fais une pause.

— J'ai raison, non?

Il est secoué, enfin. Il n'y a pas moyen de rester cool avec tout ce que je viens de lui envoyer.

— Très bien, Jessica, disons que je te crois. Ça nous mène où?

— Pour être franche, nous avons un long chemin à faire. Tu vois, dans cet autre monde, nous sommes en danger. Nous sommes pris au piège sur une île où nous sommes obligés de nous battre pour notre vie. Six personnes sur l'île sont comme moi, elles sont connectées. Les 30 autres sont comme toi. J'ai été emmenée là parce que je suis connectée. Tu es là parce que tu es débrouillard, tu es un survivant. Sur l'île, il y a six groupes de six, six équipes qui se battent les unes contre les autres. Seulement, notre équipe est rendue à cinq. La nuit dernière, nous avons perdu une femme courageuse nommée Shira.

Marc est confus.

— Quand?

— Cette partie est la plus difficile à comprendre, écoute attentivement. Shira est morte la nuit dernière dans l'autre monde. Tous ceux qui sont connectés vont là à l'aube et y vivent une journée entière, avant de revenir dans ce monde à l'aube. Tu vas là-bas aussi, tout le monde le fait. Mais seulement ceux qui sont connectés sont conscients de l'existence des deux mondes. Tu comprends ?

Marc a du mal à me suivre.

— Comment puis-je aller là-bas si je ne sais pas que j'y vais ?

— Parce que tu ne vas pas vraiment quelque part. Le monde des sorciers et le monde réel sont des dimensions parallèles. Des images miroirs l'une de l'autre. Je vis un jour dans le monde des sorciers et le même jour de nouveau dans le monde réel.

— Pourquoi appelles-tu ça le monde des sorciers ?

Le truc étrange, c'est que je suis en train de lui parler dans le monde des sorciers. Mais je ne veux pas entrer dans le sujet avec lui, pas encore. Je vois qu'il est déjà surchargé et je ne peux pas lui en vouloir. Quand mon père m'a expliqué tout cela, il lui a fallu la moitié de la nuit, et là, en quelques minutes, je suis en train de le lui enfoncer dans la gorge.

— Être connecté, ça veut dire être un sorcier. Une personne avec des gènes spéciaux qui vous donnent des pouvoirs spéciaux. Ça fait seulement un mois que je suis devenue une sorcière. Non, je devrais dire que je suis devenue *consciente* d'être une sorcière il y a un mois. J'ai toujours été une sorcière. C'est une condition génétique, la prochaine étape dans l'évolution humaine.

Marc lève une main.

— Stop, ralentis. Tu dis que nous sommes ensemble sur cette île, en train de nous battre pour rester vivants. Mais si ces deux mondes sont si semblables, comment se fait-il que nous ne fassions pas quelque chose de semblable dans ce monde ?

Sa question est pertinente. J'aurais mis beaucoup plus de temps pour détecter la faille dans mon explication.

— Normalement, les gens font à peu près la même chose dans les deux mondes, répondé-je. *Avant* qu'ils deviennent conscients des deux mondes. Après que tu es connecté, tous les paris sont ouverts. Et pour rendre notre situation encore plus compliquée, le fait que nous sommes sur l'île change tout. Nous y avons été emmenés pour nous battre comme des gladiateurs.

— Comme les gladiateurs de la Rome antique ?

— C'est ça. Ils démarraient avec une centaine d'esclaves dans le Colisée. Ils étaient associés en paires et ils se battaient jusqu'à la mort. Le prochain tour, il ne restait que 50 esclaves, puis deux douzaines. Jusqu'à ce que finalement deux esclaves s'affrontent et se battent pour leur liberté, pour la citoyenneté romaine à part entière, beaucoup de filles, et des tonnes d'or. Je sais que ça semble un peu tiré par les cheveux, mais notre Champ, c'est un peu ça.

— Le Champ ?

— Voilà comment on appelle cet endroit, non pas que c'est important. Il y a une raison pour laquelle je te raconte tout ça. Les gens normaux ne réussissent pas si bien dans le Champ. Ils meurent presque toujours. Habituellement, lorsque le concours atteint son point culminant, ce ne sont que les sorciers qui survivent.

À voir Marc, on dirait que je viens de lui donner un coup bas dans l'abdomen.

— Alors, mon autre moi est foutu, marmonne-t-il.

— Non ! Je pense que tu as une chance, une bonne chance de survivre. Parce que je crois que tu es tout comme je l'étais il y a un mois. Tu es un sorcier qui ne sait pas qu'il est un sorcier.

— Qu'est-ce que tu racontes ? Je ne suis pas un sorcier.

— Je crois que tu en es un ! Voilà pourquoi je t'ai posé toutes ces questions. Tu ne tombes pas malade. Tu guéris rapidement. Tu es rapide, tu es fort, tu es malin. Ce sont tous des signes que tu possèdes des gènes de sorcier. Pour être bien sûr, nous devrions essayer de te connecter. Ensuite, toi et moi, nous pourrons vraiment nous aider dans le Champ. Nous pourrions survivre ensemble.

Je fais une pause pour reprendre mon souffle.

— Tu me suis ?

— As-tu parlé de tout ça à mon homologue dans le Champ ?

J'hésite.

— Non.

— Pourquoi pas ? C'est lui qui est sur l'île. C'est lui qui a besoin de ces pouvoirs pour rester vivant.

— Tu ne comprends pas ! Tu es lui ! Tu es la même personne ici que tu l'es là-bas !

— Alors, je repose ma question. Pourquoi est-ce que tu ne lui as pas dit ce que tu viens de me raconter ?

La réponse, c'est qu'il est plus facile de repérer un sorcier dans le monde des sorciers que dans le monde réel. Ici, nos pouvoirs sont plus forts, plus évidents. Je veux que cette version de Marc essaie de se connecter dans ce monde pour cette raison. Il a de toute évidence le gène de guérison ; c'est pourquoi il ne tombe pas malade.

En plus, la connexion va mieux fonctionner ici que dans le monde réel. Mieux dans le sens que s'il me permet de l'amener à travers le rite d'initiation — ici, où nous ne serons pas dérangés par Viper ou Nordra ou Dieu sait qui d'autre — il a une meilleure chance de survivre. De plus, Herme peut m'aider à administrer les bons médicaments. En fin de compte, je ne veux pas qu'il arrive à Marc ce qui s'est passé pour Jimmy. Je ne veux pas qu'il meure dans un monde ni dans l'autre.

Bien, ce n'est pas vraiment toute l'histoire. S'il meurt ici, dans le monde des sorciers, il mourra dans les deux mondes.

Mais s'il meurt dans le monde réel, il y a de bonnes chances qu'il survive dans le monde des sorciers.

Je ne crois pas être obligée de lui donner ce détail.

— C'est compliqué, dis-je.

— J'ai bien peur que tu doives faire mieux.

— Nous sommes débordés dans le Champ. Tous les deux, nous devons protéger notre groupe jour et nuit. Nous n'avons pas de temps pour le rite initiatique qui te connectera aux deux mondes.

Je fais une pause.

— Mais ici, nous avons le temps. Nous pouvons le faire ce soir si tu t'en sens capable.

— Que dois-je faire ? demande-t-il.

Je tends les bras et je lui prends les mains.

— Tu dois mourir.

Deux heures plus tard, nous nous disons au revoir près du théâtre alors que je le dépose à côté de sa voiture. En dépit de notre longue conversation, il n'est pas prêt à me confier sa vie. Mais chose étrange, il est d'accord pour y réfléchir. Il veut que nous nous rencontrions demain soir.

— Ici ou à ton appartement ? demandé-je.

— Et je suppose que tu sais où j'habite.

— Bien sûr, dis-je.

Il se penche sur ma fenêtre ouverte.

— Tu es vraiment une sorcière, tu le sais, Jessica.

— Jessie, dis-je.

— Est-ce ainsi que l'autre Marc t'appelle ?

— Ouais.

Il me donne un rapide baiser sur les lèvres.

— Bonne nuit, Jessie.

Il monte dans sa voiture et s'éloigne. Je ne sais pas pourquoi, mais je ne veux pas le laisser partir. Il est tard. Demain, toute la journée dans le monde réel, je me battrai comme une déchaînée pour demeurer vivante. J'ai désespérément besoin de repos. Mais je veux lui courir après. Comme si le baiser n'avait pas suffi.

Je roule vers la maison comme quelqu'un qui a bu au-delà de la limite légale. Je sais que Jimmy va m'attendre et qu'il va m'arracher la tête. Mais lorsque j'entre dans la maison, il n'est pas dans le salon. En fait, il n'est pas dans la maison. Un spasme de frayeur m'envahit, et je me précipite vers la dépendance. Je regarde à travers la fenêtre de la chambre de ma mère, et je vois Lara qui dort à moins de deux mètres de l'endroit où ma mère est profondément endormie. En les apercevant, mon anxiété diminue de moitié, mais je suis toujours paniquée.

Jusqu'à ce que j'entende Jimmy se garer devant et marcher vers la porte. Lorsqu'il entre, que je vois son visage, ma peur éclate. Je ne l'ai jamais vu aussi en colère.

Il ne me regarde pas, il se contente de passer devant moi à pas lourds. J'essaie de le serrer dans mes bras, mais il me repousse. J'ignore quel est le problème, mais je commence à avoir un mauvais pressentiment. Je le suis vers l'arrière, où il se tient debout dans la cour, les yeux fixés sur la lune. L'astre est aussi lumineux dans le monde des sorciers.

— Qu'est-ce qu'il y a ? demandé-je.

Je n'ai jamais vu Jimmy me crier après. Ce n'est pas son genre. Quand il se fâche, il se tait et se tient à l'écart. Mais j'ai la désagréable impression que ce soir, je verrai un nouvel aspect de lui. Il continue à regarder la lune. Son visage doit être blanc, pensé-je, blanc comme la lune. Mais pour moi, on dirait qu'il est rouge.

— Parle-moi, le supplié-je.

Il renifle.

— Parler ? Te parler à toi ? De quoi devrait-on parler ?

— Je ne comprends pas... commencé-je.

— Comment s'appelle-t-il ? me crie-t-il, assez fort pour réveiller ma mère, Lara et la moitié du voisinage.

Le volume de sa voix fait bondir mon cœur. Et à ce qu'il me demande, eh bien, j'ai le cœur brisé.

— Marc, murmuré-je.

Il se tourne vers moi, Bon Dieu qu'il se tourne vers moi.

— Son nom de famille, Jessie, je veux savoir son nom de famille. Je connais son prénom. Comment ne pas le savoir ? Toutes les nuits, depuis une semaine, tu le gémis dans ton sommeil.

— J'ai fait ça ?

— Tu sais quoi ? Va te faire foutre, je m'en fous de savoir son nom. Va rester chez lui ce soir. Va-t'en n'importe où sauf ici. Je vais me coucher.

Jimmy se retourne et se dirige vers la maison. J'essaie de le suivre, mais il verrouille la porte. Quand je suis arrivée, il y a quelques minutes, j'ai déposé mes clés sur la table à café. Je contourne la maison pour entrer par la porte avant, mais il l'a aussi verrouillée.

Je commence à pleurer. J'aime Jimmy, c'est l'amour de ma vie. Je ne peux pas croire qu'il refuse de me parler, d'écouter ma version de l'histoire. Je comprends ce qui a dû se passer. Au départ, je suis arrivée à la maison couverte de sang, puis je suis sortie à la hâte sans lui dire où j'allais. Il doit avoir couru après moi, m'avoir suivie au théâtre, puis au restaurant, puis de nouveau à la voiture de Marc, où il a vu Marc m'embrasser pour me dire au revoir.

Mais ce n'avait été qu'un baiser amical ! Je ne lui ai pas rendu son baiser ! Pourquoi Jimmy me chasse-t-il de la maison à cause de cet incident ? Ça n'a aucun sens. Du moins, pas pour moi.

Qu'il aille au diable !

Je tends le bras et j'attrape la poignée de porte et je brise la serrure.

Je me précipite à l'intérieur et je trouve Jimmy déjà au lit, étendu sur le dos, les yeux toujours fixés vers le plafond, la lumière toujours allumée. Il fait comme si je n'étais pas là.

— Laisse-moi t'expliquer, je t'en prie.

Il demeure silencieux.

— Tu me dois au moins ça.

Il se retourne. Me tourne le dos.

— Je ne te dois plus rien.

— Ce n'est pas ce que tu penses.

Rien. Il ne dit rien.

Je fais un pas de plus vers le lit.

— Si j'ai gémi son nom la dernière semaine, comment se fait-il que tu te fâches seulement ce soir ? demandé-je.

Mon Jimmy, c'est un gars tellement gentil. Mais il répond avec une telle amertume que ses quelques mots semblent empoisonner l'air.

— Je suppose que c'est ce que ça peut faire de voir ta petite amie avec un autre gars, dit-il.

Je vois alors quelque chose, quelque chose qui n'était jamais censé voir la lumière du jour. Un bout de papier déposé sur la commode. Le bout de papier du laboratoire auquel mon père a demandé de tester l'ADN de Huck. Le document qui confirme que Jimmy n'est pas le père du bébé.

La clinique choisie par mon père a dû me l'envoyer par la poste automatiquement. Ou c'est mon père qui me l'a envoyé en supposant que je serais la seule à l'ouvrir. Ou bien mon père l'a *délibérément* posté chez nous en espérant que Jimmy l'ouvrirait et découvrirait la vérité. Posté à notre maison dans le *monde des sorciers* ! Alors que je l'avais envoyé à la clinique dans le monde réel, là où vit Huck.

Mon père n'est revenu dans ma vie que depuis quelques semaines. Je ne connais pas l'homme aussi bien que j'aime le croire. Je ne sais pas vraiment jusqu'où il pourrait aller pour s'immiscer dans ma vie.

Pour le moment, ce n'est pas vraiment important.

Maintenant, il y a deux raisons qui expliquent l'énervement de Jimmy ce soir.

— Je n'ai pas commandé le test sur Huck à cause de Marc, dis-je.

— C'est ça.

— Jimmy, maintenant je vais te parler et il faut que tu m'écoutes. Ça ne prendra que quelques minutes. Quand j'aurai terminé, si tu veux que je parte, je partirai. Ce sera à toi de décider. D'accord ?

Il ne réagit pas. Je suis assise sur le coin du lit. Je m'assois parce que mes jambes tremblent tellement que je suis près de tomber. Je pleure toujours et je voudrais arrêter, mais j'en suis incapable. Je m'efforce de garder ma voix égale en parlant.

— Il se passe quelque chose d'effrayant dans le monde réel. J'aurais dû t'en parler, mais je ne voulais pas t'inquiéter. Il y a deux jours, j'ai été enlevée. Je ne sais pas encore qui l'a fait. C'était peut-être l'Alchimiste, ou les Lapras. Ou peut-être quelqu'un dont nous n'avons jamais entendu parler. En un sens, ce n'est pas important. En ce moment, je suis coincée sur une île en compagnie de 35 autres personnes. Je suis dans ce qu'on appelle le « Champ » et je me bats pour ma vie. Marc est là avec moi.

Je raconte tout à Jimmy du début à la fin. À mi-chemin de mon histoire, il se roule sur le dos et fixe le plafond. Quand j'arrive au combat contre Nordra, il me regarde fixement. Si seulement il me prenait la main ; mais ça n'arrive pas, bien que son expression s'assombrisse quand je lui explique comment Kendor m'a ligotée et jetée en bas de la falaise. Il finit par m'interrompre.

— Qu'aurait-il fait si ta télékinésie n'avait pas fonctionné ?

Je hausse les épaules.

— Je ne sais pas. Ça a fonctionné. Je suis reconnaissante de pouvoir me servir d'une autre arme.

— Pourquoi as-tu rencontré Marc ce soir ?

— Pour lui expliquer ce qui se passe pour nous dans le monde réel.

Jimmy grogne.

— Comme s'il te croirait.

— Il m'a crue.

— Ben, voyons.

— Crois ce que tu veux. Le type a de l'intuition. Il savait que je lui disais la vérité.

Jimmy me lance un regard dur.

— Tu n'as toujours pas répondu à ma question.

— Marc, Chad, Ora, Li — ils ont tous beaucoup de talents, ils sont intelligents, courageux. Mais contre Nordra et Viper, ils ne peuvent pas faire grand-chose. Je voulais rencontrer Marc — le Marc du monde des sorciers — pour voir s'il me laisserait tenter de le connecter.

— Tu ne sais pas s'il est un sorcier.

— Ils pourraient tous être des sorciers potentiels. C'est peut-être la raison pour laquelle ils ont été choisis. Il y a certains signes — je ne sais pas. Mais ce serait difficile de les connecter dans le Champ. Il se passe trop de choses — nous sommes trop exposés. Je savais que Marc était d'ici, et je me suis dit que si je pouvais l'atteindre, lui faire comprendre ce qui est en jeu, il courrait le risque.

— Alors comme ça, à ton premier rendez-vous, tu lui as demandé si ça ne le dérangerait pas de mourir pour toi.

— S'il te plaît, ce n'était pas un rendez-vous. Mais pour répondre à ta question, oui, je lui ai expliqué par quoi il devrait passer pour se connecter.

— Qu'est-ce qu'il a répondu ?

— Il a répondu qu'il avait besoin d'y réfléchir. Il ne dit pas de conneries — ce n'est pas ce genre de type. Il y pense sérieusement. Nous allons nous rencontrer de nouveau demain.

— Comment le ferais-tu s'il disait oui ?

Je soupire.

— Je ne sais pas. Je pourrais demander à mon père de venir. Ou je pourrais demander à Herme de m'aider.

— Tu pourrais faire encore mieux en l'emmenant directement à Kendor.

Je force un sourire.

— Est-ce que tu dis ça parce que tu espères que Kendor va essayer de le connecter en le jetant en bas d'une falaise ?

Jimmy ne sourit pas.

— Tout ce que tu m'as raconté m'a vraiment foutu les boules. Nous sommes de retour au même endroit qu'il y a un mois. Tu te réveilles dans un autre monde, où je ne peux pas aller, et tu es entourée de dangers. Ce soir, quand nous allons dormir, comment puis-je savoir si au matin, tu seras morte ou vivante ?

— Si je meurs sur l'île, il y a une chance que je puisse encore me réveiller vivante ici. C'est ce que tu as fait.

— Fantastique. Je me sens beaucoup mieux quand ça veut dire que mon fils se retrouvera sans mère. Et Huck est toujours mon fils, Jessie ; ce bout de papier n'y change rien.

Je hoche la tête, même si je pense tout bas que ça change tout.

— Tu as raison, Huck a besoin de moi, dis-je.

Jimmy continue à me regarder durement.

— Si Huck a tellement besoin de toi, pourquoi as-tu pris un écouvillon sur sa joue pour le poster à ton père pour qu'il le teste ?

J'hésite.

— Avant que je tue Kari, elle s'est moquée de toi. Elle a dit : « Si j'ai trompé Jimmy, il ne l'a jamais su. Ou, je devrais dire, il ne l'a jamais demandé. C'est un gars sympa, mais trop naïf pour ce monde. »

Je fais une pause.

— Je suis désolée. Ça m'est resté. Il fallait que je sache.

— Pourquoi ?

Je hoche la tête. Je ne sais pas quoi dire.

Jimmy se redresse soudain, il me saisit la main, son contact est loin d'être tendre. Ses yeux plongent en moi.

— Écoute, tu ne vas pas envoyer Huck chez les parents de Kari. Ils sont la raison pour laquelle elle était tellement tordue. Ils sont pires qu'elle. Il n'est pas question que mon fils grandisse dans cette maison. Me comprends-tu ?

— Oui.

— Jure-le-moi, Jessie. Jure-moi que tu ne l'abandonneras jamais.

Je hoche la tête rapidement.

— Je le jure.

Les yeux de Jimmy s'attardent ; il ne me fait toujours pas confiance. Il lâche ma main et se couche sur le dos. Il parle au plafond.

— Tu t'attends probablement à des excuses. Tous les trucs que tu traverses — je ne suis pas stupide, je sais que c'est 1 000 fois plus important que nos problèmes personnels. Comme je l'ai dit, je suis terrifié à l'idée de ce qui pourrait t'arriver. Je doute que je dorme ce soir. Je sais que je ne le ferai pas.

J'attends.

— Mais?

Il regarde au loin.

— Mais pense à ce que j'ai vécu ce soir. Je rentre à la maison et je trouve cette lettre de cette clinique à San Francisco. Je l'ouvre et je découvre que mon fils ne partage aucun de mes gènes. Ensuite, tu rentres à la maison trempée de sang. Mais tu ne me parles pas. Tu prends une douche et tu sors de nouveau. Alors, je te suis; et qu'est-ce que je découvre? Tu es allée rencontrer un autre gars. Tu flirtes avec lui. Tu l'emmènes manger. Vous parlez pendant des heures. Puis, quand tu le déposes près de sa voiture, vous vous pelotez dans le stationnement.

— Nous ne nous sommes pas pelotés. Il m'a embrassée pour me dire au revoir, un léger baiser sur les lèvres. Et je ne lui ai pas rendu son baiser.

— Pourquoi? demande-t-il.

— Pourquoi?

— Pourquoi t'a-t-il embrassée? Ce gars que tu venais de rencontrer?

— Je ne sais pas, il l'a fait tout simplement.

— Combien de fois t'a-t-il embrassée sur l'île?

— Jamais.

— Donc, c'est plus un étalon dans son personnage du monde des sorciers?

— Jimmy...

— Laisse tomber. Ce que je dis, c'est que c'était ma soirée. Comment j'ai tout perçu de mon point de vue. Alors tu peux comprendre pourquoi je n'ai pas envie de m'excuser.

J'avale difficilement, et des larmes coulent sur mes joues

— Et si demain matin, tu te réveilles et que je suis morte, le regretteras-tu ?

J'agis comme une enfant, je le sais. S'il ne veut pas me donner de l'amour, au moins je veux sa pitié.

Jimmy se retourne et me tourne le dos.

Il pourrait dire un million de choses.

Mais il ne dit rien.

CHAPITRE 7

Au matin, Chad me réveille dans le Champ. Comme j'ai dormi sur un sol de pierre, je me sens raide comme une planche quand je m'assois. Une torche brûle dans le coin de notre grotte, et je remarque que Chad a oublié de se raser. Oh, c'est vrai, je me rappelle. Les rasoirs ne sont pas fournis dans le Champ.

— As-tu bien dormi ? demande Chad.

— Tu serais surpris, répondé-je, en pensant à la journée que je viens de vivre pendant que les autres étaient inconscients.

— Comment va Ora ?

— Il est guéri. Il est sorti avec Marc pour explorer.

— Quoi ? C'est impossible, suffoqué-je.

Avant que nous traversions de nouveau la rivière, j'avais guéri Ora du mieux que je le pouvais, puis j'avais continué quand nous étions revenus à notre grotte. Mais je n'avais pu faire mieux que de stopper l'hémorragie et de lui enlever une partie de sa douleur. La dernière fois que je l'avais vu, c'était avant que je m'assoupisse, et la blessure à son omoplate n'était toujours pas belle à voir.

— Pendant que tu étais endormie, Li a travaillé sur lui, dit Chad. Nous n'avions jamais rien vu de pareil. La blessure a guéri juste devant nous. Ora n'a même pas de cicatrice.

Li est une sorcière ! Fantastique !

— Où est Li maintenant ? demandé-je.

— Juste à l'extérieur. Elle monte la garde.

— Dis-lui de venir ici. Il faut que je lui parle seule à seule.

— Compris, dit Chad, qui se lève d'un bond.

Je l'avais informé du mieux que je pouvais sur ma véritable identité pendant que je travaillais sur Ora, et Marc avait confirmé mes mystérieuses affirmations. Je sais que Chad a encore un million de questions. Mais c'est un bon gars, mature. Il ne s'impatiente pas et il ne rechigne pas s'il doit prendre des ordres de moi.

Li apparaît une minute plus tard et elle s'assoit à côté de moi, non loin de la torche. Je lui demande depuis combien de temps Ora et Marc sont partis.

— Une heure. Ils ont dit qu'ils se dirigeaient vers la source chaude pour cuisiner d'autres poissons, répond Li, les yeux fatigués.

— Comment te sens-tu ? Manges-tu assez ?

Li hausse les épaules.

— Le poisson m'aide, mais mes médicaments me manquent plus que je ne l'aurais pensé. Je suis étourdie et j'ai une affreuse migraine. Ma seule envie, c'est de fermer les yeux et dormir.

— C'est peut-être ce que tu devrais faire.

— Ça pourrait être dangereux.

Elle parle de tomber dans un coma diabétique. Son état est plus grave que je ne le croyais. Pourtant, elle a été capable de guérir Ora. Il y a quelque chose que je ne saisis pas.

— J'ai entendu parler de ce que tu as fait pour Ora. Pourquoi ne m'en avais-tu pas parlé ?

— Te parler de quoi ?

— Que tu es une sorcière.

Li hoche la tête.

— Je ne suis pas une sorcière.

— Veux-tu dire que tu ne vis pas l'expérience d'un autre monde quand tu t'endors la nuit ?

Elle me regarde avec un drôle d'air.

— Quel autre monde ? Parles-tu de Séoul ?

— Non. Revenons en arrière une minute. Depuis combien de temps es-tu capable de guérir ?

Elle hésite.

— Depuis que Lula est morte.

Je me souviens que sa sœur avait été torturée à mort dans une prison nord-coréenne. Li m'avait raconté qu'elle se trouvait dans la pièce où sa sœur était morte. Une idée bizarre me vient à l'esprit.

— Li, tu as dit que Lula était ta sœur jumelle. Est-ce que c'était une jumelle identique ?

— Oui.

— Ce que je vais te demander ensuite — s'il te plaît, pardonne-moi de t'obliger à te souvenir d'un moment aussi douloureux — mais tu as dit que tu étais proche de Lula quand elle est morte. Qu'as-tu ressenti à cet instant-là ? Au moment précis de sa mort ?

Li cligne des yeux pour chasser ses larmes.

— De la tristesse. De la douleur dans mon cœur.

Je me sens idiote de la presser de cette manière.

— Autre chose?

Li baisse la tête.

— C'est difficile de le dire avec des mots. Quand Lula est morte, je l'ai sentie entrer en moi. Comme si nous étions devenues une seule personne. Et ensuite, j'ai eu l'impression qu'elle partait, qu'elle s'en allait ailleurs, assez loin pour que je ne sois plus capable de la ressentir.

— Et après, as-tu pu faire des guérisons?

Li lève les yeux et capte mon regard.

— C'est Lula qui guérit. C'est elle qui a guéri Ora la nuit dernière. Je l'ai sentie tout près.

Ses remarques renforcent la théorie bizarre qui se forme dans mon esprit. La clé pour activer les gènes de sorcier, c'est l'expérience de la mort. Techniquement, Li n'est jamais morte. Mais sa sœur, oui — sa sœur génétiquement *identique*. Je suis convaincue que les deux étaient si proches que le traumatisme de Lula a déclenché chez Li un réveil partiel de son potentiel génétique.

Mon père, ou tout autre membre du Conseil d'ailleurs, n'a aucunement discuté de cette possibilité avec moi, mais il est évident que Li est capable de guérir. Elle peut le faire mieux que moi. Pourtant, il est tout aussi évident qu'elle n'est pas tout à fait une sorcière. Elle n'est pas consciente de l'existence du monde des sorciers.

— Combien de personnes as-tu guéries? demandé-je.

— Seulement quelques-unes, depuis que je suis arrivée à Séoul. Des gens que je connais, ou les parents d'amis proches. Je ne veux pas qu'on parle de moi.

— As-tu déjà essayé de te guérir?

Li est perplexe.

— Je ne pense pas pouvoir le faire. Si elle le voulait, Lula m'aiderait.

— Tu as entendu ce qui s'est passé la nuit dernière. Cet endroit est très dangereux. Nous allons devoir continuer à avancer, continuer à nous battre. Simplement pour rester en vie, il faudra que tu disposes de toutes tes forces. Tu supposes que tu as besoin de ton médicament pour aller mieux. Mais je pense que si toi et moi — et Lula — travaillons ensemble, nous pouvons te débarrasser de ton diabète, ou au moins améliorer ta condition. Veux-tu essayer ?

Li regarde autour d'elle, comme si elle cherchait sa sœur.

— Que dois-je faire ? demande-t-elle.

— Étends-toi sur le dos devant moi. Allonge-toi aussi près que tu le peux, laisse ton côté se presser contre mes genoux. Je vais poser ma main gauche sur ton front et ma main droite sur ton pancréas. Pose tes deux mains sur ma main droite et contente-toi de fermer les yeux.

Pour avoir étudié *Gray's Anatomy*, en vue du programme prémédical auquel je prévois de m'inscrire à l'UCLA, je sais que le pancréas est situé non loin au-dessus du nombril. Alors que Li enroule ses doigts autour de ma main droite et ferme les yeux, je sens immédiatement une chaleur émise par ses paumes. C'est très chaud, et nous avons à peine commencé.

— Tu sentiras peut-être Lula tout près, ou non, dis-je. Ce n'est pas important. Tout ce qui importe, c'est que tu ressentes l'énergie qui passe à travers tes mains et les miennes, et qui se déverse dans ton corps. En ce moment, on dirait que c'est de la chaleur, mais ça peut changer. Tu pourrais aussi sentir une sorte de magnétisme. Laisse-toi aller avec cette énergie, et détends-toi. N'essaie pas de faire venir l'énergie. Elle circule par elle-même.

— Lula, murmure Li, la sueur se formant sur son front. Elle est ici.

— Alors, laisse Lula prendre les commandes. Ta sœur t'aime. Laisse-la t'aider à réparer ton corps pour que tu ne sois plus malade.

Le plus bizarre, c'est que j'aperçois une autre version de Li, avec de longs cheveux et vêtue de vêtements élégants. En fermant les yeux, ma vision d'elle se précise et je soupçonne que je vois Lula telle qu'elle apparaît dans le monde des sorciers.

Qui qu'elle puisse être, ses paumes, qu'elle lève dans ma direction, dégagent une lumière chaude et rose qui me baigne comme une douche apaisante. Je sens qu'en plus d'aider sa sœur, Lula me calme en même temps, et je comprends à quel point leur potentiel est exceptionnel. Les gènes de guérison des sœurs sont peut-être deux des plus puissants sur terre.

Je ne sais pas combien de temps nous restons assises sous l'averse de lumière rose. C'est tellement réconfortant que je n'ai aucune envie d'arrêter. Mais à un certain point, j'ai l'impression de me balader dans un rêve, où se trouvent aussi Jimmy et Marc. Les deux se disputent, j'ignore pourquoi, je souhaite seulement qu'ils cessent. Je saute entre eux et je tends les bras.

C'est alors que je me réveille en sursaut.

Li est assise à côté de moi.

— Est-ce que ça va, Jessie ? demande-t-elle.

— Ne t'en fais pas pour moi. Comment te sens-tu ?

Souriante, elle pose sa main sur son ventre, comme si elle sentait qu'un bébé lui donnait des coups de pied à l'intérieur.

— Il n'y a plus de malaise. Je me sens bien.

Je me penche vers elle et je la serre dans mes bras.

— Je crois que j'ai vu ta sœur, lui murmuré-je à l'oreille.

— Elle t'a vue. Elle me l'a dit.

Nous nous aidons toutes les deux à nous relever, et nous demeurons hébétées par la guérison. Nous sortons pour voir ce que fait Chad et nous le trouvons en conversation avec Marc. Les deux se tiennent dans l'ombre de la falaise, de sorte qu'ils ne sont pas visibles depuis la vallée. Le soleil est beaucoup plus haut dans le ciel que je ne le croyais et je me rends compte que je dois avoir dormi tard.

Marc me regarde de sa façon lubrique habituelle.

— Comment va la belle au bois dormant ? demande-t-il.

— Reposée. Comment se fait-il que tu sois revenu seul ? Où est Ora ?

— Il est toujours près de la source d'eau chaude et il n'est pas seul. Nous avons pris contact avec les dirigeants de deux autres groupes. Kyle, une vraie vedette du rock de Londres, et Sam, un créateur de mode de New York.

— Tu es certain que ce sont des sorciers ? demandé-je.

— S'ils n'en sont pas, ils connaissent un tas de trucs bizarres. Ouais, je parie que ce sont de vrais sorciers. Ils veulent te rencontrer, former une alliance, que leurs groupes se joignent à nous. Du moins, c'est ce qu'ils disent. Mais Ora et moi, nous n'avons pas voulu leur révéler notre cachette. C'est pour ça que je suis venu te chercher, pour que nous puissions nous rencontrer en terrain neutre.

— Tu as laissé Ora là-bas tout seul ? demandé-je.

Marc hausse les épaules.

— Qu'est-ce que j'avais comme choix ? Il n'était pas question que je leur révèle l'emplacement de cette grotte.

— Tu aurais dû rester avec lui, dit Chad.

— C'est ton avis de rat de bibliothèque ? dit Marc.

— Vous trois, vous demeurez ici, dis-je. Je vais voir ce que veulent vraiment Kyle et Sam.

— Attends, sœurette, dit Marc. Ora n'est pas exactement où tu crois qu'il est, et je ne te le dirai pas, à moins que je puisse t'accompagner.

Je m'inquiète.

— Je ne veux pas laisser Chad et Li seuls. Ce n'est pas sûr.

— Y'a pas d'endroit sécuritaire sur cette île de fous, dit Marc sur un ton qui rend évident qu'il ne va pas reculer.

Nous partons tous les deux à une cadence rapide, et nous nous dirigeons vers un lieu que Marc dit être « près » de la source d'eau chaude. Nous avons à peine quitté la grotte qu'il veut savoir si j'ai parlé à son double.

— Oui, dis-je.

— Comment ça s'est passé ?

— Il dit qu'il va y réfléchir.

— Réfléchir à l'idée de mourir ? Eh bien, Jessie, tu dois avoir été vachement convaincante.

— Est-ce qu'il me dit la vérité ?

— Lui as-tu dit mon secret ?

— Ouais, que tu crois que je ressemble à la première fille pour qui tu as eu un béguin. Je l'ai gardé pour la fin, quand je l'ai laissé à sa voiture.

— Il a réagi comment ?

— Il m'a embrassée.

— Alors, il y réfléchit.

— Je suis sérieuse, Marc. Va-t-il accepter de le faire ?

— Si c'était moi, je ne le ferais pas. Pas avec ce qu'il sait.

— Il est toi, merde. Es-tu en train de me dire qu'il me raconte des conneries ?

— Qu'est-ce que tu veux ? Tu viens de rencontrer le gars et tu lui demandes de mourir pour toi pour qu'il puisse t'aider à te sauver sur une île mystérieuse dans un autre univers.

— Plaisante autant que tu veux. Si tu ne te transformes pas en sorcier demain ou après-demain, tu ne quitteras pas cette île.

— J'ai une idée.

— Quoi ?

— Écoute-moi sans te fâcher. Tu dis que je suis lui et si c'est vrai, alors je le connais. Je sais comment il pense, comment faire en sorte qu'il ait confiance en toi.

— Comment ?

— Fais l'amour avec lui.

— Va au diable.

— Écoute ! S'il est comme moi, il est beaucoup plus romantique à l'intérieur qu'à l'extérieur. Une fois qu'il aura couché avec toi, il se sentira protecteur, et tous ces trucs. Regarde, nous nous sommes seulement embrassés une fois et je suis ici à risquer ma vie pour surveiller tes arrières.

— Je t'ai embrassé une fois sur la joue et c'était amical. D'ailleurs, j'ai un petit ami.

— Jimmy ? Ce n'est pas comme si tu étais obligée de le lui dire.

— Par « lui », de qui parles-tu ?

Marc hausse les épaules.

— Si c'était moi, je ne le dirais à aucun des deux. Regarde, j'essaie juste de te donner des indices sur sa façon de penser. Mais je dis toujours que nous avons intérêt à l'essayer ici. Au moins, ici, je suis convaincu que je suis fait, à moins d'essayer quelque chose de désespéré.

Je l'arrête.

— Parler de mourir est une chose. Le faire en est une autre. Nous ne pouvons pas te tuer et ensuite changer d'idée. Si nous le faisons, nous devons aller jusqu'au bout.

Marc réfléchit, tout en fixant la forêt de l'autre côté de la rivière. Lorsqu'il parle de nouveau, sa voix est sombre.

— Je sais pourquoi tu veux mon jumeau au lieu de moi. Ta logique a du sens, mais ce n'est pas la raison. Tu supposes que ce sera plus facile de le tuer que moi.

— Ce n'est pas mon impression.

— C'est ce que tu ressens. J'ai des sentiments pour toi et tu en as pour moi, et ce n'est pas important si tu as un petit ami ou pas. Pour une sorcière toute-puissante, tu n'es pas très douée pour cacher tes sentiments.

Je m'apprête à faire une boutade, mais j'ai la gorge serrée. Ce qu'il dit est vrai. J'éprouve des sentiments pour lui, plus que je ne veux me l'admettre, et ça me terrifie. Parce qu'il pourrait mourir. Parce que Jimmy...

Marc peut voir que je lutte et il me prend les mains.

— Peu importe les efforts que tu fais avec mon homologue, il ne va jamais te connaître comme je te connais.

Je hoche la tête, à regret.

— Mais nous ne pouvons pas le faire ici. Nous n'avons pas la chambre froide, ou les drogues, ou n'importe quoi de ce qui peut être utilisé. Et nous n'avons pas le temps. Je ne peux te surveiller pendant des heures pendant que Nordra et Viper nous encerclent.

— Mais nous avons ici une chose que tu n'as pas dans le monde des sorciers.

— Quoi ?

— Li. Tu étais dans les pommes quand elle a travaillé sur Ora, mais j'ai vu ce qu'elle a fait. Tu avais beaucoup aidé Ora, mais elle a fermé si parfaitement cette blessure que même un médecin ne saurait jamais qu'il a été poignardé. Si Li ne peut me ramener à la vie, personne ne le pourra.

— Li peut guérir, mais ce n'est pas une vraie sorcière.

— Je pensais que tu avais dit que c'était le gène de guérison qui était la clé ?

— C'est vrai. Mais Li ne sait pas ce que ça veut dire d'être connecté. Je ne peux me fier à elle pour te guider à travers le processus. J'ai de la difficulté à me faire confiance à moi-même.

Mais au moins, dans le monde des sorciers, j'ai des gens qui peuvent nous aider.

Il pose sa main sur mon épaule.

— Tu as peur, avoue-le. C'est à cause de ce qui est arrivé à Jimmy.

— Ouais.

J'avais expliqué à Marc comment Jimmy avait succombé à une surdose à Las Vegas.

Il m'attire plus près de lui, il me serre, il m'embrasse sur le côté de la tête.

— Tout va bien, Jessie. Nous le faisons ici, ou nous le faisons là-bas. Mais nous sommes tous deux d'accord pour dire que nous devons essayer. Ça va ?

Je soupire.

— Nous le ferons.

Nous continuons notre chemin et Marc me met au courant de ce qu'il sait sur les sorciers qui veulent être nos alliés. Il semblerait que nous connaissons déjà Kyle Downing de Londres. Il a 19 ans. C'est une vedette du rock. Déjà, sur son premier CD, il y avait trois succès, et Marc et moi avons vu ses vidéos sur MTV. Ses goûts musicaux sont éclectiques — un croisement entre grunge, goth, et rock. À la télévision, il porte un maquillage sombre et blanc, du cuir noir, et il agit comme un vampire qui a besoin d'une bonne dose de sang. Je me souviens d'avoir lu qu'il était le nouveau mauvais garçon du quartier.

Sam Verra, me dit Marc, est un couturier homosexuel ambitieux extrêmement cultivé ; il fait de la musculation, a couru le marathon de New York, arbore de nombreux tatouages, et dans l'ensemble, il paraît sympathique. Marc dit qu'il a plus confiance en lui qu'en Kyle.

— Parce qu'il est gai ? demandé-je.

— Non. Sam a tout simplement quelque chose d'authentique. Il ne fait aucun doute qu'il a grandi à Brooklyn. Il a l'accent et il connaît la ville. Tu vas l'aimer.

— Ça semble un couple bizarre. Je me demande si Kyle se sert de ses pouvoirs pour faire avancer sa carrière.

— Si j'étais lui, c'est ce que j'aurais fait, ironise Marc.

— C'est important parce que les Tars voient ce genre de trucs d'un mauvais œil. Ça pourrait vouloir dire que Kyle fait partie des Lapras, et si c'est le cas, nous ne pouvons croire un seul mot de ce qu'il dit.

— Qu'est-ce qui se passe avec ton intuition super aiguisée ? Tu ne sais pas quand quelqu'un ment ?

— Ça ne marche pas aussi bien sur d'autres sorciers. Surtout s'ils ont un grand nombre de gènes de sorcier, comme tous ceux qui se trouvent sur cette île.

— Super, dit-il d'un ton sarcastique.

Je lui donne un bon coup.

— Hé, j'ai vraiment de l'intuition. Par exemple, je sais que tu mentais quand tu as dit que tu te souciais de moi.

— Je ne mentais pas.

— Tu mentais. C'est pas seulement que tu te soucies de moi. Tu es fou de moi.

Il rit, mais il rougit. Je sais qu'il ne lui est pas facile de parler de ses sentiments.

Pourtant, il m'a menti pour m'accompagner. Il semblerait qu'Ora et compagnie sont cachés à l'intérieur du même nuage de vapeur où Ora et moi avions parlé le jour précédent. C'est logique d'avoir choisi cet endroit, sauf pour la forte odeur de soufre. C'est un lieu idéal pour se cacher.

Ora présente les nouveaux arrivants. Kyle est plus délicat qu'il ne le paraît dans ses vidéos. Pâle, blond, avec des yeux morbides, il a peut-être neuf kilos de plus que moi, au plus. Il a un fort accent ; on dirait un Beatle des débuts, ce qui a du sens, car il dit avoir grandi à Liverpool. Mais il a un sourire charmant et il semble vraiment heureux de me rencontrer.

L'uniforme de Kyle est d'un rouge terne, son bracelet, rouge vif. Il dit que son groupe est réduit à cinq et que deux d'entre eux sont gravement blessés — gracieuseté de Viper.

Le groupe de Sam a été coupé de moitié ; la bande des bruns n'a plus que trois membres. Ceux de Nordra les ont pris par surprise, explique Sam, même s'il a réussi à supprimer un membre du clan de Nordra. D'après le compte-rendu de Sam — et les corps que j'ai découverts dans la prairie — il est tombé sur le monstre avant nous.

— Est-ce que Nordra t'a offert de former une alliance ? demandé-je à Sam.

Le gars est plus réservé que Kyle, certainement plus prudent, ce que je peux comprendre. Il n'est pas aussi grand qu'Ora, mais il est musclé et par sa description de sa rencontre avec Nordra, il est évident qu'il doit posséder le gène de la vitesse et de la force.

Pourtant, il tient maladroitement son bras gauche. Il dit qu'il va bien, mais sa manche est ensanglantée et son bras est un peu tordu. Il est clair qu'il n'a pas le gène de guérison, une dangereuse lacune quand il est question du Champ. Je ne sais trop pourquoi, mais j'avais supposé que tous les sorciers contre lesquels je devrais me battre auraient le pouvoir de se guérir eux-mêmes.

À moins que Sam ne me mente. Ils pourraient mentir tous les deux. En fait, ils *devraient* mentir. Comme le stipulent les règles, un seul survivra ; et je suis persuadée qu'ils ont vu la même plaque que nous.

— Tu veux rire ? dit Sam en réponse à ma question. Nordra est comme une force de la nature. Il s'est abattu sur notre camp et il a commencé à tout charcuter. J'ai eu la chance de descendre un des siens dès le début et de ramasser une machette. Aucun des membres de mon groupe ne s'en serait tiré si je n'avais pas été armé.

— Ton équipe est loin d'ici ? demandé-je.

Sam fait un geste vague.

— Pas très loin.

Kyle s'approche.

— Je vois déjà la direction que ça prend. Aucun d'entre nous ne fait confiance à l'autre.

Il se tourne vers Ora et Marc.

— Est-ce que vous seriez offensé si nous empruntions votre chef un moment ? Il y a des choses qu'il vaut mieux discuter en privé.

Ora ne s'en formalise pas, mais Marc est soupçonneux.

— Nous tenir à l'écart n'est pas une façon de gagner notre confiance, dit-il.

Kyle sourit et donne une tape sur l'épaule de Marc.

— C'est un truc de sorcier, ça n'a rien de personnel.

Il s'arrête et me regarde.

— Mais ça pourrait aider à faire progresser nos plans, si vous comprenez ce que je veux dire.

Je hoche la tête.

— Ora, Marc — je vais leur parler seule. Nous nous assoirons là-bas sur les rochers. Vous pourrez nous voir en tout temps.

Kyle nous conduit aux rochers. Ça paraît négligeable, mais le fait qu'il marche devant nous montre qu'il ne s'attend pas à se faire poignarder dans le dos. Pour ma part, je suis plus tendue qu'un ressort. En plus d'avoir le couteau le plus affilé d'Ora sous la queue de mon chemisier, j'ai la machette que j'ai volée au sous-fifre de Nordra et qui sort de mon sac à dos. Sam garde aussi sa machette à la main. Il marche à côté de moi, mais conserve suffisamment de distance pour avoir le temps de lever son arme — si j'essayais de l'attaquer.

Nous nous asseyons en demi-cercle. Kyle sort une bouteille d'eau et prend une gorgée avant de nous en offrir un peu. Nous refusons. Kyle hoche la tête.

— Ce n'est pas une façon de commencer une amitié, dit-il.

— Nous ne sommes pas des amis, dit carrément Sam. Nous sommes trois personnes qui avons des ennemis communs : Nordra, Viper, et ces maudits fantômes. Soyons au moins honnêtes là-dessus. Nous avons besoin de l'un et de l'autre si l'un de nous doit survivre.

Kyle est amusé.

— Cela pourrait être vrai à propos de toi et de moi, Sam. Mais Jessie ici, elle a une réputation. La sorcière qui sort à peine de l'école secondaire et qui a descendu l'immonde Syn. On dirait que même Nordra l'aime bien. En supposant que tu ne nous as pas menti au sujet de sa proposition?

— C'était une offre sérieuse de sa part, dis-je. Il aurait tué les membres de son équipe et j'aurais tué les miens pour montrer notre bonne foi. Ensuite, nous nous en serions pris à tout le monde jusqu'à ce qu'il ne reste plus que nous deux. Puis, nous nous serions battus.

— On dirait un amour sincère, dit Kyle.

Sam se met à grogner.

— Nordra a peur de Viper. C'est tout ce qui le motive.

Kyle n'est pas d'accord.

— Je t'ai dit que la plus grande partie de ce que tu as entendu, ce sont des rumeurs. Elle n'est pas un serpent, elle n'est pas un dragon. Elle ne peut pas souffler de poison ou vomir des flammes. Son seul don, c'est la télékinésie. Elle peut déplacer n'importe quelle merde à portée de main, pas plus.

— Et devenir invisible, grogne Sam.

— Je croyais que ce talent ne te dérangeait pas, dit Kyle

Sam ne conteste pas la remarque de Kyle, ce qui suscite naturellement mon intérêt.

— Tu peux voir à travers son voile ? demandé-je.

Sam hésite.

— Je crois que oui.

— Tu n'es pas certain ? demandé-je.

— Une sorcière à New York peut devenir invisible et je peux la détecter nuit et jour. Mais pour ce qui est de Viper, je ne sais pas. Je ne suis pas encore tombé sur elle.

— Donc, tu as le gène de sorcier qui contrôle les sens, dis-je. Comment est ton ouïe ? Ton odorat ?

— Je ne suis pas ici pour divulguer l'ensemble de mon répertoire, dit Sam.

Kyle gémit.

— C'est reparti. Aucune confiance. C'est à cause des règles du jeu. Peu importe la façon dont nous jouons ; à la fin, nous devrons nous tuer les uns les autres.

Kyle se lève et agite les mains pour faire valoir son point de vue.

— Eh bien, je dis, au diable les règles. Faisons notre propre jeu. Bien sûr, Nordra et Viper doivent partir. Ce sont de fous meurtriers. Et les fantômes — je ne sais pas encore. Mais qui dit que nous devons nous comporter les uns avec les autres comme des barbares ?

— Les gens qui nous ont choisis, peut-être, dis-je. Il se peut qu'ils ne nous permettent pas de sortir d'ici jusqu'à ce qu'il ne reste plus qu'un seul d'entre nous.

Kyle lève la main.

— Je suis d'accord avec toi. À part le manque de confiance que nous ressentons les uns envers les autres, voilà la clé. Mais

Sam a peut-être trouvé un moyen pour sortir de l'île qui nous fera dire : « au diable la plaque ».

Sam grogne.

— Je n'irais pas jusque-là.

— Raconte à Jessie ce que tu as vu, dit Kyle. Allez, Sam. Tu m'en as parlé. Nous devons commencer à établir une sorte de lien ici, sinon nous n'avançons à rien.

Sam regarde en direction du volcan avant de répondre, et il y a quelque chose dans sa voix, dans ses gestes, et sa manière de me regarder dans les yeux de temps en temps, une sincérité tranquille, qui me donne l'impression qu'il est honnête. Je comprends pourquoi Marc lui fait confiance.

— Je pense qu'il est maintenant évident que nous avons tous été largués dans des lieux différents sur cette île. Celui qui dirige cette mascarade dégueulasse a probablement voulu que chacun de nos groupes s'installe avant que la fête commence. Du moins, c'est la façon dont je le vois — que nous sommes ici pour divertir quelques sorciers assez tordus.

— Avec ta vision spéciale, dis-je, as-tu remarqué un signe qui indiquerait que nous sommes surveillés ?

— Rien, admet Sam. Je n'ai pas vu une seule caméra ni aucun microphone. Ça me laisse perplexe et ça veut probablement dire que ma théorie, c'est de la merde. Je ne sais pas, vous me le direz quand j'aurai fini de parler. Mon groupe s'est posé à l'ouest d'ici, près de la base du volcan, à environ deux kilomètres plus haut que l'endroit où nous sommes assis maintenant. Tout de suite, j'ai décidé que je devais tâter le terrain, peut-être repérer les endroits où chaque cellule avait été déposée. Je suis monté jusqu'en haut du volcan, ou au moins près du sommet. La fumée qui émane de cette lave est plutôt désagréable quand on est près de la crête. De toute façon, Jessie, je pouvais voir votre cellule enterrée dans la vallée de l'autre côté de cette colline. Et j'ai repéré la cellule de Kyle un peu plus loin sur la plage.

— On vous a déposés à côté de la mer ? demandé-je à Kyle.

Kyle hoche la tête.

— Quand j'ai lu la plaque, j'ai supposé que tout le monde se trouvait quelque part le long de la côte. Voilà où mon groupe a commencé ses recherches. Mais nous ne sommes pas allés loin avant que Viper nous frappe.

Il fait une pause.

— Avant que Sam continue, j'aimerais ajouter quelque chose de bref. Je ne peux pas parler très longtemps. Il faut que je retourne vers mon équipe. Pire encore, nous avons deux filles qui ont de mauvaises blessures. Ce grand Africain, Ora, il m'a dit que vous aviez une super-guérisseuse dans votre groupe. J'aurais besoin de l'emprunter si vous le permettez.

— Laisse Sam terminer et ensuite je déciderai, dis-je à Kyle, avant de me retourner vers Sam. As-tu vu où les autres cellules ont atterri ?

— Non, dit Sam. Mais je suppose qu'elles sont de l'autre côté de la rivière. C'est bizarre, mais ce serait logique. Trois groupes de ce côté de la rivière, trois de l'autre côté. Quoi qu'il en soit, laisse-moi te raconter ce que j'ai trouvé d'autre à partir du sommet. C'est plus élevé que ça en a l'air. J'ai commencé par deux kilomètres au-dessus du niveau de la mer et j'ai dû marcher au moins trois kilomètres supplémentaires. J'estime que le point le plus haut du volcan est situé entre 5 000 et 5 500 mètres. Je suppose que tu sais ce que ça veut dire.

— Il y a de la neige là-haut ? demandé-je.

— Ouais. Il y en a plus sur le côté arrière que sur ce côté à cause de la direction du vent qui souffle les gaz. Mais la neige est épaisse. Et ce qui en découle forme la principale source d'eau pour la rivière. Ça commence près du sommet comme un filet, qui ramasse rapidement de l'eau.

— Je me demandais d'où venait toute cette eau, dis-je. Qu'est-ce qu'il y a de l'autre côté de l'île ?

Sam ferme brièvement les yeux, comme s'il essayait d'imaginer comment expliquer quelque chose que je ne pourrais pas comprendre. Puis, il ouvre les yeux et me regarde directement.

— Il n'y a pas d'autre côté de l'île, dit-il.

Je fronce les sourcils.

— Tu veux dire que le volcan est juste sur la côte ? C'est bizarre.

— C'est des années-lumière au-delà du bizarre. Il y a un mur noir qui longe l'arrière du volcan. Il est situé à un demi-kilomètre en bas du sommet. J'ai fait le tour parce que, comme je l'ai dit, j'avais de la difficulté à respirer avec toutes les émanations au sommet, et j'étais incapable de monter plus haut. C'est à ce moment que je suis tombé sur ce truc.

— De quoi était fait le mur ?

Sam hoche la tête.

— Ça ne ressemble à rien de ce que j'avais déjà vu.

— Jusqu'à ce qu'il arrive ici, s'exclame Kyle. Jusqu'à ce que nous venions tous ici.

— Attendez une seconde, dis-je. Je ne vous suis pas, les gars.

Kyle hoche la tête vers Sam.

— Raconte-lui tout.

Sam soulève le bracelet brun sur son poignet gauche.

— As-tu eu l'occasion d'examiner ce qui se trouve à l'intérieur de ce bracelet ? Moi, je l'ai eue et Kyle aussi, puisque nous avons tous les deux un mort dans notre équipe qui a perdu son bras. Il y a une pierre sombre qui presse contre notre peau.

— Je l'ai vue, dis-je.

— Voilà de quoi est fabriqué ce mur. Je ne peux pas dire si c'est de la pierre ou du métal. D'ailleurs, je ne peux pas te décrire la sensation, parce que quand j'y ai touché, il s'est passé quelque chose d'étrange. Je me tenais là une seconde, et un instant plus tard, j'ai eu l'impression que je me tenais là depuis toujours. Et je veux dire toujours, comme si des années avaient passé sans que je me déplace.

Il marque une pause.

— Je sais que ça paraît dingue, mais c'est ce qui s'est passé.

— Tu as dû t'évanouir, proposé-je.

La voix de Sam se met à trembler.

— J'aurais aimé. Ce mur me foutait les jetons et ce n'était pas simplement à cause de ce qui s'était passé quand j'y ai touché. Comme je le disais, il y avait beaucoup d'émanations et de fumée près du cratère. La majeure partie est soufflée de ce côté, mais il y en a quand même aussi beaucoup près du mur. Mais même si l'air en est saturé, j'aurais dû être capable de voir par-dessus.

— Quelle est la hauteur du mur ? demandé-je.

— J'ai supposé environ dix mètres. Je sais ce que tu penses, que je ne pourrais absolument pas voir au-dessus d'un mur de dix mètres. Mais ce que je dis, c'est que même quand je m'en suis éloigné, et que j'ai grimpé à une trentaine de mètres plus haut — sur le côté du volcan — je ne voyais toujours pas par-dessus.

— Attends, je m'y perd, répliqué-je. Veux-tu dire que tu es monté à une trentaine de mètres plus haut que le mur et que tu ne voyais toujours pas par-dessus ?

— Non. Tu m'as bien entendu, mais tu ne veux tout simplement pas accepter ce que je te dis. Je me suis éloigné d'environ un demi-kilomètre du mur, vers le sommet, ce qui a fait que je me suis trouvé à une trentaine de mètres plus haut que le mur.

— Et tu ne pouvais toujours pas voir par-dessus ? demandé-je.

— Non, répond Sam.

— Tu devais avoir des émanations et de la fumée dans les yeux, poursuis-je.

— Non. Je viens juste de te le dire, il n'y en avait pas assez pour me bloquer la vue. Soit que j'aurais dû voir l'autre côté de l'île, et l'océan au-delà, ou bien j'aurais tout simplement pu voir l'océan. Je n'ai vu ni l'un ni l'autre.

Je hoche la tête.

— Je suis désolée. Je ne te suis toujours pas.

Sam sort sa bouteille d'eau et en prend une longue gorgée.

— Crois-moi, Jessie, je compatis.

— Merde ! Qu'est-ce que tu as vu ? demandé-je, exaspérée.

— Rien. Je ne voyais rien.

Je continue à hocher la tête.

— Ça n'a aucun sens.

— Ne sois pas trop dure avec le garçon, intervient Kyle. Quel que soit ce mur, ce n'est pas naturel. Non seulement le mur a-t-il eu un effet sur son cerveau, mais il a aussi voilé sa vision.

— Mais au début, quand tu as commencé à en parler, dis-je à Kyle, de la façon dont tu agissais, on aurait dit que tu avais trouvé un moyen de sortir de cette île.

— Ce n'est pas exactement ce que j'ai dit, répond Kyle. De toute façon, Sam n'a pas terminé son histoire. Dis à Jessie ce que tu as trouvé d'autre là-bas.

Sam hausse les épaules.

— Une grotte remplie de cristal de roche et d'énormes améthystes. Il y a de l'écriture sur le mur et des images peintes. J'ai même trouvé quelques outils primitifs. Je suppose qu'ils appartenaient à des concurrents précédents.

— As-tu pu lire ce qui était écrit ? demandé-je.

— Non.

— Y es-tu retourné depuis cette première journée ?

— Non, dit Sam, tout en frottant son bras blessé. J'ai été un peu occupé.

— Il est cassé, n'est-ce pas ? demandé-je.

Sam soupire.

— Ouais.

Kyle se lève.

— Je pense qu'il est évident que nous devons aller jeter un autre coup d'œil sur ce mur et dans cette grotte — si nous voulons avoir la moindre chance de nous échapper de cette île.

— Qu'est-ce qui fait dire que c'est si évident ? demandé-je.

Kyle pointe son bracelet rouge.

— Celui qui nous a déposés ici a estimé qu'il était essentiel qu'un morceau de ce mur nous touche à tout moment alors que nous circulons sur cette île. Maintenant, je ne sais pas pour vous deux, mais ça me frappe comme une sacrée coïncidence. Ou peut-être, ce que je veux dire, c'est que c'est tout un indice. Ma façon de le dire n'est pas importante. C'est ce mur qui est important. Il faut que nous allions l'examiner plus en profondeur, et la grotte aussi. Je pense que ceux qui nous ont précédés ont dû découvrir un moyen de sortir de l'île, et ils ont probablement laissé la réponse sur les murs de cette grotte. C'est peut-être ce que Sam a vu.

— Une façon de tricher le Champ ? demandé-je.

Kyle hoche la tête.

— C'est ce que je suis en train de penser.

— C'est une possibilité, convient Sam. Et, à tout le moins, la grotte va nous donner une base solide pour nous défendre. De là-haut, tu peux voir tous ceux qui arrivent à des kilomètres à la ronde.

— Sauf Viper, marmonné-je.

— Je la verrai, dit Sam.

— Ensemble, nous sommes plus forts, ajoute Kyle. Nordra et Viper — même eux, ils auraient peur de s'en prendre à trois sorciers à la fois. Mon plan, c'est de fusionner nos équipes et de nous rendre au sommet du volcan. C'est le seul plan qui a du sens. Nous avons encore besoin de dormir et nous ne pouvons le faire que si nous avons quelqu'un en qui nous avons confiance pour monter la garde.

— Et si Nordra et Viper forment une alliance ? demandé-je, remarquant que Kyle avait sournoisement glissé le mot confiance dans sa proclamation.

— Raison de plus de nous unir, dit Kyle. Mais ça ne va pas arriver. Nordra a entendu assez d'histoires sur Viper pour être au courant que c'est du poison.

— Tu sembles en savoir beaucoup sur eux, dis-je. Puis-je te demander qui est ta source ?

Kyle sourit.

— Je m'attendais à ce que tu me poses la question. Tu veux savoir si je suis avec les Lapras ou avec les Tars ?

— Je suppose que quelqu'un doit te faciliter les choses, dis-je. Un gamin de 19 ans dont le premier album obtient un disque triple platine.

— Et tu crois que les Tars n'ont pas l'habitude de rendre célèbres des jeunes comme moi, dit Kyle. Je ne vais pas te mentir. Je plaide coupable. J'ai beaucoup d'amis Lapras, et l'une d'entre eux, en particulier, m'a aidé à faire le premier pas. Elle m'a aidé à démarrer, mais c'est mon talent qui m'a rendu célèbre. Et sache que j'ai autant d'amis qui sont Tars.

— Alors, ce que tu es en train de dire, c'est que tu n'appartiens à aucun clan ? dis-je. Ou est-ce que tu appartiendrais aux deux ?

— Aux deux, à aucun — quelle différence ça fait ? Tu connais cette phrase de mon CD ? « Je marche où je veux et je parle à tout le monde. » Ça résume ce que je ressens à propos des deux groupes. Et d'après ce que j'ai entendu dire à ton sujet, Jessica, tu n'es pas différente. Tu détestes te faire donner des ordres autant que moi.

Il a dû parler à quelqu'un de très haut placé, on dirait qu'il me connaît.

— Tu ne m'as toujours pas dit qui était la source de toutes ces fabuleuses idées.

Kyle hausse les épaules.

— Et je ne le ferai pas. Tant que je me tais, ils continueront à m'alimenter sur ce que je dois savoir.

— Ta source t'a-t-elle indiqué que le moyen de sortir d'ici est au sommet du volcan ? persisté-je.

Kyle applaudit à ma question.

— Peut-être, peut-être. Laisse-moi te faire une suggestion. Demain matin, quand tu te réveilleras dans le monde des sorciers, pourquoi n'appelles-tu pas ta source pour voir ce qu'ils ont à raconter sur moi ? Je peux te dire ce que tu vas entendre. Que je suis le tout nouveau mauvais garçon du quartier ! Que tout ce qui m'intéresse, c'est le sexe, les drogues, et le rock'n'roll. Et tout ça est vrai. Mais il y a une chose que tu n'entendras pas, c'est — que Kyle est un tueur.

Sam se lève.

— Alors, pourquoi es-tu ici ?

Kyle proteste d'un signe de la main.

— Je l'ignore, Sam. Et toi, pourquoi es-tu ici ?

Je sens que Sam est tendu, et je m'inquiète qu'il s'en prenne à quelqu'un — en dépit de son bras brisé — et la dernière chose dont j'ai besoin maintenant, c'est un combat de coqs. Je m'avance entre les garçons.

— Comment pouvons-nous formaliser notre alliance ? demandé-je.

— Comme je l'ai dit, deux de mes joueuses sont grièvement blessées, répond Kyle. Tu me prêtes ta super-guérisseuse, tu me permets de la ramener à ma maison au bord de la mer, et je t'en serai éternellement reconnaissant.

— Et ensuite, tu formeras une alliance avec nous ? demande Sam.

— Je pense que je viens tout juste de dire ça, répond Kyle.

— Je veux d'abord que Sam soit guéri, ajouté-je.

— Mais mes coéquipières connaissent des douleurs atroces, insiste Kyle. Chaque minute qu'elles perdent peut représenter la différence entre la vie et la mort. S'il te plaît, Jessie, laisse-moi emprunter ta guérisseuse. Je la protégerai comme si elle faisait partie de mon groupe.

— Tu as l'idée d'emmener Li ? Sans moi ? dis-je en fronçant les sourcils.

Kyle fait un geste vers le volcan.

— Le groupe de Sam est déjà coincé à mi-chemin sur la montagne. Je suis sûr qu'il a envie d'aller le retrouver autant que j'ai hâte de retourner au mien. Tu peux aller le rencontrer après, à sa base principale. Et une fois que Li aura guéri le reste de mon équipe, nous contournerons cette vallée et nous vous retrouverons tous environ à mi-chemin.

La suggestion de Kyle me semblait raisonnable. Chacun de nous, les trois sorciers, doit retourner vers son équipe. Elles sont vulnérables sans nous. En même temps, fusionner nos groupes le plus rapidement possible nous donnera encore plus de protection.

Pourtant, je me sens troublée. Je n'aime pas envoyer Li avec Kyle. Je ne connais rien à son sujet et de son propre aveu, il n'est pas l'âme la plus attentionnée sur la planète. Égoïstement, la capacité de guérison de Li procure à notre groupe un avantage considérable. Tout de même, je ne veux pas le sang des blessés du groupe de Kyle sur mes mains. À défaut d'autre chose, l'inquiétude de Kyle pour ses membres me semble authentique.

— Il y a une chose que je ne comprends pas, me dit Sam. Pourquoi a-t-on attribué deux sorcières à ton groupe ?

— Li n'est pas une sorcière, répondé-je. Juste une exceptionnelle guérisseuse.

— Comment est-ce possible ? insiste Sam.

Je hausse les épaules.

— Je ne sais pas. Je sais juste qu'elle a refermé la blessure d'Ora sans laisser une égratignure.

— Ça me convient, dit Kyle, impatient de bouger.

Il propose de revenir à mon camp avec moi, pour qu'ensuite, il escorte Li à sa base principale. Entre-temps, il suggère que j'aille chercher Chad pour aller à la rencontre de Sam, qui sera en train de conduire Marc et Ora jusqu'à son camp.

— Je suis d'accord avec tout, sauf la dernière partie, interrompé-je. Marc et Ora nous accompagneront pour revenir à notre camp.

Kyle semble perplexe.

— Tu les fais tout simplement parcourir deux fois le même chemin.

— Il a raison, convient Sam. Merde, si tu transportes Chad sur ton dos, tu nous rattraperas en peu de temps.

— Marc et Ora restent avec moi, répété-je. Sam, d'après ce que tu m'as dit, j'ai une bonne idée de l'endroit où tu te trouves. Mais pousse un cri si tu nous vois passer tout droit devant ton camp. Kyle, viens avec moi et les autres.

Sam est d'accord avec ma modification.

— J'apprécie ta prudence. Je vais t'attendre.

Je marche vers l'endroit où Marc et Ora attendent et je leur explique le plan. Marc n'est pas d'accord ; il n'aime pas Kyle. Mais Ora voit la sagesse dans l'union de nos forces.

— Nous ne pouvons pas lutter contre cette créature que nous ne pouvons pas voir, dit Ora.

— On fera quoi si Li ne veut pas aller avec Kyle ? demande Marc. Ou supposes-tu qu'elle fera tout ce que tu exiges ? Parce que si c'est le cas, alors tu dois savoir que tu joues un rôle dangereux.

Marc dit la vérité, bien sûr, et voilà pourquoi ses paroles sont blessantes. Une fois que je prends les commandes du groupe, il sera difficile de reculer devant les responsabilités, sauf si je prends une mauvaise décision et que quelqu'un se blesse ou meurt. Mais je ne vois aucune solution de rechange.

— Quelqu'un doit décider, dis-je.

Nous partons et nous marchons tous les quatre près les uns des autres. Kyle parle ouvertement de ses capacités. Il admet qu'il possède la force et la vitesse, l'intuition, la guérison et le gène de la dissimulation.

— Mais la seule personne que je peux guérir, c'est moi-même, dit-il. C'est peut-être que je n'ai jamais essayé sur quelqu'un d'autre. Et l'intuition — je crois que dans mon cas, ça se présente surtout comme un petit chenapan plutôt malin. Je peux presque toujours saisir ce que les autres pensent, et je sais comment me sortir d'une situation difficile.

— On dirait un gars que je connais, dis-je, en regardant Marc.

— Je commence à peine à comprendre comment utiliser le gène de la dissimulation, poursuit Kyle. J'ai l'impression que quand je suis sur scène, je peux faire en sorte que la foule tombe amoureuse de moi. Je suis sérieux. Je ne fais que regarder les gens dans les yeux et souhaiter leur amour. C'est plus qu'un simple truc magnétique.

— Tu débordes de charisme, dis-je.

Kyle rit.

— C'est vrai ! Mais ici, ça ne m'apporte aucun avantage.

— Qu'est-ce que tu nous caches encore ? demandé-je.

— Je ne suis pas certain. J'ai été scanné par un gros bonnet des Lapras, mais tout ce qu'il a fait a été de confirmer les pouvoirs que je connaissais déjà. Mais je sais que j'en ai d'autres, il m'a au moins dit ça. Il m'a dit que je les découvrirais au fur et à mesure.

— Combien a-t-il dit que tu en avais ? demandé-je.

Le visage de Kyle s'éclaire.

— Six ! C'est quand même un bon nombre, tu ne crois pas ? Combien en as-tu ?

— Je ne sais pas, menté-je. Les Tars m'ont scannée, mais ils ne donnent pas ce genre de renseignement.

Kyle hoche la tête.

— J'ai entendu parler de leurs règles. « Tes capacités doivent mûrir naturellement, avec le temps. » Quelles conneries ! J'avais envie d'étrangler le con de Tar qui m'a raconté cette merde.

— Con de Tar ? demandé-je.

— Voilà comment les Lapras les appellent à Londres, dit Kyle.

Maintenant que nous allons abandonner notre grotte, je ne suis pas aussi inquiète de révéler son emplacement. Nous trouvons Chad et Li qui attendent à l'intérieur, blottis contre une torche presque éteinte. Li paraît beaucoup mieux grâce au rite de guérison que nous avons effectué plus tôt ; le coup de pouce énergétique semble tenir le coup. Lorsque je donne des explications sur les membres blessés de l'équipe de Kyle, Li offre rapidement de l'accompagner avant même que je le lui demande. Elle est tellement généreuse — je me demande si ce n'est pas pour cette raison qu'elle est aussi douée pour guérir.

Quelques minutes plus tard, Kyle, Li et moi nous séparons après nous être entendus sur un point de rendez-vous précis. Pourtant, juste avant de partir, Kyle m'entraîne à l'écart.

— Je sais que je n'ai pas arrêté de dire que nous devions commencer à nous faire confiance les uns les autres, dit-il. Sinon, je ne sais pas comment nous arriverons à survivre. Mais j'ai un problème avec Sam dont il faut que je te parle.

— Qu'est-ce que c'est ? demandé-je.

— Il m'a raconté qu'il habite avec sa mère. Il a dit qu'il étudie pour devenir un grand couturier et qu'il passe la semaine, du lundi au vendredi, au Parsons College. Et le week-end, il fait du bénévolat dans un refuge pour enfants handicapés.

Kyle gémit.

— Tu vois ce que je veux dire ?

— Ça te semble trop beau pour être vrai ?

— Ouais. On dirait que c'est un sacré saint. Maintenant, il faut dire que j'ai dû lui soutirer cette information. Il ne s'est vanté de rien. Mais ce truc à propos de son bras me tape aussi sur les nerfs.

— Pourquoi ? demandé-je, même si je peux deviner ce que Kyle va dire.

— Combien de sorciers connais-tu sans le gène de guérison ? Je n'en ai jamais rencontré un. Je veux dire, comment a-t-il pu survivre au rite de mourir-et-revenir-à-la-vie ?

— La moitié des gens qui n'ont pas le gène de guérison survivent au rite.

— C'est n'importe quoi.

— C'est mon père qui me l'a dit, et il ne m'aurait pas menti.

— D'accord, ton père est médecin. C'est vrai, la moitié des sorciers survivent sans le gène de guérison s'ils se retrouvent dans un hôpital avec un chirurgien cardiaque et un cardiologue qui prennent soin d'eux. Quand tu viens de la partie pauvre de la ville, ces cinquante pour cent chutent à moins de dix pour cent. Fais-moi confiance, j'ai grandi sans le sou.

L'info de Kyle est inquiétante, mais instructive.

— Sam aurait pu avoir de l'aide extérieure, dis-je. Sa mère n'est-elle pas sorcière ?

— Selon lui, c'est une ancienne sorcière. Mais ça soulève une autre question. Si elle est si âgée, pourquoi a-t-elle attendu si longtemps pour l'avoir ?

Kyle fait une pause.

— Je te jure, Jessie, je ne suis pas le moindrement homophobe. J'ai beaucoup d'amis homosexuels. Seulement, je ne connais personne d'aussi parfait que Sam.

— C'est toi qui as proposé l'alliance.

— Qu'est-ce que je devais faire ? Le gars peut voir à des kilomètres et il a une vision rayons X. Il me l'a prouvé, et tu dois admettre que ce sont des pouvoirs très pratiques à posséder quand tu es traqué par une salope comme Viper. Je veux bien que Sam soit aussi pur et saint qu'il le paraisse. Je veux lui donner le bénéfice du doute. Tout ce que je dis, c'est de le surveiller.

— Et de te surveiller aussi, ajouté-je.

Kyle hoche la tête.

— J'en prends bonne note. Je vais te tenir à l'œil aussi. Y'a une chose que tu dois admirer à propos de Nordra. Il est très honnête. Peut-être qu'aucun de nous ne va quitter cette île jusqu'à ce qu'il n'en reste plus qu'un.

Je lui lance un sourire amer.

— Ça donne à réfléchir. Peut-être qu'à la fin, il ne restera que toi et moi, à nous battre l'un contre l'autre.

Kyle me regarde et sourit.

— Avec un corps comme le tien, je parie que tu sais comment tuer un gars et qu'il continue quand même à sourire.

Kyle part avec Li. Marc, Chad et moi rassemblons nos lances, nos torches et nos bouteilles d'eau et nous partons pour le camp de Sam. Sam m'a donné des instructions précises. Suivre la base de la colline pendant près de trois kilomètres à l'ouest des sources chaudes, jusqu'à ce que nous voyons un grand rocher blanc au centre de la rivière, puis continuer un demi-kilomètre plus loin et faire des recherches dans le terrain vallonné pour trouver sa cellule grise. Il m'a expliqué qu'elle était coincée derrière un groupement solitaire de gros arbres.

Sam m'a avertie que les trois kilomètres consistaient essentiellement à grimper une pente, et je m'y suis préparée. Mais peu de temps après avoir passé devant les sources chaudes, Marc et Chad commencent à se plaindre.

— On pourrait penser qu'après tous les combats à mort qui ont eu lieu ici, il y aurait quelques sentiers battus, explique Marc. Je me suis presque tordu la cheville une dizaine de fois.

— Je ne pense pas qu'on ait utilisé le Champ depuis un certain temps, dis-je, balayant la zone pour trouver même un soupçon d'ombre.

Depuis que Cleo m'a parlé des pouvoirs de Viper, j'ai l'impression que ma paranoïa est dix fois plus intense. Il me semble ne jamais pouvoir me détendre. Mais j'essaie de ne pas montrer ma peur.

— À un moment donné, il a dû y avoir des pistes, ajouté-je. Mais elles ont été envahies par les herbes.

— Je ne sais pas, dit Chad.

Après Li, il est le plus faible du groupe. La sueur coule de son front et il respire difficilement.

— Pourquoi dis-tu ça ? demandé-je.

— C'est juste une observation que sur cette île, rien n'est comme on pourrait s'y attendre, dit Chad. Rappelle-toi la jungle où nous avons atterri. On aurait dit la partie la plus profonde et la plus sombre du Congo. Mais ensuite, au-delà d'une seule colline, la jungle s'éclaircit soudainement, et nous avons des arbres de l'autre côté d'une magnifique rivière qui ressemblent à ceux que tu pourrais trouver en Caroline du Nord. Des érables, des chênes, des oliviers, du noyer. Je n'avais vu aucun de ces arbres dans notre vallée.

— Que veux-tu dire ? demandé-je.

— Que cette île est une collection bizarre de plusieurs écosystèmes, dit Chad. Pourtant, chaque écosystème est incomplet parce qu'il n'y a pas d'insectes ou d'animaux terrestres.

— Jusqu'à présent, on n'en a vu aucun, dit Marc. Je parie que d'une minute à l'autre, nous tomberons sur un écureuil ou un lapin.

— J'accepte le pari, dit Chad.

— Tu parais tellement confiant, remarqué-je. Pourquoi ?

Chad s'arrête et indique la vaste étendue au-dessous.

— Cette île me rappelle les anciennes simulations que le Pentagone avait l'habitude de réaliser en préparation d'une guerre nucléaire. On croyait alors que ce qui serait anéanti en premier par une émission de radiations, ce serait les gens et les gros animaux. Les insectes, particulièrement les cafards, seraient les dernières créatures terrestres. Un cafard peut survivre à 20 fois plus de radiations qu'un être humain. Mais même un cafard ne survivrait pas à un arbre.

— C'est idiot, dit Marc. Dans une guerre nucléaire, les arbres s'enflammeraient immédiatement.

Chad hoche la tête.

— Ils s'enflammeraient et ils brûleraient jusqu'au sol. Mais leurs racines survivraient parce qu'elles sont sous terre. Avec le temps, à mesure que les radiations résiduelles diminueraient, ils recommenceraient à pousser. De la même façon, des millions d'espèces de poissons survivraient parce qu'ils sont sous l'eau. Bien sûr, certaines espèces mourraient, mais plusieurs années après une vraie guerre nucléaire, il est facile d'imaginer une planète où aucun animal terrestre ne circulerait plus sur terre, mais où les mers seraient encore remplies de poissons.

— Un peu comme notre rivière, dis-je.

J'éprouve une horrible sensation alors que j'envisage ce qu'il vient de m'expliquer. On dirait que je sens qu'il y a de la vérité dans son scénario fantaisiste.

— Ouais. Comme notre rivière, convient Chad.

— Alors, qu'est-ce que tu dis ? demande Marc.

Chad hoche la tête.

— Il faut que j'aille voir ce mur dont Sam m'a parlé.

Marc agite la main.

— Je pense que notre ami Sam avait trop de fumée dans les yeux quand il est tombé sur ce mur.

— Je l'espère, dit Chad, en me lançant un regard sombre.

Après une randonnée de 90 minutes, nous arrivons au port d'attache de Sam. Les deux membres restants de son équipe sont frère et sœur — Billy Bob Kelly et Mary Jo Kelly. Billy a 18 ans et Mary a 15 ans. Les deux ont les cheveux roux, les yeux verts, une tonne de taches de rousseur et de forts accents du Kentucky. Billy semble en bonne forme lorsque nous arrivons, mais Mary est couchée. Sam raconte qu'elle a été frappée à la tête quand le groupe de Nordra a attaqué.

— Elle montre des signes d'une commotion cérébrale, explique Sam. Billy est resté avec elle toute la nuit pour être sûr qu'elle ne glisse pas dans le coma. Elle est mieux aujourd'hui qu'hier, mais je ne suis pas sûr qu'elle puisse monter au sommet du volcan. Pas, à moins que Li ne la guérisse.

— Tu n'as pas mentionné que vous aviez des blessés, dis-je.

Sam acquiesce.

— Quand nous nous sommes rencontrés, avant de mieux te connaître, je ne voulais pas que tu nous évites à cause de Mary. Alors, je n'en ai pas parlé.

Je lui serre le bras.

— J'aurais fait la même chose. Laisse-moi travailler sur Mary et voir ce que je peux faire. Kyle et son groupe doivent être au moins une heure derrière nous.

— Tu sais, il voulait que nous nous rencontrions plus haut sur le volcan, prévient Sam.

— Il devra attendre, dis-je.

Mary a le côté gauche lacéré, probablement quelques côtes cassées. Non seulement les membres du groupe de Nordra l'ont-ils coupée avec leurs machettes, mais ils lui ont aussi donné des coups sur le torse. Mais le coup qui a été porté à sa tête est nettement plus grave. Lorsque j'entre dans leur cellule et que je l'examine, elle réagit à peine. J'aurais aimé que Li soit là. Non seulement est-elle plus efficace comme guérisseuse, mais lorsqu'elle se sert de son pouvoir de guérison, ça ne semble pas la drainer comme ça le fait pour moi.

Pourtant, je ne peux laisser la jeune fille allongée là dans la douleur.

Comme d'habitude, je pose ma main gauche sur le front de Mary, ma droite sur son cœur. Je ferme les yeux et je prie pour que la magie vienne aider la jeune fille. Peu de temps après, la chaleur commence à circuler à travers mes mains. Pourtant, la lumière n'arrive pas, et quand je tente de la faire venir, le courant qui se déverse de mes doigts commence à s'estomper. J'essaie de ne pas essayer — le vieux paradoxe auquel je fais face chaque fois que j'effectue une guérison — mais c'est difficile parce que même si je viens tout juste de la rencontrer, je me sens proche de Mary en me connectant ainsi à elle.

Je sens certainement sa douleur. Pendant que je travaille sur elle, j'ai mal à la tête, et quand j'ai terminé, je dois m'assoir pendant plusieurs minutes, les yeux fermés, avant d'avoir la force de me relever.

Mary s'est endormie, mais je sens que c'est un bon sommeil, alors je la laisse dormir. Je sors à l'extérieur au soleil et je trouve Sam qui attend près de la porte. J'ai senti ses yeux sur moi tout le temps que je traitais Mary, mais ça ne me dérangeait pas. Si les rôles avaient été inversés, moi aussi je l'aurais tenu à l'œil.

— Comment est-elle ? demande-t-il.

Je hausse les épaules.

— Mieux qu'avant. Mais assez bien pour partir en randonnée au sommet du pic ? J'en doute. Espérons que Li pourra faire plus pour elle.

— Tu n'as pas besoin de faire ça, dit Sam.

— Faire quoi ?

— Te sentir coupable quand tu n'as pas le contrôle sur quelque chose.

— Une vieille habitude, je suppose.

Sam fait un geste vers le paysage au-dessous. Même si nous sommes beaucoup plus éloignés de la rive, je peux toujours apercevoir les vagues qui se brisent sur les rochers sombres. Je me demande comment je me sentirais de plonger dans cette eau et de nager au-delà des houles pour simplement me laisser flotter sur le dos et regarder le ciel bleu. Il me semble que je ne me suis pas totalement détendue depuis une éternité.

— En chemin jusqu'ici, dit Sam, j'ai appris à connaître les personnes de mon groupe. Nous avons passé une journée entière à parler de nos vies. Et quand nous avons atterri ici et que j'ai lu la plaque, j'ai juré que je n'allais pas permettre qu'il leur arrive quoi que ce soit. Je mourrais le premier avant que je permette que l'un d'eux soit blessé.

Il marque une pause.

— Puis, Nordra est arrivé et soudain la moitié de ma famille a disparu.

— Ta famille ?

— C'est idiot, je sais, mais c'est ce que je ressentais. Ils étaient tous spéciaux, chacun à sa manière.

Il arrête et soupire.

— Un moment, ils étaient ici, et le moment suivant, ils étaient partis. Je me suis blâmé pour avoir pris le chemin que j'avais choisi. Pour les avoir emmenés. De n'avoir pas tué Nordra quand nous étions face à face. Ça m'a rongé toute la nuit, puis de nouveau toute la journée, dans le monde des sorciers. Mais ma mère m'a dit quelque chose à propos du Champ qui m'a aidé à accepter ce qui se passait. Elle a dit : « Le Champ, ça ressemble à la vie. Ça t'oblige à affronter tes peurs. La différence, c'est que dans le Champ, tu les affrontes en quelques jours plutôt qu'en quelques années. »

— Ta mère semble être une femme sage.

— C'est la personne la plus extraordinaire que j'ai rencontrée de toute ma vie.

Sam fait une pause.

— Elle savait que je finirais ici.

— Comment ?

— Je ne sais pas. Mais quand je suis allé au lit ce soir-là, la nuit où j'ai été enlevé, elle m'a embrassé pour me dire bonne nuit, et j'ai vu des larmes dans ses yeux.

— Kyle m'a dit qu'elle est très âgée.

— Des milliers d'années. Elle est une des plus anciennes sorcières dans le monde.

— A-t-elle beaucoup de contact avec le Conseil?

— Elle en était membre il y a longtemps. Mais maintenant, elle s'occupe simplement de ses affaires.

— Et ton père?

— Elle n'a jamais parlé de lui.

— C'est bizarre.

— Non, pas si tu connais ma mère.

Sam tapote le rocher de granit sur lequel nous sommes appuyés.

— Elle est comme cette pierre, rien ne la touche. Elle se contente de regarder les jours passer.

Il arrête et se corrige.

— Du moins, c'est ce qu'elle faisait avant.

— La plaque pourrait être erronée. Nous sortirons peut-être d'ici.

— Tu crois ça? demande-t-il.

— C'est plus facile d'y croire que d'accepter d'être condamnés.

Sam acquiesce.

— Tu parles comme ma mère. J'aimerais que vous vous rencontriez toutes les deux.

— Peut-être que ça arrivera un jour. Pendant que nous attendons, laisse-moi jeter un coup d'œil à ton bras.

— Ce n'est pas une bonne idée. Quand tu t'es levée après avoir travaillé sur Mary, je t'ai vue chanceler. Garde tes forces. Je peux attendre Li.

— Tu crois toujours qu'elle est une sorcière?

— Je pense qu'ils sont tous des sorciers. C'est juste une question de le savoir ou pas.

J'hésite.

— As-tu pensé à connecter un de tes membres?

Sam réfléchit.

— Billy est le seul qui reste que je pourrais essayer de convertir. Mais c'est loin d'être l'environnement idéal.

— Et dans le monde des sorciers?

— J'ai son adresse. J'ai pensé à aller le voir. Mais il va à l'école dans le Dakota du Nord. Ça prendrait du temps pour y arriver. Et ensuite, qu'est-ce que je dirais? « Salut, mon nom est Sam. Si tu me permets de te tuer dans ce monde, ça pourrait aider à te sauver la vie dans un autre monde. »

Il hoche la tête.

— Et toi?

— Je suppose que je ressens la même chose que toi, menté-je.

J'avais déjà prévenu mes membres de ne pas dire à Sam ou Kyle où ils habitent, ou même de donner leurs noms de famille. Si Sam et Kyle ne sont pas qui ils prétendent être, ils pourraient anéantir ma bande en les tuant tous dans le monde des sorciers.

Sam n'est pas rebuté par ma réponse vague. Il esquisse un faible sourire pour lui-même, et j'ai tout à coup la nette impression que Billy n'est jamais allé dans le Dakota du Nord de toute sa vie.

Nous repérons Kyle et son groupe deux heures plus tard, à environ un kilomètre au-dessus de nous. Je ne suis pas surprise qu'il ait avancé sur le volcan à l'endroit où il l'a fait. La falaise qui abrite notre ancienne grotte donne accès au sous-sol près du lieu où il a conduit ses membres, et ça me dit que Kyle, comme Sam, connaît beaucoup mieux l'île que moi.

Je suis troublée quand Sam me dit que Kyle a seulement deux gars avec lui, et une petite asiatique.

— C'est bizarre qu'il ait laissé ses filles là-bas, dis-je.

— Peut-être que Li n'a pas été en mesure de les aider, dit Sam.

Mary se sent mieux et elle est capable de marcher, mais à un rythme plus lent que ce que nous souhaiterions. Son frère, Billy, porte son sac pour elle, et lui tient la main, la traînant pratiquement sur le côté de la montagne. Déjà, les deux groupes fusionnés ressentent l'effet de l'air de faible densité. Sauf pour Sam et moi-même, tout le monde a de la peine à respirer.

Comme nous ne pouvons longer la falaise, nous sommes beaucoup plus exposés. Plus nous montons, plus nous rencontrons de larges plaques noires de lave figée. Les surfaces rocheuses sont effectivement plus faciles à traverser. Malheureusement, nous passons la plus grande partie de notre temps à cheminer sur un mélange glissant de gravier et de terre. Kyle et son groupe nous attendent patiemment, mais il nous faut plus d'une heure juste pour monter à peine plus d'un kilomètre.

La moitié de la journée est passée et le sommet est encore loin lorsque nous finissons par arriver jusqu'à Kyle et son groupe.

Li est assise, la tête penchée, alors que nous approchons. Elle ne lève même pas les yeux pour nous saluer. J'ordonne à Kyle de me dire ce qui s'est passé. Mon ton est exigeant. Il lève les mains comme pour se défendre.

— Ce n'est pas la faute de Li, dit Kyle. Je l'ai regardée travailler sur elles. Elle a fait tout ce qu'elle a pu, et elles semblaient mieux aller. Mais quand nous sommes partis, la blessure de Teri s'est rouverte et elle s'est mise à saigner. Puis, une demi-heure plus tard, Nicole s'est plainte de douleurs à la poitrine, alors nous nous sommes assis et nous avons fait une pause. Elle a fermé les yeux et a semblé somnoler pendant quelques minutes. Mais quand nous avons essayé de la réveiller, elle était morte.

— Au départ, quel était le problème de Nicole ? demandé-je, en examinant les deux partenaires masculins de Kyle.

Les deux sont foncés, aussi noirs qu'Ora, mais plus petits, et maigres. L'un a un accent français, l'autre parle tout comme Kyle. Pierre et Keb. Ils se tiennent près de Li comme pour la protéger. Pour une raison quelconque, Li refuse de me regarder.

Il y a de l'amertume dans le ton de Kyle.

— Viper a frappé Nicole sur le côté avec un bâton. La salope doit lui avoir fait craquer la cage thoracique. Et probablement que son poumon a été perforé. Je sais qu'elle crachait du sang pendant la nuit.

— Je ne comprends pas, dis-je. Ora allait bien après le travail que Li avait fait sur lui.

— Peut-être que le traitement d'Ora a drainé l'énergie de Li, suggère Sam.

— Elle a paniqué quand nous avons perdu les filles, me dit Kyle. Elle a commencé à délirer en coréen et tout le bordel ; elle agissait comme si c'était elle qui les avait tuées. J'ai essayé de lui parler, mais elle ne me connaît pas et je pense qu'elle ne me fait pas confiance. Peut-être que tu peux l'aider. Peu importe ce que tu dois faire, Jessie, fais-le rapidement. En nous tenant sur le côté de cette montagne, c'est comme si nous agitions un drapeau blanc en signe de reddition. Tu peux parier que Nordra et Viper sont en train de nous lorgner au moment où je te parle.

— Je vais lui parler, dis-je.

Je m'avance vers Li et je m'agenouille à ses côtés. Ora se tient derrière moi. Je ne peux voir le visage de Li avec ses cheveux pendants qui le recouvrent. Je les tire de côté et je pose ma main à l'arrière de son cou.

— Li ? Li, regarde-moi, c'est Jessie. Dis-moi ce qui ne va pas.

Elle prend un long moment pour répondre. J'attends une minute, deux — on dirait que quelqu'un lui a coupé la langue. Pourtant, au premier abord, c'est comme si elle ne me reconnaissait pas. Elle cligne rapidement des yeux, puis elle s'arrête, me lance un regard vitreux.

— Je suis désolée, murmure-t-elle.

— Ce n'est pas ta faute. Elles étaient mourantes. Personne ne pouvait les sauver.

— Elles allaient bien.

— Quoi ? Veux-tu dire que tu les avais guéries ?

— Lula a dit qu'elles allaient très bien. Mais... elles sont mortes.

Je me lève et je retourne vers Kyle. Sam et Marc sont en train de faire le tri de nos réserves, à la recherche de poisson cuit. Ora reste avec Li. Je parle à l'oreille de Kyle, pour que lui seul m'entende.

— Après avoir quitté votre cellule, se pourrait-il que vous vous soyez fait attaquer ? demandé-je.

Kyle paraît surpris.

— Non, personne n'a touché à Teri. Elle a juste commencé à saigner. Et personne n'a touché à Nicole.

— Est-ce possible que Viper ait été là ? pressé-je.

— Si elle y était, je ne l'ai pas vue.

Kyle s'arrête soudainement.

— Merde.

— Qu'est-ce qu'il y a ? dis-je d'un ton sec.

Les doigts de Kyle s'enfoncent dans ses poings serrés.

— Juste avant que j'aille réveiller Nicole, elle a fait un bruit particulier en respirant.

— Qu'entends-tu par « particulier » ?

Très agité, Kyle cherche ses mots.

— Merde. On aurait dit qu'elle étouffait lentement dans son sommeil. Voilà pourquoi je suis allée la réveiller. Et si elle avait été étouffée ?

— Viper ? dis-je.

Kyle ferme les yeux et baisse la tête.

— Quel foutu héros je suis ! J'ai laissé cette salope tuer Nicole juste devant moi.

Nous continuons notre randonnée vers le sommet du volcan. Li est trop déprimée, trop bouleversée pour guérir Mary ou Sam. Je n'ai pas le choix de travailler sur les deux. Heureusement, la fracture de Sam est légère et je suis capable de la réparer. Mais cette fois-ci, Mary réagit à peine à mon toucher, c'est peut-être parce que je l'ai traitée après Sam. Je me sens toujours vidée quand j'accomplis une guérison. Ce qui fait que Mary continue d'être le maillon faible de notre cortège. Elle traîne derrière son frère, et nous sommes forcés d'effectuer de fréquents arrêts pour qu'elle puisse se reposer.

— Je ne veux pas être celui qui dit ça à haute voix, me dit Kyle alors que nous foulons une plaque glissante de pierres noires.

Sam, Ora, Chad et Marc sont à l'avant. Les garçons de Kyle — Pierre et Keb — se tiennent aux côtés de Mary, Billy et Li, à l'arrière.

Juste devant, à un demi-kilomètre, de la vapeur monte du sol. Nous nous approchons d'une autre source d'eau chaude.

— Tu veux larguer Mary, dis-je.

— Je ne veux larguer personne. Mais nous devons penser au groupe. Nous ne pouvons pas risquer dix vies pour en sauver une.

— Pour en sauver deux. Billy ne va jamais laisser sa sœur.

— Alors, ce sera sa décision. Mais il faut accélérer notre rythme si nous voulons atteindre la grotte avant la nuit, nous ne devons plus faire de pauses.

— Tu aurais le culot de tout simplement les abandonner?

Kyle n'est pas insulté.

— Je t'ai dit que je ne suis pas un saint. Mais il ne s'agit pas de moi. Il s'agit plutôt de toi. Que tu l'acceptes ou pas, le groupe t'a déjà nommée chef. Même Pierre et Keb — ils viennent tout juste de te rencontrer, mais je te jure qu'ils te font plus confiance qu'à moi.

— Tu exagères.

— Je suis direct.

Kyle tend la main, m'attrape le bras, et m'arrête. Il est diablement fort. Il laisse le dernier de notre groupe nous dépasser en marchant péniblement avant de me tomber dessus.

— Tu as défait Syn. Tu avais cette réputation avant qu'on nous conduise dans cet endroit perdu. Et tu t'es battue un contre un contre Nordra et tu as survécu. Tu prends déjà les décisions importantes. C'est toi qui commandes ! Maintenant, commence à jouer ton rôle. Fais les choix difficiles et sors-nous du côté de cette montagne où tous les sorciers qui veulent nous tuer peuvent nous voir.

— Je n'ai pas tué Syn, marmonné-je.

— Quoi ?

— C'est son fils de cinq ans qui l'a tuée. Je me trouvais juste à côté.

Kyle cligne des yeux.

— Sans blague ?

— Veux-tu toujours que je sois celle qui condamne Mary et Billy à mort ?

— Oui.

— Tu es un salaud sans cœur, tu le sais ?

Kyle ne répond pas, il me regarde, et il attend.

— Très bien, dis-je d'un ton sec. Je vais y réfléchir.

Kyle hoche la tête en direction de la source d'eau chaude.

— Fais vite, prévient-il avant que son expression se transforme en surprise.

Il se retourne et lance un cri vers la tête de notre groupe.

— Sam !

Sam est déjà en train de nous faire signe.

— Je les vois ! Venez ici !

Nous nous précipitons vers l'avant, près de Marc, Ora et Chad qui ne comprennent pas ce qui cause l'extrême urgence.

— Qu'est-ce que vous voyez, les sorciers ?

Voilà la première fois qu'il nous attribue ce nom.

— Y'a des fantômes qui se cachent derrière des rochers en haut, répond Sam. Il y en a deux à notre droite, deux à notre gauche. Mais pour ce que j'en sais, ils sont ici tous les six.

Il marque une pause.

— Ils ont fait exprès pour que je les voie.

— Tu es certain ? demande Kyle.

— Aucun doute, dit Sam. Ils n'ont pas simplement regardé par-dessus les rochers. Ils ont laissé leurs regards s'attarder. Ils voulaient qu'on les repère.

— Nous savons qu'ils sont rapides et qu'ils emploient la télépathie, dis-je. Autre chose ?

— Ils guérissent rapidement, dit Kyle.

— Ils se déplacent toujours en meute, ajoute Sam. Ils ont toujours un chef. Ce sera leur sorcier. Nous l'attrapons, et ils ne sauront plus quoi faire.

— Comment savons-nous lequel est le chef ? demande Marc.

Sam examine les grands rochers noirs qui jonchent les bassins fumants. Je sens le soufre et je me souviens de l'avertissement de Cleo. Il faut se méfier de Viper lorsque de la lave est exposée. Je demande à Sam ce qu'il voit, mais il répond à la question de Marc.

— Je serai capable de repérer leur chef, dit Sam.

Kyle se met à grogner.

— Donc, tu fais de la télépathie. Tu ne nous en as jamais parlé.

Sam est agacé.

— Comme si tu nous avais raconté la moitié de ce que tu pouvais faire.

Je lève les mains.

— Nous nous battrons plus tard au sujet de nos pouvoirs. Maintenant, on fait quoi?

— Il faut prendre une décision, dit Kyle. Est-ce qu'on essaie de les attraper ou on les laisse partir?

Sam pose ses mains autour de ses yeux et scrute de nouveau le terrain un kilomètre vers le haut. Mais cette fois, je sens qu'il cherche plus avec son esprit télépathique qu'avec sa vision extraordinaire.

— Si ça peut aider à prendre une décision, leur chef est sur le côté gauche, loin des autres, seule derrière un rocher.

— Tu peux le voir? demande Kyle.

Sam secoue la tête.

— Je peux *la* sentir. C'est la seule qui n'a pas délibérément révélé sa position.

— Ils la protègent, dit Chad.

— Coupez la tête du serpent et le serpent meurt, dit Marc. Ça nous laisse un énorme avantage de savoir où elle se trouve. Voici mon plan. Vous trois, vous faites semblant que vous vous dirigez vers les fantômes qui ont montré leur tête, ensuite vous faites un virage radical à gauche et vous la descendez.

— Alors, nous parlons de la tuer? dit Chad.

Marc hausse les épaules.

— Nous ne pouvons vraiment pas lui demander de se joindre à notre équipe.

— Si nous la prenons en otage, nous pourrions forcer les fantômes à travailler pour nous, suggère Sam.

Kyle semble intéressé.

— Comment? En la torturant?

Sam l'ignore.

— Nous devons décider. La tuer ou essayer de l'attraper vivante ?

Tous les yeux se tournent vers moi. Kyle a raison, ils dépendent déjà de moi pour la décision finale. Pourtant, je pense qu'il est trop tôt pour décider.

— Vous agissez tous comme si c'était nous les chasseurs ici, dis-je. Ça pourrait être un piège. Pensez à la nuit dernière. Les fantômes m'ont conduite directement dans les bras de Nordra.

— Elle a raison, dit Marc, y repensant. Les fantômes pourraient travailler avec Nordra ou Viper.

Sam est d'accord.

— Je soupçonne que les fantômes sauraient si Nordra ou Viper sont dans la région. Mais je doute qu'ils aient formé un partenariat avec eux. Les fantômes sont extrêmement reclus — ils ne feraient jamais confiance à quelqu'un qui n'est pas de leur groupe.

Les commentaires de Sam alimentent mes doutes. Ce qu'il dit concorde avec ce que m'a raconté Cleo sur les fantômes. Pourtant, je suis troublée de voir qu'ils ont décidé de nous faire face tous à la fois, surtout en plein jour. On dirait une machination.

— Je n'aime pas laisser le reste du groupe exposé, dis-je. Et c'est exactement ce que nous ferons si nous nous mettons tous les trois à courir après les fantômes.

« Tous les trois » signifie maintenant « nous, les sorciers ».

Ora lève une lance.

— Nous ne sommes pas sans défense.

Pendant un moment, les discussions s'arrêtent, bien que Kyle continue à faire les cent pas avec impatience. Sam semble réfléchir. Il rompt le silence.

— Je suis d'accord, ça pourrait être un piège. Mais je pense que nous avons une meilleure chance de nous sortir d'un piège si nous unissons nos forces tous les trois.

Il se tourne vers moi.

— Désolé.

— Je suis d'accord avec Sam, dit Kyle. Prenons les lances et frappons vite et fort. Tuons ceux qui se trouvent sur notre chemin, puis nous attrapons leur chef, morte ou vivante.

De nouveau, ils me regardent et attendent ma décision. Mais je vois que la période de discussion est terminée. Il est temps d'agir.

— Très bien, nous attaquerons tous les trois, dis-je. Nous prendrons les machettes. Mais nous laissons la moitié des lances au reste du groupe.

Kyle s'apprête à protester, mais il se ravise. Nos lances et nos machettes changent rapidement de mains. J'attire Marc, Ora et Chad à l'écart.

— Vous devez faire ce que je dis et ne pas poser de questions, leur chuchoté-je. Prenez six lances et installez-les horizontalement sur chacun de ces six rochers.

Je pointe vers ceux que j'ai choisis.

— Placez les extrémités pointues vers le haut. Faites-le une minute après notre départ.

— Jessie, commence Marc.

— Fais-le.

Kyle, Sam et moi sommes prêts. Nous tenons chacun une machette dans la main droite et un faisceau de lances dans la gauche. Comme renfort, des couteaux dans nos ceintures.

Notre plan imite la suggestion de Marc : nous précipiter vers les fantômes les plus apparents avant de virer à gauche en direction de leur sorcière. Le seul changement, c'est que Kyle insiste pour que nous tuions tous les fantômes qui lèvent la tête.

Nous nous alignons comme des gladiateurs d'antan.

Je leur dis que nous partirons au compte de trois.

— Un... deux... trois! crié-je.

Nous émergeons des rochers, et je suis soulagée de voir que Sam et Kyle n'ont aucune difficulté à s'adapter à ma vitesse. Kyle peut être même plus rapide. Les fantômes réagissent à notre attaque en s'éloignant précipitamment comme des insectes effarouchés. Pourtant, leur retraite avait été planifiée. Ils se dirigent tous à notre droite, loin de leurs chefs, et ils utilisent intelligemment le terrain environnant. Juste au moment où un fantôme apparaît pour servir de cible tentante, il ou elle se penche derrière un rocher. Kyle gaspille trois lances et hurle de dégoût.

— Merde! dit-il.

— Oubliez-les! Leur chef se déplace, hurle Sam.

— Où? dis-je d'un ton sec.

Sam fait un rapide balayage mental.

— Elle se dirige vers le bas de la montagne et plus au sud, moitié-moitié.

Je hoche la tête.

— J'ai compris. Kyle, coupe à travers le terrain, avance à cette altitude, et reste au-dessus d'elle. Sam, pourchasse-la, continue sur ses traces. Je vais courir à mi-chemin vers notre groupe puis couper vers le sud. De cette façon, nous l'encerclerons. Maintenant, partez!

Nous décollons comme trois missiles à tête chercheuse vers une cible en vol. Le fantôme meneur est tout aussi rapide que nous, mais nous sommes à trois contre un. Elle ne croyait évidemment pas que Sam la détecterait. Déjà, je la vois en mouvement perpétuel, d'un côté et de l'autre dans le labyrinthe de rochers et de mares fumantes. Elle a un désavantage terrible, parce qu'elle ne peut pas virer vers le haut ou sur le côté du volcan, puisqu'elle tomberait alors sur Kyle ou sur moi. Pour garder son avance, elle doit continuer de courir en ligne droite aussi vite que possible. Mais ainsi, il lui est impossible de se dissimuler.

Je sais que nous allons l'attraper.

Je veux qu'on l'attrape ; vivante.

Soudain, j'entends un chœur de cris dans mon dos.

Un éclair de terreur et de culpabilité me transperce, et je passe tout près de trébucher et de tomber. Même avant de me retourner, je prends conscience que j'aurais dû écouter mon instinct. Que nous étions les chassés et non pas les chasseurs. Que la chef des fantômes savait exactement ce qu'elle faisait.

Je tourne la tête, et je vois un cauchemar.

Nordra et ses deux filles, dans leurs uniformes bleus, courent vers le centre de notre groupe. Nordra tient une machette ; ses partenaires portent chacune un faisceau de lances. Ora va à leur rencontre, Chad et Marc sont à quelques pas derrière lui.

Les bâtons des filles sont soit courbés ou elles sont de pitoyables tireuses. Leurs lances tombent au sol de façon inoffensive. Pourtant, la grêle de bâtons pointus intimide les gars et les oblige à se blottir les uns contre les autres, impuissants. Et il semble que mes amis vont encaisser le plus gros de l'attaque.

Toute pensée des fantômes disparaît. Mon seul souci, c'est d'arriver à Nordra avant qu'il atteigne mes amis. Ayant déjà couru à mi-chemin jusqu'au groupe principal, je suis plus proche d'eux que Sam ou Kyle.

Toutefois, j'appelle mes collègues sorciers en même temps que je tourne et cours vers Nordra. J'entends Sam crier, mais je ne comprends pas ce qu'il dit. Mon cœur hurle dans ma tête. J'ai vu ce que Nordra avait fait à ces personnes dans la prairie, et il ne montrera aucune pitié pour mes compagnons.

Ora est à cinq mètres de Nordra, en route vers une collision frontale, lorsqu'il s'arrête pour jeter une lance. Il met chaque fibre de ses muscles de fer dans sa poussée, et sa forme est superbe. Malheureusement, les réflexes de Nordra sont aveuglants. Apparemment, sans briser sa foulée, il attrape la lance dans les airs et la brise en deux, puis la jette de côté.

Ora parvient à tirer son couteau, mais ça ne va pas plus loin. Nordra ne soulève même pas sa machette lorsqu'il arrive près d'Ora en courant. La bête frappe Ora à la poitrine, le faisant tomber au sol. Je suis à deux cents mètres de distance, mais j'entends tout de même les os et les cartilages craquer dans le sternum d'Ora.

Marc et Chad ont plus de succès. Leurs lances tombent loin de leur cible à leur premier lancer, mais ils apprennent rapidement et ils frappent les deux filles de Nordra à leurs secondes tentatives. La lance de Chad frappe une fille à la jambe ; celle de Marc perce la poitrine de l'autre ; il ne fait aucun doute qu'il ait porté un coup fatal.

Voilà peut-être la raison qui explique que Nordra se met à courir après Marc, je ne sais pas. Ça semble idiot, mais je me demande si Nordra m'a vue en train de lui parler ; s'il sait que je me fais du souci pour Marc. Quelle que soit la raison, en se servant de ses deux bras, Nordra cueille Marc au sol et le tient par-dessus sa tête, comme s'il était fait de caoutchouc mousse.

La pose dramatique m'est destinée.

De nouveau, Nordra est venu me faire une offre.

— Jessica Ralle ! crie-t-il, alors que je me précipite aux côtés de Chad. Je voudrais te parler !

Chad me chuchote.

— Qu'est-ce qu'on fait ?

— Retourne avec les autres.

— Je ne vais pas te laisser !

— Tu ne peux que me faire du mal en restant. Allez !

Chad reconnaît que je parle sérieusement. Il se retire vers les autres qui au moins ont ramassé leurs lances et paraissent prêts à se battre. Même Mary a attrapé une lance et se tient à côté de son frère, Billy. L'attaque de Nordra les a peut-être surpris, mais ce ne sont pas des lâches.

J'aurais simplement voulu que Sam ou Kyle finissent par arriver.

Je plante le bout de ma machette dans le sol et j'étends les bras.

— Que puis-je faire pour toi ? appelé-je.

Nordra s'avance vers moi, avec de longues et lentes enjambées. Il continue à tenir Marc très haut, comme si c'était un poisson de prix, et je ne doute pas qu'il le brisera en deux si je dis ou fais la mauvaise chose.

De tous les scénarios que j'ai ressassés dans ma tête depuis que nous sommes arrivés sur le terrain, celui-ci est mon pire cauchemar. Je me sens impuissante et, déjà, j'éprouve un sentiment de perte dévastatrice. Mais la perte de quoi ? Un ami ? Non, c'est beaucoup plus profond que cela. Et c'est alors seulement que je me rends compte à quel point je tiens à Marc. Si je pouvais échanger ma vie pour la sienne, je le ferais en un instant.

Mais Nordra ne veut pas de ma vie, pas encore.

Il me veut. Il veut que je tue avec lui.

Nordra s'arrête à 50 mètres.

— L'accord reste le même, dit-il.

— Pose-le, et nous en discuterons, répondé-je.

Nordra se met à glousser en même temps qu'il secoue Marc haut dans les airs.

— Bien sûr, je vais remettre ton petit ami par terre. Mais en combien de morceaux ? La réponse t'appartient, Jessica Ralle.

Petit ami. Nordra nous a espionnés.

Sam apparaît à côté de moi, à bout de souffle. Je crains de tourner la tête à la recherche de Kyle. Ce n'est pas nécessaire. Sam dit que Kyle arrive dans quelques secondes. Mais nous n'avons pas ces secondes, dis-je à Sam.

Il hoche la tête et regarde Nordra et Marc, ses yeux perçants à la recherche d'une quelconque ouverture.

— Nous pouvons le prendre sans Kyle, chuchote Sam. Si nous l'attaquons à partir de côtés opposés.

— Il va tuer Marc, répondé-je.

— De toute façon, il va le tuer.

J'entends l'irrévocabilité dans ce que Sam vient de dire, et je sais que c'est vrai. Nordra ne va jamais laisser aller Marc, peu importe ce que je promets. Il me l'a déjà dit. Son marché n'a pas changé. Je dois sacrifier les membres de mon équipe pour lui prouver qu'il peut me faire confiance.

— As-tu un pouvoir secret dont tu ne m'as pas parlé ? demandé-je à Sam.

Sam soupire.

— Rien qui pourrait nous aider maintenant.

Je reconnais que Nordra s'impatiente et je m'attends presque à le voir commencer à torturer Marc pour hâter ma réponse. Pourtant, je prends un moment pour balayer du regard les lances que j'ai ordonné de placer au-dessus des rochers. Il y en a une presque directement derrière Nordra, légèrement à ma droite. Mais il y a une centaine de mètres — la longueur d'un terrain de football — entre la pointe de la lance et le dos de Nordra.

— Je vais te faire une contre-offre ! crié-je. Dépose mon ami et, ensemble, toi et moi, nous partirons d'ici. Je t'aiderai à trouver Viper. Je t'aiderai à la tuer. Voilà tout ce qui t'intéresse vraiment. À part moi, c'est la seule qui peut te menacer.

Nordra hoche la tête en signe d'approbation.

— Une offre intéressante, Jessica Ralle. Je suis tenté. Mais il y a un problème.

— Lequel ? demandé-je.

— Je ne te crois pas.

— Nous sommes venus sur cette île pour nous entretuer. Nous n'allons jamais nous faire mutuellement confiance. Mais une fois que je donne ma parole, je la tiens. Si je dis que je t'aiderai à tuer Viper, je le ferai. D'ailleurs, c'est mon ennemie autant que la tienne. Une fois qu'elle sera morte, toi et moi pourrons nous battre. Réfléchis à ce que je suis en train de t'offrir. Avec moi et Viper mortes, qui pourra s'opposer à toi ?

Nordra réfléchit pendant que Marc se tortille entre ses mains. Je ne peux pas regarder Nordra sans voir les yeux de Marc qui ne me quittent jamais. Je sais ce qu'il essaie de me dire.

Ne t'inquiète pas pour moi. Tue-le.

Mais tout ce que je peux faire, c'est m'inquiéter alors que je devrais plutôt me concentrer — me recentrer sur la lance. Elle semble si loin, tellement hors de portée. Quand Kendor m'avait laissé tomber de la falaise, la chute m'avait donné un choc qui avait activé mon gène de sorcière télékinésique. Il m'a ensuite fait pratiquer en déplaçant des objets avec mon esprit. Frôler la mort avait stimulé le développement de cette aptitude, et j'étais maintenant capable de tendre le bras et d'attraper tout ce qui se trouvait autour de moi avec ma pensée seulement. Malheureusement, il fallait que l'objet soit proche. J'avais une portée de dix mètres, pas plus.

Kendor m'avait expliqué que la seule limite, c'était celle qu'on s'imposait soi-même.

— *La distance est dans l'esprit. La taille est dans l'esprit. Maintenant que votre pouvoir est vivant, vous pouvez déplacer des montagnes.*

— *Vous parlez comme Yoda*, avais-je dit.

Kendor avait été perplexe.

— *Qui est Yoda?*

— *Le maître Jedi dans les films de* La guerre des étoiles.

— *Qu'est-ce que c'est, un film?*

Bien sûr, je savais qu'un homme arraché du VIe siècle n'aurait aucune idée de ce qu'était un chevalier Jedi ou un film. Ce n'était pas important — je croyais que la sagesse de Kendor était intemporelle. Me lancer de la falaise avait été aussi difficile pour lui que ça l'avait été pour moi. Il était conscient que j'aurais pu en mourir, mais il l'avait fait de toute façon parce qu'il savait que si mon pouvoir latent était activé, il serait presque impossible de me tuer.

Kendor avait ce genre de foi en moi.

Il était temps de montrer ma foi en lui.

— La distance est dans l'esprit, me répété-je.

Sam me regarde, comme s'il comprenait.

— C'est ce que dit ma mère.

— Je vais te faire une contre-offre, crie Nordra. Mais j'ai encore besoin d'une preuve de ta sincérité.

— Quel genre de preuve? demandé-je.

— Tue le sorcier à côté de toi.

— Et si je refuse?

— Je déchirerai ton petit ami en deux, dit Nordra, tirant brusquement les bras et les jambes de Marc en directions opposées.

Marc laisse échapper un cri étouffé et c'est d'autant plus horrible, car je sais qu'il ne ferait pas un son à moins que la douleur soit insupportable.

Le hurlement de Marc intensifie le cauchemar pour moi, et pourtant, en même temps, c'est comme l'étincelle qui allume la torche dans mon cachot sombre. Une haine rageuse envers Nordra explose dans mes entrailles et démarre un feu qui flambe à travers chaque nerf de mon corps. Ma tête brûle, mes pensées sont si chaudes qu'elles pourraient faire fondre le plomb, et avec une fureur que je n'avais encore jamais ressentie, je tends la main vers la lance avec mon esprit, je la soulève à un mètre du rocher, et je l'envoie comme une flèche dans la colonne vertébrale de Nordra.

La lance transperce Nordra de part en part et tombe sur le sol, le bois aiguisé trempé de sang, à trois mètres devant le bâtard gémissant. Une tache rouge se répand sur la poitrine de son uniforme bleu et la vie se vide de ses membres. Il laisse tomber Marc comme s'il s'agissait d'un sac de farine. Il est possible que la lance ait effectivement rompu la moelle épinière de Nordra.

Je l'espère vraiment parce que je suis sur le point de me précipiter vers lui, ma machette levée dans les airs, pour lui couper la tête lorsque…

Un cri perçant éclate derrière moi. Je me tourne et je vois Mary engloutie par les flammes. Pendant une seconde, je suis convaincue que mon esprit enflammé a accidentellement frappé l'un des membres de mon équipe avec un éclair de feu.

Puis, je vois le spectacle le plus étrange. Sous l'eau fumante, à quelques mètres derrière Billy, qui se bat en vain pour étouffer les flammes qui engloutissent sa sœur, la lave circule en un fin ressort rouge qui ressemble à un serpent brûlant. Il s'élève du centre de la source chaude et s'enroule rapidement trois fois autour du corps de Billy. Avant même que le jeune homme soit conscient de sa présence, la sorcière qui tient le serpent en l'air détend son emprise et la lave enrobe Billy comme une chaîne de mercure fondu. Son uniforme brun s'enflamme instantanément, et en un clin d'œil, il se transforme en un reflet de sa sœur en train de brûler.

J'ai l'impression que tout le monde est en train de devenir fou.

Sam me secoue durement. Ses paroles me ramènent à la réalité.

— C'est Viper ! crie-t-il. Tout le monde ! Éloignez-vous des bassins ! Courez !

Je la vois, Viper, pour la première fois. Il ne fait aucun doute qu'elle s'est approchée de nous en étant invisible, mais maintenant qu'elle se sert d'une autre arme, sa télékinésie, elle a dû abandonner l'invisibilité. On m'a dit que même les sorcières anciennes trouvent difficile de faire usage de deux pouvoirs en même temps.

En dépit de sa réputation de dure à cuire et de son surnom maléfique, Viper fait plutôt mauvaise figure. Elle est de petite taille, ses cheveux noirs sont courts et on dirait qu'ils ont été coupés par un barbier aux ciseaux rouillés. Elle est tellement mince que son uniforme noir lui va comme une couverture, et son visage pâle est marqué de cicatrices. À première vue, on dirait un mauvais cas d'acné, mais ensuite, je me rends compte que les marques ont été causées par une aiguille infectée.

Peut-être a-t-elle été torturée quand elle était enfant. Peut-être a-t-elle développé une dépendance à la drogue dans son adolescence. Je n'en sais rien, et ça ne me dérange pas. Elle est horrible et elle est terrible, et je tuerai la salope.

Avec mon esprit, je tends les bras vers la lave. J'imagine un raz de marée de pierre fondue qui se déverse sur sa tête. Mais il ne se produit aucun tsunami. Les nuages de vapeur tourbillonnent sous mon agression psychique, mais je ne peux pas saisir la lave qui coule comme je le ferais avec un javelot solide. Je suis incapable de la saisir ; le magma incandescent me donne littéralement l'impression de se déverser à travers les doigts de mon esprit.

Très bien, me dis-je, je soulèverai un rocher avec mon cerveau et j'aplatirai ainsi Viper. Et je la planterai dans le sol à force de coups. Malheureusement, je ne me suis pas donné une chance de me concentrer. Soudain, je comprends pourquoi Kyle n'est jamais arrivé à côté de moi.

Il a déjà affronté Viper en essayant d'utiliser sa vitesse et sa machette pour l'abattre. Mais chaque fois qu'il envoie sa lame vers elle, elle lui envoie une grêle d'éclaboussures de lave, et ce sont les réflexes incroyables de Kyle qui lui permettent d'éviter de se retrouver dans la même situation que Mary et Billy.

Parlant d'eux, Mary cesse soudainement de s'agiter et tombe au sol avec une lance dans le dos. Je scrute la zone, espérant trouver un des membres de l'équipe de Viper qui attaque par-derrière, mais tout ce que je vois, c'est Ora qui soulève une seconde lance. Il me faut un moment pour comprendre. J'avais supposé qu'Ora était K.O. Au lieu de cela, il est de nouveau sur ses pieds et il essaie d'accomplir le plus miséricordieux de tous les gestes — enlever la douleur à Mary et à Billy.

— Ora ! crié-je. Vise Viper !

Il me regarde comme s'il y avait déjà pensé, et il essaie une demi-douzaine de fois. En effet, c'est probablement exactement ce qu'il avait fait pendant que je parlais à Nordra. Pourtant, pour le meilleur ou pour le pire, Ora prend mes ordres au sérieux et il se tourne et court vers Viper, sa lance prête à frapper.

— Ne t'approche pas d'elle ! crié-je. Reste loin des bassins !

Cette fois, Ora n'écoute pas et je comprends pourquoi. La vue de Billy en train de se tordre de la pire douleur qu'une personne peut éprouver nous accable tous. Il a été transformé en torche humaine — je ne peux même pas regarder Billy et sans ressentir la même rage qui envahit Ora. Pourtant, c'est moi qui lui ai ordonné de tuer la salope alors que j'aurais dû me taire et m'en occuper moi-même.

Oubliant Nordra, oubliant même Marc, qui essayait toujours de se relever, j'attrape ma machette et je me précipite vers Viper. Je suis reconnaissante que Sam soit à mes côtés et que Kyle soit déjà en train d'essayer de descendre Viper.

Mais Viper me voit venir. Plus de 200 mètres nous séparent, et nous nous regardons les yeux dans les yeux. Elle sourit faiblement, hoche la tête, et il y a quelque chose de si maléfique dans ses simples gestes qu'en un instant, je sais ce qu'elle pense. Trois sorciers l'encerclent, et je suis leur chef. Ce n'est pas important que je vienne tout juste d'abattre Nordra ; il vient tout simplement de démontrer exactement comment elle va m'arrêter.

En s'en prenant à ceux dont Jessica Ralle se soucie.

Viper se tourne vers Ora, qui s'est rapproché à une trentaine de mètres, et elle lève la main droite en même temps qu'elle exécute un mouvement tourbillonnant particulier avec sa gauche. Derrière elle, un courant de cinq centimètres d'épaisseur se soulève dans les airs comme un long tuyau rouge qui s'échappe d'un sauna vaporeux. La vapeur s'enroule au-dessus de la tête de Viper, des flocons de cendre se déversent sur ses cheveux, mais ça ne semble pas la déranger. Au contraire, on dirait qu'elle est en train de fléchir un muscle avec lequel elle a hâte de frapper.

Le courant se rétrécit subitement, et se projette ; on dirait que Viper a tiré un laser à partir d'une arme invisible montée à un mètre au-dessus de son crâne. Ce n'est que lorsqu'elle frappe Ora dans la poitrine, éclaboussant le devant de son corps, que l'arme revient à sa forme originale — de la lave fondante.

Ora se met à hurler et explose en une boule de feu.

— C'est maintenant que tu meurs ! crie Kyle, tombant sur elle avec sa machette bien haute dans les airs. Il semble inévitable qu'il la tue. En courant après Ora, Viper ne se protégeait plus. De plus, Kyle n'est qu'à trois pas de Viper, et il est sur le point de couper son cou mince avec sa machette tranchante. Une demi-seconde de plus, au maximum, je crois, et sa tête volera dans les airs.

Viper disparaît dans la nature.

Kyle balance sa machette et frappe l'air vide.

— Merde ! juré-je, et je bondis vers les sources d'eau chaude.

Sam me saisit par-derrière.

— Jessie !

J'essaie de le secouer.

— Elle ne peut pas être loin. Cherche-la.

Sam attend.

— Ora ! Il faut que nous aidions Ora !

Je veux lui dire que nous ne pouvons rien faire pour Ora, pas maintenant, pas alors que nous avons une chance d'en finir avec Viper. Je devrais probablement aussi lui dire que je fais exprès pour ne pas regarder en direction d'Ora parce que je ne peux pas supporter de le voir souffrir. Mais tout cela semblerait si peu convaincant, puisque nous l'entendons tous hurler.

Je me tourne vers Marc qui a enfin retrouvé ses esprits.

— Prends une lance, une machette, n'importe quoi, ordonné-je. Tue-le.

Marc halète.

— Mais Li…

— On ne peut pas le sauver ! Tue-le ! crié-je.

Marc a la force de regarder en direction d'Ora. Il pâlit, mais il hoche la tête.

— Je vais le faire, Jessie. Toi, tu tues cette salope.

Les cris d'Ora me hantent jusqu'aux bassins vaporeux. Jusqu'à ce qu'ils tombent brusquement silencieux. Une fois de plus, je ne regarde pas, je ne peux pas. Sam, Kyle, et Chad se rassemblent autour de moi.

— La vois-tu ? demandé-je à Sam.

Il parcourt rapidement la zone.

— Non. C'est la vapeur. Je ne peux pas trouver de trace de son ombre. Elle doit être en train de se faufiler à travers les bassins.

— La vapeur bloque peut-être la vision de Sam, mais ça peut aussi nous aider, dit Chad. Un objet, même un objet invisible, quand il passe à travers un nuage, laisse une trace visible.

— Nous cherchons quoi au juste ? exige Kyle.

C'est au tour de Chad de scruter les sources d'eau chaude.

— Il y a une brise qui souffle en descendant et qui entraîne doucement la vapeur vers elle. Cherchez n'importe quel endroit où la vapeur se divise ou encore quelque part où elle tourbillonne soudainement vers le haut. Ce sera un signe que Viper est tout près.

— Elle est très rusée, préviens-je. Il se peut qu'elle ne coure pas. Il se pourrait qu'elle ne dérange pas du tout la vapeur.

— Alors, nous devons écouter, dit Sam.

Nous nous séparons en deux équipes. Sam va avec Kyle. Chad m'accompagne. Je suis armée d'une machette et d'un couteau. Chad transporte un couteau et une lance. Nous passons en silence autour des bassins bouillonnants ; la puanteur du soufre est presque suffocante.

Bien sûr, il est toujours possible que Viper nous ait bernés et qu'elle ait fait demi-tour pour revenir en arrière et se jeter sur les membres de notre équipe. Mais j'en doute. Son accès facile à la lave demeure toujours son arme la plus puissante, et je ne crois pas qu'elle l'abandonnerait à moins que nous la chassions de la proximité des bassins.

Nous entendons un bruit derrière nous et nous nous retournons vivement. C'est Marc qui respire fort ; il a couru vite pour nous rattraper. Je pose un doigt sur mes lèvres pour l'avertir de demeurer silencieux et il hoche la tête, mais son expression malheureuse et le sang sur sa machette m'informent qu'il a exécuté ma dernière requête.

Ora est mort.

C'est peut-être Marc qui l'a achevé, mais Viper est la meurtrière.

Je me jure de l'abattre.

La vapeur est épaisse. Nous pouvons nous voir les uns les autres, de même que les voies étroites à travers les bassins, et c'est tout. Ensuite, Chad me tape sur l'épaule, il pointe vers une piste d'empreintes de pieds dans le sol noir qui cède sous nos pieds. Les empreintes sont celles d'une petite femme aux pieds nus. Comme Nordra, et moi-même d'ailleurs, comptant sur la traction supplémentaire et sur l'habileté de marcher silencieusement grâce à l'absence de chaussures, Viper a dû enlever ses bottes avant d'entrer dans la bataille.

Ensemble, nous suivons les traces. Mais avant d'aller bien loin, nous arrivons au bord des sources d'eau chaude et sur la surface noire et unie d'une pierre qui est recouverte d'une mince pellicule de cendres. Les traces de Viper sont maintenant floues. Nous voyons une empreinte partielle de son pied gauche, et nous marchons encore six mètres avant d'apercevoir une empreinte des orteils de son pied droit. Chad essaie de résister de son mieux, mais les émanations le forcent à tousser, ce qui trahit notre position.

Je m'avance pour que nous nous tenions immobiles, et j'écoute. Je crois que j'entends quelque chose sur notre gauche. Marc est à ma gauche. Il me fait signe et me demande silencieusement s'il peut me chuchoter à l'oreille. Je lui fais signe que oui et il se penche près de ma tête.

— Derrière nous, dit-il. À notre… Aaah !

Un couteau de pierre émerge comme par magie de la vapeur à l'instant où la pointe pénètre le bas du dos de Marc. Il hurle de douleur, et je balance immédiatement ma machette derrière lui, ne frappant que de l'air. Pourtant, par-dessus les gémissements de Marc, j'entends du mouvement. Je fais un geste vers Chad pour qu'il aide Marc qui est tombé au sol, et je scrute la zone derrière nous avec inquiétude.

La vapeur d'eau est encore dense ; nous sommes sur un plateau rocheux, il est difficile de trouver des empreintes, et mes yeux sont endoloris par les émanations. Je ne peux pas compter sur ma vision, je dois écouter, je dois bloquer tout son émis par Marc.

Mais mes gars sont de véritables héros. Chad sait ce que je suis en train de faire. Il pose sa main sur la bouche de Marc et sans un son, Marc lève sa main pour retirer celle de Chad. Il hoche la tête pour lui signifier qu'il sait qu'il ne peut faire même le plus petit gémissement.

Si Viper était en train de fuir, je verrais un mouvement dans la vapeur, mais elle est stable et se colle à nous comme une ombre. Il est malheureux que la vapeur m'ait dérobé de l'éblouissement du soleil et que je ne puisse pas repérer le contour de son ombre. On dirait qu'elle a tout prévu. D'abord, elle a attendu que nous soyons au point le plus vulnérable, lorsque Nordra a attaqué. Maintenant, elle est probablement très heureuse que j'aie subdivisé notre équipe de sorciers pour partir à sa recherche. « C'était peut-être une erreur de ma part », pensé-je.

Marc est déjà blessé et…

J'entends quelqu'un qui respire profondément. Les gars sont derrière moi, ce bruit s'est produit devant moi. Qu'est-ce qui l'obligerait à prendre une respiration audible ? Le son vient d'au moins trois mètres de distance, peut-être cinq. J'entends un faible bruissement de vêtements…

Viper s'apprête à attaquer !

À attaquer de loin !

Elle doit avoir ramassé une lance ! Une lance qui ne sera visible que lorsqu'elle l'aura lancée sur ma poitrine !

Voilà pourquoi elle a attaqué Marc avec un couteau. Elle ne voulait pas s'en prendre à moi au début. Non, elle a utilisé le couteau pour me donner l'impression que c'était sa seule arme à part sa télékinésie — dont elle ne peut se servir lorsqu'elle est invisible. Elle a essayé de me mettre dans la tête qu'il lui fallait se rapprocher de moi pour me blesser. Et elle s'est rapprochée de moi, mais seulement assez près pour s'assurer que sa lance ne me manque pas.

J'ai une chance et je la prends. En tenant ma machette élevée, je la balance comme une boule de quilles lourde et je lâche ma prise. Le bâton pointu vole à travers apparemment rien d'autre que la vapeur jusqu'à ce qu'il frappe.

Viper apparaît soudainement, le sang jaillissant du moignon de son bras gauche. Ma machette a attrapé son poignet. Sa main coupée, les doigts agrippés à une de nos propres lances, se retrouve ensanglantée sur le rocher noir. Stupéfaite, Viper regarde sa main fixement, puis elle me fusille du regard.

La haine dans ses yeux ne devrait pas me surprendre, et pourtant, c'est le cas. Elle nous a traqués et elle nous a assassinés. Pourtant, elle est outrée que nous ayons riposté. On dirait que ça ne lui est jamais arrivé de recevoir une fessée et qu'elle ignore comment gérer la situation. Eh bien, moi, je le sais, je sais exactement ce que je vais lui faire.

Je saute vers elle. Elle disparaît.

Je m'arrête et je réfléchis.

Elle est blessée, elle devrait essayer de s'échapper.

Mais elle est furieuse, elle veut se venger.

Lequel de ces faits incitera sa prochaine décision ?

Je me retire vers Chad et Marc, je ramasse la machette que Marc a laissé tomber, et j'examine autour pour voir s'il y a des gouttes de sang. Il y a une masse de rouge là où la main de Viper est tombée, mais je ne peux trouver d'autres gouttes de sang. Me forçant à sourire avec arrogance, j'agite la machette dans les airs et je fais comme si je n'avais aucun souci en ce monde.

— Montre-toi, espèce de lâche ! crié-je. Finissons-en maintenant !

Ce n'est pas ce que je pense. J'essaie de faire de la psychologie inversée en espérant qu'elle rejettera mon défi. Marc et Chad doivent être ma priorité. Marc a été poignardé et Chad est en train de le soigner. Ils ne peuvent pas m'aider, mais — même avec une main manquante — Viper peut probablement trouver un moyen de se servir des gars contre moi. Il suffit de voir ce qu'a fait Nordra.

Loin à ma droite, j'entends des pas de course. Je vois même la vapeur se tordre et tourbillonner comme si quelqu'un courait à travers le nuage puant. Enfin, j'aperçois une traînée de sang. Mais je ne pars pas à ses trousses. Viper me ferait payer en retournant sur ses pas et en tranchant la gorge de Chad.

Je m'agenouille à côté de Marc et de Chad.

— C'est grave ? demandé-je.

Chad a déjà arraché la manche de sa chemise pour s'en servir comme d'un pansement.

— Elle a frappé près de son rein, mais je pense qu'elle l'a manqué, dit-il. La pression ralentit le saignement. Je ne crois pas qu'elle ait frappé une veine ou une artère majeure.

Je pose mes mains sur Marc.

— Je vais faire une guérison rapide.

Marc m'arrête.

— Attends que nous retournions auprès des autres.

— D'accord. Pourvu que tu me laisses te transporter.

Marc semble dégoûté.

— Pas question.

— Il le faut, j'insiste.

Chad hoche la tête en direction de la main coupée de Viper.

— Est-elle capable de s'en faire pousser une autre? demande-t-il.

Je soulève Marc, en prenant soin de maintenir son pansement en place.

— Je ne le sais pas, dis-je, et vraiment, je l'ignore.

Sur le chemin du retour, nous passons près de l'endroit où elle a perdu sa main.

Mais la main n'est plus là.

Pourtant, elle a laissé son bracelet noir étendu sur le sol,

Je dis à Chad de le ramasser et de le mettre dans ma poche.

Nordra est parti. Dans la confusion, personne ne l'a vu s'en aller. Je suis abasourdie qu'il ait pu récupérer d'un coup aussi mortel. Ma lance doit en quelque sorte avoir raté son cœur, et ça lui a donné une chance de guérir. Je ne peux qu'espérer que ses forces ne reviennent pas à cent pour cent.

Les deux filles de Nordra sont mortes, ce qui est une surprise. Apparemment, Chad a heurté l'artère principale de la jambe de la jeune fille quand il a frappé avec sa lance. Pendant que le reste d'entre nous était aux prises avec Viper, elle s'est vidée de son sang. C'est une petite victoire, mais c'est quelque chose.

Je pratique un rite de guérison sur Marc tandis que Sam creuse des tombes pour Ora, Mary et Billy. Ils sont si gravement brûlés qu'ils en sont méconnaissables. Les tombes sont peu profondes, et Sam creuse seul. La guérison que j'ai pratiquée sur son bras tient bon.

Kyle est parti avec ses gars, Pierre et Keb, pour aller chercher la chef des fantômes. Il jure qu'il l'a blessée, qu'il l'a attachée, et qu'il n'a qu'à aller la prendre. Dans toute l'agitation, j'avais presque oublié la source des attaques.

Je parviens à arrêter le saignement de Marc, mais la plaie reste ouverte et je n'aime pas l'odeur qu'elle dégage. Je soupçonne qu'il y avait du poison sur la pointe du couteau de Viper. Je garde le soupçon pour moi, mais Marc sent que quelque chose ne va pas. Il dit qu'il ressent une bizarre sensation de brûlure.

— Où ? demandé-je.

— Partout, dit-il.

J'aurais souhaité que Li puisse travailler sur lui, mais elle craint d'empirer la chose. Je ne la presse pas. Les attaques l'ont rendue plus anxieuse qu'avant. J'ai beau essayer, mais je n'arrive pas à comprendre ce qui ne va pas dans sa tête.

Kyle et les autres ont manqué notre bref service commémoratif. Sam dit quelques mots sur le courage de Mary et de Billy, mais lorsque vient mon tour de parler d'Ora, je m'étouffe, et Chad doit le faire au nom de notre groupe.

— Ora était un guerrier dans l'âme. Il savait à quel point il était dangereux d'approcher Viper, mais ça ne l'a pas retenu. J'ai vu son expression alors qu'il l'attaquait. Il savait qu'il était sur le point de mourir, mais il voulait nous protéger. C'était la seule chose qui comptait pour lui. Ça ne faisait que deux jours que nous l'avions rencontré, mais je peux dire honnêtement que je n'ai jamais connu d'âme aussi courageuse.

Chad s'agenouille et ramasse une pelletée de terre, il la verse sur la butte où se trouve la tombe d'Ora.

— Repose en paix, mon ami. Tu vas nous manquer.

Cher Chad — je sais qu'en partie, il a prononcé ces paroles pour moi. Chad comprend que je suis en proie à la culpabilité. C'est inutile, mais je continue de faire rejouer dans ma tête que mes ordres auraient dû être plus clairs. Je voulais qu'Ora jette sa lance à distance vers Viper, sans l'approcher. Pourtant, Chad essaie de me dire qu'Ora allait se sacrifier de toute façon, et peut-être a-t-il raison. Je m'agenouille à côté de Chad pendant qu'il pose la main sur la tombe d'Ora et je le serre dans mes bras.

Kyle revient enfin avec le fantôme, la transportant dans ses bras. Elle est gravement blessée. Kyle semble non seulement l'avoir harponnée dans le bas du dos, mais il a coupé ses *deux* tendons d'Achille avec sa machette. Même avant qu'il m'entraîne sur le côté, ses blessures éveillent des soupçons chez moi.

— Je sais ce que tu vas me dire, laisse-t-il échapper.

Je suis furieuse contre lui.

— Que tu es un sadique ?

Il ferme ses doigts en un poing et martèle sa jambe.

— Bon sang ! Nous en avons parlé. Il faut que tu prennes des décisions difficiles. Tu ne comprends toujours pas, non ? Nous sommes en guerre. C'est tuer ou se faire tuer.

— Alors, tue-la ! Empêche-la de souffrir !

Je jette un coup d'œil à l'endroit où Kyle a largué le fantôme près de Sam. Son uniforme gris est trempé de sang ; la moitié sèche, le reste frais.

— Tu as coupé ses tendons exprès pour qu'elle ne puisse pas courir.

— Et je continue à les couper. Connais-tu une meilleure façon de la maîtriser ? Ce n'est pas comme si nous étions arrivés dans le Champ et que nous ayons chacun reçu un kit équipé de menottes, de chaînes de cheville, et de corde. Non, tout ce qu'on a reçu, c'est une plaque qui mentionne qu'un seul d'entre nous va survivre.

Kyle s'arrête et laisse tomber ses bras en signe de frustration.

— Mais si tu veux qu'elle meure, alors c'est toi qui la tues.

— Il n'est pas nécessaire de continuer à la mutiler ! dis-je d'un ton sec.

— Je viens de t'expliquer pourquoi c'est nécessaire ! répond-il sur le même ton.

— Qu'as-tu fait pendant que nous nous battions contre Nordra ? Tu l'as harponnée à un arbre pour lui couper les tendons ?

— Je suis arrivé aussi vite que je pouvais.

J'hésite.

— Je ne dis pas que tu es un lâche.

— Non, seulement un sadique. Merci. Merci beaucoup.

— Je dis simplement que la plupart de ses blessures sont fraîches. Tu ne la laisses pas guérir. Tu continues de la couper et de la poignarder.

Kyle baisse la voix.

— Sinon, comment peux-tu l'empêcher de s'enfuir en courant vers ses copains ? Oh, et avant de répondre, s'il te plaît n'oublie pas que c'est elle la reine des fantômes qui nous a conduits dans le piège qui a tué Ora, Billy et Mary. Ce n'est pas comme si ces mignons petits albinos étaient innocents.

Je hoche la tête.

— Je ne sais pas comment la garder captive. Tout ce que je sais, c'est que nous n'allons pas continuer à la taillader pour qu'elle continue à saigner. Si nous le faisons, nous ne sommes pas mieux que Nordra ou Viper.

Kyle me regarde fixement.

— Qui a dit que nous étions mieux?

Je regarde le volcan et je soupire. Le bord du soleil touche le bord du cône de cendres, sa lumière se disperse et diminue alors qu'elle passe à travers l'épaisse fumée. Une ombre orange inquiétante s'abat sur les tombes, et je crains qu'il nous faille creuser encore plus si nous ne trouvons pas un abri avant la nuit. J'explique notre situation à Kyle, mais il a une longueur d'avance sur moi.

— Quand je suis retourné chercher le fantôme, j'ai remarqué une grotte, dit-il. Je ne l'ai pas eu le temps d'aller vérifier, mais j'ai envoyé Pierre et Keb y jeter un coup d'œil et ils ont dit que ça remonte profondément dans la montagne.

— Ça semble parfait, marmonné-je.

Kyle entend le double sens dans mon ton.

— Peut-être trop parfait?

— Je veux parler à notre fantôme, dis-je à Kyle.

Il ne s'y oppose pas. Nous savons tous les deux qu'elle ne parle pas. Mais Sam est assis avec la créature blessée, et je me demande s'il sera capable de prendre contact avec elle. Je m'assois à côté d'eux tandis que Kyle organise le reste du groupe pour se diriger vers la grotte.

— Peux-tu capter ses pensées? demandé-je.

— Seulement celles qu'elle choisit de partager, dit Sam. Elle a un esprit très discipliné. Elle souffre terriblement et se trouve entre des mains hostiles, mais elle est toujours calme.

— C'est une bonne nouvelle? demandé-je.

— Personnellement, j'aimerais mieux qu'elle ait un peu plus peur de nous. Tu sais que nous l'avons sous-estimée tout à l'heure. Elle savait que Nordra et Viper étaient sur le point d'attaquer. Elle et ses gens les ont aidés en nous divisant à un moment critique.

Je fronce les sourcils.

— As-tu changé d'idée ? Penses-tu que les fantômes travaillent avec Nordra et Viper ?

Sam hoche la tête.

— Je pense que les fantômes ont un radar mental, qu'ils ont une idée approximative de l'endroit où tout le monde se trouve sur l'île en tout temps. Mais physiquement, ils sont faibles. La seule façon pour eux de nous vaincre, c'est de nous déplacer comme des pièces sur un jeu d'échecs. Nous forcer à nous entretuer.

Pendant que Sam parle, j'examine la chef des fantômes. Les femelles semblent être aussi grandes que les mâles — un mètre vingt. Ses cheveux sont d'un blanc pur, mais sa peau a une teinte rosée. Au premier coup d'œil, ses yeux rouges lui donnent un air malade. Tandis que je les examine de près, je sens une angoisse soudaine et je détourne rapidement le regard. Sam remarque ma réaction.

— Elle peut planter des pensées et des sentiments dans nos esprits, dit-il.

— Dans quelle mesure ? demandé-je.

— Voilà la grande question, n'est-ce pas ? Elle pourrait avoir du mal à nous contrôler parce que nous sommes des sorciers. Je sais qu'elle a essayé de me mettre dans la tête de m'éloigner et de la laisser seule. Jusqu'à présent, je suis en mesure de la bloquer. Mais je ne voudrais pas la laisser trop près des autres.

— As-tu essayé de lui dire que nous aimerions être amis ?

— Après que Kyle l'a attaquée avec une lance et qu'il a tailladé ses jambes ? Ouais, je lui ai dit et l'idée n'a pas été bien reçue. Elle nous fait encore moins confiance que nous avons confiance en elle.

— Et toi, tu ne lui fais pas du tout confiance, dis-je.

Sam est inquiet.

— Notre plan de l'utiliser pour contrôler les autres fantômes pourrait se retourner contre nous. Ils savent que nous l'avons capturée, ce qui veut dire qu'ils doivent être en train de nous traquer. Ça pourrait les rendre plus déterminés que jamais à mener Viper et Nordra à notre porte.

— Qu'est-ce que tu suggères ?

Sam se penche et murmure à mon oreille.

— Soit qu'on la laisse là. Soit qu'on la tue maintenant.

Je gémis.

— Comment s'appelle-t-elle ?

— Jelanda.

— Je vais essayer de lui parler. Dis-moi si elle réagit à ce que je dis.

Sam hoche la tête, et je me rapproche du fantôme et de nouveau ses yeux fixent les miens. Mais cette fois-ci, j'affronte son regard avec force, et je sens son tâtonnement psychique comme des ongles qui piquent l'avant et l'arrière de mon crâne. Je fais un geste vers ses talons ensanglantés.

— Ce n'est pas ce que je voulais, dis-je.

Sam fait une pause avant de donner sa réponse.

— Vous êtes la chef de votre groupe ?

— Oui.

— Tuez celui qui nous a blessés et nous vous croirons, répond Sam pour elle.

Je remarque son utilisation du mot « nous ». Je me demande si elle a un sens d'individualité.

— Il y a eu assez de tueries. Nous voulons une trêve. Si vos gens nous laissent tranquilles, nous nous engageons à vous laisser tranquilles aussi.

— Vous demandez un traité ?

— Oui, dis-je.

Jelanda regarde en direction de nos tombes.

— Votre groupe est faible, vulnérable. Pourquoi devrions-nous traiter avec vous ?

Sam arrête et fronce les sourcils.

— Je suis désolé, Jessie. Je ne suis pas sûr de cette dernière phrase.

— Ce n'est pas important, je sais ce qu'elle voulait dire.

Je me penche vers elle.

— Nous sommes plus forts que nous le paraissons, et vous êtes notre prisonnière. Vous n'avez pas d'autre choix que de traiter avec nous.

Jelanda sourit et ses yeux sont froids.

Sam traduit.

— Elle dit : « Aucun de vous ne survivra. »

Je m'assois sur mes talons, résistant à peine à l'envie de lui briser le cou. Je me dis que je suis civilisée. En même temps, mon cœur m'avertit que je commets une erreur. Que je devrais la tuer avant qu'elle nous détruise tous !

CHAPITRE 8

En matinée, quelques minutes après l'aube dans le monde des sorciers, Jimmy me secoue pour m'éveiller. Mon corps — ce corps — a dormi, mais mon esprit a l'impression de n'avoir eu aucun repos. Car il n'en a pas eu. Dans le Champ, j'étais éveillée la plus grande partie de la nuit.

À surveiller, à attendre, à monter la garde.

Je gémis et je me retourne et je me couvre la tête avec mon oreiller.

— Laisse-moi dormir, supplié-je.

— Lara est réveillée, dit Jimmy.

— Je ne l'entends pas, marmonné-je.

— Elle a les yeux ouverts. Elle regarde autour d'elle et elle cherche sa maman.

— Emmène-la chez ma mère.

Jimmy me serre par-derrière et m'embrasse l'oreille.

— Je t'aime.

— Si tu m'aimais, tu me laisserais dormir.

— Si tu te réveilles, on peut faire l'amour. Et nous pouvons faire tout ce que tu veux.

J'ouvre les yeux.

— N'importe quoi ?

Il m'embrasse dans le cou et me mordille doucement la peau. Je dois avoir été une vampire dans une vie antérieure. Touche mon cou, embrasse-le, lèche-le,peu importe ; je deviens une vraie traînée.

— N'importe quoi, jure-t-il.

Je me débarrasse des couvertures et je me lève.

— Laisse-moi faire pipi et prendre une douche. Rappelle-toi, tu as dit n'importe quoi. Déshabille-toi.

— Dois-je me mettre nu avant de conduire Lara à ta mère ou après ?

— En ce moment, ça m'est bien égal.

Une heure plus tard, nous sommes enlacés dans le lit et je me sens emportée sur un courant indolent, je me laisse flotter, et je me rendors. Je sais que je n'ai aucun droit d'être heureuse. Le Champ n'est qu'à un autre lever de soleil, de même que la mort. Il est impossible d'imaginer un moment plus absurde pour ressentir de la joie, et pourtant, cette joie est ici, dans les bras de Jimmy. Elle est toujours ici, parce qu'il est toujours ici. Je sais qu'il m'aime, et ce qui est triste, c'est que j'ai toujours su que je l'aimais encore plus.

Mais maintenant, je ne sais plus rien.

Sauf que c'est bon de le tenir dans mes bras.

J'ai fermé les yeux. Je l'entends parler.

— Tu dois me raconter ce qui se passe, dit-il.

— Tu ne veux pas le savoir.

— Quelqu'un est mort ?

Je soupire.

— C'est ce que font les gens dans le Champ. Ils meurent.

Jimmy se rend dans la cuisine et prépare du café. À son retour, je peux m'entendre ronfler, mais il me tire pour me placer en position assise et m'oblige à boire deux tasses d'un café bouillant, mais doux. À un moment donné, mon cerveau se réveille et je commence à parler.

Je lui raconte tout ce qui s'est passé.

Lorsque j'ai terminé, il s'assoit en silence, sous le choc.

— Dis quelque chose, dis-je enfin.

— Tu dois rester vivante, Jessie.

— J'essaie.

— Fais tout ce qu'il faut.

— Je ne peux pas trahir ceux qui me font confiance.

Je fais une pause.

— Je ne peux pas te trahir.

Jimmy sait ce que je veux dire.

— Tu as peur que Marc meure. Tu dois le revoir aujourd'hui et essayer de le convaincre.

J'hésite.

— Oui. Mais — nous en avons parlé — c'est délicat. Je lui demanderais de risquer sa vie. Il ne me connaît pas comme l'autre Marc.

— Tu dois le laisser apprendre à mieux te connaître. Tu dois faire vite. Arrange-toi pour qu'il tombe amoureux de toi.

— Tu ne penses pas vraiment ce que tu dis. La nuit dernière…

— La nuit dernière, c'était la nuit dernière. À ce moment-là, je ne comprenais pas ce que tu es en train de vivre. Et j'ai été égoïste, je pensais seulement à moi. Maintenant…

Jimmy me prend la main.

— Tu dois rester vivante, répète-t-il.

Mon corps tremble au choc que j'éprouve en entendant ce qu'il me dit de faire. Le sacrifice auquel il consent pour que je sois saine et sauve. L'amour absolu qu'il éprouve pour moi. Je ressens de l'émerveillement. Je ressens de la honte. Je le ressens, lui — on Jimmy.

Je lui serre la main.

— Il se peut que je ne sois pas à la maison ce soir.

Il hoche la tête.

— Je sais.

Avant de quitter la maison, je veux aller voir Lara. Je veux la tenir sur mes genoux et l'embrasser sur le dessus de la tête. J'aime l'odeur de sa tête. J'ignore pourquoi, mais pour moi, ça sent souvent le miel, bien qu'il n'y en ait pas dans le shampooing dont je me sers pour lui laver les cheveux. À d'autres moments, elle sent les fleurs. Jimmy aime se vanter du fait que notre fille est une source permanente d'aromathérapie.

Mais je ne m'arrête pas pour jouer avec ma fille. J'ai peur d'oublier le temps qui passe si je m'arrête, et j'ai beaucoup à faire. Je crains aussi que tenir Lara dans mes bras, même une seule fois de plus, ce soit reconnaître que je pourrais bien ne plus jamais la revoir. Mon raisonnement est illogique, mais c'est ainsi que je me sens.

Je m'habille et après avoir donné à Jimmy un douloureux baiser d'au revoir, je quitte la maison en vitesse. Je suis à mi-chemin vers la maison de Kendor et de Syn quand je me gare sur le côté de la route et je téléphone à Cleo. Elle répond rapidement.

— Vous êtes toujours vivante, sont ses premiers mots.

— Comment le savez-vous ? J'aurais pu mourir sur le Champ et je serais encore vivante ici dans le monde des sorciers.

— Si vous étiez morte là-bas, vous n'auriez pas téléphoné.

Elle fait une pause.

— Dites-moi où vous en êtes.

— Attendez. Il faut que je parle à mon père.

— Il est parti pour une affaire importante.

— C'est urgent que je lui parle.

— Pourquoi ?

— Je me posais des questions au sujet de Huck. J'ai envoyé son ADN à mon père pour qu'il le fasse tester, et le labo a renvoyé un rapport mentionnant que Jimmy n'est pas son père biologique.

— J'en ai entendu parler.

— Avez-vous entendu dire que le rapport de laboratoire a été accidentellement envoyé chez nous — à notre maison *dans chacun des deux mondes* — et que Jimmy l'a lu par accident ?

— Je suis certaine que ça l'a bouleversé. Je suis désolée.

— L'êtes-vous ? Plus j'y réfléchis, plus je me rends compte que mon père ne fait pas d'erreur. Il est trop maître de lui, trop prudent. Ce rapport a été envoyé chez nous dans un but précis. Je le *sais*. Mais ce que j'ignore, c'est si le rapport est en fait exact.

— Pourquoi en doutez-vous ?

— Parce que mon père a des plans pour moi. Des plans importants pour mon avenir. Il est désespéré de me voir disposer de plus de temps, ce qui serait plus facile si j'abandonne Huck. Vous savez que mon père a des connexions. Ç'aurait été un jeu d'enfant pour lui de faire en sorte qu'un laboratoire envoie un faux rapport.

Je fais une pause.

— Pour vous aussi, ça aurait été un jeu d'enfant.

— Vous croyez que je vous induirais ainsi en erreur?

— Je ne sais pas quoi penser.

— Je ne vous ferais jamais ça, Jessica.

Je sens mes yeux qui picotent. J'essuie une larme.

— C'est juste que ça me rend folle, vous le savez, de voir comment ça hante Jimmy. Il n'a vu la lettre qu'hier soir, et ce matin... ce matin, il n'en a pas parlé. Voilà quelque chose qui le bouleverse profondément, et il ne me dit rien. Sauf que je dois rester vivante.

Cleo parle doucement.

— Il doit beaucoup vous aimer.

— Oui, il m'aime beaucoup. Je suis désolée de ce que j'ai dit, je sais que vous ne voudriez pas me mentir de cette manière. C'est seulement difficile de penser que mon père le pourrait.

— Vous lui parlerez quand il reviendra.

J'hésite.

— Est-ce qu'il va bien? Où est-il?

— Il est vivant. Voilà tout ce que je peux dire. Maintenant, racontez-moi tout.

Je me ressaisis et je lui fais le récit de mes aventures dans le Champ — en une forme plus condensée que pour Jimmy. Quand j'ai terminé, Cleo pose quelques questions apparemment anodines sur Sam et Kyle. Elle semble chercher quelque chose. Je finis par l'interrompre et je lui demande ce qui la tracasse.

— Je vous ai dit que ceux qui se retrouvent dans le Champ doivent posséder au moins six gènes de sorcier, dit-elle. Jusqu'à présent, ils ne vous ont pas raconté tout ce qu'ils sont capables de faire.

— Je ne suis pas mieux qu'eux. Ils ne savent absolument pas que je peux me dissimuler.

Je fais une pause.

— Vos sources vous ont-elles dit quoi que ce soit à leur sujet ?

— Les deux sont connus du Conseil. Kyle Downing, à cause de sa musique. Et Sam Verra, à cause de sa mère, Larla.

— Sam m'a dit qu'elle a déjà été membre du Conseil. Mais il semble qu'elle vous a tourné le dos. Pourquoi ?

— Larla a la même série de pouvoirs que vous et Syn partagez. Elle s'est toujours méfiée de l'autorité. Elle déteste se faire dire quoi faire — non pas que beaucoup de gens essaieraient avec elle. À son âge, elle est une formidable présence. Nous nous sommes rencontrées il y a des milliers d'années, et pendant tout ce temps, elle a toujours été solitaire. Ses pensées lui appartiennent. Je ne serais pas surprise qu'elle ait transmis ce trait de caractère à son fils.

— Savez-vous qui est le père de Sam ?

— Je ne peux pas en parler, et c'est hors propos. Ce que vous voulez savoir, c'est si vous pouvez lui faire confiance. Je ferai vérifier ses antécédents dès aujourd'hui, mais je connais déjà l'existence d'un rapport troublant. Sam a été arrêté l'an dernier en lien avec l'assassinat de son petit ami de longue date, Michael Edwards. Michael a été retrouvé étranglé à mort dans un atelier à Parsons où ils étaient tous deux étudiants. Sam a été arrêté parce qu'il avait un mobile et la possibilité de commettre l'acte. Il travaillait tard à l'école ce soir-là et il a librement admis à la police qu'il était bouleversé par le fait que Michael avait l'intention de le quitter. Mais Sam a juré qu'il était innocent.

Cleo fait une pause.

Finalement, il a été libéré en raison du manque de preuves matérielles.

— La façon dont Michael a été étouffé — y avait-il des signes de force excessive ?

— Oui. La détective responsable de l'affaire l'a noté dans ses dossiers. Bien sûr, elle était incapable d'expliquer la cause des dommages à la gorge et à la trachée de Michael.

J'avale ma salive.

— On dirait qu'il a été tué par un sorcier.

— C'est clair. Je peux voir par la façon dont vous parlez de Sam que vous lui faites confiance. Mais vous devez garder cet incident à l'esprit.

Cleo fait une pause.

— Maintenant, Kyle. Il a eu un passé mouvementé. Il a été arrêté deux fois pour possession de drogue et une fois pour avoir agressé un policier. Mais il n'est jamais allé en prison. Chaque fois, les plaintes ont été retirées.

— Les Lapras ? demandé-je.

— Nous supposons une influence des Lapras. Nous savons de source sûre qu'un dirigeant haut placé des Lapras a obtenu pour lui un contrat d'enregistrement et a lancé sa carrière. Vous avez remarqué combien de fois ses clips jouent sur MTV. Quelqu'un paie pour ce temps.

— Kyle admet volontiers être le plus récent mauvais garçon du rock'n'roll.

— Quelle meilleure façon de détourner vos soupçons que de concéder d'être corrompu ? Il ne s'est pas rendu aussi loin qu'il l'a fait sans être ambitieux. Ça ne fait pas nécessairement de lui un diable. Pourtant…

— Vous voulez que je les surveille tous les deux.

— Avec vigilance, dit Cleo.

— Que pensez-vous de la main de Viper ? J'ai perdu des doigts quand je me suis battue contre Russ, mais ils s'étaient régénérés. La main peut-elle se régénérer ?

— Vous aviez perdu le bout de vos doigts. Perdre une main est une tout autre affaire, et il semble que vous l'avez coupée au-dessus du poignet. Il faudrait un maître guérisseur pour réparer ces dommages, et Viper est trop jeune pour posséder un tel pouvoir. Vous l'avez certainement blessée, mais n'oubliez pas qu'il n'y a rien de plus dangereux qu'un animal blessé.

— Que pensez-vous de Nordra?

— Je sais que vous avez senti de la pression pour protéger votre équipe de l'attaque de Viper, mais vous avez commis une erreur quand vous avez blessé Nordra sans l'achever. Maintenant, les deux sont toujours là. Ne répétez pas votre erreur. Viper et Nordra doivent savoir où vous êtes positionnés. Ils seront au rendez-vous au sommet du volcan.

— Que pouvez-vous me dire sur ce mur noir?

Cleo hésite.

— Vous devez le voir par vous-même.

— Mais vous l'avez déjà vu.

Comme Cleo ne répond pas, je prends conscience que j'ai touché un point sensible.

— Kendor m'a dit que votre séjour dans le Champ avait été particulièrement contraignant, dis-je avec précaution. Que c'est à peine si vous avez survécu.

— Le Champ est contraignant pour tout le monde.

La façon dont Cleo dit « tout le monde » me paraît bizarre. J'ai un éclair de lucidité. Même avant de l'interroger sur ce point, je connais la vérité.

— Vous n'étiez pas une sorcière quand vous avez été envoyée dans le Champ. C'est votre mentor qui vous a connectée là.

Cleo met une éternité à répondre.

— Oui.

— Il a sacrifié sa vie pour vous sauver.

Pour la deuxième fois, Cleo refuse de répondre, et je sens une vive douleur dans mon cœur. Je force mes prochains mots.

— Est-il vrai qu'un seul survivra ? Qu'il n'y a aucun espoir pour le reste de mon équipe ?

Cleo répète les paroles de Jimmy.

— Vous devez rester vivante, Jessica.

Syn m'accueille à la maison de Pacific Palisades et me conduit au salon, où Kendor attend. Immédiatement, je sais que quelque chose a changé. Il y a dans l'air une impression beaucoup plus lourde.

La veille, pendant notre rencontre, l'ambiance m'avait semblé irréelle jusqu'à un certain point. Ils avaient à peine parlé du fait qu'on les avait traînés à travers le temps. Bien sûr, Syn avait demandé ce que faisaient leurs homologues actuels — et j'avais menti pour leur donner l'impression qu'ils étaient toujours vivants, — mais on n'avait pas discuté à quel point leur situation était bizarre.

Et je n'avais pas encouragé la poursuite de cette discussion. J'étais là dans un seul objectif, m'étais-je dit. Pour apprendre de deux sorciers expérimentés comment rester vivante dans le Champ. Je m'étais sentie soulagée quand Kendor avait rapidement commencé l'entraînement. Il n'était pas question que je lui parle de sa mort. Je craignais de devenir émotive.

Maintenant, aujourd'hui, on dirait que les deux sont plus conscients de leur environnement, et je ne peux m'empêcher de me poser des questions sur leur progrès. De zombies hébétés du centre commercial aux instructeurs conciliants de la veille, jusqu'à... Que se passe-t-il aujourd'hui ? Pour la première fois depuis qu'ils sont morts il y a un mois, j'ai l'impression qu'ils sont vraiment présents dans la pièce.

Syn me regarde d'un air soupçonneux.

— Qui êtes-vous ? demande-t-elle.

Je m'assois bien droit.

— Vous me l'avez demandé hier. Mon histoire n'a pas changé. Je suis Jessica Ralle. L'Alchimiste — ce vieil homme que vous appelez William — m'a emmenée ici pour que vous m'aidiez à m'entraîner pour le Champ.

Syn hoche la tête.

— Dans ce que vous dites, il n'y a rien qui explique la raison de notre présence ici. Et ce lieu.

Elle regarde autour d'elle comme si c'était hanté.

— Je ne l'aime pas.

— Hier, vous paraissiez vous sentir chez vous, dis-je.

— Hier, c'était il y a longtemps, fait remarquer Kendor.

J'ai l'impression qu'il n'est pas question d'essayer de leur mentir. Ils sont Syn et Kendor des temps anciens — deux des esprits les plus forts que le monde ait connus. Je sens qu'ils me regardent, qu'ils m'étudient. Si je mens, ils le sauront.

Pourtant, j'essaie de gagner du temps jusqu'à ce que je puisse obtenir une meilleure idée de ce qui leur est arrivé.

— Vous êtes des sorciers. Il est naturel pour vous de vivre chaque jour deux fois.

— Ce n'est pas ce que nous voulons dire, dit Syn.

— Hier, c'était demain, explique Kendor. Nous nous sommes déplacés de nouveau dans le temps. Peut-être était-ce l'Alchimiste, peut-être une lumière brillante, nous l'ignorons. Mais nous étions dans l'avenir, dans votre avenir.

Je me souviens d'avoir aperçu une lumière avant de me faire enlever.

Marc a vu la même lumière. Je l'ai vu à travers ses yeux.

— Combien de temps avez-vous passé dans cet avenir? demandé-je.

— Assez longtemps, dit-il.

— Vous avez vu quelque chose d'intéressant? demandé-je.

Syn et Kendor échangent un regard qui me glace les os.

— La question, c'est pour quelle raison nous déplaçons-nous dans le temps? dit Syn. C'est un événement extraordinaire. Il serait logique qu'il y ait une raison profonde derrière ceci. Mais aujourd'hui, et la journée où nous vous avons vue avant, tout ce que nous avons fait, c'est d'attendre votre arrivée pour que nous puissions voir à votre entraînement et vous aider à survivre dans le Champ.

— Ce n'est pas que le Champ n'a pas d'importance, dit Kendor. Mais il semble que quelqu'un veut vous donner un avantage.

— Quelqu'un veut que vous surviviez, ajoute Syn.

Je hoche la tête.

— C'est peut-être vrai. La formation que vous m'avez donnée avec l'épée, la télékinésie que vous m'avez aidé à activer — ça m'a déjà sauvée d'une tonne de problèmes.

— Nous sommes reconnaissants d'avoir été d'une certaine utilité, dit Syn. Pourtant, notre présence ici semble vous rendre aussi perplexe que nous.

— Tout ce que je sais, c'est ce que je vous ai raconté, dis-je.

— Savez-vous que nous sommes morts à cette époque-ci? demande Syn.

J'hésite.

— Oui.

— Pourquoi avez-vous menti l'autre jour? demande Kendor.

— Je ne voulais pas vous inquiéter en vous donnant des nouvelles aussi bouleversantes.

Syn ne me quitte jamais des yeux.

— Y a-t-il une autre raison ?

— J'étais là quand vous êtes morts tous les deux.

— Étiez-vous responsable ? demande Syn d'un ton brusque.

Une soudaine vague de colère me prend au dépourvu. Mais elle est très réelle et puissante.

— Non, c'est vous qui étiez responsable, répondé-je sèchement.

Syn se crispe, comme si elle était prête à se lever, à frapper même. Elle lutte pour se contrôler. Elle prend une profonde inspiration et elle hoche la tête.

— Je ne le crois pas, dit-elle.

— Pouvez-vous nous raconter ce qui est arrivé ? demande Kendor.

— Je préfère ne pas en parler, dis-je.

— Pourquoi ? demande Syn.

— Avant votre mort, dis-je à Kendor, vous et moi étions amis. Vous m'avez tout raconté sur votre vie. Que vous êtes tombé dans un lac gelé quand vous étiez jeune homme, et que vous avez été sauvé par l'Alchimiste. Que vous avez aidé César à vaincre les Gaulois pendant la bataille d'Alésia. Que vous avez vu Syn dans une foule romaine et que vous êtes tombé amoureux d'elle. Vous m'avez aussi dit que vous aviez eu de vagues visions, mais qu'à l'époque, vous ignoriez ce que vous voyiez. Mais ces visions, elles se rapportaient à maintenant ; ce qui me dit que tout ce qui arrive entre nous dans cette maison — vous allez l'oublier quand vous retournerez à votre époque.

Je fais une pause pour reprendre mon souffle.

— Voilà pourquoi il n'est pas utile de tout vous expliquer.

Il y a un long silence dans la pièce.

— Étions-nous amies ? demande enfin Syn.

— Non, dis-je.

Syn sourit faiblement.

— Voilà quelque chose que je peux bien croire.

— Nous devrions peut-être nous concentrer sur la tâche à accomplir, dit Kendor, prenant à cœur ma remarque sur la perspective qu'ils oublient tout.

Il me demande de leur raconter ce qui se passe dans le Champ.

Alors, pour la troisième fois de la journée je fais le récit de mes aventures sur l'île. Syn et Kendor n'ont jamais entendu parler de Sam et de Kyle, mais ils m'écoutent patiemment les décrire de façon détaillée. Comme Cleo, ils ne semblent faire confiance à aucun de mes compagnons.

— Ils connaissent les règles autant que vous, dit Kendor lorsque j'ai terminé. Il est naturel qu'ils vous approchent et proposent une alliance, surtout après avoir vu ce dont Viper et Nordra sont capables. Mais il ne faut jamais oublier que dans le Champ toutes les alliances sont temporaires.

— Je ne le crois pas. Kyle est un électron libre, il est vrai, mais Sam semble véritablement s'en soucier. Je sens que je peux lui faire confiance.

— Certains sorciers peuvent vous faire tomber amoureux d'eux, prévient Syn. Prenez par exemple une personne née avec les pouvoirs de la télépathie et du magnétisme — ou ce que vous appelez probablement « dissimulation ». Une fois que ces capacités deviennent actives, elles se nourrissent l'une l'autre, et il est presque impossible de résister à ce sorcier. Il pourrait vous dire de sauter d'une falaise et vous le feriez.

— Vous exagérez, dis-je.

— Elle n'exagère pas, dit Kendor. Cette combinaison de pouvoirs est rare, mais nous l'avons observée. Une telle personne pourrait sembler ne faire presque rien, et pourtant contrôler l'ensemble du Champ.

Il marque une pause.

— Qui a eu l'idée de monter au sommet du volcan ?

— C'était l'idée de Kyle, dis-je avant de m'arrêter pour réfléchir. Eh bien, en fait, c'était Sam qui nous a expliqué que c'était soit le mur ou la grotte qui détenait la clé pour s'échapper de l'île. Mais…

Ma voix s'éteint.

— Mais vous n'êtes pas certaine de savoir pourquoi vous montez au sommet du volcan, dit Syn, finissant ma phrase à ma place.

J'ai compris.

Évidemment, je ne sais pas comment répondre.

Fidèle à lui-même, Kendor est fatigué de parler et il veut replonger dans l'entraînement. Il m'emmène dans la cour et teste ce qu'il m'a enseigné la veille. Il utilise la longueur du terrain ouvert pour envoyer des lances vers ma poitrine. Mais aujourd'hui, il m'ordonne de les détourner avec mon esprit. Sa méthodologie est intense ; il n'y a pas de place pour l'erreur. Si je ne parviens pas à bloquer une lance, je mourrai.

Kendor est pire qu'un sergent instructeur. Après un processus continu de 30 minutes de barrage, je sens mon emprise mentale commencer à vaciller et j'envoie une lance de côté avec ma main. Par la télékinésie, je parviens à repousser la prochaine, mais je dois faire dévier la suivante avec mon autre main. Je sens que je m'affaiblis et je crains que Kendor n'intensifie son assaut. Mais il s'arrête brusquement et me félicite.

— C'est la première fois que je vois quelqu'un se servir de ce pouvoir pendant aussi longtemps, dit-il.

— Même Syn ?

— Même Syn. Avez-vous essayé de soulever votre corps dans les airs ?

— Pas depuis que vous m'avez lancée du haut de la falaise.

— Certains de vos adversaires font-ils de la lévitation?

— Non.

— Viper? pousse Kendor.

— Son habileté à nous frapper avec de la lave est en train de nous tuer. Ça et son invisibilité. J'aimerais bien qu'il y ait une façon de voir à travers sa cape.

— Ce n'est pas pour rien que ce pouvoir est appelé « dissimulation ». La personne est toujours là, aucun sorcier ne peut être totalement invisible. La clé est d'être attentif à ce qui se passe autour de vous.

Kendor fait une pause et lance un sourire narquois.

— Chérie?

Soudain, je suis consciente que nous ne sommes pas seuls. Je sens une présence à ma droite, à deux mètres de distance. Comme je me tourne dans cette direction Syn apparaît et se moque de moi.

— Je n'ai pas fait de bruit. Bon travail, dit-elle.

Je hoche la tête.

— Je n'aurais pas pris conscience de votre présence si Kendor ne m'avait pas donné d'indice.

— Peut-être, dit Syn. Vous pourriez avoir plus de chance avec Viper si vous améliorez votre propre capacité de dissimulation. Je comprends que vous pouvez imiter l'apparence des autres?

— C'est un de mes points forts.

Syn n'est pas convaincue.

— C'est une chose de tromper un humain. C'en est une autre de berner un sorcier.

Elle se tourne vers son mari.

— Je vais m'occuper de sa formation pour le moment.

Syn me conduit dans la maison, dans la chambre qu'ils semblent utiliser pour dormir. Il y a un miroir du sol au plafond, et comme lorsque Herme — son fils, ironiquement — m'a donné mes premières instructions de dissimulation, Syn m'entraîne à travers une série d'étapes exténuantes, perfectionnées au point de la tromper elle-même.

Ce que je trouve fascinant, c'est à quel point ses leçons de dissimulation me rappellent les problèmes que connaissent les experts en effets spéciaux pendant qu'ils créent des scènes réalistes sur ordinateur. J'ai toujours été captivée par l'imagerie assistée par ordinateur et je l'ai étudiée sur Internet.

Par exemple, Syn m'ordonne d'imiter son visage tandis qu'elle se tient debout à côté de moi ; je réussis tout, sauf ses cheveux — lorsque je tourne la tête pour faire flotter *ses* cheveux, ils n'ont pas un mouvement naturel. Syn étant Syn, elle me gronde parce que je ne fais pas assez d'efforts.

Souligner que les experts en imagerie ont le même problème ne réussit pas à provoquer sa sympathie, peut-être parce qu'elle n'a jamais vu de film, mais plus probablement parce que fondamentalement, c'est une salope acharnée. Oui, son mari m'a effectivement lancée d'une falaise pour me donner une leçon, mais au moins j'ai eu du plaisir avec Kendor. Avec Syn, le travail est le travail, elle ne pense qu'au boulot.

Pourtant, après avoir passé plusieurs heures en sa compagnie, je me suis finalement composé un visage dont même elle admet la perfection. Le truc, enseigne-t-elle, n'est pas dans la façon dont je modèle mes traits, mais plutôt dans la force de ma conviction. Herme m'avait enseigné quelque chose de semblable, mais les normes de sa mère sont beaucoup plus strictes.

— Croyez que vous êtes ce que vous prétendez être, et personne ne doutera de votre identité, dit Syn, résumant sa philosophie.

Je hoche la tête.

— Je suis reconnaissante du temps que vous m'accordez. Mais je suis surprise ; pourquoi ne m'avez-vous pas laissée essayer de devenir invisible ?

Syn agit comme si ma plainte était enfantine.

— Parce qu'en ce moment, vous êtes incapable de le faire. Mais le plus important, c'est que vous n'avez pas écouté ce que nous avons essayé de vous enseigner. Vous devez réfléchir à ce que nous vous avons dit plus tôt.

— J'ai peur de ne pas comprendre, dis-je.

— Voilà pourquoi vous avez besoin d'y réfléchir.

— Très bien, si ce que vous voulez, c'est de la réflexion, alors répondez à ceci. Lorsque vous et Kendor avez parlé d'avoir été traînés à travers le temps, vous vous êtes assurés de mentionner que vous vous étiez rendus dans *mon* avenir, et pas simplement dans l'avenir en général. Était-ce un lapsus ou vouliez-vous me dire quelque chose ?

— Que veut dire « lapsus » ?

— Qu'essayiez-vous de me dire ? demandé-je.

Pour la première fois depuis que je l'ai rencontrée — dans ce laps de temps et durant la période où je l'ai connue à Las Vegas — Syn semble nerveuse. Il me faut un moment pour comprendre pourquoi.

— Vous vous inquiétez pour moi ! haleté-je.

Syn hausse les épaules.

— Naturellement, nous sommes inquiets pour votre sécurité. Le Champ est un terrain d'essai dangereux.

— Non, il y a quelque chose d'autre, quelque chose que vous avez vu lorsque vous êtes allée dans le futur. Qu'est-ce que vous avez vu ? Mon cadavre ?

Syn hésite.

— Pas exactement.

— Merde ! Qu'est-ce que vous avez vu ?

Syn me regarde dans les yeux. Personne ne sait mieux que moi à quel point il lui est aisé de dissimuler son expression, mais il est clair qu'elle sent que le temps de la mascarade est révolu.

— Avant de répondre à votre question, dites-moi pourquoi vous avez peur de moi.

Comme moi, elle demande la vérité. Une réponse franche n'est pas difficile à trouver.

— Parce que vous changez avec le temps. Vous devenez un monstre.

Syn prend une profonde inspiration douloureuse.

— Pourquoi ?

— Le chagrin. La douleur de la perte de ceux que vous aimez.

— J'ai déjà perdu mon fils.

— Vous en perdrez d'autres.

Je fais une pause.

— Je suis désolée.

Elle soupire.

— Moi aussi, Jessica.

Je ne parle pas, je ne peux pas. J'attends.

Enfin, Syn répond à ma question.

— Dans un mois à partir de maintenant, Kendor et moi étions à votre service commémoratif, dit-elle.

Sans dire au revoir ni à l'un ni à l'autre, je fuis la maison, je saute dans ma voiture et je roule sans but. Lorsque je finis par arrêter, je me rends compte que je me suis dirigée vers la partie irrégulière de la côte où Kendor m'a jetée de la falaise. Je sors de la voiture, je marche sur la rive et je regarde la mer. Ma confusion est aussi profonde que l'océan est vaste. Deux questions me tourmentent...

Ont-ils assisté à mes funérailles dans le monde des sorciers ou dans le monde réel?

Si je connais l'avenir, est-ce que ça me permet de le modifier?

Si je meurs dans le monde réel, où se situe le Champ, il est alors possible que je sois encore vivante dans le monde des sorciers. Jimmy est mort d'une surdose de médicaments dans le monde réel et je le vois encore tous les jours dans le monde des sorciers. Pourtant, pour moi, à l'exception que Jimmy et Lara me manquent, le monde réel est l'endroit où je me sens le plus à l'aise, et si je dois périr dans le Champ, alors, au mieux, je continuerai à vivre une demi-vie.

Mais il est possible que l'Alchimiste ait donné à Syn et Kendor un aperçu de mon avenir pour qu'ils puissent m'avertir de modifier le cours des choses. Mais comment suis-je censée y arriver?

Kendor s'est donné beaucoup de mal pour me prévenir que toutes les alliances conclues dans le Champ sont temporaires, alors que Syn a dit que je n'écoutais pas ce qu'ils tentaient de m'enseigner. Les deux essayaient-ils de me donner des indices sur la façon de modifier mon avenir? Voulaient-ils dire que je devais absolument cesser de faire confiance à Sam et à Kyle? Si je le faisais, je serais essentiellement seule sur l'île, sans personne pour m'aider à combattre Viper et Nordra. Et Marc... il est presque certain qu'il se ferait tuer.

— Le Champ ne changera pas qui je suis! crié-je à la mer.

Les mots explosent tout simplement hors de moi, mais j'ai l'impression qu'ils proviennent des profondeurs de mon être. Parce que je sais qu'ils sont vrais.

Je ne vais pas devenir une bête perverse et intrigante dans le seul objectif de survivre dans le Champ. Si je le fais, si je trahis tout ce en quoi je crois, et tous ceux qui comptent sur moi pour leur protection — juste pour sauver ma peau — ma vie ne vaudra guère la peine d'être vécue dans aucun des deux mondes. Car alors, je deviendrai ce que Syn est destinée à devenir.

Je deviendrai le monstre.

Mes mains tremblent. Je prends mon téléphone de ma poche et je compose le numéro de Marc. Lorsqu'il répond, sa voix paraît pâteuse et je soupçonne l'avoir réveillé d'une sieste. Avec son autre moitié blessée et la souffrance du Champ, il pourrait se sentir plus fatigué que d'habitude, je ne sais pas.

— Veux-tu toujours qu'on se rencontre ? demandé-je.

— Je n'ai pas pensé à autre chose de toute la journée.

— Quand et où ?

Il rit.

— Tu sais où j'habite ?

— Je t'ai dit que je le savais.

— Alors, viens tout de suite.

Le temps que j'arrive, Marc s'était mis sur son trente-et-un pour moi. Il portait de beaux pantalons beiges, une chemise abricot, et une veste sport marron pour laquelle il avait dû payer un bon prix — à moins qu'il ne l'ait volée. Ce n'est pas tous les gars qui peuvent porter un truc abricot et bien paraître — c'est trop près du rose — mais sur Marc, ça va bien. Ou peut-être que les vêtements n'ont rien à voir.

J'ai l'impression d'avoir l'air d'une souillon. Je ne me suis pas changée depuis ma séance d'entraînement, et quelques-unes des lances de Kendor m'ont coupée. En conséquence, j'ai des taches de sang sur mes bras nus et mes pantalons. Marc lève un sourcil lorsqu'il répond à la porte.

— C'est quoi le problème avec vous autres les sorcières ? Vous ne prenez pas de douche quand vous vous déplacez d'un monde à l'autre? Trop occupées à l'application de *surf wax* sur vos balais?

— Mignon. Ne me dis pas que tu es amateur de surf?

— Je suis de calibre international et je t'enseignerai si tu m'expliques pourquoi tu es couverte de sang.

— C'est juste quelques gouttes.

Il n'est pas d'accord.

— J'arrive tout simplement d'une séance d'entraînement où j'apprends à tuer les méchants dans l'autre monde.

— Est-ce que c'est ton sang ou celui de tes entraîneurs?

— Le mien, j'avoue.

— Tu n'as pas une égratignure sur toi.

— Je te l'ai dit, je guéris vite. Vas-tu m'inviter à entrer ou quoi?

Il est amusé.

— J'allais t'emmener à mon restaurant préféré, mais ils ne te laisseront pas entrer habillée comme ça.

— Alors, emmène-moi à ce centre commercial où tu gares tes voitures spéciales. Achète-moi un nouvel ensemble. Je sais que tu en as les moyens.

— Holà! Tu t'es lancée sur l'addition hier soir. Je n'aurais jamais pensé que tu me ferais autant dépenser.

Je souris.

— Tu n'en as aucune idée.

Il me laisse prendre une douche rapide chez lui, puis nous nous rendons au centre commercial, où je me procure une paire de pantalons noirs serrés qui valorisent mon derrière, une blouse de soie qui correspond à la couleur de sa chemise, et une veste de cuir noir qui fait à la fois chic et cowboy. Marc insiste pour une paire de bottes brunes qui attirent son attention et qui me donnent dix centimètres de plus.

— Je n'aime pas devoir me pencher pour embrasser une fille, explique-t-il alors que nous nous dirigeons vers ma voiture.

Il semble aimer que je conduise.

— Ha ! On dirait que tu as planifié toute une soirée, dis-je.

— Moi ? Et qu'en est-il de toi et de mon jumeau ?

— Je ne suis pas certaine de comprendre ce que tu veux dire, dis-je.

— Tu sais exactement ce que je veux dire. Mon problème, c'est que j'ignore le genre de relation que vous avez tous les deux. Tu ne me connais que depuis quelques jours. Habituellement, je ne fais pas confiance aux gens que je viens juste de rencontrer.

— Ce n'est pas vrai. Tu me voues une confiance absolue.

— Probablement parce que je n'ai pas le choix. Dis-moi, quel genre de renseignements personnels il t'a donnés sur moi ?

— Sa première règle, c'était que je ne te dise rien de ce qu'il a dit.

— Eh bien, voilà ! Ça ne peut pas être vrai ! Je ne voudrais pas me taire seulement pour plaire à un beau morceau de... toute nouvelle fille que je viens de rencontrer.

— Tu allais m'appeler un beau morceau de cul ?

— Non, madame ! Je ne viens pas d'un ghetto, je ne parle pas comme ça.

— Menteur. Tu es à l'aise dans tous les types d'environnements et tu sais t'adapter, peu importe l'endroit où tu es et avec qui tu es. Tu es un caméléon.

Marc réfléchit calmement.

— T'a-t-il expliqué comment m'approcher ?

— Non.

— Tu le jures ?

Je souris, je le pousse du doigt.

— Il n'avait pas besoin de le faire. Je le sais déjà.

Son restaurant préféré est à Santa Monica, pas très loin de ma maison, de l'autre côté de la plage. Nous obtenons une table à l'extérieur, à une hauteur de quelques étages, ce qui nous permet de voir le coucher du soleil. La serveuse arrive, et Marc commande un bifteck tandis que je demande de l'espadon et une grande coupe de margarita. Je lance un regard perçant à la serveuse, et elle ne s'embête pas à me demander une pièce d'identité. C'est comme ça dans le monde des sorciers.

Marc remarque l'échange, et il commande une bière. Quand la serveuse est partie, il se penche près du centre de la table, au-dessus de la bougie, et me demande si je viens d'utiliser mes pouvoirs sur cette pauvre fille sans méfiance.

— Ce que j'ai fait avec elle n'était vraiment pas un miracle. C'est un restaurant cher, et j'ai compris qu'elle est habituée à servir des gens puissants et à ne pas leur poser de questions. Mon regard n'était pas autre chose qu'un regard.

— Mais seulement parce que tu étais en mesure de la manipuler ? demande-t-il.

— Voilà une façon de voir les choses. Pourquoi me poses-tu cette question ? Tu as peur que je te fasse faire quelque chose contre ton gré ?

— Non, sans blague ! Au cas où tu aurais oublié, tu m'as parlé de mourir pour toi la nuit dernière.

Je me mets à parler sérieusement.

— Le « mourir » c'est pour nous deux. En fait, c'est plus pour toi que pour moi. À moins de devenir 100 fois plus fort rapidement, tu te feras griller.

— Jessie…

— Autre chose. Je n'ai pas eu le choix de me connecter. C'est quelque chose que j'ai subi. Mais toi, tu as le choix. Je ne vais pas t'obliger.

Marc se cale dans son fauteuil.

— Je suppose que les choses ne vont pas si bien dans le Champ ?

— Ça va de mal en pis. Hier, j'ai perdu un bon ami et toi tu t'accroches à peine.

— Pourquoi ?

— Tu t'es fait poignarder dans le bas du dos, probablement empoisonné. Nous sommes terrés dans une grotte non loin du sommet d'un volcan, et tu as une forte fièvre.

— Merde, marmonne-t-il.

— Exactement.

Nos boissons sont servies et je prends une gorgée de ma margarita. Après tout ce que je viens de traverser, j'ai besoin de quelque chose pour me calmer les nerfs.

— C'est tout ce que tu veux savoir ? ajouté-je.

Marc sirote sa bière.

— Qui m'a poignardé ?

— Viper. La salope s'est faufilée près de toi pendant qu'elle était invisible. Tu n'avais aucune chance. Je lui ai tranché la main, si ça peut te consoler.

— Je me sentirais mieux si tu l'avais tuée.

— Tu n'es pas le seul.

Marc sourit et hoche la tête.

— C'est ce que mon jumeau t'a recommandé de me dire ? Des histoires de sorcières invisibles avec des couteaux empoisonnés ? Je ne pense pas que tu mens, mais je dois t'avertir que tu es en train de me faire perdre l'appétit.

Je hausse les épaules.

— Tu m'as posé des questions, je ne voulais pas mentir. Mais tu as raison, nous devrions parler de quelque chose de plus joyeux. As-tu trouvé à qui tu vendrais ton émeraude ?

Marc regarde rapidement autour de lui et se penche plus près.

— Chhhut. Mauvaise partie de la ville pour parler d'un joyau manquant. Il y avait un article dans le *Los Angeles Times* à propos du vol. Le journaliste semblait en savoir plus qu'il n'aurait dû en savoir.

— Tu comprends que tu ne peux pas continuer à faire ça.

Il lève les mains en signe de capitulation, mais il continue à parler bas.

— Personne ne le sait mieux que moi. C'était mon dernier travail en me servant de la couverture de voiturier. Et je me suis décidé, je vais briser la pierre en morceaux de taille moyenne avant de l'offrir à un receleur. Le joyau est trop connu, trop facile à retracer.

— Marc…, commencé-je.

— Ne le dis pas, m'interrompt-il.

— Quoi ?

— Que je pourrais faire beaucoup mieux avec ma vie !

— C'est vrai. Tu es intelligent, tu prévois tout avec soin, mais tout est une question de chance. Tu finiras par te faire prendre et envoyer en prison. Imagine vivre dix ans derrière les barreaux ? Tout un gaspillage.

— Bien sûr, je n'aurais pas à vivre ce genre de vie si j'étais connecté. C'est ce que tu dis ? Je pourrais faire tout l'argent que je veux simplement en activant quelques gènes bien dissimulés.

— L'argent est la pire raison au monde pour devenir un sorcier.

— Tu parles comme une vraie fille de riches, une fille gâtée.

— Hé, sache que j'ai porté les mêmes cinq pantalons et les mêmes trois jupes pour aller à l'école pendant toutes mes années de secondaire.

— Je croyais que ton père était un chirurgien cardiaque.

— C'est vrai, mais tout ça est une longue histoire, et je ne suis pas ici pour raconter à quel point les choses ont été difficiles pour toi et moi. Nous en avons parlé suffisamment hier soir. Je suis ici parce que nous avons un problème.

Marc sirote sa bière.

— Et parce que tu es folle de moi. Ne l'oublions pas.

— C'est plus dans l'autre sens, mais peu importe.

Je prends une autre gorgée de ma boisson et je fais signe à la serveuse de m'en apporter une deuxième.

— Profitons de notre repas et parlons affaires plus tard. Je suis passée par beaucoup de choses depuis notre dernière rencontre. J'ai besoin de me détendre.

— Je le vois bien, dit Marc, en me regardant terminer mon margarita.

J'ai fini mon deuxième verre au moment où notre nourriture arrive et j'en commande un troisième. Je sais que j'agis imprudemment, mais je me dis que je ne suis qu'à quelques jours de mon service commémoratif... Bon sang!

L'espadon a un goût divin, et Marc me permet de prendre une bouchée de son bifteck qui est pas mal. Lorsque nous quittons le restaurant, je bavarde sans arrêt sur Las Vegas. Je raconte à quel point je suis bonne au vingt et un, au blackjack. Marc imagine que je suis ivre et que je veux vraiment parler du vingt-deux, de la reine rouge. Après tout, c'est le jeu de choix dans le monde des sorciers.

Nous marchons vers la jetée de Santa Monica, jusqu'à l'extrémité, et pour la seconde fois aujourd'hui, je regarde fixement la mer et je me demande combien de temps il me reste à vivre. Cette pensée me donne à réfléchir; je cesse de parler. Marc passe son bras autour de moi et je m'appuie contre lui. J'ai la même sensation qu'avec l'autre Marc, à côté duquel je dors dans la grotte pour pouvoir surveiller sa fièvre.

— Tu veux que j'aille jusqu'au bout, dit-il. Tu veux que je meure.

— Pendant un court instant, oui.

— Tu sais à quel point c'est dingue.

— Oui.

— Comment pouvons-nous le faire ?

— Quand je roulais vers ton appartement, j'ai parlé à un ami, Herme. Il vend des médicaments et du matériel médical aux médecins. Il est au courant de ce qu'il faut te donner pour arrêter ton cœur et il sait quoi faire pour le faire démarrer de nouveau.

— Est-il médecin ?

— Non, mais il est vieux et il a une tonne d'expérience.

— Je pensais que ton père serait là.

— Je n'arrive pas à joindre mon père.

— Il a mal choisi son moment pour s'éclipser.

— Je ne peux pas dire le contraire.

Marc regarde fixement la mer sombre.

— Ça prend combien de temps ?

— C'est différent pour chacun. Combien de temps ils doivent être morts. Combien de temps ils prennent pour se connecter. Disons que plus nous commençons tôt, mieux c'est.

— Jessie.

— Tu n'es pas prêt, je le sais.

— Je suis désolé, vraiment. Je sais que tu essaies de me sauver la vie autant que la tienne. Peut-être plus. C'est juste l'idée de me coucher sur une table et qu'un inconnu me pique avec une aiguille qui arrêtera mon cœur — ça me fait paniquer. Je ne suis pas capable.

— Je comprends.

Marc m'attire plus près de lui.

— Qu'est-ce qu'on devrait faire ?

— Emmène-moi à ton appartement.

— Est-ce que c'est ce que mon jumeau t'a dit de dire ?

— Ça n'a pas d'importance. Prends-moi.

Je roule de nouveau jusqu'à son appartement, lentement, m'assurant de ne brûler aucun feu ou de ne manquer aucun panneau d'arrêt. Nous nous garons dans la rue, et alors que nous marchons jusqu'à sa porte d'entrée, il me saisit la main, et pendant un moment je peux faire semblant que je suis avec Jimmy. Que je suis sur le point de faire l'amour avec mon doux et merveilleux petit ami.

Mais quand nous arrivons à l'intérieur et qu'il commence m'embrasser, ce n'est pas Jimmy.

C'est Marc. La sensation est tellement incroyable qu'il m'est difficile de me sentir coupable.

Nous nous retrouvons nus dans le lit et je sens que je me noie dans une mer de sensations. Des minutes passent où je ne peux pas me retenir, et lui non plus, et c'est bien, c'est plus que bien. Honnêtement, les choses semblent exactement comme elles devraient être.

Mais lorsqu'il s'arrête pour mettre un préservatif, tout dans la pièce paraît ralentir. On dirait presque le moment où Nordra m'a attaquée alors que le temps a ralenti sa course et que j'ai pu me sauver pour demeurer en vie. Encore une fois, c'est comme si je recevais une chance d'éviter une blessure fatale. Et Marc semble le ressentir. Même s'il est assis le dos à moi sur le bord du lit, je connais ses pensées comme je les connaissais dans les rêves que je faisais sur lui avant que nous nous rencontrions. Et je sais qu'il est conscient de la présence de quelqu'un d'autre dans la pièce avec nous. Il se retourne et il me fait face.

— Tu ne veux pas le faire, dit-il.

— Oui, je le veux.

Il laisse tomber le préservatif et se déplace tout près.

— Tu ne peux pas faire ça.

Je le regarde fixement. Je hoche la tête.

— Je dois le faire.

Il hoche la tête.

— Tu n'es pas obligée.

— Mais tu as dit, il a dit, que c'était le seul moyen d'arriver à te convaincre de le faire.

— Il n'a jamais dit ça. Je ne dirais jamais ça et il te connaît beaucoup mieux que moi. Il t'aime. Tu n'es pas obligée de faire ça.

Je lutte pour respirer.

— Je ne comprends pas.

— Je vais le faire. Je te dis que je vais le faire, lance Marc.

— Non.

— Que veux-tu dire par non ? Voilà pourquoi tu es ici. Nous devons le faire. C'est le seul moyen de nous sauver tous les deux.

Il tend la main vers son pantalon. Je l'arrête.

— Non, répété-je.

— C'est quoi le problème avec toi, Jessie ?

— C'est toi, c'est nous, c'est moi. Tu m'aimes ; peut-être que je t'aime ; je ne sais pas. Mais c'est trop dangereux.

— Bien sûr, c'est dangereux ! Tu parles de ma mort. Mais si nous ne faisons rien, c'est tout aussi dangereux. Je comprends, enfin je comprends. Alors pourquoi as-tu soudainement peur d'aller de l'avant ?

— Parce que tu ne comprends pas. Si tu meurs dans ce monde, ce que nous appelons le monde des sorciers, tu mourras dans les deux mondes. Mais si tu meurs tout simplement dans l'île, dans le Champ, tu peux toujours être vivant ici. Je pourrai toujours te voir ici.

Marc prend un moment pour digérer ce que je viens de lui dire. D'accord, c'est beaucoup à absorber dans l'espace d'un instant.

— Même si nous mourons tous les deux dans le Champ, je pourrais encore te voir ici ?

— Oui, dis-je.

— Es-tu certaine ?

— C'est compliqué. Je ne suis pas sûre à cent pour cent.

Il me regarde, assise nue devant lui.

— Que devrions-nous faire ?

— Eh bien, pour commencer, nous ne devrions pas appeler Herme.

— Je ne parle pas de ça.

— De quoi parles-tu ?

— Ton petit ami. Il était là la nuit dernière, dans l'épicerie fine, je l'ai vu.

— Tu l'as vu ? Comment ? Je ne savais même pas qu'il était là.

Marc agite la main.

— Ce n'est pas important.

Je tends la main vers lui, mais il me retient.

— Il est ici maintenant.

Je me rassis, et je regarde avec inquiétude autour de moi.

— Où ?

Marc sourit tristement et hoche la tête.

— Il est assis ici, entre nous. Tu le sais et je le sais.

Sans réfléchir, je tire le drap et je me couvre les seins.

— Que devrions-nous faire ? dis-je.

— C'est moi qui l'ai demandé en premier.

— Ouais, d'accord. Que dirais-tu si nous faisions comme dans l'autre monde ? Là-bas, je dors à côté de toi. Ici, je peux dormir à tes côtés ?

— Seulement dormir ?

— Qu'en penses-tu ? demandé-je, comme si j'étais une enfant.

Marc se penche et m'embrasse sur le front.

— Ce serait parfait, dit-il.

CHAPITRE 9

Je sens de la chaleur, de la sueur et j'entends un bruit d'eau courante. Pendant un long moment, je ne sais pas pourquoi, je refuse d'ouvrir les yeux. J'ai l'impression que si je me permets de me réveiller complètement, je le regretterai. Je suis comme une enfant qui ne supporte pas l'idée d'avoir à sortir du lit le matin pour se rendre à une nouvelle école où je ne connais personne et où je suis certaine d'être trop stupide pour comprendre ce qui est enseigné.

Sauf que mon sentiment de crainte est 100 fois pire.

C'est seulement quand j'entends Marc parler que j'ouvre les yeux.

— Jessie, dit-il.

Comme il est étrange de l'entendre prononcer mon nom dans une grotte sombre du Champ, dans le monde réel, alors qu'il y a quelques instants j'étais dans son lit dans le monde des sorciers. Dans la faible lumière qui vient de l'entrée de la grotte, on dirait qu'il a vieilli de 15 ans depuis que nous sommes allés dormir dans son appartement. Il n'est pas seulement malade, on dirait qu'il va mourir.

Pourtant, il me sourit.

— Tu as fait de beaux rêves? demande-t-il.

— Comment te sens-tu?

Je m'assois. Je pose ma main sur son front et je sens une fièvre que je crains de chiffrer. Il est brûlant.

— Fantastique, répond-il.

— La vérité.

— Je suis foutu, dit-il, gémissant pendant que je l'aide à se redresser.

— Est-ce ta blessure ou la fièvre?

Il se frotte les yeux, cligne, en essayant d'amener ses yeux à se concentrer.

— Tu avais raison. Il devait y avoir du poison sur le couteau. Mon cœur s'emballe, et j'ai l'impression que mon sang est rempli d'acide qui me ronge vivant. Si tu vois ce que je veux dire.

— Je vais pratiquer un autre rite de guérison, dis-je en tendant les bras.

Mais il me prend les mains, les presse ensemble et hoche la tête.

— Tu as travaillé à me guérir toute la nuit.

— Laisse-moi essayer, ça ne peut pas te faire de mal.

— Je suis sérieux, Jessie. Toute la nuit, quand j'avais des contractions à cause de la douleur, tu me tirais plus près de toi, tu me tenais serré, et la douleur finissait par se calmer. Ça explique probablement pourquoi tu as l'air si épuisée.

— Je vais bien.

— Menteuse.

Marc fait une pause.

— Comment ça s'est passé avec mon jumeau ? Comme je ne me suis pas transformé en superhéros, je suppose qu'il s'est dégonflé.

Avant de répondre, je jette un coup d'œil dans la grotte où nous avons passé la nuit. Li dort à côté d'un mince filet d'eau qui se déverse à partir d'un tas de pierres près de l'entrée étroite et coule vers l'arrière de la grotte qu'il me reste encore à explorer.

Li est en train de faire ses propres cauchemars. Elle se tourne et se retourne dans son sommeil, et elle chuchote le nom de sa sœur Lula.

Couché sur le dos à trois mètres plus loin, Chad ronfle bruyamment. À part Li et Chad, il n'y a personne d'autre autour, même si j'entends Sam et Kyle parler à l'extérieur. Je n'arrive pas à comprendre exactement ce qu'ils disent, mais ça ressemble à une dispute.

— C'est moi qui me suis dégonflée, répondé-je.

— Il était d'accord pour aller de l'avant ? Pourquoi ne l'as-tu pas laissé faire ?

— C'était trop risqué.

Marc lutte pour dissimuler son agacement.

— Jessie ! On a dépassé le stade du risque dans ce trou à rats. Tu aurais dû le laisser essayer. Je veux dire, qu'est-ce que nous avions à perdre tous les deux ?

Je me penche et l'embrasse au même endroit où il m'a embrassée la nuit dernière.

— Crois-moi, c'était la bonne décision.

Marc m'examine de près.

— Tu es avec lui maintenant. Nous sommes ensemble.

J'hésite.

— C'est une façon de parler.

Il halète.

— Et Jimmy?

— Jimmy est au courant.

— Bon Dieu.

— C'est ce que j'ai pensé.

Je me lève et je lui offre mon aide.

— Es-tu capable de marcher?

— Je ne suis pas encore mort, dit Marc, bien qu'il se penche contre moi en même temps qu'il chancelle sur ses pieds.

— Réveille Chad et asperge ton visage d'eau froide. Essaie de manger ce qui reste du poisson. Je dois parler aux garçons.

Je me dirige vers l'entrée de la grotte, mais je m'arrête et je regarde Marc encore une fois.

— Tu sais, pour un dur à cuire, tu peux être un vrai gentleman.

Je lui sers un compliment, mais on dirait qu'il est déçu.

— Est-ce que cela signifie que nous ne sommes pas allés jusqu'au bout? demande-t-il.

Je ris.

— Je ne suis pas du genre bavarde.

À l'extérieur, je perds rapidement mon sourire. Kyle et Sam ne sont pas simplement en train de se quereller. Ils discutent avec animation sur la façon dont Pierre et Keb sont morts. Les deux corps gisent affalés contre un rocher noir qui s'élève du sol à une centaine de mètres au-delà de l'ouverture de la grotte.

Plus bas, dans la direction opposée, enchaînée à un rocher aux angles pointus avec des cordes de vigne, il y a Jelanda, la chef des fantômes. Elle me regarde depuis que je suis sortie de la grotte.

— Qu'est-ce qui s'est passé? demandé-je à la lueur de la lumière du matin.

Le soleil vient à peine de se lever au-dessus du niveau de la mer, mais exposés comme nous le sommes sur le côté du volcan, il semble particulièrement lumineux. Toute l'étendue plus bas — la rivière, les arbres, les falaises — est baignée d'une lumière orange.

— Pierre et Keb montaient la garde avec Sam, dit Kyle, sans prendre la peine de dissimuler son amertume. On leur avait ordonné d'observer le sommet tandis que Sam était censé surveiller quiconque s'approchait par le bas.

— Bon sang, qu'est-ce qui s'est passé ? dis-je d'un ton sec.

C'était la première fois que je voyais Kyle si tendu.

— Je ne sais pas, voilà le problème. J'avais pris le premier tour de garde et tout allait bien. Et ensuite, Sam m'a relevé au milieu de la nuit. Je me suis réveillé à l'aube et tout d'un coup mes deux gars sont morts.

— Attends une seconde, l'interromp.-je. C'est moi qui devais prendre la relève. Comment se fait-il qu'aucun de vous ne m'ait réveillée ?

— C'était ma décision, dit Sam. Tu avais l'air épuisée. Je voulais que tu te reposes. D'ailleurs, j'ai pensé que Pierre et Keb pouvaient s'entraider pour rester éveillés. Ils n'avaient qu'à surveiller vers une direction. Moi, je scrutais quatre-vingt-dix pour cent de l'île.

— Bizarre que tu n'aies pas vu quelqu'un se faufiler sur eux, dit Kyle.

Sam le pousse dans la poitrine.

— Arrête tout de suite ces conneries ! Y'a personne dans ce groupe qui les a tués. Ça doit être soit Nordra ou Viper, ou l'un des fantômes.

— Tu n'as rien entendu ? demandé-je à Sam.

Il paraît malheureux.

— Je les entendais parler, jusqu'à il y a environ une heure, mais je n'écoutais pas ce qu'ils disaient. Ensuite, ils sont devenus vraiment silencieux. Je n'y ai pas fait attention. C'est seulement quand le jour s'est levé que je suis venu voir si tout allait bien.

— Tu ne les voyais pas d'ici ? demandé-je à Sam.

— Non, dit Sam. J'ai déplacé leurs corps à l'endroit où ils sont maintenant pour que nous puissions les surveiller. Mais quand je suis allé les voir, ils se trouvaient au-delà du tournant que tu vois là. Je les avais postés à cet endroit pour qu'ils aient une vue dégagée de la crête, et de tous ceux qui arrivaient du nord. Je…

— Tu n'avais pas le droit de les placer n'importe où sans me demander la permission, interrompt Kyle.

Sam grogne.

— Comme s'ils t'appartenaient.

— C'étaient mes hommes ! Ils étaient dans mon groupe ! crie Kyle, très en colère. J'étais responsable d'eux !

Je m'avance entre les deux.

— Baissez le ton ! Ce n'est pas nécessaire d'annoncer à tous nos ennemis l'endroit exact où nous campons.

Je fais une pause et je m'adresse à Sam sur un ton plus doux.

— Donc, le soleil s'est levé et tu es allé voir comment ils se portaient. Qu'est-ce que tu as trouvé ?

Sam hausse les épaules.

— Ils étaient tout simplement étendus là, morts.

— Tu dois les avoir examinés. Comment sont-ils morts ?

— Ils ont des contusions sur le cou. On dirait que leurs pommes d'Adam ont été écrasées.

Sam s'arrête et gigote.

— Ils ont probablement été étouffés.

Les paroles de Cleo reviennent me hanter.

« Sam a été arrêté l'an dernier au sujet de l'assassinat de son petit ami de longue date, Michael Edwards. Michael avait été retrouvé étranglé à mort dans un atelier de Parsons où ils étaient tous deux étudiants. Sam a été arrêté parce qu'il avait un mobile et la possibilité de commettre l'acte. »

— La personne qui a attaqué — était-elle très forte ? demandé-je.

Sam fait signe que oui.

— C'était certainement une sorcière ou un sorcier.

La coïncidence est troublante, c'est le moins qu'on puisse dire. Par contre, c'est aussi très pratique, si quelqu'un essaie de tendre un piège à Sam pour les meurtres de Pierre et de Keb. Mais qui pourrait connaître le passé de Sam ? Je le sais parce que j'ai parlé à Cleo dont les ressources sont presque illimitées. Kyle a-t-il une source équivalente ?

Pourtant, même si Kyle était au courant, comment aurait-il pu quitter la grotte pour assassiner les gars sans que Sam le voie ? Ça ne semble pas réaliste, ce qui veut dire que Sam les a tués ou que l'un de nos ennemis a réussi à se faufiler dans notre camp sans que Sam entende ou voie quoi que ce soit. Sam, avec ses yeux et ses oreilles hypersensibles…

— Écoutez, nous pouvons en parler jusqu'à la nuit des temps, dit Sam. Nous n'allons pas comprendre ce qui s'est passé. Nous sommes à court de temps. Il peut sembler que nous soyons à mi-chemin vers le sommet, mais c'est trompeur. Plus nous montons, plus la pente est raide et moins il y a d'air. Il nous faudra toute la journée pour atteindre la grotte et le mur. Nous devrions simplement rassembler nos affaires et partir.

— Non, je veux les enterrer, dit Kyle.

— Tu n'as pas entendu ce que je viens de dire ? demande Sam.

Kyle est furieux, blessé.

— Nous avions le temps d'enterrer Ora, Billy et Mary. Pourquoi Pierre et Keb auraient-ils moins de valeur ? Parce que c'est moi qu'ils accompagnaient ?

Sam s'apprête à crier une réponse, mais finalement ils se tournent tous les deux vers moi. Peut-être est-il le plus grand acteur sur terre, mais je jurerais que la douleur de Kyle est bien réelle. J'ai envie de pleurer avec lui. Il est difficile de refuser sa demande, mais je dois penser au plus grand bien.

— Marc est malade et blessé, et Li n'est pas au meilleur de sa forme, dis-je. Et Sam a raison — plus nous monterons, plus la marche sera difficile. Nous déplacerons Pierre et Keb dans la grotte et nous ferons une brève cérémonie. Mais nous allons devoir renoncer à creuser des tombes.

— Je vais les déplacer, dit sèchement Kyle, amer. Étrange que tu aies choisi ce matin pour commencer à prendre des décisions difficiles. Je me demande quel aurait été ton choix si c'était plutôt Marc ou Chad qui étaient morts.

Kyle s'éloigne d'un pas raide et Sam me tapote dans le dos.

— Ne le laisse pas t'atteindre, dit-il.

Je hoche la tête.

— Non, il a raison. Je ne crois pas que j'aurais pris la même décision s'il avait été question de mes amis. Je suppose que ça fait de moi une piètre chef.

— Ça fait de toi quelqu'un d'humain, dit Sam.

Vingt minutes plus tard, nous sommes en route. Malheureusement, Marc ne reste pas longtemps sur ses pieds. Ce que Viper a étalé sur son couteau, quoi que ce puisse être, réussit non seulement à enflammer son sang, mais ça interrompt aussi le processus de guérison. Aucun de mes pouvoirs de sorcière n'a vraiment d'effet sur lui, et je suis obligée de déchiqueter le reste des manches de mon haut pour construire un bandage qui applique une pression constante sur la plaie. Je ne peux pas croire qu'il saigne toujours.

Marc se plaint et refuse d'être traité comme un bébé, mais son combat est impuissant, et en fin de compte, je dois insister pour le transporter. Il sait qu'il nous ralentit et, finalement, il me permet de le porter sur mon dos. Le poids supplémentaire est éprouvant, mais il n'est pas question de l'abandonner.

Kyle a son propre poids à porter — Jelanda, la reine des fantômes. Pour l'attacher, il se sert d'une combinaison de vignes et de bandes de tissu provenant des uniformes de Pierre et de Keb — il les a retirés de ses hommes avant de les installer pour leur repos final. Mais son principal outil est la lance qu'il presse contre son dos. Même si elle est esquintée, Jelanda semble moins fatiguée que chacun d'entre nous.

Je déteste la salope, elle me donne la chair de poule. Chaque fois que je regarde dans sa direction, elle me fait un sourire tordu, comme si… on dirait qu'elle attend simplement notre mort.

Chad marche à côté de Marc et moi. Il en conclut de notre conversation que nous nous voyons tous les deux dans le monde des sorciers et il veut savoir pourquoi je n'ai pas essayé de prendre contact avec son jumeau.

— Tu habites à l'autre bout du pays, dis-je.

— Tu pourrais au moins lui téléphoner, dit Chad.

— Et te dire quoi ? demandé-je.

Chad réfléchit.

— C'est vrai. Je suppose que mon autre moi serait loin d'être ravi qu'une parfaite inconnue d'une autre dimension veuille être mon ami.

— Chad, marmonne Marc derrière ma tête. Allume. Jessie ne t'appelle pas parce que tu n'es pas sexy comme moi. Eh bien, tu ne croirais pas ce qu'on fait tous les deux dans le monde des… aïe !

Je venais de lui pincer la jambe.

— Considérant le fait que tu n'es qu'un poids mort dans ce monde, j'arrêterais de me vanter d'être sexy, ajouté-je. De plus, les cerveaux sont beaucoup plus sexy pour moi que les vantards.

— Ça s'appelle « vantard » seulement si tu ne peux pas livrer la marchandise, dit Marc. Et toi, entre toutes les filles, tu sais bien que… aïe !

Je le pince de nouveau.

— Tu te tais.

Chad se met à rire.

— J'espère que nous sortirons vivants d'ici. Je sais que nous avons eu la vie dure, mais pour moi, ça a été la seule véritable excitation de toute ma vie. Je continue à penser que si j'avais un jour des petits-enfants, le temps que j'ai passé ici ferait une extraordinaire histoire à leur raconter avant d'aller au lit. Je voudrais donner des noms à chacun de nous. Ora le guerrier. Shira la courageuse. Chad le sage. Li la guérisseuse. Jessie la puissante. Marc le… Hmmm. Qu'est-ce qu'il y a de si spécial à propos de Marc ? J'ai de la difficulté à trouver quelque chose.

— Marc le survivant, dis-je, comme Marc ne répondait pas.

— Ça donne l'impression que je suis un lâche, se plaint Marc.

— Ça donne l'impression que tu as de la chance, le corrige Chad. Je vais employer ce nom. Mes petits-enfants vont l'adorer.

— Je suis sûr qu'ils t'adoreront, dis-je.

Dommage qu'ils aient entendu la note de tristesse dans ma voix.

La veille, nous avions dû faire face à deux types de terrain : le gravier, qui était pire que de marcher dans le sable, et les surfaces plates de lave gelée, qui étaient si lisses et si brillantes que nous passions notre temps à glisser et à patiner. Aujourd'hui, nous rencontrons un troisième type : une rangée après l'autre de pierres géantes. De plus, comme elles sont généralement séparées par de larges espaces vides, nous devons continuellement faire des bonds dangereux d'une pierre à l'autre.

Lorsque les gens de Kyle ont dépéri après sa tentative de guérison, Li s'est effondrée sur le plan psychologique, ce qui a fait d'elle une randonneuse beaucoup plus timide. En conséquence, Sam est souvent obligé de la porter pendant que nous naviguons dans le labyrinthe des pierres noires. Elles sont fabriquées de la même lave ancienne que vomit le sommet du volcan, mais certaines sont tellement énormes, que je jurerais qu'elles ont plutôt l'air de quelque chose sur quoi le cône de cendres s'est étouffé.

Obstrué. Étranglé. Assassiné.

Mes doutes au sujet de Sam ne cessent de croître, et ça me dérange. Les renseignements de Cleo sur son passé sont difficiles à ignorer. Mais ce n'est pas seulement le lien avec la mort de Pierre et de Keb qui me dérange. Les avertissements mystérieux de Kendor et de Syn me hantent autant, sinon plus. C'est la même chose pour Kyle — je me rends compte que je ne peux plus les voir comme avant.

Ce qui me frappe, c'est le côté insidieux des règles du Champ, et je me demande qui les a créées et à quoi il pensait — *si* les récits anciens que Cleo m'a racontés sont vrais, et si l'objectif supérieur du Champ revient finalement à choisir le chef parfait. Plus je m'attarde sur la moralité douteuse des gens derrière le concours, plus je me demande si ce sont même des humains. Ou des sorciers.

Il y a quelque chose *d'insensé* dans ce Champ.

Plus nous avançons, plus nos pas se font difficiles et douloureux. Suivant les instructions de Sam, nous tournons vers le sud et commençons à longer la rivière sur le côté du volcan. Plus nous restons près de l'eau, explique Sam, moins nous devrons marcher sur le gravier et les rochers intimidants.

Naturellement, comme nous approchons de sa source, la rivière a diminué en taille et en force, mais son rugissement remplit toujours l'air, au point où il serait impossible d'entendre l'approche d'un ennemi invisible.

Porter Marc me rend vulnérable. Je ne peux instantanément utiliser mes bras et mes mains. Et sa respiration lourde et ses gémissements occasionnels embrouillent mon ouïe autant que le bruit de la rivière.

Déjà, j'ai l'impression que Viper est proche, et je sens aussi nettement que Nordra a pris les devants et qu'il nous attend au sommet. Et les fantômes — ils nous suivent à moins de deux kilomètres, dissimulant à peine leur passage. C'est d'abord Sam qui les voit, mais je les repère alors qu'ils se précipitent vers le côté du volcan ; des éclairs de peau blanche qui jettent des coups d'œil par-dessus les pierres noires.

Kyle essaie de les refouler en enfonçant sa lance plus profondément dans la colonne vertébrale de Jelanda, mais elle ne peut pas crier de douleur parce qu'elle est incapable de parler, et d'ailleurs, pour ce que nous en savons, sa souffrance appelle ses camarades à se rapprocher. Devant la torture de Kyle, sa seule réaction est de me regarder et de sourire.

— *Aucun de vous ne survivra.*

J'aurais souhaité que Kyle la laisse partir tout simplement, ou bien qu'il la tue, puisque je ne vois pas l'intérêt de la garder avec nous.

J'ai été infectée par les avertissements de Syn et de Kendor de la même façon que Viper a infecté Marc. Si je me sens aussi vulnérable, c'est principalement parce que j'ai l'impression que Sam ou Kyle, ou les deux, n'attendent que l'occasion de me tuer.

— J'étais comment ? me chuchote Marc à travers une brume de douleur et de fièvre.

La chaleur de sa peau contre la mienne est plus intense que les vifs rayons de soleil qui se déversent sur ma tête.

— Je te l'ai dit, tu n'arrivais pas à avoir une érection, le taquiné-je.

Je le sens sourire.

— Je peux avoir une érection maintenant et je suis sur le point de mourir. Allez, dis la vérité, combien de fois l'avons-nous fait ?

— Ça dépend de ce que tu entends par « le faire ».

Je sens son sourire s'élargir.

— Donc, tu es du genre coquine ?

— Tu ne l'avais pas deviné ?

— J'espérais. Qui est venu plus de fois, toi ou moi ?

— Moi, bien sûr, une fille peut avoir des orgasmes pendant toute la nuit.

— Alors, c'était super. Je suis extraordinaire.

— Non. Je te l'ai dit, tu n'arrivais pas à avoir une érection. J'ai dû sortir mon vibrateur de mon sac juste pour que la nuit ne soit pas un parfait désastre.

Il embrasse le côté de ma tête à travers mes cheveux trempés de sueur.

— La prochaine fois que tu verras Jimmy, dis-lui que je suis désolé. Je sais qu'une fois que tu as connu un gars comme moi, personne d'autre ne pourra plus jamais te satisfaire.

— Continue à rêver, Marc. C'est à ça que tu excelles.

Il commence à perdre connaissance à cause de la douleur.

— Tant que tu es là dans mes rêves, marmonne-t-il.

Enfin, nous arrivons à la base du cône de cendres qui couronne le sommet du volcan à proprement parler, comme un chapeau de clown brun surmonté d'une lumière rouge clignotante. La lueur cramoisie du magma en ébullition est constante, mais la lueur jongle avec les nuages mouvants de la vapeur et de la fumée. Tu parles de feu et de soufre ! Il y a des moments où les émanations sont presque suffocantes. Mais le vent change soudainement de direction, et j'arrive alors à respirer facilement.

La taille et la force de la rivière se sont brusquement réduites à un dixième de ce que c'était plus bas. Sam s'agenouille sur son bord pour prendre une gorgée.

— Il est temps que nous traversions de l'autre côté, dit Sam.

— Pourquoi ? demande Kyle, soupçonneux.

Je ne suis pas la seule à souffrir de paranoïa. Depuis la perte de Pierre et de Keb, Kyle ne fait même pas semblant de faire confiance à Sam.

Sam s'apprête à parler, mais d'abord il doit tousser.

— Est-ce que ce n'est pas évident ? Si nous restons dans le chemin de ces émanations, nous n'arriverons pas en haut.

Je scrute la face du cône de cendres. L'inclinaison est d'au moins 45 degrés, encore plus marquée près de la couronne. Sa surface est composée d'une masse de cendres cotonneuse profonde, qui sera l'enfer à parcourir.

— Je ne vois aucun signe de grotte, dis-je.

— Moi non plus, ajoute Kyle.

Sam fait un geste de la main.

— Elle est sur le côté gauche. Nous l'atteindrons avant d'arriver au mur. Mais nous devons commencer maintenant à faire le tour, avant de grimper encore plus haut.

— Ça va rallonger notre randonnée, dit Kyle.

Techniquement, il a raison. Si nous faisons le tour à la base du cône de cendres, nous devrons marcher encore plus que si nous faisions le tour près du sommet.

Sam hoche la tête avec dégoût.

— Si vous voulez, essayez de grimper en ligne droite. Je ne vous en empêcherai pas. Mais un petit truc appelé « manque d'oxygène » s'en chargera.

Kyle est incertain.

— Le vent change constamment. Comment peut-on savoir que le côté sud sera clair ?

— Je ne suis pas un foutu météorologue ! crie Sam. Je ne peux pas dire de quel côté le vent va continuer à souffler. Tout ce que je sais, c'est que la dernière fois que je suis venu ici, je suis arrivé au sommet en montant par la face sud. Et si ce n'est pas assez bon pour vous, alors grimpez ici, faites-vous gazer, je m'en fous.

— Je suis d'accord avec Sam, dit Chad. Depuis que nous sommes sur cette île, le vent a changé de direction une dizaine de fois. Mais il revient toujours à la direction est, en descendant vers la mer. En plus, certains d'entre vous ont dû remarquer comment les arbres s'inclinent légèrement vers la mer — un autre signe de la direction que favorise le vent. Les côtés sud et ouest du cône de cendres devraient être plus respirables.

— Ça va pour moi, dis-je.

J'étudie le soleil qui se rapproche de la lèvre supérieure du volcan.

— Mais il ne nous reste que deux heures de clarté et nous avons encore au moins six kilomètres à parcourir. Nous devons accélérer.

— Qu'est-ce que tu suggères ? demande Sam.

— Libérer Jelanda. De cette manière, Kyle pourra transporter Li tandis que toi, Sam, tu porteras Chad. Nous sommes des sorciers. C'est notre devoir d'aider les autres.

— Qui a dit ça ? marmonne Kyle.

Je fais un pas vers lui.

— C'est toi qui m'as poussée à prendre la direction de ce groupe. Maintenant, tu n'aimes pas mes ordres ? C'est quoi ton problème ?

Kyle regarde Sam avant de me répondre.

— Tu as le culot de demander c'est quoi mon problème ? Que dirais-tu si je te disais que j'ai la trouille ? Vous ne connaissiez pas Pierre et Keb, moi je les connaissais. C'était mes amis, et quelqu'un les a tués. Sam dit qu'il est innocent, et tu veux que je le croie. D'accord, pour les besoins de la discussion, disons que je le crois. Alors, qui a tué mes amis ?

— Ça aurait pu être les fantômes, dit Chad.

— Nous savons qu'ils sont dans la région, dit Sam.

— Parce que tu continues de torturer leur chef, ajoute Chad.

Kyle s'essuie les yeux, sa voix étranglée par quelque chose d'autre que les émanations.

— C'est bien, c'est fantastique, mettez la faute de la mort de Keb et Pierre sur moi. Pourquoi pas ? Je suis le salaud du groupe. Mais si c'est ma faute si mes camarades ont été tués, alors que je sois maudit si j'abandonne la chose que j'ai volée aux fantômes et qui les ont fait tuer Pierre et Keb.

Ses paroles me secouent, car elles expliquent tellement de choses qui auraient dû être évidentes — pourquoi Kyle a refusé de laisser partir Jelanda — ou par ailleurs, de la tuer. Il est clair qu'il sent qu'il a payé un prix trop élevé pour l'attraper.

— Elle nous ralentit, lui dis-je. De toute façon, on doit s'en défaire.

Kyle hoche la tête.

— Je suis plus fort que je le parais. Je peux la traîner et transporter Li en même temps. Je jure que je garderai le rythme. On ne peut laisser partir la reine blanche.

— Pourquoi pas ? insisté-je.

Il semble tellement sûr de lui.

— Songe à l'âge de sa race, dit Kyle. Ils existaient bien avant n'importe quel écrit historique. Mais que savons-nous d'eux ? Presque rien. Ils se déplacent en meute et ils se servent de télépathie. Voilà. Oh, attends. Autre chose. S'ils sont aussi âgés, c'est parce qu'ils sont sacrément doués pour survivre. Soyons honnêtes, nous les voyons tous comme petits et faibles. Nous ne les craignons pas comme nous craignons Viper et Nordra. Mais je crois que c'est ce qu'ils veulent. Je pense que tout ça est un coup monté. D'après moi, ce sont les créatures les plus dangereuses de l'île.

— Personne ne craint l'ennemi qui est juste devant lui, marmonne Chad en hochant la tête.

— Exactement ! crie Kyle, en tirant sur la chaîne de Jelanda. Regardez autour de vous, nous sommes tous effrayés, et nous avons le droit de l'être.

Il montre Jelanda.

— Maintenant, regardez-la. Elle n'a pas peur, pas du tout. Parce qu'elle sait quelque chose que nous ignorons. Ça doit être la raison.

Je réfléchis.

— Très bien, tes arguments sont convaincants. Tu peux la garder prisonnière tant que tu es capable de transporter Li et de nous suivre Sam et moi. Maintenant, assez parlé, avançons.

Passer d'un côté à l'autre de la rivière se révèle être une curieuse expérience. C'est à peine un torrent de montagne comparé aux rapides déchaînés que nous avions traversé durant notre première nuit sur l'île, mais le passage me paraît presque aussi difficile que cette première tentative. Bien sûr, j'ai Marc sur mon dos, et l'air est raréfié et rempli d'émanations, mais aucun de ces facteurs n'est égal au facteur *froid*. L'eau provient directement de la neige fondue et il est entendu qu'elle devrait être glaciale, et pourtant, elle semble plus froide que la glace, beaucoup plus froide. Pataugeant aussi vite que je le peux sur les pierres glissantes dissimulées à environ un mètre sous la surface agitée, j'ai presque l'impression de prendre un bain dans un flacon géant d'azote liquide, ou n'importe quel fluide exotique qu'on retrouve seulement dans les laboratoires de chimie. En quelques secondes, mes pieds et mes mollets sont engourdis — et d'après les glapissements qui proviennent de Sam et de Kyle, je suis heureuse que Marc, Chad et Li soient en sécurité sur nos dos. Je jure que l'eau les aurait tués. Je déteste la salope, mais il est difficile de regarder Kyle traîner Jelanda à travers le torrent. Ce n'est que lorsque nous nous sommes beaucoup éloignés de la rivière que je finis par produire suffisamment de chaleur corporelle pour cesser de frissonner.

— C'était froid, me marmonne Marc à l'oreille, dans un état semi-conscient.

— Dors, mon chéri, chuchoté-je, et il se rendort.

Nous contournons un quart du cône de cendres, atteignant ce que nous croyons être le centre du côté sud lorsque, soudainement, les émanations disparaissent presque complètement. Quel soulagement ! De cette perspective, il est clair que Sam avait raison, et que la plus grande partie de la vapeur et de la fumée est poussée directement vers l'est, vers la mer, là d'où nous venons.

Pourtant, l'air est extrêmement raréfié et nos poumons travaillent dur pour extraire assez d'oxygène pour empêcher notre sang de se transformer en mélasse. De plus, le terrain s'est de nouveau modifié et il y a de la neige : pas partout, mais en plaques assez longues et assez profondes pour nous ralentir encore plus. Baissant les yeux vers la mer au loin, dans la lumière qui s'estompe, Chad estime notre altitude à environ 6 000 mètres. La chute soudaine de température confirme son estimation.

— Nous sommes à environ six kilomètres au-dessus du niveau de la mer, dit Sam. C'est la première fois que j'entends parler d'une île avec une montagne aussi haute.

— De fait, si tu mesures le Mauna Kea, sur la grande île d'Hawaï, à partir de sa base jusqu'à son sommet, il est beaucoup plus élevé que le mont Everest, dit Chad. Il fait plus de neuf kilomètres de haut.

— Des conneries, dit Kyle. Tout le monde sait que le mont Everest est la plus haute montagne du monde.

— Je voulais dire si tu mesurais Kea à partir de sa base océanique, explique Chad. Sa base est à quelques kilomètres sous l'eau.

Kyle est fatigué et agacé.

— Qu'est-ce que ces futilités scientifiques ont à voir avec notre situation ?

Chad hausse les épaules.

— C'est un bon rappel que l'endroit où nous sommes n'existe sur aucune carte que j'ai vue.

— À quelle hauteur est la grotte ? demandé-je à Sam. Je ne vois toujours pas l'ouverture, et il va faire sombre dans moins d'une heure.

— On ne peut la voir que lorsqu'on est pratiquement arrivés sur elle, dit Sam. On dirait que quelqu'un l'a construite de cette manière.

— Et le mur ? demande Kyle.

Le visage de Sam s'assombrit.

— On s'occupera de ça quand on sera arrivés.

Enfin, la dernière partie de notre longue randonnée. Bientôt, nous arriverons à notre but et bientôt nous saurons si ça en valait la peine. Qu'est-ce que j'espère trouver ? Des réponses ? Sam est déjà allé à la grotte, et au mur d'ailleurs, et il ne semble rien savoir que nous ne savons pas. À vrai dire, je crains que nous ayons fait tout ce chemin parce que nous ne savions pas où aller.

Pourtant, la pierre sombre intégrée à nos bracelets me donne l'espoir que nous puissions découvrir quelque chose de vital, d'autant plus que le mur est censé être composé d'un matériau identique.

J'essaie de trouver le mur magique alors que nous avançons vers l'entrée de la grotte invisible. Je ne le vois pas non plus, et je me demande comment il est possible qu'un mur aussi massif que ce que Sam nous a décrit ne nous apparaisse pas lorsque nous sommes si près de lui.

Le trajet du dernier kilomètre de notre randonnée est très difficile. La cendre du cône de débris ressemble à des sables mouvants. À chacun de mes pas, ma jambe s'enfonce jusqu'à mon genou. L'angle de la pente est aussi abrupt qu'une échelle. Même avec ma force qui défie la nature, j'ai de la difficulté à respirer, comme si mon cœur allait exploser dans ma poitrine. L'air froid est dépourvu d'humidité. Je bois, sans estomper ma soif. Je n'ai jamais imaginé avoir aussi froid et aussi soif en même temps. Mon Dieu que les manches de mon haut me manquent.

Marc remue. Je penche ma tête en arrière et je le laisse presser sa joue contre la mienne. Il est tellement chaud que j'ai envie de pleurer.

— Hé, chéri, comment ça va ? dis-je.

Il tousse.

— Est-ce qu'on est arrivés ?

— Presque.

— Génial.

— Comment te sens-tu ?

Il tousse un peu plus.

— Super.

— Je vais t'aider. Dès que nous arrivons à la grotte, je vais torturer Li s'il le faut, mais elle va te guérir. Et si elle refuse, c'est moi qui le ferai.

— Non.

— Tu ne vas pas m'arrêter.

— Ce n'est pas de ça que j'ai besoin.

Il tousse encore ; il ne semble pas capable de reprendre son souffle.

— Tu sais ce qu'il me faut.

— Ne pense pas à ça. On ne peut pas le faire ici. Il nous faut de la paix, il nous faut du calme, il nous faut de la sécurité.

— Toi, tu l'as fait, et tu n'étais pas en sécurité.

— Je ne vais pas risquer ta vie.

Il tourne la tête et embrasse ma joue humide. J'ignorais que j'avais commencé à pleurer. Quelle idiote ! Je suppose que j'ignorais aussi à quel point je l'aimais. Il parle dans un murmure qui s'éteint.

— Il n'y a pas de risque. Je suis en train de mourir, Jessie. Je vais mourir.

Je veux continuer à discuter, mais il perd connaissance.

Il semble soudain si lourd sur mon dos.

Comme lorsque les gens sont morts.

S'il vous plaît, mon Dieu, non. S'il vous plaît, laissez-lui la vie sauve. Je ferai n'importe quoi si Vous m'exaucez. Tout. Tuez-moi si Vous voulez, mais sauvez-le.

Je continue à prier bien que je suis assez convaincue que s'il existe un Dieu, Il n'est pas du genre à exaucer les prières des gens ordinaires ou des sorcières comme moi. Je pense aux milliards d'individus à travers l'histoire — certains d'entre eux que je connais personnellement — qui ont prié dans des situations où il y avait un danger de mort, comme dans notre cas, et jamais un seul d'entre eux n'a reçu le don d'un miracle pour leur bonne foi.

Pourtant, je me sens mieux en fixant mon esprit sur une puissance supérieure. C'est mieux que de penser que Marc va mourir. J'aime Dieu, je me souviens, je crois vraiment en Lui.

Seulement, je ne sais pas si je Lui fais confiance.

Le soleil se couche au milieu de notre effort final. Mais c'est étrange, je ne peux pas dire exactement quand il est passé sous l'horizon. J'ai eu l'impression qu'il descendait quelque part vers la gauche du sommet, et qu'il a disparu.

Mais lorsque la lune se lève, elle est brillante. Elle est large et ronde et quand elle frappe le côté du cône de cendres sa lumière blanche semble étinceler.

Plus haut que la lune, apparaît le rouge ensorcelant du sommet en fusion. Il domine le ciel, et lance des étincelles rouges qui s'élèvent puis, lentement, retombent et s'enflamment lors qu'elles frappent le chemin devant nous. Depuis le début, je savais que le volcan était actif, mais je n'avais jamais envisagé qu'il pourrait exploser en une douche de lave et nous rôtir vivants. Les jaillissements d'étincelles ont un rythme étrange, par impulsions, comme un cœur qui bat, et je me demande si d'une certaine manière, le volcan ne serait pas vivant.

Assurément, j'ai l'impression que quelque chose de puissant nous observe.

— Nous voilà ! crie Sam à 20 pas devant moi, pointant du doigt.

Il s'arrête et dépose Chad et permet au reste d'entre nous de les rattraper. Kyle laisse également partir Li, mais je continue à tenir Marc. Il est encore évanoui et je crains qu'il ne puisse jamais se réveiller.

Sam pointe vers un trou noir à une centaine de mètres plus hauts et à 50 mètres à notre gauche. De mon point de vue latéral, il est difficile de se concentrer sur l'ouverture de la grotte. Je cligne des yeux et je la perds un instant, jusqu'à ce que je cligne de nouveau des yeux. Elle semble aussi grande qu'un homme, et circulaire ; d'une façon qui ne paraît pas naturelle. Je peux comprendre pourquoi Sam estime qu'elle aurait pu être découpée dans le côté du cône de cendres.

— Quel est notre plan ? demande Kyle.

Sam hoche la tête.

— Nous avons besoin d'un plan. Dix contre un que Nordra ou Viper sont déjà là-haut.

— Es-tu certain qu'il y a seulement un endroit pour entrer ? lui demande Kyle.

Sam hoche la tête.

— Il pourrait y avoir une ouverture à l'intérieur du volcan, mais à moins que vous puissiez nager à travers la lave bouillante, je vous déconseille de chercher une porte arrière.

— Si j'étais à la place de Viper et que j'attendais pour nous tendre une embuscade, dis-je, je me rendrais invisible et j'attendrais près de l'ouverture, mais je resterais à l'extérieur. Pas question de me faire coincer à l'intérieur de la grotte, pas quand on est trois contre un.

— Hé, je ne compte pas ? se plaint Chad.

— Désolé, marmonné-je.

— Bon point, accepte Sam. Il y a de l'air frais à l'intérieur de la grotte, mais il y a encore beaucoup de sources d'eau chaude et beaucoup de vapeur. Nous pourrions repérer Viper en une seconde dans la vapeur, invisible ou non.

— Et Nordra ? demande Kyle.

— Je doute aussi que Nordra se laisse coincer, dit Sam.

— Je ne suis pas si certaine, dis-je. L'avantage de Nordra, c'est sa taille et sa force. L'ouverture de la grotte est étroite. Si vous vous référez à l'histoire, il a toujours été plus facile pour une petite armée de se défendre contre une grosse armée quand il y avait un passage étroit à défendre.

Chad me tapote le dos en signe d'approbation.

— Tu penses à la bataille des Thermopyles. Quand quelques centaines de Spartiates ont résisté à 100 000 Perses à l'entrée du défilé des Thermopyles. Cette stratégie de combat pourrait s'appliquer ici, mais seulement si Nordra croit que nous sommes déterminés à entrer à l'intérieur de la grotte.

— Le sommes-nous ? demande Kyle.

— Tu te fous de nous ! lui lancé-je. Au départ, c'était ton idée de faire tout ce chemin jusqu'ici.

— C'était l'idée de Sam, se plaint Kyle. C'est lui qui m'a raconté comment c'était incroyable à l'intérieur.

— Cessons de nous quereller et prenons une décision, répond Sam. Je pense que Jessie a raison, et qu'il y a de bonnes chances que Viper se tienne quelque part près de l'entrée, et qu'elle soit invisible. Si c'est le cas, nous devrions rester ici et attendre que la lune monte plus haut et brille sur la grotte. Ça nous donnera une bien meilleure chance de la repérer.

— C'est des conneries, grogne Kyle. Je ne resterai pas planté sur le côté de ce château de sable congelé pendant une heure. On se prépare à se battre en même temps qu'on jette un coup d'œil à l'intérieur.

Comme toujours, ils se tournent vers moi pour que je prenne la décision

— Habituellement, je serais d'accord avec Sam, répondé-je. Le clair de lune est notre meilleure défense contre Viper. Mais

Marc est mal en point. Je dois l'installer à l'intérieur et à l'abri du froid. Je dis qu'il faut y aller.

— Très bien, accepte Sam à contrecœur. Mais il faut nous libérer les mains si nous sommes pour nous battre, et la seule façon de le faire, c'est de laisser Marc, Chad, Li et Jelanda à l'extérieur.

— Pas question, dis-je. Nous l'avons fait la dernière fois, et regarde ce que Nordra et Viper nous ont fait. Nous ne pouvons répéter deux fois la même erreur.

— Elle a raison, dit Kyle. Qui sait si Nordra est en face de nous ou derrière nous ?

— Il y a des chances qu'il soit déjà là, devant nous, dit Sam.

— Je peux déposer Marc en un instant si je dois le faire, dis-je. Pour ce qui est de Chad et de Li, ils n'ont qu'à marcher le reste du chemin jusqu'à la grotte. Et Jelanda… Je ne sais pas quoi faire avec elle.

— Je vais lui trancher les tendons d'Achille et l'attacher à un rocher à l'extérieur de la grotte, pas de problème, dit Kyle.

— Alors, c'est réglé, dis-je.

Je ne suis pas heureuse du truc de tranchage de tendons, mais je suis trop inquiète au sujet de Marc pour perdre du temps sur un autre argument.

— Sortez tous vos armes et balayez le terrain pour détecter tout signe de mouvement. Examinez aussi le sol pour trouver des empreintes. Tendez l'oreille à la recherche d'une respiration, dis-je en hochant la tête. Allons-y.

Nous avançons vers la grotte. La luminosité offerte par la lune s'évanouit à mi-chemin vers l'entrée. L'obscurité soudaine est troublante. Comme s'il détectait ma peur, le volcan crache tout d'un coup une pluie d'étincelles rouges, et plusieurs atterrissent à quelques mètres seulement à notre droite. Un grondement intense se déclenche sous nos pieds et le sol semble trembler. Je pense que le roi du Champ, avec sa couronne rouge brûlante, sait que le point culminant de la compétition est proche. Je pourrais jurer que les éclairs de feu ne sont pas une coïncidence. Le volcan doit être vivant.

Nous nous arrêtons à un peu moins de dix mètres de l'ouverture, à la recherche de signes de Viper et de Nordra, mais aussi, des fantômes. Il y a des empreintes dans la cendre, mais de ce que nous pouvons en dire, elles ont été créées par une personne qui marchait depuis l'autre côté du volcan et qui s'est arrêtée à au moins 30 mètres de la grotte avant de changer de direction pour repartir vers l'endroit d'où il était venu.

Les empreintes sont énormes ; je suis certaine que ce sont celles de Nordra. Sa stratégie a toujours démontré un manque de subtilité. Il préfère l'attaque directe, peu importe ce que m'a dit Cleo. Pour Viper, c'est le contraire. Elle nous a toujours pris par surprise. Ce qui me fait craindre qu'elle ait pu effacer ses traces en s'approchant de la grotte.

Nous nous regardons tous, mais il n'y a rien à dire.

Il faut continuer à avancer

Plus près, la nature circulaire de l'ouverture de la grotte est indiscutable — elle est ridiculement symétrique. On dirait que l'entrée a été découpée sur le côté du cône de cendres en utilisant un gigantesque outil de forage. Comme la nature n'est pas aussi précise, l'entrée de la grotte, au moins, est artificielle.

Nous marchons jusqu'à l'ouverture et nous jetons un coup d'œil à l'intérieur.

Il y a de la lumière. Elle est d'un rouge pâle, mais c'est suffisant pour voir. Il n'est pas nécessaire d'allumer de torche. Néanmoins, Kyle lève une torche éteinte et fait des gestes avec ses doigts, indiquant qu'il veut l'allumer une fois que nous serons à l'intérieur. En réponse, je pointe vers Jelanda et je lui fais signe de l'attacher — maintenant. Pas question que je la laisse entrer avec nous.

Kyle hoche la tête et l'entraîne vers un rocher voisin. Il l'attache à l'aide de plusieurs couches de vigne et de tissu, et avec désinvolture il fait une large entaille dans les talons de Jelanda, et revient vers l'endroit où nous attendons.

Il prend un très grand risque. Si les autres fantômes sont à proximité et qu'ils descendent soudainement sur nous, ils pourraient être en mesure de libérer leur chef. Pourtant, depuis que nous avons commencé à monter à partir de la base du cône de cendres, nous avons complètement perdu leur trace.

Nous entrons. Les 30 premiers mètres sont parfaitement circulaires. J'ai l'impression que la perceuse géante a été poussée très profondément. Je touche délicatement les murs avec mes doigts et je suis frappée par leur teinte noire et crue, leur douceur et leur chaleur. Déjà, la température et l'humidité ont augmenté de façon spectaculaire.

Aucun d'entre nous n'a besoin de chercher bien loin pour en trouver la cause. Sam avait raison ; l'intérieur est rempli de flaques d'eau fumante et de bassins éclatants de lave en fusion. Nous tombons brusquement sur eux lorsque l'entrée étroite s'élargit dans une caverne aussi grande que l'église de mon enfance.

Un chemin gris épuré conduit vers le centre, et le haut plafond est doté d'un arc aux angles arrondis. Mais je ne pourrais affirmer que la caverne elle-même est artificielle. Les flaques d'eau et de lave sont placées au hasard, et de profondes rainures parcourent les murs. L'érosion est probablement le résultat de la vapeur qui tourbillonne et des tremblements répétés. Une fois de plus, j'ai l'impression que le sol tremble sous mes pieds, mais ça pourrait être mon imagination.

Kyle me fait signe avec sa torche. Je hoche la tête. Il l'allume et élève la lumière orange vif, ce qui contraste fortement avec le rouge sombre. Chad allume aussi une torche et avance d'un pas pour explorer avant que je lui prenne le bras et lui lance un regard perçant. Je veux que nous restions proches les uns des autres jusqu'à ce que je sois certaine qu'il n'y a personne d'autre que nous à l'intérieur.

Pourtant, la lumière des torches jumelles est rassurante. Elle crée un éclat tellement lumineux que je trouve difficile de croire que Viper pourrait être dissimulée à l'intérieur de la grotte sans que nous puissions la repérer. La caverne fait seulement 60 mètres de profondeur et la moitié en largeur. Il ne nous faut pas beaucoup de temps pour l'explorer et pour nous rendre compte que le mur du fond renferme les énigmes les plus fascinantes.

D'abord, on y voit un ruisseau glacé qui émerge étrangement de la base d'un mur et qui disparaît mystérieusement à la base d'un autre. Puis, des rangées de pétroglyphes se trouvent au-dessus du ruisseau, à côté d'un grand mur d'écritures.

Les pétroglyphes — ou images — et le langage ancien sont deux choses différentes, mais je les ai déjà vus. Ils sont certainement reliés aux symboles et à l'écriture que j'avais vus sur un mur donnant sur un bassin secret dissimulé dans une colline rocheuse dans le désert à l'extérieur de Las Vegas. Kendor m'avait emmenée à cet endroit pour nager dans le bassin et pour me montrer une prophétie qui avait trait à ma fille Lara. Il m'avait raconté que le site était jadis considéré comme étant sacré pour les Paléoindiens qui avaient vécu dans la région plusieurs siècles avant l'arrivée des Blancs.

Doucement, je dépose Marc contre un mur à côté du ruisseau. Je prends de l'eau froide dans le creux de mes mains et je la verse sur sa tête. Il remue et ouvre brièvement les yeux avant de les refermer. Pourtant, il sourit faiblement.

— Encore, murmure-t-il.

— Tu peux en avoir autant que tu en veux, dis-je, soulagée de le voir éveillé.

Je continue de lui éclabousser la tête et je réussis même à lui faire prendre quelques gorgées. On dirait que le torrent est aussi magique que le bassin du désert où m'avait emmenée Kendor. La fièvre de Marc descend d'au moins deux degrés pendant le court moment où je le soigne.

— Évidemment, c'est écrit dans une langue différente de celle de la plaque, dit Kyle. Mais je jurerais que le style d'écriture est le même.

Avant que j'aie le temps de leur parler de ce que Kendor m'avait raconté la veille sur la langue ancienne et les pétroglyphes, Sam se met à parler.

— C'est écrit en tarora. Seuls les plus anciens des Tars la connaissent cette langue et elle est directement reliée à ces pétroglyphes. Ma mère m'a enseigné quelques-uns des caractères du tarora quand j'étais gamin, mais je ne m'en souviens pas assez bien pour déchiffrer tous ces mots. Dommage qu'elle ne soit pas ici, elle pourrait sans doute nous traduire ce mur entier.

— Dommage, dit Kyle avec une pointe de sarcasme dans sa voix, comme s'il ne croyait pas Sam — ce qui était illogique compte tenu du fait que Sam n'avait pas à divulguer cette information.

Mais notre paranoïa étant ce qu'elle est, moi aussi, je commence à me demander si Sam ment, s'il sait exactement ce qui est écrit sur le mur et s'il le garde pour lui-même. Merde, peut-être que les écrits en tarora indiquent effectivement un moyen secret de sortir de l'île.

— Étudions les images, dis-je.

Je me lève et m'éloigne de Marc d'un pas pour scruter les images de plus près.

Celui qui les a dessinées avait une main habile et avait accès à une variété de peintures et de craies de couleur. Les symboles prennent plus de place que l'écriture et sont organisés en quatre rangées distinctes.

La première image de la rangée du haut montre un schéma de notre système solaire. Le Soleil est représenté comme une étoile blanche brillante, avec seulement un soupçon de jaune, ce que je sais être exact grâce à mon cours d'astronomie. L'attention au détail est intéressante. Ainsi que le fait qu'il y ait dix planètes en orbite autour du Soleil au lieu de neuf — peu importe que la pauvre Pluton n'est techniquement plus censée être une planète. Entre Mars et Jupiter, il y a une planète bleu et blanc qui ressemble à la Terre. Elle occupe l'orbite de ce qui est maintenant la ceinture d'astéroïdes.

La cinquième planète m'intrigue. Je sais que de nombreux astronomes croient que les astéroïdes ont été créés dans un passé lointain lorsqu'une cinquième malheureuse planète a explosé. C'est en fait la principale théorie de l'existence des débris de l'espace.

Je me pose des questions sur l'âge de ces images. Et si l'artiste qui les a créées avait un ensemble différent de livres de science de celui de l'homme moderne.

Dans le deuxième dessin, nous voyons une image en gros plan de Vénus, de la Terre, de Mars et de la cinquième planète sans nom. Il y a des signes de vert sur chacune d'elles, à l'exception de Vénus, qui d'après tous les astronomes modernes est dotée d'un environnement trop hostile pour accueillir la vie. Pourtant, comme fana de tout ce qui est scientifique, je trouve l'image passionnante, car un grand nombre de savants font des hypothèses voulant que par le passé, la vie fût présente sur Mars.

En outre, il est fascinant, bien qu'inquiétant, de penser que la cinquième planète mystérieuse aurait pu également avoir accueilli la vie. Je me demande si elle avait été habitée.

La troisième image est bizarre.

Elle montre un mur noir sans relief qui entoure la moitié de la cinquième planète. Je dis la moitié parce que seulement la moitié de la planète est représentée dans l'image. L'autre moitié est tout simplement… manquante. Elle n'existe pas.

L'image n'a pas de sens.

Comment une demi-planète pourrait-elle tourner autour du Soleil?

Peut-être qu'elle ne le pourrait pas. Dans la quatrième et dernière image de la rangée du haut, la cinquième planète mystérieuse n'est plus que des pierres culbutant à travers l'espace; les pierres représentent évidemment la ceinture d'astéroïdes. Fondamentalement, la quatrième image est un schéma du système solaire tel qu'il apparaît aujourd'hui.

La deuxième ligne commence par une peinture d'une vue aérienne sur le Champ. Je peux dire qu'il s'agit de notre île parce que la moitié de celle-ci est identique à la moitié que j'ai vue. Il y a le volcan, l'immense vallée, la rivière déchaînée, la vallée plus modeste où nous avons atterri, la falaise avec la grotte où nous avons dormi, la plage rocailleuse, et ainsi de suite.

Les six images suivantes montrent de gros plans de six emplacements de l'île. Je reconnais immédiatement deux d'entre eux. Ils montrent l'endroit où le groupe de Sam et notre groupe ont atterri. De plus, sur la base de la description qu'il m'a donnée de l'endroit où ils se sont posés sur la plage, je suis convaincue que la troisième image est le point d'atterrissage de Kyle.

Ce qui laisse trois photos de l'île qui dépeignent des lieux où je ne suis pas allée, mais que je reconnais quand même vaguement. Deux semblent se trouver dans la forêt où Shira est morte, où j'ai rencontré les fantômes et Nordra pour la première fois. Le troisième emplacement est situé sur le côté aride d'une colline que je n'ai repérée que dans la dernière heure, lorsque nous nous sommes approchés du sommet du volcan.

La signification sommaire des images est claire. Elles indiquent les endroits où nous, les concurrents du Champ, avons été placés sur l'île. Mais un sens plus approfondi est implicite — que *chaque* candidat, à travers le temps, est placé à l'un de ces six points. Certes, celui qui a créé ces images connaissait l'importance de ces six endroits.

Mais pourquoi étaient-ils importants ? Et pourquoi aucun des six points de débarquement n'était-il situé de l'autre côté de l'île ? Avec une seule image, la troisième rangée pourrait fournir une réponse à ma deuxième question.

Comme l'image au début de la deuxième rangée, elle montre une vue aérienne de l'île. Mais seulement la moitié de l'île est présente, la moitié où nous nous sommes promenés pendant les trois derniers jours. L'autre moitié est manquante. Elle a tout simplement disparu, il n'y a rien à cet endroit.

Dans la quatrième et dernière rangée, il y a trois images. La première montre le mur noir représenté dans l'image de la cinquième mystérieuse planète. Seulement ici, le dessin est un gros plan de notre volcan et du mur. Pour une raison quelconque, l'image semble avoir été recadrée ; elle ne s'étend pas loin dans un sens ni dans l'autre.

Mais elle est dessinée à partir de la perspective de quelqu'un qui regarde fixement le mur d'une position semblable à la nôtre sur le flanc du volcan, ou du moins à la même altitude. Et il est clair que si nous marchons un peu plus loin autour du cône de cendres, nous tomberons sur le mur.

L'image suivante montre une femme qui ressemble à Cleo qui s'approche du mur en appuyant un bracelet rouge sur le côté. L'image donne l'impression que c'est la bonne façon de toucher le mur, au lieu de se servir de ses doigts.

La troisième et dernière représentation de la rangée du bas est curieuse. Elle montre la même jeune femme qui tient son bracelet contre le mur, mais maintenant, d'innombrables images d'autres personnes se chevauchent les unes les autres et couvrent le côté du mur. Ces gens sont dessinés plus comme des silhouettes de fantômes — nous pouvons voir à travers eux. Le personnage féminin demeure clair, seulement maintenant il y a une faible lumière blanche autour de sa tête, quelque chose qui ressemble à un halo.

— Qu'est-ce qui se passe ? murmure Marc de sa place sur le sol.

J'étais tellement occupée à étudier les images que je n'avais pas remarqué qu'il avait rouvert les yeux et qu'il m'imitait. Je m'agenouille à côté de lui.

— Comment te sens-tu ?

— S'il te plaît, veux-tu cesser de me demander ça ?

Marc pointe vers les images.

— Nous avons fait tout ce chemin pour ça ?

Je ne peux que sourire. Peu importe à quel point la situation est désastreuse, Marc est toujours Marc.

— Tu te sens profondément inspiré sur le sens de ces images ? demandé-je.

Marc ferme les yeux et penche sa tête en arrière.

— Ça veut dire que le mur noir est une putain de bizarre d'obstacle, marmonne-t-il.

Je me lève et je regarde les autres.

— Je suis d'accord avec Marc.

— Tu dis que ce n'est pas une façon de sortir de l'île ? demande Kyle.

— Je dis que nous n'allons pas comprendre ce que c'est en nous tenant debout ici à bavarder, répondé-je.

— Je suis déjà allé au mur, dit soudainement Sam, avec de l'inquiétude dans sa voix. Je ne vais pas y retourner.

— Quoi ? s'exclame Kyle. C'est toi qui nous en as parlé ! Qui nous a tous enthousiasmés ! Maintenant, tu vas tout simplement te dégonfler et rester ici ?

Mal à l'aise, Sam gigote et baisse la tête.

— Une fois que tu y as touché, c'est différent. Ça rentre sous ta peau. C'est difficile à expliquer, mais je l'avais un peu oublié après avoir quitté l'endroit. Mais maintenant que nous sommes de retour ici, je ne sais pas, l'idée de l'approcher me fait flipper.

Kyle hoche la tête.

— Je n'arrive pas à y croire.

— Veux-tu dire, dis-je à Sam, que tu ne nous accompagneras pas pour aller vérifier ?

Sam hésite.

— Je ne veux pas y aller.

— Tu n'as pas le choix ! lance brutalement Kyle. Nous ne savons pas où sont Viper et Nordra, mais nous devons supposer qu'ils sont tout près. Nous devons rester ensemble. C'est le seul moyen d'avoir une chance de les battre.

Sam se tourne vers moi et pointe vers Marc.

— Il n'est pas en état de marcher, pas à cette altitude. Et Li est mal en point. Elle a à peine dit un mot de toute la journée. Si vous avez vraiment l'intention tous les deux d'aller jusqu'au mur, alors je peux rester derrière et les protéger. Je peux aussi surveiller Jelanda. Quelqu'un doit le faire — vous ne pouvez pas tous les emmener.

Sam a les yeux fixés sur moi, attendant mon approbation. Il doit savoir que je doute de lui. Il peut même soupçonner que j'ai entendu parler de son histoire avec son petit ami assassiné.

Mon instinct est encore trop tordu pour me dire si je peux lui faire confiance ou non, mais ses propos sont logiques. Marc est incapable de voyager, et Li est épuisée. Il faut qu'au moins un sorcier reste ici.

Si nous sommes déterminés à examiner le mur.

C'est un énorme « si ». Notre priorité, c'est la survie et nous sommes plus forts si nous demeurons ensemble. Mais pourquoi rester dans la grotte ? Bien sûr, ça fournirait un abri pour la nuit. Mais ensuite ? Allons-nous nous blottir ici pour toujours et attendre que Nordra, Viper et les fantômes nous attaquent ?

Non, je dois faire un choix. Un choix difficile.

— Kyle et moi irons au mur, dis-je. Sam et Chad demeureront ici et resteront aux aguets pour vous savez qui. Au premier signe de difficulté, criez à pleins poumons. Kyle et moi voyagerons léger pour revenir ici rapidement.

Chad lève le bras comme s'il était dans une classe.

— Excuse-moi, Jessie, j'ai une suggestion.

— Ne la donne pas, le préviens-je.

— Je respecte le fait que tu sois la responsable et tout ça, poursuit-il, mais tu dois m'emmener. Ce mur, c'est évidemment un phénomène que l'humanité n'a jamais vu auparavant. Et par humanité, j'inclus aussi les sorciers. C'est une énigme, et dans ce groupe, je suis le seul scientifique qui a été formé pour étudier les énigmes. Tu as besoin de moi.

Kyle me regarde.

— Il pourrait être utile.

Je suis loin d'être un chef objectif. Je ne veux pas emmener Chad parce que je veux qu'il reste et surveille Sam, pour m'assurer qu'il ne nuira pas à Li ou à Marc. Pourtant, si Sam est un traître, il n'aura aucune difficulté à se défaire de Chad, donc d'une certaine manière laisser Chad ici est une vaine démarche.

Une fois de plus, la paranoïa remplit l'air.

— Très bien, dis-je, tu peux venir.

Alors que nous marchons vers l'arrière du volcan, ce que nous appelons le côté ouest, nous bifurquons pour atteindre une plus grande altitude. Selon Sam, le mur est plus haut que la grotte. La lune est montée plus haut dans le ciel depuis notre entrée dans la grotte, et maintenant que nos yeux se sont ajustés à la nuit, nous avons toute la lumière dont nous avons besoin.

Voilà pourquoi nous ne comprenons pas comment nous n'avons pas encore aperçu le mur. Certes, Sam nous a dit qu'il ne l'avait pas remarqué jusqu'à ce qu'il tombe dessus par hasard. Pourtant, une fois qu'il l'avait trouvé, il s'était rendu compte qu'il s'étendait sur des kilomètres, au nord et au sud.

Tu parles d'une histoire compliquée.

La couronne en fusion du volcan continue de lancer des jets de flammes rouges, et les gars plaisantent en disant qu'il est heureux de nous voir. Mais l'activité soudaine ne cesse de me hanter. D'ailleurs, je n'aime pas les entendre parler et je leur dis de se taire.

Nous marchons sans nous arrêter pendant une demi-heure.

Puis, nous le voyons. Aucun avertissement. Il est juste là.

Il est grand et sombre et à première vue, il semble être massif. Il ne fait aucun doute qu'il s'étend sur plusieurs kilomètres dans les deux sens. Je ne serais pas surprise qu'il divise l'île en deux. Mais je ne vois rien de surnaturel et je me demande pourquoi il a tellement effrayé Sam.

Jusqu'à ce que j'y regarde de plus près.

De notre position sur le côté du cône de cendres, nous devrions être en mesure de voir au-dessus du mur, même s'il est beaucoup plus haut que Sam l'a décrit. Pourtant, nous avons grimpé très haut et nous devrions certainement être capables de voir le vaste océan au-delà de l'extrémité ouest de l'île, surtout grâce à la lueur brillante de la lune. À l'est, la mer est étincelante comme un véritable champ lunaire.

Pourtant, nous ne pouvons voir quoi que ce soit au-dessus ou au-delà du mur.

Nous ne pouvons même pas évaluer sa taille. Chad dit 60 mètres. Kyle affirme qu'il fait plus de 120 mètres. Les gars croient que nous ne voyons pas par-dessus parce qu'il est trop haut. Pourtant, nous sommes tous d'accord pour dire que nous voyons voir le sommet — en quelque sorte. Kyle et moi retournons vers Chad chercher une réponse.

— C'est toi l'as en science, dit Kyle. Explique-nous comment ce mur déjoue notre vision.

Chad fronce les sourcils.

— J'aurais aimé qu'on soit venu pendant la journée. Nous aurions probablement détecté le problème en une minute. Il y a quelque chose dans la façon dont il reflète la lumière, ou dans l'angle de la construction, qui déroute notre sens de la perspective.

— Je déteste te décevoir, mon pote, mais ce mur ne reflète pas la lumière. Il avale tout le maudit clair de lune.

— Je crois que Kyle a raison, dis-je.

Chad lève une main.

— Ne sautons pas aux conclusions. Il y a beaucoup d'objets dans la nature qui, à première vue, donnent une fausse impression de ce qu'ils sont vraiment.

— Tu peux m'en nommer un qui est aussi grand que cette merde ? dit Kyle.

— Je ne peux pas, pas au premier abord, dit Chad, se tournant vers moi. Nous devons l'examiner.

— Peut-être que je devrais y aller seule, dis-je.

— Jessie, c'est le rêve de tous les scientifiques, plaide Chad. C'est une véritable énigme. À l'œil nu, ça ne fait aucun sens. Mais nos yeux ne sont qu'un sens. Je dois y toucher, je dois l'examiner.

Je hoche la tête.

— Très bien, nous irons plus près, tous ensemble. Mais personne ne pose la main dessus tant que je n'ai pas dit de le faire. D'accord ?

Nous marchons vers le mur jusqu'à ce que nous soyons à environ dix mètres de distance. Ce serait un premier essai au football. Nous levons la tête vers le haut, et nous avons encore plus de problèmes à évaluer exactement où est le sommet.

Encore une fois, nous nous tournons vers Chad pour une explication.

— Il est certainement difficile d'estimer sa hauteur. Notre principal problème, c'est le manque d'outils appropriés. Il faut un microscope pour étudier les germes ou un télescope pour voir des galaxies. De la même manière, si nous avions juste eu un long ruban à mesurer…

— Petit malin, interrompt Kyle, nous sommes prisonniers sur une île tropicale. Nous n'avons pas d'outils spéciaux avec lesquels travailler. Mais je peux te dire quelque chose ; de toute ma vie, je n'ai jamais eu besoin de plus que mes yeux et de ma tête pour évaluer la taille d'un bâtiment. Qu'est-ce que ce truc a de si spécial que nous ne puissions même pas deviner sa hauteur ?

— Eh bien ? dis-je enfin, comme Chad ne répondait pas.

Mais alors je prends conscience que nous mettons peut-être trop de pression sur le pauvre gars. Il avance soudainement d'un pas vers le mur.

— Très bien, dit-il. Laissez-moi au moins comprendre de quoi c'est fabriqué.

Je lui prends le bras.

— Je viens de te le dire, personne n'y touche avant que je donne le feu vert.

— Laisse-moi au moins avoir une idée de sa température. Je peux y arriver sans même y toucher.

— Très bien, accepté-je à contrecœur.

Chad et moi avançons à moins d'un mètre de la structure. Kyle reste où il est. Il dit qu'il se fout pas mal de passer pour un lâche, qu'il sait quand quelque chose n'est pas naturel. Que ce truc vient d'un sorcier aux pouvoirs surnaturels.

Chad lève la main et déplace sa paume vers la surface.

— Attention, préviens-je.

Chad place sa paume à moins de huit centimètres du mur. Il fronce les sourcils.

— Qu'est-ce qui ne va pas ? demandé-je.

— C'est une température normale de tous les jours.

— C'est bon, une température normale. Pourquoi fronces-tu les sourcils ?

— Parce qu'on gèle ici. Quand j'ai parlé de température normale de tous les jours, j'aurais dû dire à la température ambiante.

— Es-tu certain ?

— Oui. Je sens sa chaleur.

— Comment est-ce possible ? demandé-je.

— Il doit avoir une source de chaleur interne. Ou…

Chad ne termine pas sa phrase.

— Ou quoi ? demandé-je.

— Il n'est pas vraiment ici. Pas dans le sens conventionnel du terme.

— Ça ne semble pas très scientifique.

Chad hausse les épaules.

— Tu ne dirais pas ça si tu étudiais en théorie des cordes, ce que moi je fais. La physique moderne croit qu'il existe beaucoup plus de dimensions que les trois dimensions connues. En fait, votre monde des sorciers est la preuve que les physiciens sont sur la bonne piste. Pour ce que nous en savons, ce mur est le produit d'une civilisation extrêmement avancée.

— Parlons-nous d'extraterrestres ? Parce que les extraterrestres, c'est pas vraiment mon fort.

— Tu as dit que votre Conseil de sorciers est au courant de l'existence de races avancées qui ont vécu ici avant nous. Et si on se reporte à cette grotte, les dessins montrent clairement une représentation de notre système solaire avec une cinquième planète inconnue.

— Je ne te suis pas, mon pote ! crie Kyle.

— Veux-tu bien t'approcher ? dis-je d'un ton sec.

— Je suis heureux où je suis.

— Ce que je dis, poursuit Chad, c'est qu'il est possible que des êtres humains aient déjà habité plus d'un monde dans notre système solaire. L'idée n'est pas aussi farfelue qu'elle puisse paraître. Beaucoup de signes démontrent que, par le passé, Mars avait une atmosphère épaisse et qu'il y avait de l'eau. Et quand on arrive à la cinquième planète, même l'astronome le plus conservateur admettra que la ceinture d'astéroïdes était probablement un univers complet il y a des milliers ou des millions d'années.

— Et tu supposes que cette race avancée a bâti ce mur ? dis-je.

Chad hoche la tête.

— C'est plus que probable que d'affirmer que ce sont des extraterrestres qui l'ont construit.

— Intéressant, marmonné-je.

Kyle grogne.

— S'ils l'ont fait construire, le mur n'a pas tellement profité aux gens du cinquième monde, puisque leur planète a explosé.

— Tu ne comprends pas, dit Chad. Quelle que soit cette structure, elle est fascinante.

Kyle grogne.

— On n'en a rien à foutre ! Tout ce que je veux savoir, c'est si nous pouvons l'utiliser pour partir de cette île.

— Laisse-moi faire un autre test, dit Chad en brandissant sa lance.

Il me regarde pour chercher mon approbation.

— Tu peux le toucher avec la pointe à condition que tu t'éloignes le plus possible, dis-je.

Chad saisit la lance par l'extrémité et essaie de gratter le mur. Mais dès l'instant où le bois touche la matière sombre, son visage devient blanc et il cesse de bouger. Je le pousse immédiatement de côté et il laisse tomber la lance et atterrit sur les fesses. Kyle accourt près de nous alors que je m'agenouille à côté de Chad.

— Qu'est-ce qui s'est passé ? marmonne Chad.

— C'est à toi de nous le dire, dis-je.

Chad regarde autour de lui comme s'il était surpris de voir ce qui l'entourait.

— Combien de temps ai-je été parti ? demande-t-il.

— Tu n'es allé nulle part, dit Kyle. Tu es juste tombé sur le cul.

Chad me dévisage.

— Ça n'a aucun sens. Je me souviens d'avoir fait des trucs. De m'être rendu dans des endroits et d'avoir parlé à des gens.

— Qui ? Où ? demandé-je.

Chad s'apprête à parler, mais il s'arrête.

— Je ne suis pas sûr. Mais je sais que je suis parti, et ce, pendant un certain temps.

Il regarde encore autour de lui.

— C'est sombre.

Kyle gémit bruyamment.

— Maintenant, nous savons à quoi sert le mur : à court-circuiter ton cerveau. J'ai des pilules chez moi qui font la même chose, seulement ça prend plus de temps, et ça te donne beaucoup plus de plaisir.

— Peux-tu te rappeler clairement d'au moins une chose ? demandé-je.

Chad s'époussette et je l'aide à se lever.

— Je me souviens d'avoir regardé la télévision, et qu'un sénateur américain et un juge de la Cour suprême venaient de mourir.

Kyle et moi échangeons un regard effrayé.

Chad remarque notre surprise.

— Qu'est-ce qu'il y a ?

— Ces événements se sont produits dans le monde des sorciers, dis-je. Mais ils ne sont pas encore arrivés dans ce monde.

Je me tourne vers Kyle.

— Il a certainement connu le monde des sorciers. Et il n'a pas eu à mourir pour y aller.

Kyle est soudainement intéressé.

— Veux-tu dire que nous pouvons atteindre le monde des sorciers en nous servant de ce mur ?

Je réfléchis.

— Ça devrait être impossible. Nos corps du monde réel ne peuvent pas survivre physiquement dans le monde des sorciers, du moins selon le Conseil. Mais il est clair que le mur y est connecté. À tout le moins, il y est allé en pensée.

Je pose la main sur l'épaule du Chad.

— Tu te sens bien ?

Chad essaie de s'étirer, puis il fait la grimace.

— Maintenant que tu le mentionnes, j'ai mal partout, comme si j'avais fait 12 rounds dans un championnat de boxe.

Il se frotte les tempes.

— Et j'ai un mal de tête languissant.

— Tout ça parce que tu as touché au mur avec le bout de ta lance, remarqué-je. Qu'en pense le scientifique en toi ?

— Que ce mur n'a pas rapport à la science que nous connaissons. Le truc a déjà enfreint une demi-douzaine de lois de physique en déformant tous nos sens.

— Tous nos sens, murmuré-je pour moi seule.

Je prends le bras de Kyle.

— Qu'est-ce que tu entends ?

— Qu'est-ce que tu veux dire ? Je n'entends rien.

Je fais des efforts de perception auditive.

— Pas de vent. Pas de grondement du volcan. Rien.

Je m'arrête.

— Si Nordra et Viper attaquaient la grotte en ce moment et les autres appelaient à l'aide, nous ne le saurions pas.

— Veux-tu que je m'éloigne du mur ? demande Kyle avec espoir. Au moins pour me rendre à un endroit où je peux entendre de nouveau des sons normaux.

— C'est très gentil de ta part, dis-je.

Kyle commence à reculer.

— Je te l'ai dit, je ne suis pas mieux que Sam, ce truc me donne la chair de poule. Je suis heureux de m'en éloigner.

— Ne va pas trop loin, dis-je.

Kyle arrête soudainement.

— Qu'est-ce que tu vas faire ?

— Tu le sais.

— Ce qu'a fait la femme dans l'image, dit Kyle. Appuyer ton bracelet sur le côté du mur.

— Quelqu'un doit essayer. Aussi bien que ce soit moi.

— Mauvaise idée, dit Chad. Tu es notre chef, la plus forte que nous avons pour nous protéger. Tu es la dernière que nous devrions risquer.

— C'est une sorcière qui a dessiné les images dans la grotte, dis-je, pensant à Cleo. Je peux le dire. Les lignes sont trop parfaites. Ça signifie que la femme dans l'image était une sorcière.

— Pas fort comme logique, dit Chad.

— Je sais qui était cette sorcière.

Je parle sérieusement.

— Si je fige quand j'entre en contact avec le mur, ne m'enlève pas de là. Laisse-moi faire.

— Pendant combien de temps ? demande Chad.

— Aussi longtemps qu'il le faudra.

— Des conneries, interrompt Kyle. Une minute, max. On ne va pas laisser frire toutes les synapses de ton cerveau.

— Tu es supposé reculer, dis-je à Kyle.

Kyle pointe vers Chad.

— Donne-lui 60 secondes, pas plus.

Kyle repart pendant que j'essaie de me préparer mentalement. Un échange que j'ai eu avec Kendor pendant ma formation me revient.

— *Les gens vont vous dire que toute crainte est basée sur la peur de la mort. C'est faux. Les gens ne font qu'imaginer qu'ils ont peur de la mort. Parce qu'ils craignent que ce soit douloureux. La douleur est la source de la peur. Une fois que vous acceptez que l'on souffre dans la vie, peu importe à quel point vous essayez de l'éviter, la peur disparaît.*

— *Pourquoi ? Comment ?*

— *Parce que c'est à ce moment que vous cessez de fuir la souffrance.*

Ses mots étaient simples, mais ils avaient eu un effet profond sur moi.

Ils me calment alors que je me retourne vers le mur.

— Souhaite-moi bonne chance.

— Bonne chance, Jessie. Je...

Chad ne termine pas.

— Quoi ?

Il balbutie.

— Je sais que tu es amoureuse de Marc et qu'il t'aime. Je veux juste que tu saches que... Je pense que tu es extraordinaire.

Je me penche et je l'embrasse sur la joue.

— Merci. Ça signifie bien plus pour moi que tu ne le penses.

Le baiser le prend par surprise. Il rougit et hoche la tête.

Je marche vers le mur, les yeux levés sur lui en même temps que je m'approche. Je ne vois pas le sommet. Ce pourrait être en raison de la pente raide ou peut-être parce qu'il n'y a pas de sommet. Aucun autre côté. Est-ce le secret du mur ? Une porte vers rien ?

Je voudrais me défaire de l'envie de m'enfuir de peur.

La lune brille dans le ciel, mais pas un seul rayon blanc n'est reflété sur la surface sombre du mur. D'un regard fixe et pénétrant, je cherche mon reflet, mais je n'en trouve aucun.

Il est inutile d'attendre.

Je soulève mon bras gauche, et je presse mon bracelet sur le mur.

Je suis assise à une table de blackjack dans un casino enfumé. Il est tard dans la nuit. L'endroit est pratiquement vide, et sauf le croupier, je suis seule à ma table. Un grand verre est posé à côté de mes cartes, et je sais que c'est un Cuba libre — cola, rhum et lime, une de mes boissons préférées.

Le croupier vient de me donner un 10 et un as, vingt et un, et je suis heureuse que mon dernier pari ait été d'une centaine de dollars parce que maintenant, je me ferai payer une fois et demie ce montant.

Pourtant, le croupier attend que je lui dise si je veux une autre carte ou pas, et je ne sais pas pourquoi. Il aurait dû me payer dès l'instant où il a vu mes cartes.

— Je vous donne une autre carte ou pas ? demande-t-il.

Je souris.

— Vous plaisantez, n'est-ce pas ?

— Non. J'ai obtenu vingt et un. Payez-moi.

Il sourit facilement.

— Vous avez eu seulement 11, ma sœur. Vous pouvez faire mieux que ça. Pourquoi ne prenez-vous pas une autre carte ?

Je sais qu'il doit me taquiner, mais ça ne me dérange pas, probablement parce que je suis un peu ivre et que je me sens bien, peut-être plus que bien. Jusqu'à présent, mon voyage à Las Vegas a été absolument fantastique, juste ce qu'il me fallait. Mais je jurerais que j'ai déjà rencontré ce croupier, il me semble familier. Mais quand même, peut-être étais-je en train de rêver en couleurs.

C'est un beau diable : un mètre quatre-vingt, dans la mi-vingtaine, musclé, l'air un peu dur, mais cool, aussi ; quelqu'un qui serait aussi à l'aise à travailler comme flic dans les rues tard dans la nuit ou comme avocat chèrement payé qui papote avec les célébrités pendant le déjeuner au Four Seasons de Beverly Hills.

Il a un corps sexy, mais ce sont ses yeux qui m'intriguent — une sorte de bleu si proche du noir qu'ils me rappellent le ciel lorsque le premier soupçon de l'aube commence à effacer les étoiles. Je me sens un peu béate à le fixer. Il a dû remarquer mon intérêt, car il me fait un large sourire.

— Alors, qu'allez-vous faire ? demande-t-il.

— Je vais rester, vieux singe. J'ai un blackjack. Donnez-moi mon argent avant que je vous signale à votre patron.

Il se penche vers moi sur la table de feutre vert et tape doucement la carte rouge à côté du sabot de bois qui tient les jeux de cartes.

— Vous pouvez voir par l'affiche ici que vous ne jouez pas au vingt et un. Vous jouez au vingt-deux, à la reine rouge, et l'as que vous tenez ne vaut qu'un point.

Il fait une pause.

— Vous vous souvenez maintenant, ma sœur ? demande-t-il d'un ton désinvolte.

Je pouffe de rire, et je me sens tout d'un coup comme une imbécile. Bien sûr, il a raison, je me suis mêlée dans mes jeux. Ça m'arrive parfois quand je viens à Las Vegas, même depuis… eh bien, même depuis la dernière fois que j'étais ici, c'est-à-dire il y a un certain temps, je suppose, puisque j'ai de la difficulté à me souvenir du moment. Je tends la main vers mon verre pour prendre une gorgée de mon rhum coca, mais si j'espère que ça me rafraîchisse la mémoire, je suis aussi idiote que le croupier doit penser que je suis. Tout de même, l'alcool a bon goût en l'avalant, et même s'il est tard, la nuit me semble jeune et remplie de possibilités. Je me demande quand M. le croupier termine son travail, et s'il aimerait prendre un verre avec moi. Ce serait possible si je mens sur mon âge.

— Je suis désolée !

Avec effusion, je ramasse mes cartes, traînant cette main pitoyable sur la table.

— Carte, bébé.

Il glousse en même temps qu'il me jette une carte, un putain de deux, probablement la pire carte que je pouvais obtenir.

— Venez-vous juste de m'appeler « bébé » ? demande-t-il.

— Ouais. Mais que ça ne vous monte pas à la tête.

Je tape le deux avec colère.

— Pourquoi continuez-vous à me donner des cartes de merde ?

Il baisse le ton, et pour une fois, il parle sérieusement.

— Parce que la reine rouge est un jeu difficile. C'est un peu comme la vie. Vous ne pouvez jamais voir ce qui arrive ensuite. Tout ce que vous pouvez faire, c'est de jouer avec les cartes que l'univers vous offre.

— L'univers. Laissez-moi tranquille. C'est vous qui donnez les cartes et c'est vous qui prenez mon argent. Donnez-moi une autre carte.

— Êtes-vous certaine ? Vous obtenez un 10 et vous perdez.

— Eh bien, je ne peux pas rester dans le jeu avec un 13. C'est vraiment une main de merde.

Il tape sur ses propres cartes.

— Ma sœur, vous ne réfléchissez pas. Vous ne vous êtes même pas arrêtée pour voir ce que je montre.

Je regarde par-dessus la table verte, obligeant mes yeux à se concentrer, et je me rends compte que je suis probablement plus qu'un peu ivre. Quand j'y réfléchis, ce qui n'est pas facile, je me souviens vaguement d'avoir commandé quatre ou cinq Cuba libres depuis que je me suis assise. Tout le monde dit que les casinos diluent leurs boissons gratuites, mais je crois que ce croupier a plutôt demandé à la serveuse du bar de me donner la pleine concentration ; non que je m'en plaigne.

Il fait bon de s'asseoir à cette table avec ce gars sexy et d'argumenter sur ce jeu de cartes stupide. J'espère vraiment qu'il cessera de travailler bientôt, et qu'il n'a personne qui l'attend à la maison. Si nous allons prendre un verre ensemble, je ne suis pas certaine que j'irai au lit avec lui, puisque je ne suis pas ce genre de fille, mais c'est amusant d'y penser. Se toucher et s'embrasser longuement et passionnément ne me dérangerait pas. Merde, le faire pendant un court moment non plus. Il a le plus beau des sourires.

Mais je parviens à détacher mes yeux de ses lèvres pour examiner ses cartes, mais seulement parce qu'il m'a dit de le faire.

— Bon Dieu, vous n'avez qu'un six ?

— C'est vrai. On dirait que moi aussi j'ai une vraiment main de merde. Bien sûr, vous ne connaissez pas ma carte cachée. Disons que j'ai un autre six là-dessous. Ça fait 12, et quand je prendrai une carte, il y a de bonnes chances que j'obtienne un 10 ou une figure et alors vous me devrez 200 dollars. Et vous aurez à miser encore une fois 200 pour essayer de regagner votre pari original.

Je cesse de sourire.

— Ça ne me semble pas juste.

— Ce sont les règles. Je vous l'ai dit, il est beaucoup plus difficile de jouer à la reine rouge qu'au jack. Vous ne devriez pas vous asseoir à la table sauf si vous êtes prête à risquer.

Une idée folle me frappe soudainement. Au départ, quand il a distribué les quatre premières cartes, deux pour chacun de nous, il a automatiquement vérifié sa carte cachée, comme le font la plupart des croupiers. Ce qui signifie qu'il sait s'il a une main moche ou non. Le gars est évidemment en train de flirter avec moi, et si je joue bien mes cartes — sans vouloir faire de jeu de mots — je soupçonne qu'il y a une bonne chance que je puisse lui faire dire si je dois vraiment prendre une autre carte ou non. Je me penche un peu plus près dans sa direction.

— La raison pour laquelle je suis venue à cette table est parce que je vous ai vu, dis-je

Il rit.

— Maintenant, je vois ! Ce qui vous préoccupe, ce ne sont pas les règles ou votre argent. Tout ce qui vous intéresse, c'est de savoir si vous me plaisez ou non. C'est bien ce que vous êtes en train de dire, ma sœur ?

Je rougis. Je peux rougir sur commande, mais cette fois-ci, je n'ai pas à faire semblant.

— Ouais, en quelque sorte. Je veux dire, soyons honnêtes l'un envers l'autre, vous savez que vous êtes sexy. Et moi, eh bien, que pensez-vous de ma petite personne ?

Une fois encore, il se penche sur la table, approchant cette fois son visage si près que je peux sentir la chaleur de son souffle sur ma peau et voir l'étincelle dans ses yeux sombres.

— Vous voulez vraiment que je sois honnête avec vous, Jessie ?

— Hein ? Comment connaissez-vous mon nom ? Je ne vous l'ai pas dit.

— Peu importe. Vous avez une décision à prendre et vous m'avez posé une question. Vous l'avez fait parce que vous êtes un peu ivre et un peu jeune. Et vous avez posé la question parce que vous espérez que je vous le dise si j'ai une main de merde ou non, mais je ne vais pas le faire, puisque ce serait tricher. Et on ne peut tricher à la reine rouge et s'en tirer. Jamais.

Je cligne des yeux, essayant de suivre tout ce qu'il dit. Mais il semble parler assez vite, genre sérieux ; et je me rends soudainement compte qu'il ne flirte plus.

— Qui êtes-vous ? marmonné-je.

Il recule.

— Tu sais qui je suis.

Je plisse les yeux à travers la brume de fumée. Les casinos sont censés avoir des sections non-fumeurs, mais personne ne fait attention aux affiches. Je fais de mon mieux, mais il m'est difficile de me concentrer sur son visage.

Non que je ne puisse l'identifier par sa voix. Je connais cette voix. Je la connais, j'en suis maintenant certaine. Seulement, je suis incapable de me rappeler son nom.

— Dis-le-moi, supplié-je.

— Non. Tu dois t'arrêter et réfléchir. C'est important. Ce jeu est important. Je te l'ai dit, ça ressemble à ta vie. Tu dois regarder tout ce qui se passe autour de toi, chaque petit détail, et tu dois t'arrêter et penser à ce que ça signifie. Sinon, c'est comme le pari que tu as sur la table en ce moment. Tu le perdras et tu devras jouer une autre main juste pour essayer de te rattraper. Mais en ce moment, tu peux améliorer tes chances en t'arrêtant et en déterminant quelles sont les probabilités. Voilà la chose intelligente à faire, Jessie.

— Mais si seulement je savais ce qu'est ta carte cachée…

— Ce serait tricher et tu le sais, dit-il d'un ton sévère. Mais en ce moment, c'est ton problème. Tu as une main faible et tu espères que tes pouvoirs magiques résoudront tes problèmes. Ce n'est pas le cas. Ce qui est important, ce ne sont pas tes pouvoirs, ce ne sont pas tes gènes de sorcière. Si tu ne regardes pas ce qui est juste devant toi, comme ce que ma main est, alors tu vas finir par perdre.

— Russ ! haleté-je, le reconnaissant enfin, en même temps que je me demande pourquoi il m'a fallu autant de temps. Qu'est-ce que tu fais ici ?

Il sourit faiblement, tristement.

— Tu le demandes comme si tu étais surprise. Bien sûr que je suis ici. Je suis ici pour t'aider à gagner.

Je fronce les sourcils.

— Mais tu viens de dire… ah, peu importe. Je ne sais plus où j'en suis. Tu ne devrais pas être ici. Il t'est arrivé quelque chose. J'essaie de me souvenir…

— Jessie…

— Tu es mort ! m'exclamé-je. Bon Dieu ! Je me souviens maintenant, c'était horrible, et j'étais tellement désolée. Tu dois savoir que je ne voulais pas le faire. Je ne pensais qu'à protéger ma fille. Tu es au courant à propos de Lara, tu l'as vue juste avant que je te tue.

Russ hoche la tête.

— Ne t'inquiète pas, Jessie. Tu étais forte ce soir-là. Tu as fait ce qu'il fallait. Mais tu t'enlises depuis que tu as abattu Syn. Tu t'es éloignée de celle que tu es.

— Je ne comprends pas. Je suis une sorcière. Voilà qui je suis. Et une sorcière a des pouvoirs pour qu'elle puisse les employer pour aider les gens. En fait, je les utilise en ce moment pour aider à sauver… Attends une seconde, ça n'a pas de sens ! Qu'est-ce que je fais ici ? J'étais sur une île avec Marc et les autres. Maintenant, je suis dans un casino à Las Vegas avec toi, et tu es mort. Réponds, Russ, — comment, au nom de Dieu, peux-tu être ici si tu es mort ?

— Alors tu crois en Dieu maintenant ?

— J'y crois si tu es mort et qu'Il t'a ramené à la vie.

Russ hoche la tête.

— Rien n'a changé à mon sujet. Les choses vont bien là où j'en suis. Mais je continue toujours à craindre pour toi. Je ne pense pas que tu prends ce jeu suffisamment au sérieux.

— Tu parles du Champ, et pas de la reine rouge, n'est-ce pas?

— Le Champ et la reine rouge sont liés, mais c'est une longue histoire. En ce moment, tu dois traiter le Champ comme un jeu de cartes. Ne te fie pas seulement à la force de ta main. Regarde ce qui est devant toi, ce que tu as, puis regarde ce que tous les autres ont obtenu. Compte ce qui est là. C'est ta seule façon de savoir ce que tu dois faire ensuite.

— Mais même si je fais tout ça, je peux encore perdre.

— C'est vrai. La vie est un pari, il n'y a pas de garanties.

— Ne peux-tu pas me dire qui est mon ennemi?

— Désolé. Ce serait comme te dire ce qu'est ma carte cachée. Ce serait tricher.

— Mais, Russ! Il y a tellement de choses dont je voudrais parler avec toi!

Je tends les mains, espérant qu'il tendra aussi les siennes pour prendre les miennes. Mais il reste debout derrière la table de la reine rouge, et j'ai le sentiment que c'est un obstacle qu'aucun de nous ne peut franchir. Je sais que c'est vrai parce que mes pensées sont enfin claires.

Encore une fois, il me lance un sourire triste.

— J'aurais aimé que tu puisses rester et que nous puissions parler toute la nuit. Nous avons passé très peu de temps ensemble, mais ce moment a été très important pour moi. Tu me manques.

Je me lève de la table. Je ne sais pas comment, mais je sens que notre temps ensemble est terminé.

— Tu me manques aussi. Sera-t-il possible de nous rencontrer de nouveau?

Il s'apprête à hocher la tête, mais alors il s'arrête.

— Il y a un moyen, mais je veux que tu te battes, Jessie. Fais ce que Cleo et Jimmy t'ont dit de faire. Reste vivante. Fais-le pour moi, s'il te plaît.

J'hésite à lui promettre et je sais pourquoi.

— Merci, Russ.

Il hoche la tête.

— Bonne chance, Jessie.

Chance. Il le dit parce que c'est la clé.

Je peux calculer les probabilités et perdre quand même.

Je me réveille sur le sol, les yeux levés vers le ciel, Chad debout au-dessus de moi. Au loin, Kyle qui crie à l'aide. Chad me regarde fixement avec inquiétude.

— Est-ce que ça va ? s'écrit-il.

Je tends mon bras vers lui.

— Aide-moi à me lever.

Il tire pour m'aider à me mettre sur mes pieds pendant que je secoue une vague de vertiges.

Le passage d'un casino enfumé au sommet d'une montagne glaciale est déroutant. Je voudrais avoir une chance de traiter ce que je viens d'expérimenter pendant que j'étais en contact avec le mur, mais maintenant il me faut aider Kyle.

Pourtant, ma capacité à me concentrer est nulle. Même si je scrute la zone, je ne comprends pas ce qui se passe. À côté de moi, Chad lève le bras et m'oriente dans la bonne direction.

C'est Nordra. Il se trouve très haut sur le volcan vers notre gauche, mais il se dirige vers Kyle. Le fait qu'il n'ait pas essayé de nous prendre par surprise me dit qu'il veut toujours conclure une affaire.

Il ne s'avance pas avec la même autorité qu'il avait les deux dernières fois où nous nous sommes rencontrés. Il est possible qu'il feigne la faiblesse — ses épaules sont voûtées et il est penché vers l'avant — mais si c'est le cas, c'est un jeu de comédien magistral. J'ignore si le dernier coup que je lui ai assené a sapé sa force ou s'il souffre d'une blessure plus récente. La lune est brillante, mais il tourne le dos à l'astre ; en conséquence, son front est ombragé et il est difficile de distinguer les détails de son visage. Pourtant, on dirait qu'il y a de grandes taches sombres sur son uniforme bleu, en particulier sa chemise, et ses vêtements semblent barbouillés de sang. Les taches paraissent humides.

Viper. Elle doit se trouver aux alentours.

Elle a dû l'attaquer.

C'est peut-être une autre raison qui explique qu'il ne nous agresse pas. Pas encore.

— Reste où tu es ! crié-je.

J'observe Nordra qui obéit dès qu'il m'a entendue. Il s'arrête à moins de 50 mètres plus haut, toujours à notre gauche, et je m'inquiète qu'il soit en train d'envoyer quelqu'un pour flanquer notre droite. Je recommence à voir normalement et je scrute dans cette direction, mais je ne vois personne.

Je me retourne vers Chad.

— Combien de temps ai-je été dans les pommes ?

— Deux secondes.

— C'est impossible.

— C'était bien ça. Combien de temps ça t'a semblé ?

— Nous en discuterons plus tard.

Je le prends par les épaules.

— Je vais te dire quelque chose que tu vas détester, mais tu dois écouter. Tu ne dois pas te mêler de ce qui va se passer maintenant.

Il se raidit.

— Je ne peux pas.

— S'il te plaît, tu ne peux pas aider. Tout ce que tu peux faire, c'est me distraire.

Chad reste ferme.

— Tu te bats, je me bats. Je ne suis pas un lâche.

Je vois bien qu'il est déterminé. Avec un compromis, son besoin masculin de gloire sera peut-être satisfait.

— Très bien, voici ce que tu peux faire. Va vers la droite et installe trois lances pointées vers Nordra, réparties à égale distance, la dernière à son altitude actuelle. Fais-le discrètement, essaie de les déposer quand il est concentré sur nous.

— Jessie...

Je pousse les lances dans ses mains, et je conserve ma machette.

— Allez ! Dépêche-toi ! dis-je d'un ton sec.

Chad hoche la tête, prend les armes, et se déplace vers notre droite. En réalité, je n'espère pas pouvoir répéter deux fois la même astuce. Elle avait fonctionné la première fois parce que j'avais pris Nordra au dépourvu. C'est pour cette raison que je n'avais pas posé les lances sur le sol à notre arrivée au mur. Nordra se méfiera des objets volants et avec ses réflexes, il n'aura aucune difficulté à écarter les lances en les frappant. Tout de même, je pourrais les employer pour le distraire à un moment critique.

Je marche jusqu'aux côtés de Kyle.

— Tu en as mis du temps, grogne-t-il.

— On dirait qu'il est blessé.

— Probablement qu'il fait semblant.

— Je ne sais pas. Il paraît moins arrogant.

— Donne-lui le temps, dit Kyle en même temps qu'il serre sa machette.

Il a peur ; je sens la sueur sur ses paumes. Mais il est courageux ; je ne peux l'imaginer s'enfuir d'un combat.

— Jessica Ralle ! appelle Nordra. Je suis ici pour te faire une offre !

— Vaudrait mieux que ce soit une nouvelle offre, crié-je à mon tour.

Le vent a soudainement redoublé de force, et les cendres tourbillonnent autour de nous comme des flocons de neige. Ce qui nous agace tous les deux parce que la cendre entre dans nos yeux. Pour ajouter à la distraction, la couronne en fusion derrière Nordra envoie la plus grande gerbe d'étincelles jusqu'à présent, et pendant un court laps de temps, Nordra ressemble à un démon rouge fraîchement sorti de l'enfer.

Ce foutu volcan, je jure pour moi-même.

Il n'est pas de mon côté, je le sens bien.

— Créons une alliance temporaire ! déclare Nordra. Toi et tes coéquipiers, vous m'aidez à anéantir Viper et les fantômes ! Ensuite, quand ils sont morts, nous rompons l'alliance et nous nous battons à mort !

— Laisse-moi parler avec mon partenaire !

Je me tourne vers Kyle.

— Qu'en penses-tu ?

— Pas question. Si nous baissons la garde, il nous découpe en morceaux.

— Il a l'air sincère. Et il y a quelque chose d'autre dans sa voix. Je pense qu'il souffre.

Kyle est catégorique.

— C'est toujours un barbare. Pense à ce qui arriverait si tu lui tournais le dos au beau milieu d'un combat. Nous ne pouvons pas créer d'alliance, je ne le ferai pas, ajoute-t-il. D'ailleurs, s'il est vraiment blessé, c'est maintenant le moment de le descendre.

Je hoche la tête à contrecœur.

— Tu tentes le sort.

— C'est ce que je fais depuis que je suis ici.

J'hésite.

— Est-ce un avertissement ?

Kyle sourit.

— Peut-être.

Je pense alors à Russ. Kyle vient-il de me dire qu'il a une carte non retournée qu'il ne m'a pas encore montrée ? Et s'il en a une, pourquoi me prévenir ?

Mes émotions de confiance et de peur s'entrelacent et font des cabrioles.

Ce n'est pas un bon état d'esprit pour commencer un combat.

— Pas d'entente ! crié-je à Nordra.

Il n'a pas l'air surpris ou déçu. De derrière lui, il tire deux machettes, des armes plus larges et plus aiguisées que celles que nous avions vues précédemment.

— Alors, nous nous battons ! hurle-t-il.

Je murmure à la hâte des instructions précises à Kyle.

— Première chose, nous nous dirigeons vers les hauteurs. Je m'approcherai sur la droite, toi sur la gauche. Nous échangeons quelques coups et ensuite, nous le contournons rapidement jusqu'à ce que nous soyons au-dessus de lui. Il va essayer de remonter pour se trouver de nouveau sur le terrain plus élevé, et nous le laisserons faire — mais lentement. Ensuite, quand nous serons tous les deux de côtés opposés, nous continuerons à nous battre contre lui jusqu'à ce que je dise « salaud ». Suis mes ordres, mais environ trois secondes après que j'ai crié ce mot, je vais sauter par-dessus lui et viser sa tête. Tu fais la même chose. Nous devons le décapiter. Mais souviens-toi de virer à droite quand tu bondis pour que nous n'entrions pas en collision tous les deux dans les airs.

— Compris. Qu'est-ce qu'on fait si ça ne fonctionne pas? demande Kyle.

— Je lancerai les lances de Chad. Baisse-toi quand je crierai « merde ».

Kyle fait un signe d'approbation.

— Un dernier point, je suis plus grand que toi. C'est préférable que j'attaque le haut de son corps pendant que tu te concentres sur ses jambes.

— D'accord. Tuons ce connard, dis-je.

Notre surface de combat ne pourrait être pire. Non seulement devons-nous nous affronter sur un angle abrupt, mais la cendre est tellement épaisse; on dirait que nous avons reçu l'ordre de nous battre dans un Colisée inondé d'un mètre d'eau. La même vieille analogie des gladiateurs me revient sans cesse. Tout le monde doit se battre jusqu'à la mort, et il ne peut y avoir qu'un seul gagnant. Que les Romains soient maudits pour avoir inventé cette idée!

Notre approche vers Nordra est défensive. Nous espérons l'attraper avec nos bonds dans les airs. Malheureusement, Nordra ne semble pas connaître la signification du mot « défense ». Ses premiers coups sont brutaux — des coups fatals. Il vise nos cous avec des balancements synchrones de sa machette et il me faut toute ma force pour le repousser. Il est à cent pour cent ambidextre. Il frappe Kyle avec une force égale et pour le moment, nous devons mettre en veilleuse notre plan de gagner le terrain plus élevé.

Chaque fois que Nordra frappe, il fait un énorme pas en arrière, mais techniquement, il ne recule pas. Se battre contre nous à partir d'un niveau plus élevé ajoute à sa taille naturelle. Je comprends bientôt que la seule façon de le contourner, c'est de le blesser.

Jusqu'à maintenant, j'attaquais son genou gauche à répétition entre chaque coup qu'il m'envoyait à la tête ou au cœur. C'est sa cible la plus vulnérable, surtout avec Kyle qui accomplit un excellent travail à balancer des coups vers la tête de Nordra. Mais maintenant, je décide de prendre un risque et de modifier ma stratégie.

Nordra balance une machette vers mon cou, le côté aiguisé de sa lame en direction de ma gorge, comme une guillotine horizontale. Plutôt que de bloquer sa lame avec la mienne, je l'esquive. Mon astuce se retourne presque contre moi — je sens le bout de sa machette qui taille les cheveux à l'arrière de ma tête. J'ai de la chance, mais je ne prends pas le temps de célébrer. Ce violent coup manqué l'amène à perdre momentanément son équilibre, et pendant un instant son côté gauche est complètement exposé.

Je balance ma machette vers sa cheville.

C'est le dernier endroit où il aurait pensé que je frappe. Il récupère rapidement de son mouvement sauvage et parvient à placer sa machette pour protéger son genou. Mais quand je m'apprête à frapper sa cheville, je sais que c'est l'un des rares coups ouverts dont je disposerai, j'y mets donc toute mon énergie.

J'entends un fort craquement alors que la cheville de Nordra se brise et qu'il chancelle vers l'avant, vers le bas de la pente. Je me précipite autour de lui, pour assurer ma part des hauteurs. À mon grand désarroi, je vois que Kyle croit qu'il a une chance de mettre fin au combat une fois pour toutes alors qu'il abat son arme vers le haut du crâne de Nordra.

C'est une erreur. Kyle ne connaît pas Nordra aussi bien que moi ; de plus, il a désobéi à mes instructions. Nordra est un combattant expérimenté. Là où il habite, il doit s'entraîner plusieurs heures par jour, probablement à l'aide de cibles vivantes. Même lorsqu'il est déséquilibré, il sait comment se protéger. Je ne peux pas vraiment faire de reproches à Kyle — il a vu une ouverture et il l'a prise. Mais Nordra a levé sa machette pour couvrir sa tête même avant que Kyle termine son élan vers le haut.

Loin d'atteindre sa cible, le coup fatal de Kyle rebondit sur la lame de Nordra.

— Enlève-toi ! hurlé-je à Kyle.

Il est toujours en dessous de Nordra, espérant encore l'achever pendant que Nordra est blessé. Ce qu'il ne comprend pas, c'est que Nordra est peut-être déjà guéri.

— Dépêche-toi ! crié-je.

Enfin, Kyle tente de tourner vers l'endroit où je me tiens, mais Nordra n'avalera pas cette couleuvre. Bloquant d'abord le chemin de Kyle, Nordra se retourne soudain pour m'attaquer, balançant ses deux machettes. Je suis sur le terrain plus élevé et je ne suis pas blessée, ce sont mes avantages. Mais je n'ai qu'une seule lame pour repousser les siennes, et il les balance comme un fou.

Pendant un moment, je me sens condamnée.

C'est alors seulement que je remarque que les coups de Nordra ne sont pas tout à fait aussi rapides et précis qu'ils l'étaient la première fois où nous nous sommes rencontrés. Il est toujours redoutable, il est encore plus fort que Kyle et moi réunis, mais quelque chose ne va pas chez lui. Encore une fois, je remarque les taches de sang sur son uniforme bleu, elles sont encore humides. Au début, ça ne fait aucun sens. N'importe quelle blessure qu'il aurait subie plus tôt serait maintenant guérie.

Puis, je me rends à l'évidence.

Viper ne s'est pas contentée de l'attaquer.

Viper l'a empoisonné de la même manière qu'elle avait empoisonné Marc !

Voilà pourquoi Nordra voulait l'alliance, et c'est la raison pour laquelle son équilibre paraît défaillant. Après avoir été poignardé dans les sources d'eau chaude, la première chose dont Marc se plaignait, à part la fièvre, c'était le vertige. Nordra serait-il étourdi ? Chose certaine, le bâtard va trébucher et tomber s'il continue à balancer ses armes sur moi comme il le fait.

— Je prends sa tête ! crié-je à Kyle.

Crier devant Nordra notre changement de stratégie ne donnera rien. En une seconde, il verrait que nous avons changé de rôles. Mais comme je suis sur le terrain plus élevé, je me dis qu'il est naturel que je me concentre sur le haut de son corps.

Savoir que Nordra n'a pas sa pleine puissance me donne confiance. En plus que Kyle est en train d'attaquer Nordra à partir d'en bas. Même s'il n'a pas réussi à gagner les hauteurs avec moi, Kyle continue de piquer suffisamment Nordra pour que notre ennemi soit forcé de cesser de me poursuivre avec ses deux lames pour maintenir Kyle à distance.

Lentement, je sens que le vent tourne.

Nous allons gagner cette bataille.

Pourtant, les paroles de Kendor reviennent me prévenir.

« L'excès de confiance est généralement la plus grande faiblesse d'un guerrier. J'ai tué beaucoup plus d'hommes arrogants que d'hommes craintifs. »

Je veux toujours me servir du « coup fatal » que nous avons planifié. J'attire l'attention de Kyle et je commence lentement à me déplacer vers le bas de la pente, tout en balançant mon arme vers le bras et la gorge de Nordra. Nordra est heureux de me voir abandonner les hauteurs — tellement heureux, qu'il ne remarque pas que Kyle est en train de ramper vers le haut de la pente de l'autre côté.

En peu de temps, Kyle et moi sommes juste en face l'un de l'autre, avec Nordra au milieu. Il est de plus en plus évident qu'il n'est pas lui-même. Nordra est à bout de souffle ; sa peau est teintée bleue, et je ne peux pas imaginer comment il pourrait faire semblant.

Non, je me rassure, il est mûr pour une chute. Tout ce qu'il nous faut, c'est de parfaitement nous synchroniser. Encore une fois, je capte l'attention de Kyle et je hoche la tête.

— Salaud ! crié-je à Nordra.

Je compte jusqu'à trois, je fléchis les genoux et je me prépare à employer toute la force de mes jambes pour sauter par-dessus sa tête. Kyle fait la même chose et mon cœur bat d'émotion. Il est temps d'en finir avec ce géant !

Nous sautons ensemble, Kyle et moi, dans un rythme parfait. En chemin, je sens une poussée d'adrénaline pendant que je vois Kyle se soulever en face de moi. Il a levé bien haut sa machette, prêt à frapper. La mienne est aussi au-dessus de ma tête. Je visualise la tête de Nordra qui s'ouvre en se fractionnant comme une noix de coco. Il est évident que nous l'avons pris au dépourvu. Tellement qu'il regarde autour de lui hébété.

Évident.

Un mot préféré de l'excès de confiance.

Nous n'avons pas du tout pris Nordra au dépourvu. Il doit avoir remarqué que nous avions tous les deux fléchi nos genoux. Pour un combattant expérimenté, ce serait un signe certain que nous avions prévu un bond simultané. Et que viserions-nous avec notre saut, sinon sa tête ?

Nordra frappe dans l'espace au-dessus de son crâne avec ses deux machettes, les croisant dans les airs au moment même où Kyle et moi devrions abaisser nos armes pour lui trancher la tête. Nous sommes forcés de lancer nos jambes fortement vers l'arrière, les pliant aux genoux pour ne pas perdre nos pieds. Malheureusement, ma jambe frappe celle de Kyle et il ne lève pas son pied à temps.

La machette de Nordra atteint son but. Le coup est brutal. Il fend la botte de Kyle, sa chair, son os, tout. Son pied gauche sectionné vole malheureusement dans les airs, atterrissant quelque part en bas de la pente. Abasourdi, Kyle atterrit maladroitement et roule à travers la cendre.

Nordra se précipite pour le tuer.

— Non ! crié-je.

Je me mets à le poursuivre, soulevant ma machette le plus haut possible, pour pouvoir le trancher en deux. J'aurais dû me taire. Encore une fois, Nordra anticipe mon mouvement, tourbillonne et me poignarde dans le ventre juste au moment où je suis en train de baisser mon bras. Je sens une explosion d'atroce douleur ; j'ai l'impression d'avoir été éviscérée.

Pourtant, en réalité, je suis presque hors de portée pour Nordra, et ce n'est que la pointe de sa machette qui pénètre mon ventre, trois à cinq centimètres, pas plus. Mais c'est douloureux ; je titube vers l'arrière et je tombe lourdement sur mes fesses. Voyant une chance de me tuer à la place de Kyle, Nordra change de direction et se précipite vers moi.

— Merde ! crié-je, et je me fixe mentalement sur les trois lances que Chad a installées pour moi.

Je sais exactement où se trouvent ces armes ; je n'ai pas besoin de les voir pour me concentrer sur elles. Et je sais que Kyle a perdu son pied ; je sais qu'il est au tapis. Je ne m'inquiète pas de risquer de le frapper. Tout ce qui m'importe, c'est d'enfoncer les trois lances dans la poitrine de Nordra.

Pourtant, je ne sais pas pourquoi j'essaie de les lancer toutes les trois. Lorsque j'avais pratiqué avec Kendor, je n'avais jamais soulevé plus d'un objet à la fois. Je n'ai aucune expérience de la télékinésie multitâche. D'après moi, j'attrape toutes les lances avec mon esprit, parce que je suis énervée et que je veux transformer Nordra en une pelote à épingles.

Je n'ai pas à regarder, je *sens* que les lances volent vers nous.

Mais Nordra les voit et il essaie de les éviter. Même empoisonné et blessé, il est toujours rapide. Il se baisse et parvient à esquiver deux des lances. La troisième l'attrape durement à l'intérieur de l'épaule droite. Ce n'est pas une blessure fatale, mais ça ne va pas guérir de sitôt, pas avec la pointe qui sort de son dos. Il titube sur le côté et laisse tomber la machette de sa main droite.

C'est seulement alors que je vois ce qui se passe derrière lui.

Kyle est debout sur un pied. Je ne peux que supposer qu'il a sauté pour me protéger lorsque Nordra m'a poignardé. Avec son pied manquant et un désir altruiste de me protéger, je peux comprendre pourquoi il a oublié mon avertissement de s'esquiver quand j'ai prononcé le mot « merde ».

C'est dommage, vraiment, c'est sacrément malheureux.

Une des trois lances a atteint Kyle.

L'a frappé au centre de son ventre.

La lance dépasse également dans son dos.

Voyant Kyle totalement impuissant, Nordra jette un coup d'œil rapide sur moi, toujours assise sur mon derrière, et il vire vers ce qu'il imagine être une proie facile. Il croit sans doute qu'il peut tuer Kyle et s'occuper de moi après. Après tout, je viens tout juste d'être poignardée dans l'estomac. Il est douteux que Nordra sache à quelle profondeur il a frappé.

Furieuse, je me *lève* sur mes pieds. Je ne me rappelle pas m'être mise debout. Je l'ai fait tout simplement. Avant que Nordra puisse atteindre Kyle, je lance ma machette, répétant le même truc que j'ai utilisé sur Viper. Le bout de mon arme s'enfonce dans la hanche gauche de Nordra et il chancelle, et je bondis.

Il tombe à genoux, et je suis sur lui en un instant, saisissant les deux côtés de son crâne près de ses oreilles.

— Maintenant, tu meurs, juré-je, prête à lui arracher la tête.

Derrière moi, Chad se met à hurler.

Je me retourne et je fige sur place.

Viper vient soudainement d'apparaître.

Elle tient Chad, une lame noire sur sa gorge.

Ses tactiques n'ont pas changé. Elle a chronométré son attaque à la seconde. Elle a attendu que nous soyons distraits par notre combat et qu'il atteigne son point culminant pour se glisser et tuer l'impuissant.

Viper est intelligente. Même si je m'étais fait dire à l'avance ce qu'elle avait prévu, je n'aurais pas pu l'arrêter. D'autre part, pour une chienne de sorcière, avec sa réputation d'emmerdeuse, elle se bat certainement comme une lâche.

Bien sûr, elle est maintenant handicapée.

Je vois un moignon à l'endroit où aurait dû être sa main gauche.

— Eh bien ? dit-elle.

Elle attend que je tue Nordra. Il attend que je le tue. Il sait que je l'ai eu ; il ne bouge pas d'un centimètre. Il sait que s'il le fait, je vais lui briser tous les os du cou.

— Que veux-tu ? demandé-je à Viper.

— Tue-le et nous parlerons.

— Laisse aller mon ami et je le tuerai.

Viper entaille la gorge de Chad. Une ligne rouge ruisselle sur son collet. Viper sourit.

— Non, dit-elle.

Frénétiquement, j'essaie de trouver un moyen d'utiliser la vie de Nordra comme monnaie d'échange pour sauver Chad. Avec tout le sang qui a été répandu, il m'est difficile de penser. Je jette un coup d'œil en direction de Kyle et je le vois à genoux dans les cendres, les mains enroulées autour de la lance que j'ai envoyée et qui a traversé ses tripes. Un cercle rouge se forme à travers sa chemise. La quantité de sang qu'il perd par son pied sectionné est pire. Au bout de son moignon, la cendre brun pâle est devenue noire. Ses yeux sont fermés ; ses douleurs sont atroces.

Ma propre blessure guérit rapidement. J'ai arrêté de saigner et je ne ressens la sensibilité que là où Nordra m'a poignardée.

Je me tourne vers Viper et je lui fais une offre.

— Si tu ne laisses pas aller Chad, alors je libère Nordra, dis-je. Tu sais qu'il voulait former une alliance avec moi depuis le début. Eh bien, je vais en former une avec lui maintenant.

Je secoue Nordra.

— Tu veux m'aider à tuer cette chienne ?

Il grogne.

— Ce serait un plaisir.

— Tu bluffes, dit Viper. La minute où tu le laisses aller, je tranche la gorge de ton ami. Ensuite, il sera mort et tu devras toujours faire face à Nordra et à moi. Mais tu le tues maintenant, et c'est entre toi et moi.

Je n'aime pas qu'elle ne s'inquiète pas au sujet de Sam.

S'est-elle déjà rendue à la grotte ?

Marc et Li sont-ils morts ?

— Jessie, dit calmement Chad. Tu dois me laisser mourir.

— Tais-toi ! lui dis-je brusquement avant de parler à Viper. Très bien, disons que je tue Nordra. Comment puis-je ravoir mon ami ?

— C'est simple, dit Viper. Tue-le et éloigne-toi de tes armes. C'est tout ce que tu as à faire.

— Et quelle garantie ai-je que tu laisseras partir Chad ?

Elle lui encoche de nouveau la gorge.

— Aucune.

Viper empeste le mensonge. Je doute qu'elle libère Chad. Tout ce qu'elle veut, c'est que Nordra meure. Et la vérité, c'est que Nordra est dangereux pour nous deux. Le seul geste logique, c'est de le tuer.

Mais il pourrait être dangereux de m'éloigner de mes armes. Viper pratique la télékinésie depuis des années. Ses compétences doivent être supérieures aux miennes. Si on en venait à un combat psychique de machettes, je perdrais la partie.

Je vois que Chad pense la même chose.

— N'abandonne pas tes armes pour moi, dit-il.

— Je t'ai dit…, commencé-je.

— Ne te sens pas mal, Jessie, interrompt-il. Il n'y a jamais eu de chance que je sorte vivant de cette île.

Sur ces mots, Chad se tord contre Viper, se débattant comme un animal sauvage dans sa poigne, et elle est obligée de lui trancher la gorge juste pour l'empêcher de lui faire mal.

Ce qui est exactement ce qu'il voulait qu'elle fasse.

— Non ! crié-je.

Nordra voit à quel point je suis dévastée. Il lève ses mains et…

Je lui casse le cou. Je lui tords tellement la tête que lorsque j'ai terminé son visage fait face à l'avant. Chaque vertèbre cervicale de son cou a craqué. Il s'effondre sur le sol, mort.

Viper laisse tomber le corps sans vie de Chad et disparaît.

Mais je vois sa silhouette au clair de lune, et je suis ses traces dans les cendres lourdes. Sa destination ne fait aucun doute. Elle se dirige vers la grotte.

Je me hâte d'arriver près de Kyle. Il est toujours sur ses genoux, la lance sortant des deux côtés de son corps.

— Je suis tellement désolée, gémis-je.

— Ce n'est pas ta faute, halète-t-il. J'avais oublié cette « merde ».

— Devrions-nous essayer d'enlever la lance ? Peux-tu guérir assez vite ?

— Je pense que c'est la seule chose qui m'empêche de saigner.

Il tousse faiblement, il crache du sang.

— Il faut que je retourne à la grotte.

— Qu'est-ce qu'il y a dans la grotte ?

Il me jette un coup d'œil à travers d'atroces souffrances et des sourires.

— Je ne voulais pas que vous le sachiez, mais je sais lire le tarora. Les pétroglyphes — je sais ce qu'ils signifient. Et je sais que là-bas, dans le courant, l'eau a de puissantes propriétés curatives. Tu l'as certainement remarqué, ajoute-t-il, quand tu as éclaboussé la tête de Marc, et que sa fièvre a baissé. Ce n'était pas une coïncidence.

— Tu aurais dû me le dire. Je la lui aurais fait boire. Ça aurait pu le sauver.

— Il en a bu.

— Bien, je lui en aurais fait boire plus, dis-je.

Kyle hoche la tête, la sueur coule de son visage.

— Quand nous nous sommes rencontrés, j'ai joué la comédie. J'avais l'intention de tous vous tuer. Je croyais qu'il le fallait. Je pensais que c'était le seul truc à faire dans ce genre d'endroit. Je ne faisais confiance à personne.

Il a du mal à respirer.

— Je suis désolé, je ne savais pas, dit-il.

— Qu'est-ce que tu ne savais pas ?

— À quel point tu es extraordinaire.

Je me sens stupide de voir tout ce que ses paroles signifient pour moi. Bien sûr, il est sur le point de mourir et il est en train de me dire que tout ce temps il planifiait de nous tuer moi et mes amis. Je devrais ne ressentir que du mépris envers lui. Et pourtant, je comprends. Parce que je pensais la même chose — tuer Kyle et Sam avant qu'ils me tuent. Je crois bien que toute personne envoyée dans le Champ doit penser la même chose.

Bien sûr, ça ne veut pas dire que je lui fais soudainement confiance.

J'arrache des bandes de son uniforme, et je fabrique un garrot grossier pour sa jambe, puis un bandage. Le saignement ralentit, mais ne s'arrête pas. La seule façon de l'emmener à la grotte, c'est de le porter. Je lui dis ce que j'en pense et il hoche la tête.

— De toute façon, il est probablement trop tard, dit-il en soupirant.

Je glisse la machette de Nordra à travers ma ceinture et je soulève Kyle dans mes bras.

— Il y a de l'espoir. Il ne faut pas perdre connaissance. Ne te laisse pas aller à l'état de choc.

Ses yeux errent en direction de Chad.

— C'était un gentil garçon, dit Kyle.

— Le plus gentil des garçons.

Des larmes roulent sur mes joues.

Mais l'heure n'est pas au chagrin.

Tout ce que je peux faire, c'est de continuer à avancer et de prier pour que Marc soit vivant.

La randonnée de retour à la grotte est une épreuve. Je bouge trop rapidement, je secoue Kyle et la lance fichée en lui le fait hurler douleur. Mais quand je me déplace trop lentement, je suis obligée d'observer le sang qui s'échappe de son corps. Je ne sais même pas combien il y a de litres de sang dans un corps humain, mais je continue à penser qu'il en manquera bientôt.

Lorsque nous arrivons à la grotte, Kyle est toujours conscient.

Nous nous arrêtons derrière un rocher et nous regardons autour de nous.

Les six fantômes gardent l'entrée.

Et ils sont armés. Ils ont fait l'impossible.

Tous les six sont équipés d'arcs et de flèches.

— Ora a juré qu'il n'y avait rien pour faire des arcs et des flèches, dis-je.

Kyle parle d'une voix faible.

— Ce sont des créatures industrieuses. Je ne suis pas surpris qu'elles aient trouvé un moyen d'en fabriquer.

J'examine son visage pâle au clair de lune. Sa peau est blanche comme la lune.

— Est-ce que c'est la raison qui t'a fait traîner leur chef jusqu'ici ? Ou y avait-il une autre raison dont tu ne nous as pas parlé ?

Kyle sourit malicieusement.

— Pour me servir des fantômes pour tous vous tuer ?

— Était-ce la vraie raison ?

Il hoche la tête.

— Rien de si sombre, j'en ai bien peur. J'ai capturé Jelanda parce que j'en connais plus sur les fantômes que je l'ai laissé savoir. Ils forment un esprit de groupe seulement quand ils sont proches les uns des autres et seulement quand ils sont près de leur chef.

— Comme maintenant.

— Exactement. Regarde-les — pour la première fois, ils sont prêts à se battre. Mais ironiquement, en ce moment ils sont aussi vulnérables.

Il essaie de respirer.

— J'ai traîné Jelanda jusqu'ici parce que je savais qu'elle était la clé. Je savais que si je survivais et qu'il ne me restait que les fantômes à combattre, elle était exactement ce qu'il me fallait pour quitter cette île.

— Comment ?

— Nous ne pouvons qu'imaginer ce qu'est un esprit de groupe, mais nous pouvons sans doute supposer que ce que l'un d'eux ressent, ils le ressentent tous. Accroche-toi à cette idée. Et n'oublie pas que Jelanda est le ciment qui les tient liés ensemble.

— Veux-tu dire que les fantômes ne peuvent pas survivre sans une sorcière comme leader ?

— Voilà ce que m'ont appris mes amis Lapras. N'aie pas l'air surprise, je t'ai dit que j'avais un pied dans les deux mondes. C'est peut-être la raison qui fait que les fantômes ont survécu pendant si longtemps, je ne sais pas, et ça m'est égal. L'important, c'est que si tu tues leur chef pendant qu'ils sont fusionnés en un seul esprit…

— Tu les tues tous, terminé-je.

— Exact.

J'examine la trace des empreintes de Viper que nous avons suivie à partir du mur. Elles semblent passer juste à côté des fantômes et entrer dans la grotte. Je partage l'information avec Kyle, mais il ne semble pas surpris.

— Elle aurait pu arriver ici avant les fantômes, dit-il. Ils ne l'auraient peut-être pas vue pendant qu'elle était invisible. Quelle différence ça fait ? Nous savions qu'elle arriverait à la grotte avant nous.

J'ai le moral au plus bas, le stress constant de l'inquiétude que j'ai ressentie dans ma poitrine toute la journée enfle douloureusement à chacun de mes battements de cœur. J'ai l'impression d'avoir survécu jusqu'ici seulement pour finir par ne pas réussir à protéger ceux auxquels je tiens le plus.

— Ça fait une grande différence, dis-je amèrement. Il n'y a aucune raison pour que Viper garde Marc, Sam et Li vivants.

Kyle grimace, et je ne sais pas si c'est à cause de ses blessures ou de ce que je viens de lui dire.

— Tu te trompes. Y'a pas l'ombre d'une chance qu'elle fasse du mal à Marc. Viper nous a observés, elle nous a étudiés. Elle t'a vu pratiquement supplier Nordra pour sauver la vie de Marc. Elle sait que tu es attachée à lui. C'est son seul moyen de pression quand il s'agit de toi.

— Pourquoi a-t-elle besoin d'un moyen de pression ?

Kyle hoche la tête.

— Jessie, pour une fille intelligente tu peux être assez stupide parfois. Viper est terrifiée par toi. Tu lui as coupé la main. Elle t'a vue tuer Nordra. Elle fera tout pour éviter de devoir t'affronter. Du moins, sur un terrain neutre.

Il fait une pause.

— Marc est son as caché.

— Ça ne vaut pas grand-chose, je marmonne.

— Hein ?

— C'est juste quelque chose que m'a dit un gars nommé Russ.

Kyle regarde la lance qui sort du devant de son corps.

— Et dire que la semaine passée, je m'inquiétais sur la façon de chorégraphier mon dernier vidéoclip. C'est à mourir de rire si tu y réfléchis.

Il essuie le sang qui coule de sa bouche.

— Je ne veux pas te presser, toi ou qui que ce soit, dit-il, mais il faut que j'entre dans cette grotte.

Je hoche la tête et j'étudie l'organisation de la défense des fantômes. Elle est assez sommaire. Jelanda et un autre fantôme se concentrent sur l'intérieur de la grotte. Les quatre autres sont aux aguets, tournés vers l'extérieur, avec des flèches dans leurs arcs. Je ne vois qu'une façon de m'approcher sans être vue.

J'explique mon plan à Kyle et il hoche la tête en signe d'approbation. Il a fermé les yeux et il a du mal à demeurer éveillé. Je le préviens de nouveau contre l'état de choc. Il se contente de grogner et me dit de me dépêcher.

Les fantômes regardent partout, sauf au-dessus. Je me rends sur la première partie du chemin que nous avions pris pour atteindre le mur, puis je tourne et me dirige tout droit vers le côté du cône de cendres avant de couper pour revenir vers la grotte. Bientôt, je suis à une centaine de mètres au-dessus de l'entrée, appuyée contre le côté de la pente très raide.

Je sais que je peux me glisser silencieusement vers l'entrée, sans tomber, mais je m'inquiète de la cendre que je soulèverai sur mon passage avant d'atteindre mon but. Il y en a partout : dans mes cheveux, mes yeux, ma bouche, mon nez. Dès qu'on y touche, un minuscule nuage flotte inévitablement dans les airs. Je ne sais pas à quel point les fantômes sont intelligents, mais s'ils sont soudainement frappés par une avalanche de cendres, je suis convaincue qu'au moins un d'entre eux tournera son regard vers le haut.

Il ne me reste plus qu'à me déplacer lentement, que de perdre du temps — une précieuse denrée que je ne peux me permettre de gaspiller. Je descends le cône de cendres à quatre pattes et je dois lutter contre la tentation de simplement me lancer en criant à pleins poumons pour me jeter sur eux en balançant ma machette. Mais je sais alors ce qu'ils feront. Ils entoureront leur chef, la protégeront à tout prix. Merde, ils forment déjà un cercle autour de Jelanda. Tout ce que j'espère, c'est un tir direct à son cerveau.

Quinze minutes plus tard, je suis en position, accroupie au-dessus de l'entrée, baissant les yeux vers les quatre fantômes qui se protègent contre une attaque frontale. Je n'aperçois pas

Jelanda et son partenaire, mais je ne suis pas surprise. À moins qu'ils se soient déplacés, ils étaient si près de l'ouverture qu'ils doivent se trouver directement sous le rebord de pierre où je suis perchée.

J'ai réussi à remuer une poignée de cendres, mais aucun des fantômes n'y prête la moindre attention. Mais, soudain, j'ai un problème plus urgent.

Je dois éternuer.

J'essaie de m'en empêcher, mais ça ne fonctionne pas. Je laisse échapper un fort éternuement.

Les quatre fantômes commencent à se retourner. Je ne leur donne pas le temps de pointer leurs flèches vers moi. J'appuie mes paumes à plat sur le rebord, j'effectue un saut arrière et j'atterris fermement sur mes pieds à moins d'un mètre et demi de Jelanda.

Elle cligne des yeux, sidérée. Je souris.

— *Vous* allez tous mourir, dis-je. J'avance d'un pas et je lui coupe la tête.

Mais avant même que son crâne ne touche le sol, les cinq autres fantômes commencent à tomber comme des marionnettes dont les ficelles ont été sectionnées.

En deux secondes, les six sont étendus, immobiles sur le sol.

Je ne perds pas plus de temps avec eux. Rapidement, je vais voir comment Kyle se porte, et je découvre qu'il est encore vivant, mais qu'il n'est qu'à demi conscient. Puis, j'entre à grands pas dans la grotte.

La grotte a changé depuis que je l'ai quittée. Les niveaux des bassins de lave sont plus élevés et, comme une dizaine de feux de camp alimentés par un nouvel approvisionnement de bûches, ils lancent des averses continues d'étincelles. Plus important encore, les sources d'eau chaude bouillent d'une férocité renouvelée et la vapeur d'eau est si dense que je ne vois pas le fond de la caverne à partir de l'avant. Je n'arrive même pas à repérer les murs et je suis forcée d'avancer d'un pas raide à un rythme prudent.

C'est à l'arrière de la chambre de pierre que je trouve le dernier de mes ennemis. Une fois de plus, Viper est debout avec un couteau à la gorge de l'un de mes amis — Sam. Elle ne paraît pas aussi décontractée qu'elle en avait l'air avec Chad, aucune surprise ici. Tenir un sorcier est bien différent de tenir un être humain, et elle sait que Sam pourrait se libérer à tout instant.

Mais je me demande s'il n'y a pas autre chose dans le manque de confiance de Viper. Je remarque sa main tremblante et une veine qui vibre rapidement sur sa tempe gauche. Ses yeux sont injectés de sang, bien que l'odeur de soufre à l'intérieur de la grotte ne soit pas forte.

Une explication simple serait de dire que Viper est épuisée.

Mais mon intuition me dit que non. Sa faiblesse est plus profonde.

Pourtant, elle détient l'avantage. Elle a acculé Sam avec un couteau, et Li, comme d'habitude, se tient là, impuissante.

Malgré tout, le contrôle que Viper a sur moi repose sur Marc et elle le sait. La chienne l'a poussé dans le ruisseau et elle maintient une emprise sur lui en appuyant son pied nu sur sa tête, coinçant son crâne en place à l'aide d'une pierre.

Étant donné que j'ai éclaboussé le visage de Marc avec la même eau il y a moins de deux heures, je sais à quel point elle est froide et à quelle vitesse il doit être en train de perdre la chaleur de son corps. Il pourrait être mort pour ce que je peux en dire ; sa peau est d'un bleu glacial.

— Il est encore vivant, à peine, dit Viper, répondant à ma pensée muette.

Sa voix est douce, avec une intonation solitaire, et je prends conscience que je n'ai jamais aperçu les membres de son équipe. Peut-être que Nordra les a tués. Peut-être qu'elle les a tués elle-même. Rien ne me surprend quand il est question de Viper.

— J'ai tué Nordra. Maintenant que veux-tu ? demandé-je, agissant comme si j'étais ennuyée.

— Jette tes armes.

En échange de quoi ?

Elle caresse les cheveux de Sam, essayant de se moquer de nous deux. Mais le geste est loin de m'émouvoir, car tout ce dont elle dispose pour lui frotter les cheveux, c'est un moignon croûteux.

— En échange de la vie de Sam et de la vie de ton petit ami. Dépose ta machette dans la lave. On ne voudrait pas qu'elle s'envole soudainement du sol et qu'elle blesse quelqu'un, n'est-ce pas ?

— Ne fais pas ça, Jessie, crie Sam.

— Elle a tranché la gorge de Chad près du mur, dis-je.

Sam soupire.

— Elle va trancher la mienne. Tu sais qu'on ne peut négocier avec un monstre comme elle. Où est Kyle ? ajoute-t-il.

— Mort, dis-je.

— Nordra ? demande Sam.

Je hoche la tête. Il est préférable que Viper croie que Kyle ne fait plus partie de l'équation.

— Sam se trompe, interrompt Viper, je suis ici pour négocier. Je veux quitter cette île autant que toi, Jessica.

— J'en suis certaine, répondé-je. Mais puisque les règles du Champ disent qu'il ne peut y avoir qu'un seul gagnant, je ne vois pas comment nous pourrions former un partenariat.

Se servant de son moignon, Viper pointe les pétroglyphes sur le mur derrière elle.

— Dis-moi ce que ça signifie.

Je fais un pas en avant.

— Je ne peux pas.

— Ils doivent signifier quelque chose ! crie Viper, comme si elle essayait de se convaincre. Tu parles au Conseil. Tu connais Cleo. Elle a dû te donner un moyen secret de sortir de cette île.

Il ne fait aucun doute que Viper est mise à rude épreuve et qu'elle gère mal la situation. Elle ne ressemble en rien à la fille impitoyable qu'a décrite Cleo ou à la créature cracheuse de lave qui nous a attaqués près des sources chaudes. Elle pose continuellement son moignon sur son front comme pour tenter de mettre un terme à une pression qui se développe en elle.

— Il n'y a pas de secret, dis-je. Le dernier qui reste vivant est autorisé à quitter l'île. Tu le sais depuis le moment où tu es arrivée ici. Ce que je ne comprends pas, c'est que tu veux soudainement modifier les règles.

— Ne t'approche pas plus ! prévient-elle, appuyant profondément son couteau sur la gorge de Sam.

Elle a déjà percé sa peau et je vois une effusion de sang sur sa lame.

Je fais un pas de plus.

— Pourquoi as-tu peur de te battre contre moi ?

— Recule ou je tue tes deux garçons !

Je fais un autre pas vers elle et je me mets à rire.

— Vas-y et essaie. Je vais te tuer avant que tu aies le temps de finir avec le premier.

Viper est effrayée, mais toujours perspicace. Elle ne va pas se faire avoir par un simple bluff. Ses yeux tombent sur Marc, qui flotte sur la surface du ruisseau sous le talon de son pied.

— Tu oublies à quel point je te connais, dit Viper, changeant de ton. Je n'ai qu'à en tuer un pour te détruire.

Elle fait une pause.

— Jette tes armes dans la lave. Maintenant.

— Non ! siffle Sam.

Je hausse les épaules en même temps que je jette dans la lave la machette que j'ai utilisée pour décapiter Jelanda.

Le bois s'enflamme dans une ligne de feu avant de sombrer sous la surface sombre.

— Ça n'a pas d'importance. Tout ce dont j'ai besoin pour te tuer, ce sont mes mains, dis-je.

— Tes couteaux aussi, les deux, ordonne Viper.

Je déteste abandonner mes couteaux. Que ce soit avec mon esprit ou avec mes mains, j'avais espéré lui en planter un entre les yeux. Elle doit les avoir aperçus sur moi près du mur.

Je jette les lames préférées d'Ora dans la lave.

Je ricane.

— Et après ? Tu veux que je me déshabille ?

Viper durcit sa voix même si des gouttes de sueur coulent de son visage. Ses yeux rencontrent les miens à travers la vapeur rouge. Sa main qui porte le couteau continue de trembler ; si elle appuie plus fort, elle va ouvrir la jugulaire de Sam.

— Dernière chance, me dit-elle. Quels sont les secrets de cette grotte et de ce mur là-bas ?

— Je l'ignore, dis-je.

— Meurs salope ! crie Sam alors qu'il enfonce brusquement un coude dans les entrailles de Viper.

Elle se plie en deux, et il pivote loin du couteau. Son cou saigne abondamment, mais il est plein de feu et prêt à se battre. Plutôt que de se retirer de mon côté pour du soutien, il se tient au-dessus de la frêle silhouette de Viper, ses bras et ses mains tendues, prêts à étouffer le souffle de son corps.

En perte d'équilibre et à court d'oxygène, Viper se démène pour se redresser. Pendant un moment, je vois une chance de la liquider. Mais le coup de Sam l'a obligée à relâcher sa prise sur Marc, qui flotte sur le ruisseau vers l'endroit où l'eau disparaît sous le mur. Il est évident que l'eau qui le maintient à flot n'est apparue que pour un bref moment et que le ruisseau est sur le point de reprendre son état souterrain naturel.

Et qu'il va emporter Marc.

Je veux me précipiter sur Viper. Comme Sam, je veux lui arracher la tête. Au lieu de cela, je dois courir vers l'autre côté de la caverne pour attraper Marc. Mais du coin de l'œil, je vois tout ce qui se passe.

Sam a vraiment pris Viper par surprise, et on dirait qu'il détient une excellente chance de la tuer. Elle est à quelques mètres de lui à peine, et ne dispose que d'une seule main. Mais j'aurais dû y penser. Viper n'a jamais utilisé ses mains pour nous tourmenter, non sans des étincelles télékinésiques qui volent à travers ses doigts.

Sam fait un pas audacieux vers Viper avant de prendre conscience qu'une pellicule de lave mince, mais grande comme une baignoire, monte lentement d'un bassin de lave en fusion à sa gauche. Je dis lentement, car elle met beaucoup plus de temps à s'élever que ne l'avait fait la masse de lave avec laquelle Viper avait inondé Ora la dernière fois que nous nous étions battus. Effectivement, j'ai l'impression que la vision a hypnotisé Sam. Il est proche de Viper. Il doit la tuer avant…

La lave vole soudain vers Sam, l'arrosant de la tête aux pieds. En un instant, il est transformé en torche humaine. Il ouvre la bouche pour crier, mais il inhale la lave et sa gorge se gonfle comme un ballon. Sa peau s'égoutte comme de la cire qui fond, se transformant en cendre noire avant de dégouliner sur le sol, et je me rappelle amèrement comment Russ est mort le mois dernier.

Rien ne pourrait être pire.

Mais encore une fois, je n'ai pas le loisir de pleurer.

D'une façon ou d'une autre, je réussis à attraper Marc et à tirer la moitié supérieure de son corps hors de l'eau glacée et de le mettre sur mes genoux. Il ne respire plus! Pourquoi ne respire-t-il pas? Sa peau est si froide. Mais avant que je puisse le réchauffer, ou même lui donner le bouche-à-bouche, Viper s'avance d'un pas raide vers moi.

Li continue de rester sur place sans rien faire. Certes, Li est psychologiquement hors circuit, mais j'aurais souhaité qu'elle puisse au moins se réveiller assez longtemps pour donner un coup de pied au cul de Viper et l'assommer dans l'eau.

Li ne fait rien, et Viper continue à avancer.

Viper se tient au-dessus de moi et hoche la tête devant le corps glacé de Marc.

— Ce n'est pas moi qui l'ai placé dans l'eau, dit-elle.

— Qui l'a fait? demandé-je.

— Sam m'a dit qu'il s'y est allongé avant mon arrivée.

Viper hausse les épaules.

— Ce poison rend une personne si chaude qu'elle fera tout pour se rafraîchir.

— Tu as de la chance d'avoir été capable de le trouver sur cette île.

— En grandissant, j'ai entendu des histoires sur le Champ. Je savais où chercher.

— Comme je l'ai dit, tu es une fille chanceuse.

Viper baisse les yeux vers moi.

— J'étais certaine que tu aurais été plus combative. Je ne savais vraiment pas à quel point la perte de Roméo t'arracherait le cœur

Je la regarde de nouveau.

— Marc savait ce qu'il faisait quand il a grimpé dans l'eau glacée. Et je sais comment te tuer d'un simple coup de poignet.

Viper feint l'étonnement.

— Je te prie de le révéler, meurtrière de Syn.

— Bizarre que tu doives remonter jusqu'à Syn. Je l'ai descendue de la même façon que je vais te descendre.

— Comment?

— Avec la connaissance. Tu transpires, tes mains tremblent, tes yeux sont injectés de sang. Une vraie épave.

Viper est furieuse.

— J'étais assez forte pour faire frire Sam et je suis assez forte pour te battre ! Espèce de lâche — assise là à tenir ton amoureux mort comme s'il allait sauver ta peau ! Tu me rends malade !

Je souris.

— Dans un sens, c'est vrai que je t'ai rendue malade. Quand j'ai coupé ta main gauche.

Viper hésite.

— Hein?

— Tu ne sais honnêtement pas pourquoi tu es en train de te désagréger, n'est-ce pas?

— Je ne me désagrège pas.

— Tout a commencé quand tu as perdu ton bracelet. Il était juste devant toi. Tu as ramassé ta main, mais tu as laissé le bracelet là et je l'ai trouvé.

Je sors le bracelet rouge de ma poche.

— C'était une erreur.

Elle hésite.

— Ce truc est inutile.

— Quand je t'ai dit que je ne connaissais pas les secrets écrits sur le mur, je mentais. J'en connais quelques-uns. Le premier, c'est que ça fait de cette île un endroit assez bizarre. Un endroit où nous ne pouvons même pas nous promener et nous tuer les uns les autres, sauf si un morceau du mur est en contact avec notre peau.

Je lui montre la pierre noire sur la doublure intérieure de son bracelet.

— Sois honnête avec moi, Viper. Je parie que depuis que tu as perdu ce petit morceau de pierre, tu titubes dans un état second.

Elle halète.

— Tu radotes.

— Je suis perspicace. Je ne sais pas de quoi sont faits cette pierre et ce mur, mais le matériau a un effet puissant sur nos esprits. Je soupçonne même que le port d'un morceau de cette pierre à l'endroit où les veines de notre poignet pompent notre sang encore et encore, toutes les quelques minutes, synchronise notre esprit et notre corps avec notre bracelet.

— Tu me fais marcher ! crie Viper.

Je poursuis d'une voix calme.

— Pas du tout. Pour tester ma théorie, j'ai essayé ton bracelet sur mon poignet droit pendant quelques minutes et j'ai eu un énorme mal de tête. Ça me dit que ces bracelets sont comme des médailles pour chien. Une fois qu'il a été confectionné pour toi, ça devient personnel, et sans lui, tu es condamnée à te perdre.

Viper s'emporte ; elle hurle.

— Tu déconnes ! Je suis toujours là !

— Pas pour longtemps, dis-je d'un ton décontracté pendant que je lance son bracelet dans une mare de lave à deux mètres à ma gauche.

Le plastique rouge lance des étincelles alors qu'il s'enflamme et commence à fondre avant de sombrer pour disparaître de la vue.

Viper essaie de respirer, mais elle s'étouffe, comme si une pierre était coincée dans sa trachée. Ses yeux noirs bombés et ses jambes raides, elle recule comme un robot cassé. Puis, elle lève les deux bras au-dessus de sa tête et se met à danser comme une marionnette affolée avant de s'effondrer dans la mare. Morte.

Je me lève et je finis de sortir Marc du ruisseau et je commence à pratiquer le bouche-à-bouche. Mais il ne réagit pas ; il ne recommence pas à respirer. Je pose mon oreille contre sa poitrine, et j'écoute pour trouver un battement de cœur, mais il n'y a rien. Je finis par m'asseoir et pleurer.

Li touche mon épaule.

— Je peux t'aider, dit-elle.

— Va-t'en.

— Jessie, je peux le sauver. J'ai retrouvé mes pouvoirs.

Je me retourne et lui lance un long regard.

Elle vient de prononcer plus de mots qu'elle en avait dit de toute la journée.

— Comment te sont-ils revenus ? demandé-je.

— Lula est de nouveau en moi. Je peux guérir.

Je fais un geste vers le cadavre de Marc.

— Fais ce que tu peux.

Li regarde autour de nous.

— Je dois étudier le poison qu'elle a placé en lui. Où est le couteau qu'elle a pris pour le poignarder

— Là, dis-je, pointant vers le couteau qui est sorti de la ceinture de Viper quand elle est tombée raide morte.

Li le ramasse et s'agenouille à mes côtés, les yeux fixés sur le visage paisible de Marc. Elle tend le bras vers ma main.

— Notre pouvoir sera plus grand si nous travaillons ensemble comme avant, dit-elle.

Je la regarde fixement, et en un instant, je comprends tout.

Absolument tout.

Toutes les pièces du puzzle s'emboîtent tout à coup, et je vois un visage.

Le visage de mon véritable ennemi.

Depuis mon arrivée au Champ, je n'ai cessé de vérifier mes propres cartes, mais jamais celles du croupier. Voilà pourquoi Russ est venu à moi quand j'ai pris contact avec le mur. C'était ce qu'il essayait de m'enseigner par le jeu de la reine rouge. Bien sûr, Russ m'aimait. Comme Jimmy et Cleo, il voulait à tout prix que je survive au Champ.

Pourtant, certaines choses sont plus importantes dans la vie que la survie.

Il y a ce qui est bien et ce qui est mal ; et ensuite, il y a l'amour.

L'amour. L'amour. L'amour.

Malgré ce que je sais, je décide de ne pas modifier mon pari.

J'offre ma main à Li. Elle la prend, elle la serre fort.

Le contact physique me lie à Li de manière profonde. Comme si deux fils avaient été croisés. Je peux presque sentir son corps comme si c'était le mien. Son contact me rappelle un truc que Syn m'a enseigné pendant qu'elle me faisait faire des exercices sur la façon d'imiter l'apparence d'une autre personne. Si vous pouvez toucher celui que vous avez besoin de copier, m'avait dit Syn, vous pouvez le copier si parfaitement que même une autre sorcière aura des difficultés à vous différencier de la vraie personne.

À défaut d'autre chose, Syn avait été une excellente enseignante.

— Fermons les yeux et concentrons-nous à sauver Marc, dit Li.

Je ferme les yeux. Je sais ce qui vient après.

Li ne nous entoure pas de lumière blanche.

Li n'invoque pas non plus sa sœur.

Au lieu de ça, elle essaie de me poignarder dans le bas du dos avec le couteau empoisonné de Viper. Elle vise mes reins, avec bonne raison. Les reins filtrent le sang d'une personne, et si elle les déchirait et les remplissait de poison, alors je ressentirais immédiatement la brûlure, bien pire que Marc. La douleur serait insupportable.

Mais, je prends Li par le poignet avant qu'elle puisse me toucher.

J'ouvre les yeux et je la regarde fixement.

— Je ne te blâme pas, dis-je.

Elle a maintenant l'expression d'un animal enragé, et elle se débat contre moi, essayant de toutes ses forces d'enfoncer la pointe de la lame dans mon corps. Mais elle gaspille ses efforts sur moi ; je me fatigue finalement de ses vaines tentatives et je fais craquer son poignet, brisant l'os. Le couteau de Viper tombe des mains de Li et rebondit sur le sol.

Li baisse les yeux vers l'arme comme si elle était plus importante pour elle que son poignet cassé. Elle l'atteint de nouveau, mais avant qu'elle puisse le prendre, je le ramasse et je le glisse à l'arrière de ma ceinture. Li s'effondre comme si elle s'était fait tirer.

— Je veux vraiment t'aider, dis-je.

Elle me regarde avec des yeux creux, des yeux vides.

— Est-ce que Kyle est mort ? chuchote-t-elle.

— Oui, menté-je. Tu ne dois plus penser à Kyle. M'entends-tu, Li ? Il n'a plus aucun pouvoir sur toi.

Li est une masse de confusion. Elle continue à cligner des yeux, et elle regarde autour d'elle dans de courts mouvements saccadés, évitant mes yeux.

— Je ne sais pas ce que je suis supposé..., commence-t-elle, avant de plonger dans une frénésie de sons qu'on ne pourrait décrire que comme du bavardage psychotique.

Je veux lui donner une tape dans le dos, l'embrasser, lui dire que ce n'est pas sa faute. Mais je soupçonne que si je la touche le moindrement, elle hurlera au meurtre. Sa programmation est profonde.

Je parle doucement.

— Li. Écoute-moi. Tu ne sais pas quoi faire et ça se comprend. Tu as été soumise à une terrible forme d'attaque psychique. Mais la personne qui t'a persécutée ne peut plus te faire de mal. Tu ne dois plus écouter ce qu'il t'a dit de faire. Tu es libre maintenant, tu comprends ?

— Libre ?

Le mot semble se prendre dans sa gorge et dans son cerveau et, à la fin, elle regarde dans ma direction.

— Libre ?

Je souris avec chaleur, et je sens une vague de soulagement. Je tends le bras et je lui serre la main.

— Oui, tu es libre de faire ce que tu veux, dis-je.

Horrifiée, Li recule, bondit sur ses pieds, et regarde fixement ses mains comme si elles étaient trempées de sang, puis elle me regarde comme si c'était moi qui l'avais forcée à commettre l'effusion de sang. Elle se déplace tellement vite, comme une sorcière, probablement aussi vite que sa sœur dans le monde des sorciers, et je n'ai pas de chance de l'arrêter, de la sauver.

— Libre ! crie-t-elle.

Ses yeux ne sont plus vides, mais remplis de l'angoisse de tous ceux qu'elle a vus torturés à mort dans les camps de prisonniers en Corée du Nord, y compris sa sœur.

Sa douleur est suicidaire, du genre impossible à supporter ; et elle ne la supportera pas. Elle se retourne et saute dans le bassin de lave qui a avalé le bracelet de Viper, et j'entends un dernier cri, aigu et court, et une flamme massive monte jusqu'au plafond, mais ne dure pas. En quelques secondes, il n'y a plus aucune trace de Li.

J'aurais aimé pouvoir l'arrêter.

Mais c'eut peut-être été inutile.

Elle était peut-être allée trop loin.

Je me penche et j'embrasse Marc sur les lèvres et je lui parle doucement.

— C'est toi. C'était toi depuis le début, dis-je, et même si son corps est plus froid que la glace, et que son cœur ne bat plus, et qu'il ne respire plus, je sais que je peux le guérir.

Impossible, vous pensez ? Détrompez-vous…

Un seul survivra.

Ce qui est une autre façon de dire qu'un DOIT survivre.

J'embrasse de nouveau Marc et je chuchote à son oreille.

— Je veux que ce soit toi.

Je me lève, je ferme les yeux et je visualise Li dans l'œil de mon esprit. Une fois de plus, je sens son corps comme si nous nous tenions encore la main, chaque nerf et chaque muscle et chaque centimètre de peau qui la font paraître comme elle est. Puis je me sens balayée par une vague de pouvoir, et je sais que pour tout observateur, j'ai l'apparence de Li.

Je sors en chancelant et je trouve Kyle qui attend derrière le rocher où je l'ai laissé avec une lance qui ressort de son torse d'un côté et de l'autre, et un garrot serré attaché à sa jambe pour arrêter le saignement.

Seulement, il n'y a pas de lance parce que l'arme ne l'a jamais frappé.

Brillant Kyle. Il n'a jamais oublié mes instructions d'esquiver le coup.

La lance empalée avait été une illusion.

Pourtant, sa jambe saigne encore et je me rends compte qu'après tout Nordra l'a effectivement blessé, et grièvement. La blessure l'a fait pâlir. Il me regarde, ou plutôt Li, et il hoche la tête sans surprise.

— T'es-tu occupée d'eux? demande-t-il, sa voix terne.

Je hoche la tête mécaniquement.

— Viper a tué Sam. J'ai tué Jessie.

— Et Marc? demande Kyle.

— Il est mort.

Kyle fait signe vers un endroit à côté de lui.

— J'ai besoin de ton toucher de guérison. Viens, assieds-toi ici et invoque le pouvoir de ta sœur.

Sous les traits de Li, je suis assise à côté de lui, mais j'agis comme si j'hésitais à le toucher.

— Que vais-je devenir quand tu seras guéri? demandé-je.

Il paraît agacé pendant un moment, avant de se concentrer sur mes yeux, puis son regard perçant se fixe sur le mien. Il parle d'une voix douce, convaincante.

— Quand tu m'auras guéri, tu retourneras à la grotte et tu sauteras dans la lave. Tu vas mourir, mais en mourant tu retrouveras ta sœur. Est-ce que tu comprends?

— Oui, dis-je.

Kyle repose sa tête sur le rocher.

— Maintenant, guéris ma jambe.

Je tends ma main gauche pour toucher sa jambe, tandis qu'avec ma main droite, je sors le couteau empoisonné de Viper de ma ceinture, la lame qui avait été désignée par Kyle pour me tuer.

Je lève le couteau pour le poignarder.

Mais à ma surprise, son attitude victorieuse décontractée disparaît soudainement. Je suis convaincu qu'il n'a pas pénétré mon déguisement, mais ce n'est pas important. Il a vu mon couteau levé, et ses réflexes sont ahurissants, plus rapides que les miens. À l'instant où j'avance le couteau pour le tuer, il attrape sa machette et l'élève au-dessus de sa tête pour frapper.

J'ai quand même toujours l'avantage ; sa machette est encore au-dessus de sa tête lorsque j'enfonce le couteau empoisonné de Viper dans son diaphragme, 15 centimètres sous son sternum. Au-dessus de moi, sa machette tremble et tombe d'entre ses doigts pendant que j'enfonce plus profondément la lame, veillant à ce que son système absorbe jusqu'à la dernière goutte de la douleur brûlante que le poison lui impartira. En effet, voilà pourquoi je ne me contente pas de le poignarder au cœur pour l'achever. Je veux qu'il ressente le genre de douleur qu'il nous a tous causée.

Kyle halète alors que j'arrache le couteau.

— Te sens-tu mieux maintenant ?

J'ai laissé tomber mon déguisement, même si je ne m'en souviens pas.

L'arrière de sa tête retombe sur le rocher avec un bruit sourd.

— Va te faire foutre, marmonne-t-il.

— Ce sont tes derniers mots ? Tu es en train de mourir, Kyle.

— Dis-moi quelque chose que je ne sais pas.

Je m'accroupis à ses côtés.

— Tu es maître hypnotiseur, n'est-ce pas ? Voilà ce que tu étais en train de nous raconter quand tu t'es vanté de posséder le gène de la dissimulation. Mais tu as aussi le gène de télépathie dont tu ne nous as pas parlé. Voilà pourquoi tu peux regarder quelqu'un dans les yeux et l'amener à faire à peu près tout ce que tu veux. N'est-ce pas ?

Kyle grimace.

— C'est assez bien résumé.

— Tu as tué Pierre et Keb pour que je soupçonne Sam.

— Si tu veux.

— Comment ?

Kyle feint l'ennui.

— Il y avait une entrée arrière à cette grotte qu'aucun d'entre vous ne connaissait.

— Ils n'avaient pas d'importance pour toi ?

— Fiche-moi la paix, dit Kyle.

Je hoche la tête.

— Tu as commencé ton attaque contre notre groupe lorsque tu as emmené Li pour guérir tes copains. C'est alors que tu as planté en elle une bombe à retardement pour qu'elle me tue quand tous tes autres ennemis seraient morts. Ce qui veut dire que tu comptais que je sois la dernière vivante.

Je fais une pause.

— Je suppose que je devrais me sentir flattée.

— Je savais que tu en étais capable, dit Kyle.

— Peut-être. Mais tu croyais que j'étais trop naïve pour comprendre ton plan avant qu'il soit trop tard.

— J'ai été idiot. Je t'ai sous-estimée.

Je tends la main et je lui serre le bras.

— Ne sois pas si dur avec toi-même. Tu ne peux même pas imaginer à quel point tu as failli me tromper.

— Comment l'as-tu découvert ?

Je me penche et murmure à son oreille.

— J'ai finalement bien regardé ta carte cachée.

Il est amer.

— Tu ne le savais pas. Je t'avais dupée. C'était ce mur, ce foutu mur ; d'une certaine manière, il t'a avertie.

J'essuie le sang de la lame sur la jambe de mon pantalon.

— Dans un sens, c'était le mur. Dans un autre sens, c'était l'amour d'un ami cher que j'ai perdu à Las Vegas et qui est venu à mon secours.

La brûlure a déjà commencé à se répandre dans le sang de Kyle. Il est secoué de douleur et il tremble de peur. Il semble de plus en plus amer, et je me rends compte que c'est la première fois que ça lui arrive. Personne ne l'avait défait auparavant.

— Dommage que tu n'auras pas la chance de célébrer ta victoire avec ton amoureux, lance Kyle en s'étouffant.

Il arrive tout de même à me lancer un sourire satisfait.

Je me lève et je le gifle.

— Que tu comprends mal l'amour ! dis-je.

Tout son corps est soudainement secoué de tremblements alors que le sang s'échappe de ses entrailles et que la sueur dégoutte sur son visage. Je me rends compte que la *vraie* douleur du poison a fini par le toucher. Son attitude arrogante disparaît en un instant. Soudain, il n'est plus qu'un minable connard défait, et je le plains. Mais seulement un peu…

— Jessie, s'il te plaît, arrête au moins la douleur. Tue-moi, supplie-t-il. Je ne peux pas le supporter.

Penchée sur lui avec le couteau, j'utilise la sueur qui dégouline de son visage et de son col de chemise pour essuyer les derniers résidus de poison de la lame.

— Tue-moi, pleure-t-il, croyant que je suis sur le point de lui trancher la gorge.

— Je vais le faire, je vais le faire, dis-je, même si je n'ai aucune intention de faire cesser ses souffrances.

Je lève mes poignets nus pour qu'il les voie. En fait, je souris. De mes lectures, je sais que la meilleure façon d'ouvrir des veines, c'est de couper à partir du poignet jusqu'au centre de l'intérieur de chaque bras. Je ne ressens pas la moindre peur, et je presse profondément dans ma chair. Je fais rapidement les incisions devant Kyle, puis je jette le couteau par-dessus mon épaule.

— Comprends-tu l'amour maintenant ? demandé-je.

Kyle halète, incrédule.

— Pourquoi ?

Je souris.

— Parce qu'un seul peut survivre.

Je m'éloigne sans un mot. Ma destination est le mur et à voir la quantité de sang que je perds, je sais que la randonnée sera difficile. Je voudrais enterrer Chad, bien que je doute d'en avoir la force, et je voudrais avoir une autre conversation tranquille avec Russ avant de partir. J'ai toujours aimé Russ et j'aurais souhaité qu'il n'ait pas quitté ma vie si tôt.

Mais lorsque j'atteins finalement le mur, Chad est déjà à moitié couvert de cendres, et un flux de lave rouge a débordé de la couronne du volcan et avance doucement vers le corps de Nordra et le mur noir. Nordra étant le guerrier qu'il était, je doute que ça le dérange que ses restes soient incinérés.

Je ne suis pas surprise que le volcan ait envoyé de la lave pour couvrir la région. Elle va probablement s'accumuler contre le mur et m'incinérer moi aussi. Mais ce n'est qu'un ruissellement étroit, et il faudra du temps. Mais la chose dont dispose le roi de l'île, c'est le temps. J'avais raison de m'en méfier. Je savais qu'il finirait par me réclamer.

Je ne suis qu'à dix mètres du mur lorsque je trébuche et je tombe, incapable de me relever. Je roule sur le dos, je lève les yeux vers les étoiles et le bord du mur et j'essaie d'évaluer s'il y a vraiment un sommet. La douleur dans mes poignets s'est calmée et je ne sens plus que le sang gicle sur le sol. Considérant qu'il ne me reste que peu de temps à vivre, je me sens plutôt bien.

Le temps passe et je pense à tout ce qui s'est passé pendant les derniers jours. Comme le dit la vieille rengaine : « Des regrets, j'en ai eu quelques-uns, mais là encore, trop peu nombreux pour les mentionner. » Je suis heureuse de voir qu'à la fin, j'ai eu le courage de faire ce que j'ai pensé être juste. La seule chose qui me rend triste, c'est que je voudrais serrer la main du vainqueur des épreuves du Champ. Peut-être même lui donner un autre baiser.

Et bien sûr, Lara et Jimmy me manquent. Dieu qu'ils me manquent…

Je ferme les yeux et je dérive. Lorsque je les ouvre, il y a un soupçon de lumière dans le ciel, et l'étroit ruisseau de lave a atteint le mur. Je doute qu'il ait beaucoup d'effet sur lui.

Une silhouette grimpe sur la colline et me fait signe.

J'aimerais pouvoir lui répondre, mais je suis incapable de bouger.

Il s'avance vers l'endroit où je suis étendue et s'agenouille à côté de moi. Il repousse les cheveux qui collent sur mes yeux. Je ne peux me souvenir de la dernière fois où j'ai pris une douche.

Je souris.

— Tu t'es réveillé par toi-même.

Marc hoche la tête.

— J'ai eu de la chance.

— Parce que tu es un gars chanceux. Je l'ai su la première nuit où j'ai rêvé de toi.

Il sourit.

— Si j'avais su que tu étais en train de regarder, je me serais mieux comporté.

— Non, c'était amusant. Tu avais tout prévu.

Il cesse de sourire.

— Qu'est-ce qui s'est passé ?

— Kyle et moi avons eu une dernière confrontation. En fin de compte, il nous a tous trahis, le salaud. Heureusement, j'ai pu le tuer.

— Comment te sens-tu ?

— Heureuse. Triste. Voilà la vie, je suppose, et la mort.

Il y a de l'eau dans les yeux de Marc et il essaie de cligner des yeux pour chasser ses larmes, mais je les vois.

— Est-ce que je peux faire quelque chose pour toi ? demande-t-il.

— Serre-moi. Prends-moi dans tes bras.

Il se penche et me soulève et appuie sa tête sur la mienne.

— J'aimerais que tu puisses m'accompagner.

— Tu te sentiras plus confiant quand tu presseras ton bracelet contre le mur. Tu dois le faire — les images dans la grotte le montrent clairement. C'est la dernière étape pour gagner l'épreuve du Champ. Tu te souviendras instantanément des expériences de chaque sorcier qui a combattu sur cette île et qui a remporté la victoire ici. Tu pourras même faire connaissance avec cette amie dont je t'ai parlé, Cleo.

— Elle a l'air d'être une femme spéciale.

— Comme toi, elle ne s'est transformée en sorcière que lorsqu'elle est venue ici. C'était son mentor qui l'avait aidée.

— Son mentor a été ton inspiration ? demande Marc.

— Dans un sens. Mais plus je t'ai connu, plus je savais que ça devait être toi. Ne me demande pas de t'expliquer. Le Conseil aura de la chance de t'avoir. Seulement, j'ajoute, ne laisse personne te mener par le bout du nez.

Son visage s'assombrit.

— Mais ne seras-tu pas là quand nous serons dans le monde des sorciers ? Tu me disais que lorsque quelqu'un meurt dans le monde réel, ce n'est pas si terrible que ça.

J'aurais voulu avoir la force de l'atteindre et de toucher sa joue.

— Je ne sais pas où ici se trouve, mais ce n'est pas le monde réel, dis-je.

— Alors, tu ne sais pas si nous nous reverrons ?

— Je suis désolée, je ne le sais pas, dis-je avec une masse douloureuse dans ma gorge.

Un frisson me parcourt le corps. Je veux essayer — je devrais pleurer. Mais une partie de moi sent que tout a fonctionné pour le mieux, comme ça devait arriver. Même si ce mieux signifie que je vais mourir.

Pourtant, une autre partie de moi ne veut pas abandonner — pas la vie, pas Marc. C'est triste qu'il m'ait fallu si longtemps pour prendre conscience de ce que je ressens vraiment pour lui. Jimmy sera toujours mon premier amour, c'est vrai, mais Marc sera mon dernier.

Mes paroles sont dures pour Marc et il me serre plus fort.

— Il est temps, murmuré-je.

Ses larmes coulent maintenant librement.

— Est-ce que je t'ai déjà dit que je t'aimais ?

— Une ou deux fois, mais tu peux me le redire.

— Je t'aime, Jessie. Je t'aimerai toujours.

Il m'embrasse. Je sens ses lèvres toucher les miennes.

Ensuite, j'ai l'impression de monter en flottant, comme ce dont parlent les gens quand ils vivent une expérience de mort imminente. Mais je sens aussi que je lévite du côté du mur, donc j'ignore si c'est mon corps qui fait le voyage, ou si c'est seulement mon esprit.

Une fois que j'atteins le sommet, je me tiens au bord et je regarde l'île. Je vois Marc en bas, qui appuie son bracelet au mur, debout immobile comme une statue, et on dirait que je peux voir tout le Champ en même temps.

Un long moment semble passer.

Je me lève, et j'attends, même si je ne sais pas quoi.

Puis, j'entends un bruit et je ne suis plus seule.

Une femme se racle la gorge derrière moi.

— On s'amuse bien ?

Je me retourne brusquement.

— Qui es-tu ? demandé-je.

— Tu ne me reconnais pas ?

— Tu m'es familière. Un peu comme ma mère.

— Je ne suis pas ta mère, Jessie.

Puis, je la reconnais.

Je regarde une version plus âgée de moi-même.

Je halète.

— Alors, tout n'est pas terminé.

— Non, loin de là. Ça fait juste commencer.

Elle m'offre sa main et je la prends.

— Où veux-tu aller en premier ? Ou peut-être devrais-je dire à quel moment veux-tu aller ?

— Pourrions-nous retourner au moment où Christophe Colomb a découvert l'Amérique ?

— Colomb n'a pas découvert l'Amérique. Les Vikings l'ont fait.

— Je le sais. Peu importe où il a touché terre — quelle que soit l'époque — j'aimerais y retourner et le saluer. Si tu veux bien.

La femme sourit et me conduit sur le sommet du mur.

— Je me souviens d'avoir posé la même question.

ÉPILOGUE

Le service commémoratif était destiné aux amis proches et à la famille, et Marc décida donc de s'asseoir à l'arrière. Il espérait que personne ne le remarque et lui pose un tas de questions. Il ne serait pas venu, sauf qu'il s'y sentait obligé. Il semblait que son intuition guidait déjà ses pas.

Le père de Jessica Ralle se leva et fit un long discours pour dire à quel point sa fille était spéciale et comment elle allait lui manquer. La mère de Jessica devait parler après lui, mais elle était trop bouleversée et fut incapable de dire quoi que ce soit. Des amis prirent ensuite la parole : Alexis, Herme, Debra. James parla le dernier, et ses propos furent les seuls que Marc put comprendre.

— Jessie détestait les funérailles, commença-t-il. Elle m'avait souvent dit qu'elle ne se présenterait pas aux siennes. Maintenant qu'elle nous a quittés, et que nous n'avons pas de corps à enterrer, je suis sûr qu'elle rirait et dirait : « Vous voyez, j'ai réalisé mon dernier souhait. » Beaucoup de gens trouvaient sans doute son sens de l'humour étrange, et il l'était, car elle n'était pas une fille comme les autres. Je veux dire dans le bon sens du mot. Dès notre première rencontre, je savais qu'elle ne ressemblait à aucune autre fille que j'avais déjà rencontrée. Il m'a fallu un peu de temps pour me rendre compte à quel point elle était merveilleuse, mais elle m'a donné ce temps et je lui en serai toujours reconnaissant. Au début, notre relation a connu ses difficultés, mais Jessie a toujours eu foi en nous. Elle avait foi en l'amour même. Je sais que ça peut paraître banal, mais ça résume son approche de la vie. Elle aurait tout fait pour quelqu'un à qui elle tenait. Elle aurait tout fait pour quelqu'un qu'elle venait tout juste de rencontrer. Même si nous ne connaîtrons peut-être jamais les circonstances qui ont entouré sa mort, je soupçonne qu'elle est morte pour que d'autres puissent vivre. Comme l'a dit un jour un homme sage, il n'y a pas de plus grand amour.

Voilà, c'était tout ce qu'il avait à dire. Marc était surpris de voir à quel point James avait été bref, mais il avait aussi beaucoup aimé ce qu'il avait dit. Il savait qu'il n'aurait pu mieux décrire Jessie.

En sortant de l'église, Marc se dirigea tout droit vers sa voiture, mais il entendit quelqu'un l'appeler avant qu'il ait eu le temps de disparaître. Comme il n'y avait qu'une seule personne aux funérailles qui puisse le reconnaître, il ne fut pas surpris de voir James le suivre. Mais ce qui le stupéfia, ce fut de le voir tenir dans ses bras la fille de Jessica, Lara. Bien sûr, Marc était au courant de l'existence de l'enfant, bien que Jessica lui ait très peu parlé d'elle, sauf pour dire qu'elle était « spéciale ».

À l'époque, Marc avait supposé qu'elle parlait comme le font toutes les mères à propos de leurs enfants, mais en jetant un coup d'œil sur Lara, Marc ressentit une vague de quelque chose tellement unique, qu'aucun mot inventé ne pouvait le décrire. Qui que puisse être l'enfant, elle allait avoir un avenir fabuleux.

James tendit la main.

— C'est Marc, n'est-ce pas ?

Marc hocha la tête.

— Jessie t'appelait toujours Jimmy.

James sourit.

— Elle ne s'était jamais habituée au monde des sorciers. Elle répétait qu'elle ne se sentait à l'aise que dans le monde réel. Je ne sais pas pourquoi, puisque ses pouvoirs fonctionnaient tellement mieux ici que là-bas.

Marc fit un geste.

— C'est la même chose pour moi. Ce monde est intéressant, mais ce n'est pas mon monde à moi.

— Fais-moi confiance, avec le temps, tu vas t'y adapter.

— Est-ce vrai que tu passes toutes tes journées ici ?

James embrassa le dessus de la tête de sa fille.

— Lara et moi, tous les deux. Nous sommes un couple un peu bizarre quand il est question de sorciers et de sorcières.

Marc était surpris.

— Je suis désolé. J'ai entendu parler de ton sacrifice et de la façon dont tu t'es retrouvé de ce côté du rideau. Mais Jessie ne m'a jamais dit que votre fille avait été tuée dans le monde réel.

— Non. Elle n'est jamais née là-bas.

James fit une pause et jeta un coup d'œil dans le parc de stationnement pour s'assurer que personne ne les entendait.

— Mais mon fils l'a été. Voilà l'une des raisons pour lesquelles je voulais te parler.

Marc hésita.

— Continue.

— Je sais que tu ne me connais pas et que je ne suis pas en position de te demander de faveur, mais je me demandais si de temps à autre tu pouvais t'assurer qu'il va bien. Jessie prenait soin de lui avant que nous la perdions, mais maintenant, ce sont les grands-parents de la mère de Huck qui en ont la charge. Il vit à Apple Valley et il s'appelle Huck Kelter.

Marc fronça les sourcils.

— Comment se fait-il que ce ne soient pas le père et la mère de Jessie qui s'en occupent ?

— Jessie n'était pas sa mère. Et la mère du petit est morte.

— Je vois, dit Marc, même s'il n'était pas certain de comprendre. Si Jessie se souciait tellement de lui, il devait être important. Je te promets de le surveiller pour toi.

James l'étudia.

— Tu ne te contentes pas de dire ça. Tu as l'intention de le faire.

— Tu parais surpris.

James hocha la tête.

— Je suis désolé, je suis tellement accoutumé à ce que les gens ne s'intéressent pas à Huck. Je commence à en avoir l'habitude et je ne vais pas t'ennuyer avec tous ces détails.

Un silence s'installa entre eux. Marc était surpris de se sentir aussi à l'aise. La douleur de James était nettement accablante, même s'il faisait de son mieux pour le dissimuler. Il passait son temps à frotter son nez contre le dessus de la tête de Lara, ce qui faisait rire l'enfant. Marc adorait le son de la voix de la petite, mais il ignorait pourquoi. Il y avait simplement là quelque chose de magique.

Ces jours-ci, il pouvait sentir la magie. Depuis qu'il avait posé son bracelet vert contre le mur comme vainqueur des épreuves du Champ, il ressentait beaucoup de choses qu'il n'avait jamais ressenties auparavant. Il avait parfois l'impression que sa vie ne venait que de commencer. Il était triste que Jessie ne soit pas là pour tout partager avec lui. Même s'ils ne pourraient être que des amis…

— Je devrais probablement te laisser partir, dit enfin James.

Marc jeta un coup d'œil à sa montre.

— As-tu déjà déjeuné ? Je me sens l'estomac creux. Aimerais-tu qu'on se rencontre quelque part pour parler ?

— Parler de quoi ?

Marc haussa les épaules.

— Tu le sais.

James jeta un coup d'œil en direction de la famille et des amis qui se dispersaient et il serra sa fille contre sa poitrine.

— J'aimerais bien. Où aimerais-tu qu'on se rencontre ?

— Que dirais-tu du resto où tu nous as espionnés tous les deux ?

— Elle t'en a parlé ?

— Oui.

James se mit à rire.

— Tu iras directement là-bas ?

— Je voulais me rendre à Malibu pour déposer un bijou qui appartient à une actrice. Mais je peux toujours le faire plus tard. Oui, je peux y aller directement.

Marc fit une pause et mit son doigt près de Lara. Elle l'attrapa et il aima la sensation.

— Mais seulement si tu emmènes ce petit ange.

— Je ne vais nulle part sans elle, dit James, se tournant en direction de sa voiture.

Mais il s'arrêta et regarda derrière lui, vers Marc.

— Ça te dérangerait de me dire une chose avant d'aller manger ?

— Pas du tout.

— Crois-tu que nous la reverrons ? demanda James.

— Personne ne l'a vue depuis un mois.

— Je sais. Dis-moi ce que toi tu penses.

Marc réfléchit.

— Elle n'est pas partie.

www.ada-inc.com
info@ada-inc.com